Constanze Wilken
Die Frau aus Martinique

Constanze Wilken

Die Frau aus Martinique

Roman

Ullstein

Für meine Eltern

Prolog

Mit nahezu ungebrochener Kraft schlugen die Wellen gegen die Felsen und ließen anschließend die weiße Gischt auf den grobkörnigen Sand rollen. Die Sonne stand knapp über dem Horizont, der sich im aufziehenden Nebel verlor. Feuchte Schwaden zogen zu den Klippen herauf. Die Frau, die bewegungslos an der Steilküste stand, erschauerte. Es war erst Oktober. Wie sollte sie die dunklen Monate überstehen, wenn die Sonne noch mehr von ihrer wärmenden Kraft verlor? Ihre schlanken gebräunten Hände strichen über das dunkelrote Kleid, dessen seidiger Stoff ihr tröstlich vertraut vorkam. Die Feuchtigkeit kroch überall hinein. Sogar die Unterröcke waren klamm von der Nässe. Sie zog den wollenen Schal enger um die Schultern.

Vom Strand drangen Geräusche herauf. Frauen und Kinder aus dem Dorf stellten die Tücher und Körbe mit mühselig aufgesammeltem Treibholz auf den Boden und winkten den heimkehrenden Fischerbooten zu. Die Frau auf der Klippe nestelte an der Kette um ihren Hals. Die Armen taten ihr Leid. Dieses Land war so hart zu allen, den Menschen wie den Tieren. Sie bewunderte die zähen Schafe, die in den umliegenden Hügeln an steilen Hängen nach grünen Halmen suchten. Die Tiere schienen niemals müde zu werden, einen noch steileren Fels zu erklettern, nur für ein paar saftige Blätter. Die Ziege in ihrem Garten war ebenso anspruchslos. Sie hielt sie wegen der Milch, die sie gab. Die Milch war würzig und schmeckte ihr nicht, aber darauf kam es nicht an. Es stand ihr nicht zu, Ansprüche zu stellen, denn sie wurde nur geduldet.

Aus den aufgesteckten dunkelbraunen Haaren der Frau fiel

eine Locke, die sie mit geübtem Griff zurücksteckte. Koketterie war nicht angebracht. Weder den Bauerntölpeln noch den Aufsehern des Lords wollte sie Anlass zu einer rüden Bemerkung geben. Sie konnte die abschätzigen Blicke förmlich spüren, wenn sie durch das Dorf ging. Am schlimmsten war es, wenn sie hinüber auf das Gut gehen musste. Selbst die Mägde schienen zu denken, sie ständen über ihr, und behandelten sie wie ein Dienstmädchen und nicht so, wie es ihrem Rang entsprochen hätte. Sie verstand die bissigen Kommentare, die man ihr hinterherrief, nur zu gut. Sollten diese Kretins doch denken, sie wäre ihrer Sprache nicht mächtig. Trotzig hob sie ihr Kinn dem Meer entgegen.

Der Nebel wurde dichter. Die Menschen hatten den Strand verlassen. Sie waren zum Hafen gelaufen, wo sie den Fischern beim Entladen der Boote halfen. Was sie hier erwartete, hatte sie nicht gewusst. Geahnt hatte sie, dass man sie nicht mit offenen Armen aufnehmen würde, und dennoch hatte sie auf eine respektvollere Behandlung gehofft. So zumindest war sie es gewohnt. In ihrer Familie war man Gästen gegenüber höflich, aber distanziert, wenn sie nicht willkommen waren, doch man ließ es nie an dem nötigen Respekt mangeln. Sie hatte auf ihr Gefühl vertraut. Sie hatte auf ihren Geliebten gebaut, den Mann, dem sie hierher gefolgt war.

»Komm zurück, lass mich nicht allein, mein Herz!« Sie flüsterte die Worte in den Nebel, der sie verschluckte und mit nichts als dem gedämpften Rauschen der Wellen antwortete. Sie streckte die Hände aus, flehentlich, bittend, dass das Meer ihn ihr zurückbringen möge. Wo mochte er jetzt sein? Er war seit mehreren Wochen auf See. Sein Schiff war schnell und sicher. Es hatte ihn schon viele Male über die Ozeane getragen. Vielleicht segelte er die Küsten Afrikas entlang, vielleicht lag er noch in einem spanischen Hafen. Ein tiefer Seufzer entfuhr ihr. Sie vermisste ihn in einem Maße, dass es schmerzte, ihr die Kehle zuschnürte und den Atem nahm.

Das Geräusch herangaloppierender Hufe schreckte sie aus

ihren Gedanken. Hinter den Bäumen des kleinen Hauses, in dem sie jetzt lebte, verlief der Weg zum Gut. Zwischen den Tannen hatte sich der Nebel nicht gesenkt, und sie erkannte einen Boten, der sein Pferd in gestrecktem Galopp die sandige Piste entlangtrieb. Noch war der Boden trocken und für Pferde und Fuhrwerke geeignet. Aber was würde geschehen, wenn der Regen einsetzte? Die Leute im Dorf hatten sie gewarnt. Im Herbst begann die nasse Jahreszeit, die Wege und Straßen weichten auf und wurden teilweise unpassierbar. Dass es ein Bote war, hatte sie an der Ledertasche erkannt, die quer über seinem Rücken und dem zerschlissenen Wams hing. Welche Neuigkeiten brachte er? Es schien wichtig zu sein. Warum sonst quälte der Mann sein Pferd über Gebühr den Hügel hinauf?

Sie würde es erfahren. Früher oder später erfuhr sie, was auf dem Gut geschah, auch wenn man ihre Gegenwart hier ignorierte und sie durch schneidende Missachtung zu quälen suchte. Langsam wanderte sie den schmalen Pfad an der Steilküste entlang. Dämmerung senkte sich über die Bucht. Sie übersah einen Stein auf dem Weg und stolperte, fing sich aber rechtzeitig, ohne zu stürzen.

»Madelaine! Madelaine!«, ertönte eine besorgte Stimme aus dem Haus. »Je viens!« Sie drehte sich um und ging zielstrebig zurück.

Kalt und nass hatte sich auch der November angekündigt. Ein scharfer Westwind fuhr durch die schlecht verfugten Ritzen des Mauerwerks. Im Kamin des kleinen Cottage brannte ein Feuer, an dem Madelaine sich die Hände wärmte. Ihre Finger waren aufgerissen, die Haut spröde und trocken. Den täglich anfallenden Arbeiten war ihre zarte Konstitution nicht gewachsen. Die starken Regenfälle hatten die Getreideernte zum größten Teil zerstört. Die Bauern waren froh, wenn sie etwas von dem Korn als Futter für ihre Tiere verwenden konnten. Wales drohte in diesem Winter eine Hungersnot. Die Lords rationierten Getreide und Zucker. Geschlachtet werden durfte nur nach vorheriger Anmeldung. So sicherten sich die Herren die Kontrolle über die Nahrungsmittel und sorgten für reichlich gefüllte Speisekammern im eigenen Haus. In einem Tal nordöstlich von Aberystwyth herrschten die Pryses of Gogerddan. Sie waren angesehener und mächtiger als die Llangaeroggs, denn sie stellten die Abgeordneten des Wahlbezirkes für das Unterhaus. Im Dorf hatte man ihr erzählt, dass die Gogerddans sogar einen Hofharfner beschäftigten, ein unerhörter Luxus in diesen Zeiten. Das Feuer im Kamin begann zu flackern. Madelaine spürte, wie die Wärme wohltuend ihren ganzen Körper einhüllte. Sie saß auf einer Bank, die Arme vor sich auf den roh gezimmerten Tisch gelegt. Die Augenlider fielen ihr zu, und kurz darauf sank ihr Kopf übermüdet nach vorn.

»Komm zurück, Geliebter. Ich bin am Ende meiner Kräfte. Wenn doch nur ein Brief von dir käme«, murmelte sie, bevor der Schlaf sie überwältigte.

Kapitel 1

Der Zug von Shrewsbury nach Aberystwyth war kaum besetzt. Kein Wunder, dachte Alexandra, wer fuhr schon freiwillig in die langweilige Abgeschiedenheit der walisischen Bergwelt. So zumindest hatte sie die in einer kleinen Bucht an der irischen See gelegene Kleinstadt Aberystwyth bei ihren früheren Besuchen empfunden.

Als aber heute der Zug gemächlich durch die kleinen Orte mit den oft unaussprechlichen Namen ruckelte, empfand sie die Landschaft ganz anders. Die schwache Novembersonne ließ die Hügel in den verschiedensten Grün- und Rottönen leuchten, und Nebelschleier dicht über den Feldern verliehen der Szenerie etwas Geheimnisvolles. Schafe grasten auf den steilen Abhängen, und Alexandra bewunderte die Leichtigkeit, mit der die Tiere selbst schroffste Felsen erklommen. Sie lehnte sich in ihrem Sitz zurück und ließ die wechselnden Farbenspiele auf sich wirken. Alexandra Lorenz war Malerin. Seit Monaten jedoch gelang ihr nichts mehr. Sie fühlte sich ausgebrannt und innerlich leer. Burn-out-Syndrom hatte Sylvia Pachevka, ihre Galeristin, gesagt. Sylvia hatte mit Alexandra in ihrem Atelier am Prenzlauer Berg gestanden und sich die Werke angesehen, die an den Wänden und auf den Staffeleien standen. Alexandra erinnerte sich gut an diesen trüben Nachmittag.

Berlin hatte sich von seiner uncharmantesten Seite gezeigt. Der Himmel schien seine Schleusen geöffnet zu haben, um alles Wasser über der Stadt an der Spree auszugießen. Alexandra hatte am Fenster gestanden und den Regentropfen zugesehen, wie sie die Scheibe herabliefen. Ihr Leben war dem Verlauf eines dieser Tropfen nicht unähnlich. Für kurze Zeit schillerte ein solcher Wassertropfen prachtvoll in allen Farben des Regenbogens. Allerdings nur so lange, bis ein anderer Tropfen auf ihn fiel und mit sich in die Tiefe riss. Sie zögerte, sich als labil zu bezeichnen, aber sobald eine Schwierigkeit auftauchte, etwa in Form einer Beziehungskrise, versank Alexandra in Phasen teilnahmsloser Traurigkeit. Ein Tropfen traf sie an jenem Nachmittag. Sie spürte förmlich die kalte Nässe auf ihrer Stirn, als Sylvia ihr mitteilte, dass sie die geplante Ausstellung ihrer Werke abgesagt habe. Alexandra wusste selbst, dass in ihrer Arbeit ein Stillstand eingekehrt war. Sylvia hatte allen Grund, die Ausstellung abzusagen, und Alexandra war ihr deswegen noch nicht einmal böse. Sie konnte beginnen, was sie wollte, ihr Gefühl sagte ihr schon vor dem ersten Pinselstrich, dass sie sich die Farbe auch sparen konnte, denn was auch immer sie in letzter Zeit auf die Leinwand brachte, war weder originell noch interessant. Ihre jüngsten Werke entsprachen qualitätsmäßig in keinem Fall Arbeiten früherer Jahre.

Preise hatte sie gewonnen. Man hatte ihr ein Stipendium für einen Meisterkurs an der Akademie in Rom geschenkt. Ihre Arbeiten, die sich vorwiegend mit sozialkritischen Themen befassten, waren aggressiv, schockierend und durch ihre ausgefeilte Öltechnik überzeugend gewesen. Was sie heute malte, war banal. Es gab wohl nichts Schlimmeres für einen Künstler, als sich eingestehen zu müssen, dass die eigenen Arbeiten banal, überflüssig, verschwendete Leinwand waren. Möglicherweise übertrieb sie etwas, aber Sylvia hatte ihr eine längere Pause empfohlen, und das hatte sie bisher noch nie getan. Außerdem hatte die Galeristin, die diszipliniert nach einem ausgeklügelten Ernährungs- und Sportprogramm lebte, ihr gesagt, sie sähe furchtbar aus. Alexandra hatte dem nichts entgegenzusetzen. Ihre Haut wirkte grau, und die dunklen Augenringe verliehen ihr nicht gerade einen lebendigen Ausdruck. Sie rauchte zu viel, sie schlief zu wenig, und sie ernährte sich von Fastfood.

Alexandra lehnte den Kopf an die kühle Fensterscheibe. Die Klimaanlage verbreitete eine nahezu unerträgliche Hitze im Abteil. Es war Sylvias Idee gewesen, auf unbestimmte Zeit nach Wales zu fahren. Als Alex ihrer Schwester Karen von ihrem Vorhaben berichtet hatte, war diese sofort begeistert gewesen. Sie schien nicht einmal überrascht, dass Alex Berlin für einige Zeit verlassen wollte. Karen lebte seit Jahren mit Mann und Kindern in Aberystwyth. Glücklich. Alexandra seufzte. Sie gönnte ihrer Schwester das familiäre Glück von Herzen, auch wenn sie nicht verstand, wie Karen es tagtäglich in der abgelegenen Kleinstadt aushielt.

Der Zug verlangsamte die Fahrt, ruckelte einige Male und blieb dann stehen. Alexandra schaute aus dem Fenster. Eine Bahnstation war nicht zu sehen. Die Wiesen neben den Gleisen waren von Wasser bedeckt. Wahrscheinlich hatten die Niederschläge den Bahndamm aufgeweicht. Das war nicht ungewöhnlich und würde die Fahrt nur um einiges verzögern. Gestern um diese Zeit hatte sie die letzten Umzugskisten gepackt. Ihre Berliner Atelierwohnung hatte sie Frank, einem Kollegen und Freund, überlassen. Bei ihrer ersten Begegnung mit Frank, auf einer von Sylvias Vernissagen, hätte sie sich beinahe in den attraktiven Mann verliebt. Sylvia hatte bedauernd abgewinkt, denn Frank war homosexuell. Aus der Begegnung war eine tiefe Freundschaft geworden. Frank fing Alexandra auf, wenn sie einer ihrer depressiven Stimmungen erlag. Alexandra mochte seine Arbeiten. Er beherrschte eine virtuose Ölmaltechnik, mit der er kühle Porträts von leeren Großstadtgesichtern schuf. Aber Frank war die Bewunderung egal, wie ihm fast alles egal war, solange er nur weiterarbeiten konnte. Er ging in dem, was er tat, auf. Warum konnte sie das nicht?

Fahrig griff sie nach einer zerknitterten Schachtel Zigaretten. Sie versuchte seit langem, sich das Rauchen abzugewöhnen. In ihrer derzeitigen Verfassung war das mehr als aussichtslos. Der bläuliche Rauch stieg nach oben. Mit einem scharfen Ruck zog die Lok wieder an und setzte die unterbrochene Fahrt fort. Außer Frank und Sylvia wusste niemand ihre neue Adresse. Auch Wolfgang nicht. Ihr letzte Affäre. Sie stieß den Rauch aus und biss sich auf die trockenen Lippen. Sie wollte alles hinter sich lassen, dazu gehörte auch diese in ihren Augen schon seit Wochen gescheiterte Beziehung. Unbewusst verzogen sich ihre Lippen zu einem bitteren Lächeln. Mit dreißig Jahren konnte sie auf nichts weiter als eine Anzahl zerbrochener Beziehungen zurückblicken. Ihre Karriere stagnierte. Sie fühlte sich leer. Fantastisch!

Ihr Sitznachbar sah sie erstaunt an. Anscheinend hatte sie das letzte Wort laut ausgesprochen. Sie zuckte mit den Schultern und wandte sich wieder der vorüberziehenden Landschaft zu. Karen hatte sich um ein Haus für sie gekümmert. Ein Cottage direkt am Meer. Die Miete war nicht zu hoch und die Umgebung atemberaubend – mehr konnte man sich nicht wünschen. Den Rest musste sie schon selbst übernehmen, und sie hoffte, dass sie dazu in der Lage sein würde.

Eingeschlossen von einer Hügelkette, erstreckte sich Aberystwyth entlang eines kleinen Flusses bis hinunter zum Meer, das glitzernd in der Sonne lag. Von größeren Bausünden war die Stadt weitestgehend verschont geblieben, viktorianischer Baustil überwog und gab der Küstenstadt eine gemütliche Atmosphäre. Auf einem Hügel am Stadtrand thronte die Universität mit dem imposanten Gebäude der Nationalbibliothek.

Alexandra packte ihre Sachen zusammen, die aus ihrer Handtasche, einer mittelgroßen Reisetasche und einem schweren Koffer bestanden. Mehr konnte sie allein nicht tragen. Eine Spedition würde ihre anderen Sachen liefern. Sie strich sich die kurzen dunklen Locken aus dem Gesicht, zupfte an ihrem Rollkragenpullover und schlüpfte in ihren Wildledermantel. Sollte nicht ein weiteres Hindernis die Fahrt verzögern, müsste sie in wenigen Minuten ihr Ziel erreicht haben.

Das Haus von Charles und Karen befand sich unterhalb von Penglais Hill, dem Universitätsberg, in einer ruhigen Seitenstraße. Es lag etwas erhöht inmitten eines wunderschönen Gartens, den Karen mit Hingabe pflegte. Im Winter war von der Blütenpracht des Gartens zwar nichts zu sehen, doch die sorgfältig getrimmten Büsche und Bäume ließen erahnen, dass sich hier mit den ersten Sonnenstrahlen die Pflanzenwelt verwandeln würde. Ihre Schwester hatte sie zusammen mit den Kindern vom Bahnhof abgeholt. Karen sah wie immer perfekt aus und schien in der Mutterrolle aufzugehen. Alexandra stieg aus dem Wagen und wollte zum Kofferraum gehen.

»Nein, lass nur, den schweren Koffer holt Charles nachher. Komm erst mal rein. Ich weiß, dass eine Reise nach Aberystwyth lang ist.« Karen lachte. »Ich habe selbst oft genug darüber geklagt. Aber man gewöhnt sich an alles. Ich möchte für nichts auf der Welt mit einer Stadtwohnung in London tauschen.«

Karen hatte trotz der Geburten ihre schlanke elegante Gestalt bewahrt und bewegte sich im Garten wie bei Empfängen mit derselben leichten Selbstverständlichkeit. Alexandra fühlte sich bei offiziellen Anlässen immer unwohl und versuchte, sich ständig um die Anwesenheitspflicht bei Vernissagen zu drücken, sehr zum Ärger von Sylvia. Die Kinder stürmten an ihnen vorbei ins Haus, als Karen die Tür aufschloss. Ein warmer Duft von Gebratenem und Gebackenem schlug ihnen entgegen.

Alexandra schnupperte. »Hier duftet es verführerisch!«

Karen nahm ihr den Mantel ab. »Ja, noch. Ich hoffe nur, Charles war da, um auf den Kuchen aufzupassen. Charles?«, rief sie ins Haus.

»Hier, Darling!«, kam es aus der Küche, die sich links der Eingangshalle befand.

Charles Conway kam mit charmantem Lächeln in die Halle und begrüßte Alexandra herzlich. Er war groß, schlank und vom vielen Golfen, seiner Leidenschaft, gebräunt. Dichtes, dunkelblondes Haar umrahmte sein offenes Gesicht. Alexandra konnte verstehen, dass Karen sich so schnell für diesen energiegeladenen, fröhlichen Mann entschieden hatte. Zudem hatte er eine gut gehende Anwaltskanzlei, die er vor einem Jahr durch einen Kompagnon erweitert hatte. Automatisch sprachen jetzt alle Englisch. Karen pflegte ihre Muttersprache mit den Kindern, doch schon wegen der Schule wurde sonst Englisch gesprochen.

Das Esszimmer war festlich gedeckt, und da es auf sieben Uhr zuging, schlug Karen vor, nach einem Aperitif mit dem Essen zu beginnen. Alexandra hatte den Kindern ihre Willkommensgeschenke gegeben, die sie jetzt mit Begeisterung auspackten. Für Karen und Charles hatte sie auf dem Flughafen noch rasch einen edlen Whiskey und ein Parfüm mitgenommen. Eigentlich hatte sie vorgehabt, ein Bild mitzubringen, aber nach Sylvias abfälligen Äußerungen hatte sie diese Idee verworfen.

Karen sagte beiläufig: »Vater hat angerufen. Ich habe ihm gesagt, dass du kommst, und er lässt dich herzlich grüßen.«

»Danke. Das hat ihn sicher viel Überwindung gekostet. Wo ist er jetzt überhaupt?« Alexandra drehte ihr Glas zwischen den Händen.

»Barbados. Sie haben sich dort ein Haus gekauft. Alex, er sorgt sich wirklich um dich. Mach es ihm doch nicht so schwer. Er ist auch nicht mehr der Jüngste.«

»Mir bricht das Herz. Er hätte früher mehr Zeit für uns haben sollen.«

Sie wollte hinzufügen, dass er sein geheucheltes Interesse anderen widmen solle, beließ es aber bei der einen bissigen Bemerkung. Karen konnte nichts dafür, denn sie war immer auf Harmonie innerhalb der Familie bedacht. Sie konnte verzeihen, Alexandra nicht. Wenn jemand ihren Vater erwähnte, war das etwa so, als hielte man ihr ein rotes Tuch vor Augen. Die Wut auf ihren Vater war ein Teil von ihr geworden. Sie war gerade sechs Jahre alt gewesen, als er sie und ihre Schwester auf ein Schweizer Internat geschickt hatte. Ihr Vater war Björn Lorenz, der Hotel-Lorenz, Besitzer einer Kette von Nobelhotels auf der ganzen Welt. Seine Hotels standen nur in den Teilen der Welt, die sich durch besondere landschaftliche Schönheit oder die Faszination einer städtischen Metropole auszeichneten. Er opferte seine gesamte Zeit dem Ausbau seines Imperiums. Zu seiner perfekten Welt gehörten auch eine attraktive Frau und zwei hübsche Töchter.

Dass sie das Ebenbild ihrer Mutter Irene war, hatte sie oft genug gehört. Vielleicht hatte ihr Vater den Anblick der kleinen Tochter nach dem Tod seiner Frau einfach nicht mehr ertragen? Aber nein, es war die einfachste Lösung gewesen, die Kinder fortzugeben. Hilflos hatten sie und Karen mit ansehen müssen, wie die Sanitäter die Bahre mit ihrer Mutter aus dem Hoteleingang trugen. Die schwarzen Locken umrahmten die ebenmäßigen bleichen Züge Irenes, die zu schlafen schien. Ihre Hand fühlte sich kalt an, als Alexandra sie im Vorbeigehen berührte. Björn Lorenz hatte die Mädchen zur Seite geschoben und alles geregelt. Darin war er gut. Er organisierte und delegierte seine Angestellten auf die gleiche Weise wie seine Familie.

Was sollte er auch mit zwei trauernden kleinen Mädchen anfangen? In seiner geschäftigen Welt war für schwierige Gefühle kein Platz. Für jedes Problem fand sich eine Lösung. Das war einer seiner Lieblingssprüche. In diesem Fall waren sie und Karen das Problem, die Lösung war ein Internat. Karen fand sich mit der Situation ab. Sie schlüpfte in eine neue Rolle und wurde Schwester, Freundin und Mutter in einem für Alexandra. Ohne Karen hätte Alexandra die Schulzeit nicht durchgestanden. Sie wurde zu einem rebellischen Kind, das jeden Lehrer an die Grenzen seiner Geduld trieb. Mit vierzehn begann sie zu rauchen, nicht, weil es ihr schmeckte, sondern weil sie dadurch auffiel, sich ständiger Rügen seitens der Lehrer sicher sein konnte.

Eines Vormittags, man hatte sie wieder einmal rauchend auf dem Schulgelände ertappt, zitierte ihre Klassenlehrerin sie ins Direktorenzimmer. Alexandra sah sich dem Schulleiter und drei Lehrern gegenüber. Sie betrachtete das Tribunal, das ihre Strafe festsetzen würde, und stellte fest, dass sie keine Angst hatte. Es war ihr egal, was man entschied, sie brauchte die Schule mit all ihren lächerlichen Regeln nicht. Autoritäten waren dazu da, ihr das Leben zu erschweren. Immer meinte man zu wissen, was das Beste für sie sei. Alexandra brach alle Regeln, die es zu brechen gab. Warum sie trotzdem nie des Institutes verwiesen wurde, erfuhr sie durch eine Mitschülerin.

Jessica stand während des Kunstunterrichtes, dem einzigen Fach, das Alexandra mit Leidenschaft betrieb, neben ihr an der Staffelei.

»Alex, mal mir doch bitte das Pferd hier. Meins sieht aus wie ein Hund.« Mit geübten Strichen skizzierte Alexandra ein Pferd in die Ruinenlandschaft ihrer Freundin.

»Weißt du, Jessi, eigentlich hätte ich beurlaubt werden müssen. Ich habe die Ochsenaugen aus der Sezierstunde mitgenommen und sie Frau Mehret in einem Glas auf das Pult gestellt. Die ist weiß geworden vor Wut!«

Jessica setzte den Pinsel ab. »Du kannst machen, was du willst, die werfen dich nicht raus. Weißt du das denn immer noch nicht? Dein Vater hat den Neubau der Aula finanziert.«

Alexandra schluckte. Das war es also. Er hatte wieder einmal gewonnen.

Ihre Schwester weigerte sich, dazu etwas zu sagen. Was es für Karen bedeutet haben musste, mit dem Verlust der Mutter, einer aufsässigen Schwester und den Anforderungen der Schule fertigzuwerden, begriff Alexandra erst sehr viel später. Sie hatte es Karen wirklich nicht leicht gemacht. Doch trotz der Schwierigkeiten wusste Karen, dass Alexandra sie bedingungslos liebte. Das war bis heute so geblieben. Es gab keinen Menschen, dem sie so vertraute wie ihrer Schwester. Niemand sonst wusste um ihre Verlustängste, die sie nicht losließen, sie umklammerten wie eine schwarze Spinne. Selbst Frank hatte sie nicht alles erzählt.

Ihre Mutter war eine strahlende Schönheit gewesen, der

Mittelpunkt jeder Gesellschaft. Wenige prägende Momente waren ihr aus der Zeit vor Irenes Tod geblieben. Während Karen schon nach unten ging, um die Kinder befreundeter Gäste zu begrüßen, blieb Alexandra meist im Zimmer ihrer Mutter und sah ihr beim Ankleiden zu. Irene besaß eine so große Auswahl an Abendgarderoben, dass sie an jedem Tag eines Monats etwas anderes hätte tragen können.

»Liebes, welches Kleid soll ich anziehen? Dieses? Nein, zu pink. Dieses? Oh ja, das passt zum Motto des heutigen Abends. Schatz, sei so lieb und gib mir das helle Tuch, das auf dem Sessel liegt.«

Irene redete zwar mehr mit sich selbst, doch das störte Alexandra nicht. Diese Minuten, bevor ihre Mutter hinunterging und den Rest des Abends lachend und plaudernd mit den Gästen verbrachte, gehörten ihr. Nie würde sie den Geruch von Irenes Parfüm vergessen, und wenn sie heute irgendwo den Duft von Shalimar wahrnahm, zuckte sie unbewusst zusammen. Irene hatte alles besessen – Schönheit, Reichtum, zwei Kinder und einen Mann, der sie anbetete. Und dennoch hatte sie sich gegen das Leben entschieden. Sie war einfach so gegangen. Sie hatte keine Zeile hinterlassen, und dafür hasste Alexandra sie.

Karen und ihr Väter waren nicht der Ansicht, dass Irene Selbstmord begangen hatte, aber Alexandra war anderer Meinung. Man schluckte nicht aus Versehen zu viele Tabletten. Irene hatte sich von ihrem Mann vernachlässigt gefühlt. Er hatte ihr kaum mehr Zeit gewidmet als seinen Kindern. Alexandra war davon überzeugt, dass Irene einsam gewesen war. Tief in ihr musste sich diese kalte Dunkelheit ausgebreitet haben, die sie selbst nur zu genau kannte.

Ihr Vater hatte sich über den Verlust seiner Frau rasch hinweggetröstet. Innerhalb weniger Monate heiratete er ein junges Model, von dem er sich nach einem Jahr wieder scheiden ließ. Es folgten unzählige Affären und zwei weitere Ehen. Vor drei Jahren hatte er Frederike von Soest, eine zehn Jahre jüngere Geschäftsfrau, geheiratet. Alexandra war nicht zur Hochzeit erschienen. Karen hielt den Kontakt zu ihrem Vater aufrecht, doch ihre Versuche, bei Alexandra Verständnis für sein Verhalten zu wecken, blieben erfolglos.

Charles fragte seine Schwägerin: »Zeigst du uns bald deine neuen Arbeiten?«

»Die sind nicht so gut, ich will versuchen, hier neue Inspiration zu finden.« Alexandra krauste die Stirn.

»Das Cottage liegt malerisch schön auf einem Hügel, mit Blick auf die See. Das könnte bestimmt helfen. Magst du das Meer?«

»Ja, sehr, besonders wenn es stürmt und sich die Wellen auftürmen.«

Charles lächelte. »Na, dann bist du genau zur richtigen Jahreszeit hier eingetroffen. Von Stürmen wirst du noch genug sehen. Sollen wir essen? Ich sterbe vor Hunger.«

Die Düfte hatten nicht zu viel versprochen – Karens Lammbraten war köstlich, das Gemüse frisch und der Schokoladenkuchen der Kinder ein würdiger Abschluss des Mahles.

Mary-Anne, ihre Nichte, stand auf und nahm Alexandras Hand. »Komm, ich zeig dir dein Zimmer. Da wohnt sonst Großvater, wenn er hier ist.«

Alexandra hoffte nur, dass das nicht oft der Fall war, denn ein Streit mit ihrem Vater – und darin endeten alle ihre Begegnungen – war das Letzte, was sie jetzt ertragen konnte. Das helle Zimmer im ersten Stock war mit blumigen Stoffen dekoriert, die Möbel aus warmem Kirschholz. Nichts deutete auf die gelegentliche Anwesenheit ihres Vaters hin. Danke, Karen, dachte Alexandra.

Sie schlief tief und traumlos, was sie auf die Erschöpfung nach der langen Reise zurückführte. Am nächsten Morgen erwartete Karen sie unten in der Küche mit einem reichhaltigen Frühstück. Charles war schon in der Kanzlei, Mary-Anne in der Schule und der kleine Dennis im Kindergarten.

Nach gebratenen Eiern, Toast, Orangensaft und Tee hob Alexandra abwehrend die Hände. »Karen, ich kann nicht mehr! Du willst mich mästen!«

»Na ja, wenn ich die Gelegenheit dazu habe. Du bist mager, nicht dünn, sondern mager, und das steht dir nicht. Rauchst du noch?«

»Ich will aufhören, einer meiner guten Vorsätze. Außerdem habe ich es Frank versprochen.«

»Frank?«, fragte Karen, während sie den Tisch abräumte.

Alexandra half ihr. »Ein guter Freund, schwul und ein begabter Künstler. Ich habe ihm meine Wohnung überlassen.«

»Oh, und was ist mit Jean?«

»Herrje, schon lange vergessen. Wolfgang war der Letzte und furchtbar anstrengend. Er wollte immer wissen, was ich vorhabe, wie ich mir die Zukunft vorstelle, da musste ich Schluss machen, denn ich habe Platzangst mit ihm bekommen.«

»Hast du denn Pläne?« Karen steckte sich eine blonde Strähne hinter das Ohr und sah ihre Schwester an.

Alexandra wich dem Blick aus. »Schwer zu sagen. Auf jeden Fall will ich wieder gute Bilder malen. Das ist das Einzige, von dem ich weiß, dass ich es kann. Aber es geht nicht, wenn ich mich so leer fühle wie in der letzten Zeit. Egal, es wird schon. Zeigst du mir das Haus? Ich bin schon richtig neugierig.«

Karen verbarg ihren besorgten Blick und stellte den letzten Teller in einen der kleinen Schränke. »Okay, gehen wir!«

Durch serpentinenartige Straßen erklommen sie die Hügel, die Aberystwyth einschlossen. Nach fünfzehn Minuten verlangsamte Karen die Fahrt des Range-Rovers – hinter der nächsten Kurve erstreckte sich eine Wiese bis hin zu einer kleinen Baumgruppe, hinter der ein roter Giebel hervorlugte. Sie fuhren rechts um die Tannen herum und blieben vor einem weiß verputzten Cottage stehen, dessen hellrote Dachziegel sie von weitem gesehen hatten.

Karen stellte den Motor ab. »Na, wie findest du es?«

»Noch schöner, als ich es mir vorgestellt habe.« Alexandra sprang begeistert aus dem Wagen. »Sieh nur, und da ist das Meer, man kann es richtig rauschen hören.« Sie zeigte auf den Klippenrand, hinter dem die irische See melodisch an den Strand schlug.

»Ob dir das auch nicht zu viel wird, zu viel Natur und Einsamkeit, meine ich? Du hast bisher nur in Städten gelebt.« Karen trat hinter Alex und legte den Arm um ihre Schultern, »Falls du dich hier nicht wohl fühlst, finden wir auch etwas anderes.«

»Nein, nein, Karen, das ist genau das, was ich wollte, ehrlich. Schau nur, der kleine Garten, und da vorn gibt es sicher eine Terrasse, und kann man vielleicht zum Strand runterklettern?« Sie ging auf den Klippenrand zu.

»Ja, das kannst du.« Karen führte Alexandra zur Rückseite des Hauses, an der sie ein großes bodentiefes Terrassenfenster entdeckte. Der Rasen, der wahrscheinlich einiger Pflege bedurfte, erstreckte sich etwa zwanzig Meter bis direkt an die Klippen, wo eine hölzernes, wenig Vertrauen erweckendes Geländer den Abstieg andeutete.

Alexandra sah hinunter. »Das ist ja toll, ich habe einen eigenen Strand. Sind hier im Sommer viele Touristen?«

»Mehr in der Bucht direkt vor der Stadt. Aber ein paar Wanderer wirst du schon mal sehen. Da hinter der Straße führt ein Wanderpfad in die Hügel hinauf, und die Straße wird natürlich von den Llangaeroggs genutzt.«

»Den wer?« Alexandra konnte den Namen kaum aussprechen.

»Der alte Earl von Llangaerogg lebt dort mit seinem Sohn Roger, der Tochter Cynthia und deren Mann Rupert Sikes. Ein unsympathischer Kerl. Charles hatte geschäftlich mit ihm zu tun. Wirst sie schon kennen lernen, das geht hier oben schnell. Roger ist nett, ein echter Charmeur – nimm dich in Acht!«

»Also die haben da oben ein Schloss, oder was?« Alexandra sah zu den Hügeln hinauf.

»Mehr ein Herrenhaus. Früher war das sicher eindrucksvoll, heute fehlt es an Geld, um den alten Kasten in Stand zu halten. Das Cottage hier gehörte einmal zum Besitz des Gutes, wie überhaupt das gesamte Land hier oben.« Karen machte eine weite Geste, die die Felder und Wiesen mit den Schafen und den Wald jenseits der Straße einschloss. »Komm, ich zeige dir jetzt das Innere des Hauses.«

Alexandra war ehrlich überrascht, denn das einfach wirkende Äußere täuschte über den modernen Komfort des Hausinneren hinweg. Ein geräumiges Kaminzimmer lag zur Terrasse hinaus. Vorn befanden sich eine kleine Küche und ein Duschbad. Im ersten Stock gab es zwei Schlafräume und ein Badezimmer mit Badewanne.

»Und jetzt kommt es!« Karen deutete auf eine hölzerne Wendeltreppe, die in das Dachgeschoss führte. Sie stieß eine Bodenluke auf und beide kletterten hindurch. Sie standen in einem großen Dachboden, dessen Wände isoliert waren, ansonsten war der Raum leer und wurde nur von den dicken Holzbalken, die das Dach trugen, unterteilt. Ein Fenster ließ Tageslicht durch die Giebelfront Richtung Wasser. Kleinere Luken brachten Licht durch das Dach herein.

Karen sah Alexandra erwartungsvoll an. »Natürlich musst du hier noch was dran tun. Aber wenn du ein großes Fenster einbauen lässt, und das darfst du, wir haben den Vermieter gefragt, dann könnte ich mir das gut als Atelier vorstellen.«

Alexandra sah ihre Schwester sprachlos an. »Karen, das ist so perfekt, wie kann ich dir nur danken?« Sie umarmten sich.

»Indem du fantastische Bilder erschaffst und dich hier wohl fühlst, Alex.« Karen strich ihrer Schwester liebevoll durch die widerspenstigen Locken.

»Aber ich brauche einen Wagen hier oben. Busse fahren sicher nur zweimal die Woche, oder?«

»Daran habe ich auch schon gedacht. Es gibt einen guten Gebrauchtwagenhändler in der Stadt. Charles kann mit dir hingehen, wenn du willst. Er kennt sich besser aus mit Autos.«

Sie unterhielten sich noch eine Weile über praktische Notwendigkeiten, die bei einem Umzug anfielen. In einem der Schlafzimmer standen ein Bett und ein Schrank, im Kaminzimmer gab es ein beiges Sofa mit Couchtisch. Karen und Charles hatten ihren Speicher nach überflüssigem Mobiliar durchforstet und die Sachen für Alexandra herausgesucht, damit sie für den Anfang nicht ganz ohne Einrichtung dastand. Das Geschirr und die Töpfe stammten sicherlich auch von Karen, obwohl sie das abstritt. Sie fuhren zurück in die Stadt, wo Karen ihrer Schwester den Zweitwagen, einen handlichen Rover, überließ. Charles Büro war nur fünf Gehminuten vom Haus entfernt, sodass er kein Auto brauchte.

In den folgenden Tagen war Alexandra damit beschäftigt, das Haus einzurichten, obwohl sie nicht viele Möbel brauchte. Notwendig waren nur ein Schreibtisch für den Computer, den sie in das zweite Schlafzimmer stellte, dazu ein Stuhl und Regale für ihre Bücher, die sie im Kaminzimmer aufbaute. Drei Tage nach ihrem Einzug wurden tatsächlich ihre Kisten von einer Spedition angeliefert. Nachdem sie ihre Staffeleien auf dem Dachboden aufgebaut, die Farbtuben auf die Tapeziertische gelegt und die Pinselbehälter aufgestellt hatte, fühlte sie sich schon viel wohler. Mit dem Malen würde es noch eine Weile dauern, aber allein das Wissen, es tun zu können, wenn ihr danach war, gab ihr ein gutes Gefühl.

Natürlich war sie nicht so organisiert wie Karen, und deshalb standen auch nach zwei Wochen noch Kisten im Wohnraum, in denen unausgepackte Bücher und Papiere lagen. Das einzige Möbelstück, das sie nicht in Berlin zurückgelassen hatte, war ein Schreibtisch aus dem 19. Jahrhundert, der ihrer Mutter gehört hatte. Mit seinen kunstvollen Nussholzintarsien und Messingbeschlägen im Stile des kurvenreichen Rokoko passte er sicher nicht unbedingt zu den modernen Möbeln, aber das störte Alexandra nicht. Ihr Kleidungs- wie auch ihr Einrichtungsstil waren unkonventionell – wenn ihr etwas gefiel, benutzte sie es, und mit ihrem ausgeprägten ästhetischen

Empfinden mischte sie harmonisch scheinbar Unvereinbares. Sie stellte den Schreibtisch mit den vielen kleinen Schubladen neben eines der Bücherregale im Kaminzimmer.

Inzwischen war sie stolze Besitzerin eines gebrauchten Jeeps. Charles hatte ihr zu einem geländegängiger Fahrzeug geraten, denn wenn es viel regnete, waren die Straßen in den Hügeln oft schlammig und mit einem normalen Wagen kaum zu passieren. Das Haus gefiel ihr von Tag zu Tag mehr, es atmete, wie sie fand, eine gewisse historische Gelassenheit und stand wie ein Zufluchtsort auf der Klippe, wo es dem ständigen Wind und der salzigen Gischt, die oft bis nach oben spritzte, trotzte. Alexandra erkundete auf ausgedehnten Spaziergängen die Umgebung, wobei sie die offenen Hügel dem Wald vorzog. Zwar roch es angenehm nach Tannen, aber auch nach vermoderndem Holz, und im dämmrigen Zwielicht des dichten Waldes fühlte Alexandra sich unwohl. Sie war jedes Mal erleichtert, wenn sie aus den Bäumen heraus ans Tageslicht trat und den Wind spürte, der die frische Luft vom Meer herübertrug. Auf einer ihrer Wanderungen war sie auf die andere Seite des Hügels geraten, der ihr Cottage vom Anwesen der Llangaeroggs trennte.

Aus der Ferne baute sich die aus grauen Steinen erbaute zweiflügelige Anlage imposant auf. Je näher sie kam, desto deutlicher wurden große Risse im Mauerwerk, und die vernachlässigte Parkanlage ließ von der einstigen herrschaftlichen Pracht nur wenig erahnen. Auf einer Koppel hinter einem der beiden Stallgebäude grasten zwei Pferde. Ein Mann in Cordhose und Wachstuchjacke kam um die Ecke eines der Ställe und schaute zu den Hügeln, wo er sie entdeckte. Alexandra zuckte zusammen, sie fühlte sich als Eindringling, obwohl sie geglaubt hatte, auf einem öffentlichen Pfad zu laufen, und wollte sich rasch umdrehen. Der Mann ging jedoch in ihre Richtung und winkte ihr zu. Zögernd folgte Alexandra dem Weg bis zum Haus, wo sie ein lächelnder Roger Llangaerogg erwartete.

»Guten Tag! Sie sahen so verloren aus dort oben und dann bei diesem Wetter!« In der Tat hatte es angefangen zu nieseln. »Außerdem war ich neugierig, und wenn mich nicht alles täuscht, weiß ich auch, wer Sie sind!« Er reichte ihr die Hand und stellte sich vor. »Und Sie sind Alexandra Lorenz, die Schwester der entzückenden Karen, und wohnen im Cottage auf der anderen Seite, habe ich Recht?!«

Alexandra gab sich von so viel Charme geschlagen und schüttelte lachend die dargereichte Hand. »So ist es. Allerdings wundert mich Ihre genaue Kenntnis. Ich dachte, die Tage Cromwells und der Spione wären vorüber?«

Roger grinste, wobei er eine Reihe blendend weißer Zähne entblößte. »Aber doch nicht hier! Auf dem Lande weiß jeder schon heute, was morgen passiert. Na ja, in etwa – der Winter ist lang, und was gibt es Interessanteres als im Pub den neuesten Tratsch auszutauschen.«

Sie schätzte Roger auf Mitte vierzig. Rötliches Haar mit einsetzenden Geheimratsecken, grüne Augen und die große Gestalt, die er gekonnt elegant in Positur setzte, vervollständigten das Bild des Landadeligen, wenn sie denn je eines vor Augen gehabt hätte. Er schien auf eine Erwiderung zu warten.

»Ja, das kann ich mir vorstellen. Aber ich genieße die Ruhe hier.«

Seine grünen Augen musterten sie neugierig. »Schwer vorstellbar, dass eine so attraktive junge Frau sich freiwillig in dieser Gegend vergräbt.«

»Meine Schwester lebt auch hier«, konterte sie.

»Schon, aber sie ist verheiratet, und ihr Mann hat seine Kanzlei hier, eine gute, wie ich zugeben muss. Sie sind allein, oder irre ich mich?«

»Mein Familienstand dürfte Sie wohl kaum etwas angehen, genauso wenig wie die Gründe für meinen Aufenthalt hier in Wales. Ich habe noch zu tun und möchte Sie nicht länger aufhalten.« Verärgert drehte sie sich um und begann, den Hügel wieder hinaufzustapfen.

Roger schien nicht im Mindesten gekränkt von ihrer Schroffheit. »Hat mich gefreut, Alexandra. Vielleicht sehen wir uns abends in Aberystwyth? Rummers ist ein netter Pub!«, rief er ihr hinterher.

Innerlich lächelte sie, drehte sich aber nicht noch einmal um. Der Regen nahm zu, und sie beschleunigte ihren Schritt.

Kapitel 2

Seit Tagen regnete es. Alexandra saß auf dem Boden ihres Kaminzimmers. Bücher stapelten sich, Kisten standen geöffnet herum und machten ein Durchkommen kaum noch möglich. Genau der richtige Tag, um endlich alles einzuräumen. Das sagte sie sich schon seit ihrer Ankunft. Jedes Mal, wenn sie anfing, eine der Kisten auszupacken, blieb sie an etwas hängen. Heute war es ein großformatiger Bildband über Georgia O'Keeffe. Die warmen Farben und abstrahierten Formen, die so viel Raum für die Fantasie des Betrachters ließen, faszinierten sie. Mit den Fingern strich sie die fast greifbar weiche Form aus rosa schimmerndem Weiß entlang, die eine Höhlung zu umschließen schien. Das in unzähligen Schattierungen leuchtende Türkisblau zog sie in die Tiefe ihrer eigenen Gefühle. So musste man malen! Sie seufzte und lehnte den Kopf an die warmen Steine des Kamins.

Der Makler hatte Karen versichert, dass der Kamin ein Bestandteil des ursprünglichen Hauses sei, das wohl aus dem 17. oder 18. Jahrhundert stammte. Die Natursteine wirkten in der Tat alt und gebraucht. An manchen Stellen bröckelte es aus den Fugen, sodass Alexandra schon mit dem Gedanken gespielt hatte, die Feuerstelle renovieren zu lassen. Das kleine Feuer, welches sie mühsam zustande gebracht hatte, war erloschen, doch die Steine speicherten die Wärme und gaben sie langsam ab. Sie wollte aufstehen, um sich eine Tasse Tee zu machen, doch ihre Haare mussten sich in dem porösen Mauerwerk verfangen haben. Mit einem kurzen Ruck befreite sie eine Strähne aus der steinernen Falle und war entsetzt, als sie den losen Stein bemerkte. So marode hatte sie sich den Kamin nicht vorgestellt. Vorsichtig wollte sie den Stein wieder in seine ursprüngliche Position schieben. Sicherheitshalber rüttelte sie an den benachbarten Steinen, doch sie rührten sich keinen Zoll breit.

Dieser hier jedoch – Alexandra zog ihn vorsichtig weiter heraus – ließ sich mühelos bewegen, ganz so, als sei er dafür gefertigt worden. Neugierig geworden, starrte Alexandra in die freigelegte Öffnung. Zuerst konnte sie nichts erkennen, doch ganz hinten schien etwas zu liegen. Sie fuhr mit der flachen Hand in die staubige Öffnung. Mit den Fingerspitzen stieß sie an etwas Weiches. Da die Öffnung sehr schmal war, zog sie mit zwei Fingern an dem stoffartigen Gegenstand. Zusammen mit Sand und Staub beförderte sie ein dunkelblaues Stück Samt auf den Boden, das mit einer seidenen Kordel umwickelt war. Der Stoff schien sehr alt, war stellenweise vergilbt und einige Fäden hingen heraus. Alexandra öffnete den Knoten der Kordel. Wie eine Blüte fiel der Stoff auseinander und gab den Blick frei auf eine rosafarbene Perlenkette und eine kleine Papierrolle.

Langsam rollte Alexandra das gelbliche Papier auseinander, ängstlich darauf bedacht, das alte Material nicht zu brechen. Es war kaum größer als die Innenfläche ihrer Hand und enthielt nur wenige Worte:

Mon cher mari,
si Vous trouvez cela, Vous savez ou je suis. Nana sait tout.
Amour éternel
Madelaine
le 21 Janvier 1841

Langsam las Alexandra die französischen Worte, die in schön geschwungener Handschrift das Papier bedeckten. Sie sprach sie noch einmal laut aus: »Mein geliebter Gatte, wenn Sie dies hier finden, wissen Sie, wo ich bin. Nana weiß alles. In ewiger Liebe, Madelaine.« Draußen war es inzwischen dunkel geworden, und der Regen schlug gegen die Scheiben. Alexandra fröstelte.

Französisch war nie ihre Stärke gewesen, aber sie verstand, dass eine Frau hier an ihren Ehemann schrieb, um ihn wissen zu lassen, dass sie gegangen war. Wohin hatte sie gehen müssen, diese Madelaine? Wer war Nana, und warum hatte sie die mysteriöse Botschaft überhaupt hier versteckt? Offensichtlich hatte diese Frau ihren Gatten sehr geliebt, denn sie hinterließ ihm eine Perlenkette von erlesener Schönheit. Alexandra ließ die zartrosa Perlen durch die Finger gleiten. Sie machten ein leise klingendes Geräusch und wiesen kleine Unebenheiten auf. Weiße oder schwarze Perlen, die Muscheln entnommen wurden, waren glatt. Perlen hingegen, die aus Korallen gefertigt wurden, wiesen natürliche Unebenheiten auf.

Die Schließe war aus reinem Gold, und in der Mitte saß eine dunklere Perle, die matt schimmerte. Die Arbeit war mit großer Sorgfalt und Kunstfertigkeit ausgeführt worden und hatte nichts mit den Souvenirketten aus Korallen gemein, die man in vielen Urlaubsorten kaufen konnte. Aber wie kam dieses Stück hierher, in ein Cottage an der walisischen Küste?

Mit dem Büchereinräumen war sie nicht weit gekommen, aber angesichts dieses besonderen Fundes war das nebensächlich. Ein historisches Rätsel – dafür hatte sich Alexandra eigentlich noch nie interessiert. Ihr eigenes Leben erschien ihr verzwickt genug, warum sollte sie sich mit den Problemen von Verstorbenen beschäftigen? Aber hatte nicht alles im Leben eine Bestimmung? Sie war weder schicksalsgläubig noch abergläubisch, aber die Perlen und ihre Botschaft waren ihr in die Hand gefallen und nicht einem der hundert Feriengäste und Mieter vor ihr.

Sie war zum Abendessen bei ihrer Schwester eingeladen. Der Fund war Hauptgesprächsthema. Karen und Charles wussten nichts über die Geschichte des Cottage und empfahlen Alexandra einen Besuch in der Nationalbibliothek oder ein Gespräch mit den Llangaeroggs. Letzteres wollte Alexandra möglichst vermeiden und entschied sich für die Bibliothek. Karen fand, dass Alexandra die Sachen wieder mitnehmen sollte, denn schließlich stammten sie aus dem Cottage. Sie bewunderte die intensive Farbe der Korallen und meinte, dass John Porter, ein Antiquitätenhändler in der Terrace Road, bestimmt mehr über diese Art Schmuck sagen könnte. Alexandra versprach, den Hinweisen nachzugehen, und machte sich gegen zehn Uhr auf den Heimweg.

So viel zur Ruhe auf dem Land, dachte sie, während sie den Wagen durch die nächtlichen Straßen steuerte. Aus einem der zahlreichen Pubs wankte eine Gruppe singender Studenten. Da die meisten Pubs nur eine Lizenz zum Ausschank bis elf Uhr hatten, begann das Nachtleben hier sehr viel früher als in Berlin, wo man oft erst nach Mitternacht wegging. Langsam fuhr sie weiter. Die kleine Küstenstadt verdankte ihren Charme den Studenten, ohne die es hier im Winter wie ausgestorben wäre. Im Sommer bevölkerten Touristen, zumeist aus Birmingham, den Strand, die Campingplätze und vor allem die lange Promenade, die sich parallel zur befestigten Kaimauer vom Constitution Hill bis hinunter zum Leuchtturm am südlichen Strand erstreckte. Jetzt im Winter spazierte Alexandra gern den leeren schmalen Strand entlang und bummelte auf dem Rückweg durch die Innenstadt, wo sie manches Mal im Sunclouds hausgemachte Scones mit frischer Sahne und Marmelade genoss.

Heute hatte sie noch keine Zigarette geraucht, doch genau in diesem Moment überkam sie das unwiderstehliche Verlangen nach einem Zug, nur um den heißen Tabakrauch tief in den Lungen spüren zu können. Allerdings hatte sie die Stadt gerade hinter sich gelassen und hätte umdrehen müssen, um in dem einzigen rund um die Uhr geöffneten Laden noch einkaufen zu können. Nein, nein, ich werde nicht schwach, sagte sie sich. Es durfte nicht sein, dass sie bei dem kleinsten Anzeichen eines unvorhergesehenen Ereignisses sofort wieder ihren alten Lastern verfiel.

Sie steckte eine Hand in ihre Handtasche und holte das samtene Tuch hervor. Die Perlen lagen warm in ihrer Hand. Was könntet ihr mir erzählen, dachte Alexandra und schob die Kette wieder zurück in die Tasche. Im Cottage überlegte sie nicht lange, sondern deponierte den Fund in einer der Schubladen des zierlichen Schreibtisches. Sie überflog noch einmal die Zeilen der beigefügten Botschaft und versuchte sich vorzustellen, wer einen solchen Brief hätte schreiben können. Die Schrift war ausgewogen und energisch. Nach einem Scherz sah das alles nicht aus. Alexandra seufzte und legte den Brief in die Schublade.

Sie musste an ihrem Schreibtisch eingeschlafen sein. Alexandra schreckte auf. Für einen Moment wusste sie nicht, wo sie sich befand. Es war dunkel. Draußen heulte der Wind und peitschte die Zweige eines Baumes gegen die Fenster. Warum nur hatte sie das Gefühl, dass im Kamin ein Feuer brannte? Es war kalt im Haus. Nach ihrer Rückkehr hatte sie weder Brennholz geholt, noch die Zentralheizung hochgestellt. Sie reckte die verspannten Glieder, warf noch einen ungläubigen Blick auf den Kamin, der dunkel in der Zimmerecke lag, und ging in ihr Schlafzimmer.

Mitten in der Nacht wachte sie schweißgebadet auf. Ein Albtraum! Beklemmende Träume hatte sie seit ihrer Kindheit. Meist drehten sie sich um ihre Mutter. An diesen Traum erinnerte sie sich nur bruchstückhaft. Geblieben war das bedrückende Gefühl, sich auf den Klippenrand zuzubewegen, ohne das Ende des Weges erkennen zu können. Schwer atmend schlug sie die Bettdecke zurück und ging ins Bad, wo sie sich das Gesicht mit kaltem Wasser abwusch. Was ihr da aus dem Spiegel entgegenschaute, war nicht ermutigend – dunkle Augenringe, hohle Wangen und struppiges Haar.

Wie hatte Wolfgang es überhaupt mit ihr ausgehalten? Er war ein karrierebewusster Finanzberater, der ständig wichtige Leute traf und noch wichtigere Geschäfte abschloss. Wahrscheinlich war eine ausgeflippte Künstlerin eine exotische Abwechslung für ihn gewesen. Er fand es bestimmt aufopfernd und sehr menschlich, ihr seine kostbare Zeit zu schenken, wenn sie wieder einmal einer Depression nahe war. Einmal hatte sie ein Bild zerschnitten und die Fetzen anschließend verbrannt. Danach hatte sie tagelang geweint, dass sie ihr bestes Werk zerstört hatte und unfähig war, überhaupt etwas in ihrem Leben richtig zu Ende zu führen. Wolfgang hatte seine Ungeduld unterdrückt, ihr aber nahe gelegt, es doch mal mit therapeutischer Behandlung zu versuchen. Das hatte den Ausschlag gegeben, denn natürlich wusste sie genau, was der Grund für ihre extremen Handlungen war. Sie fand aber, dass es ganz allein ihre Entscheidung sein sollte, wann und wie sie sich mit ihrer Familie auseinander setzte. Sie vermisste Wolfgang nicht, was sie nur in ihrer Entscheidung bestätigte. Keiner ihrer bisherigen Lebenspartner hatte sie verstanden oder begriffen, was in ihr vorging. Sie schloss die Augen vor ihrem eigenen Spiegelbild.

Fünf Uhr leuchtete es auf der Digitalanzeige der Küchenuhr am Backofen. Sie ging zu den Terrassentüren im Kaminzimmer – es hatte aufgehört zu regnen und der Mond stand direkt über dem Meer. Wäre es warm genug, hätte sie nichts davon abhalten können, jetzt in der See zu schwimmen. Aber es war kalt und windig, kleine Eiskristalle überzogen die Fensterscheiben. Holz für den Kamin lag im Schuppen. Sie zog sich eine Jogginghose und einen dicken Pullover an und ging mit einer Taschenlampe bewaffnet in den Schuppen, der links neben dem Haus unter einer alten Tanne stand. Es roch nach den trockenen Holzscheiten, die an einer Wand lagerten. Im Haus entzündete sie ein prasselndes Feuer im Kamin, kochte sich einen Tee und beobachtete die züngelnden Flammen, wie sie auf- und niederschossen und von hellem Orange, Weiß bis Rot alle Farben durchspielten.

Ihr Blick fiel auf den Stein, den sie heute Nachmittag aus der Ummauerung des Kamins gezogen und genauso sorgfältig wieder an seinen Platz gerückt hatte. Sie kuschelte sich enger in eine Sofaecke. Was konnte diese Frau dazu getrieben haben, eine solche Nachricht für ihren Mann zu hinterlassen? Wer mochte 1841 in diesem Cottage gelebt haben, das damals sicher noch zum Besitz des Earls von Llangaerogg gehört hatte?

In den folgenden zwei Tagen war das Wetter so schön, dass sie die meiste Zeit draußen verbrachte und den Besuch der Bibliothek noch etwas vor sich herschob. Auf einem ihrer Streifzüge durch die Stadt besuchte sie den Antiquitätenhändler, von dem Karen ihr erzählt hatte. John Porter war ein kauziger alter Mann mit wachen Augen hinter einer kleinen Brille, der sich mit flinken Bewegungen zwischen den Unmengen von Möbeln, Geschirr, Kerzenleuchtern und sonstigem antiken Trödel hin und her bewegte. Die Luft draußen war klar und kalt, und Alexandra musste erst die dicken Handschuhe ausziehen, um die Perlen aus der Innentasche ihres Mantels holen zu können.

»Kalt heute, nicht wahr? Aber schön, viel besser als diese feuchte Kälte, die einem in alle Glieder zieht. Sie merken das noch nicht so. Sie sind jung, aber kommen Sie in mein Alter, dann erwischt Sie auch das eine oder andere Zipperlein – oh, was haben wir denn da Schönes?« Das faltige Gesicht unter den schlohweißen dichten Haaren hellte sich auf.

Alexandra legte die Perlenkette vorsichtig auf den mit grünem Samt bezogenen Ladentisch.

»Die habe ich geerbt«, log sie, denn sie konnte unmöglich sagen, dass sie den Schmuck gefunden hatte.

John Porter pfiff durch die Zähne und sah sie listig an. »Geerbt, hmm? Und wollen Sie die verkaufen? Sind ein gutes Stück Geld wert!«

»Nein, nein«, beeilte sich Alexandra zu sagen, »sie kommen aus einem umfangreichen Nachlass und niemand weiß genau, woher sie stammen. Meine Schwester, Karen Conway, hat mich zu Ihnen geschickt, weil Sie sich mit antikem Schmuck auskennen. Sicher ist eine Erwähnung um 1840, mehr Informationen habe ich nicht.«

Der Alte lächelte. »Karen? Sie kommt manchmal zu mir und stöbert nach diesem und jenem. Lassen Sie mich sehen.«

Er holte eine riesige Lupe und hielt den Verschluss der Kette gegen das Licht, drehte und wendete ihn. Dann ließ er die Perlen durch die Finger gleiten und sah Alexandra direkt an. »Was Sie hier haben, meine Liebe, ist ein ganz besonderes Stück. Der tatsächliche Materialwert liegt bei, nun ja, vielleicht eintausend englischen Pfund – aber das meine ich nicht. Korallen, das wissen Sie sicherlich, wurden besonders in der ersten Hälfte des 19. Jahrhunderts gerne zur Herstellung von Schmuck verwendet. Wir finden sie in Ringen, Broschen oder in geschnitzten Ohrgehängen. Heute sind allerdings viele Fälschungen im Umlauf. Diese Korallen sind wunderschön geschliffen, dennoch nicht zu perfekt, sodass man ihre natürliche Herkunft an den kleinen Unebenheiten erkennt. Die Verknüpfung zwischen den Perlen ist noch in Ordnung. Wollen Sie sie tragen?«

»Ich weiß noch nicht.«

»Wenn ja, dann sollten Sie die Perlen sicherheitshalber neu aufziehen lassen. Aber jetzt kommen wir zum eigentlichen Besonderen – dem Verschluss. Es handelt sich um Cannetille, Filigranarbeit aus Edelmetall, in diesem Fall aus Gold. Manchmal ist Cannetille mit Edelsteinen verbunden, hier mit Korallen! Das ist äußerst selten, außerdem sind Cannetillearbeiten leicht zu beschädigen, doch dieser Verschluss ist wundervoll erhalten. Bei der Herkunft bin ich mir nicht sicher. Um 1830 war diese Technik in England, Italien und Frankreich in Mode. Ich tippe mal auf Frankreich, aber auch eine nichteuropäische Herkunft wäre möglich.«

Alexandra sah ihn erstaunt an. »Nicht aus Europa? Wieso?«

John Porter grinste. »Nennen Sie es Intuition – die Arbeit hat einen exotischen Touch, den ich im Orient ansiedeln würde. Es sind kleinste Details, die Biegung eines Blattes, ein Ornament hier und da – präziser kann ich es nicht ausdrücken. Auf jeden Fall haben Sie da ein ganz ausgefallenes Stück, das von einem Meister seines Faches kreiert wurde. Bewahren Sie es gut auf oder, noch besser, tragen Sie es! Schmuck muss getragen werden, damit er lebt, und zu Ihnen würden diese Perlen passen – sie sind schlicht und dennoch etwas ganz Besonderes.«

Verlegen nahm Alexandra die Perlen wieder an sich, bedankte sich bei dem hilfsbereiten Alten und verließ leicht irritiert den Laden. Aus dem Orient, das machte alles nur noch komplizierter, Frankreich, das hätte gepasst. In Gedanken versunken stand sie auf dem Bürgersteig, als jemand ihren Namen rief.

»Alexandra, hallo, wie schön, Sie hier zu treffen, nun ja, Aberystwyth ist mehr oder weniger ein Dorf.«

Roger Llangaerogg stand vor ihr, diesmal nicht in Cordhosen, sondern in elegantem Anzug mit dandymäßig geschlungenem Tuch anstelle einer Krawatte. Man hätte lügen müssen, wenn man behauptet hätte, es stünde ihm nicht. Es passte zu seinen gewellten rotblonden Haaren, die an den Schläfen leicht ergraut waren, wie sie feststellte, und seine grünen Augen fixierten sie aufmerksam.

»Oh, hallo. Entschuldigung, ich war ganz in Gedanken.« Alexandra kramte in ihrer Tasche und erwiderte unsicher Rogers Blick.

Er lächelte. »Bitte, ich wollte Sie nicht erschrecken, trinken Sie einen Kaffee mit mir? Ich habe Zeit und würde mich über Ihre Gesellschaft sehr freuen.«

Sie nickte, denn ungern erinnerte sie sich an ihre letzte Begegnung, als sie ihn so abrupt verlassen hatte. In dem Café in einer kleinen Seitenstraße servierte man ihnen hervorragenden Espresso, was Alexandra auch dankbar bemerkte.

»Genau deshalb komme ich hierher, denn es ist nicht selbstverständlich in England, guten Kaffee zu bekommen. Entdeckt man eine Quelle dieses schwarzen Glücks, pflegt man sie. Rauchen Sie?« Roger hielt ihr eine Schachtel Gauloise hin.

Ihre Hand zuckte automatisch, doch sie beherrschte sich.

»Nicht mehr, danke. Ich versuche, es mir abzugewöhnen. Sagen Sie, wie lange war das Cottage eigentlich im Besitz ihrer Familie?«

Roger überlegte angestrengt. »Puhh, ich weiß nicht genau.«

Genüsslich stieß er den Tabakrauch seiner Zigarette aus. »Warum wollen Sie das wissen? Weil Sie etwas in dem alten Gemäuer entdeckt haben?«

Alexandra starrte ihn erschrocken an. »Ich, äh, nun ...«

»Ich habe Ihnen doch gesagt, hier bleibt nichts lange verborgen. Keine Sorge, Sie haben sie gefunden, also gehört sie Ihnen. Eine Perlenkette, wenn ich richtig gehört habe?«

»Meine Güte – das ist ja schlimmer als die spanische Inquisition! Wie haben Sie das nur herausgefunden?«

»Ihre Nichte hat es in der Schule herumgeplaudert, der Sohn eines Freundes hat es mir erzählt – so einfach. Was ist dran an der Sache?«

»Wirklich nicht viel. Nun, die Kette ist aus Korallen und ...«

»Korallen?«, unterbrach er sie. »Dann kann sie nicht besonders wertvoll sein. Wären es echte Südseeperlen gewesen, hätten Sie sich in Acht nehmen müssen.«

Sie sah ihn mit aufgerissenen Augen an.

»Liebe Alexandra, das war ein Scherz! Wahrscheinlich hat irgendein Feriengast sein Andenken dort verlegt, keine Aufregung. Aber gab es auch einen Brief?«

Sie sah auf die Uhr. »Ach du liebe Zeit, schon so spät. Danke für den Kaffee, ich muss wirklich gehen, Roger. Wir sehen uns, bis bald!«

Sie kramte ihre Sachen zusammen und verließ eilig das Café, denn die Fragestunde bei Roger Llangaerogg verunsicherte sie. Über seine offensichtliche Neugier täuschte auch sein anziehender Charme nicht hinweg. Auf der Straße atmete sie erst einmal tief durch und ging dann geradewegs zu ihrem Jeep, den sie drei Straßen weiter geparkt hatte. Sie fragte sich, warum sie Roger nicht alles erzählt hatte. Lag ihr doch mehr an der Sache, als sie sich eingestehen wollte? Wahrscheinlich war es nur seine selbstsichere bestimmende Art, die sie nicht mochte. Sie wollte selbst entscheiden, was sie ausplauderte und was nicht!

Bevor sie zu ihrem Cottage hinauffuhr, hielt sie bei Sommerfields am Bahnhof und deckte sich mit frischem Obst, Gemüse und was sonst noch in ihrem Kühlschrank fehlte ein. In dem benachbarten Möbelgeschäft gab es auch Stoffe und Gardinenstangen, und Alexandra fand, dass sie jetzt unbedingt Gardinen brauchte. Ob das mit Rogers bedrängenden Fragen zusammenhing, konnte sie nicht genau sagen, jedenfalls wollte sie in ihrem Häuschen nicht länger auf dem Präsentierteller sitzen für neugierig Vorbeispazierende. Die Vorhänge waren aus schlichtem dicken Naturleinen in einem verwaschenen hellen Ockerton. Man versprach ihr, alles morgen zu liefern und die Stangen anzudübeln, was Alexandra sehr entgegenkam, denn so brauchte sie Charles nicht extra zu bitten.

Kapitel 3

Es war noch früh am Nachmittag, als Alexandra zu ihrem Cottage zurückfuhr. Die Wolken hingen grau und dicht am Himmel, und einige der Einheimischen hatten von Schneewetter gesprochen. Als sie in die Einfahrt einbog, fielen bereits die ersten Schneeflocken vom Himmel. Ganz zart und langsam schwebten die Flöckchen durch die kalte Luft, blieben aber auf dem noch feuchten Untergrund nicht liegen. Alexandra überlegte, ob man hier Skilaufen könnte, doch dazu musste man sicherlich in die höheren Berge im Norden fahren. Sie trug ihre Einkäufe ins Haus und beschloss, sich endlich nach einem Fitnesscenter umzusehen, denn wenn es schneite und der Boden gefror, war es mit dem Joggen vorbei. Sie hatte gerade die letzte Tüte in die Küche gestellt und die Perlen aus der Tasche genommen, als die Türglocke schellte.

Alexandra fuhr zusammen. Sie hatte niemanden draußen gesehen oder gehört und war doch eben erst ins Haus gekommen. Vorsichtig öffnete sie die Tür.

»Ja?« Sie lugte durch die Öffnung und sah eine alte Frau, deren wettergegerbtes Gesicht halb von einem großen Wolltuch, das sie sich um Kopf und Schultern gewickelt hatte, verdeckt wurde.

»Sie wohnen jetzt hier, ja?« Graue Haarsträhnen hingen aus dem braunen Tuch heraus.

Die schwarzen Augen blitzten auf, als sie die Perlen in Alexandras Hand entdeckten. Mit einer Gewandtheit, die Alexandra der Alten nie zugetraut hätte, schoss eine Hand nach vorn und umklammerte mit eisernem Griff das Handgelenk der jüngeren Frau. Alexandra hielt die Kette fest in der

Hand, doch überraschenderweise machte die Alte keine Anstalten, ihr den Schmuck zu entwenden. Vielmehr starrte sie wie hypnotisiert auf die Perlen und dann in Alexandras Gesicht. Dann nahm sie Alexandras andere Hand und drehte die Handinnenfläche nach oben. Mit ihren knochigen Fingern fuhr die Frau die Linien in Alexandras Hand entlang und murmelte etwas.

Schließlich hielt sie inne und hob den Kopf. »Sie haben dich gefunden«, sagte sie mit brüchiger Stimme. »Nach all den Jahren haben sie dich ausgewählt.« Liebevoll strich sie über die Perlen in Alexandras Hand, und ihr Gesicht wirkte auf einmal um Jahre jünger. Ihre kleinen schwarzen Augen hielten den Blick der anderen fest. Später wusste Alexandra nicht mehr, ob sie die Worte tatsächlich gehört hatte: »Mach dich auf die Suche und lass dich von deinem Herzen leiten.«

Die Alte nickte wie zur eigenen Bestätigung, ließ dann Alexandras Hände los und ging die Auffahrt hinunter – eine gebeugte Gestalt, die mit dem großen Tuch und ihrem langen dunklen Rock einem Dickensroman entsprungen zu sein schien. Wie hypnotisiert stand Alexandra auf der Türschwelle. Schneeflocken sammelten sich in ihren Haaren und auf ihrer Kleidung. Sie spürte die Kälte nicht, der Griff der Alten an ihren Handgelenken brannte, aber es waren keine Druckstellen zu sehen. Sie schüttelte sich und lief hinter der Alten her, die eben zwischen den Bäumen verschwunden war.

»Warten Sie! Bitte warten Sie, ich habe Sie nicht verstanden. Warum …?«

Sie blieb stehen und sah sich um. Die Baumgruppe vor ihrem Haus war nicht groß, und auch wenn die Alte langsam ging, hätte sie die Bäume längst durchquert haben müssen. Alexandra rannte auf die andere Seite – auch dort keine Spur der alten Frau. Plötzlich spürte sie den kalten Wind und die Nässe des Schnees in ihren Kleidern. Fing sie jetzt schon an zu fantasieren? Was war das nur für ein Land, wo antiker

Schmuck mit seltsamen Botschaften aus einem Kamin fiel und eine alte Frau einem ein Rätsel an den Kopf warf und dann einfach verschwand und sich buchstäblich in Luft auflöste. Sie ging zurück ins Haus und schloss die Tür hinter sich ab. Hatte sie geträumt? Vielleicht, nein – sie öffnete die Haustür erneut und starrte auf die Fußabdrücke der Alten, die noch schwach in der feuchten Erde zu sehen waren. Ein wenig beruhigter verriegelte sie die Tür und bemerkte, dass sie die Perlen noch immer in der Hand hielt. Sie schienen wirklich etwas ganz Besonderes zu sein.

Am nächsten Morgen schneite es immer noch, und eine weiße Decke hatte sich sanft über Hügel und Felder gelegt. Alexandra fand den Schnee schön, er verlieh der Landschaft einen neuen Zauber, Formen veränderten sich und wirkten plötzlich unwirklich – eigentlich passend zu ihrem gestrigen Erlebnis. In dicker Daunenjacke, mit warmen Lederstiefeln und Schal ausgestattet, fuhr sie zur Nationalbibliothek, denn nunmehr war ihre Neugier um die Herkunft ihres Fundstücks entfacht.

Sie parkte den Jeep auf dem Parkplatz neben dem riesigen Gebäudekomplex, der majestätisch neben der Universität auf dem Penglais Hill thronte. Zur Einweihung der neuen Anbauten war Prinz Charles eigens angereist, eine Ehrung für die Honoratioren der Stadt. Für die walisischen Studenten jedoch ein willkommener Grund, gegen die englische Bevormundung zu demonstrieren. Die Antipathie zwischen Walisern und Engländern hatte eine jahrhundertealte Tradition, aber die Waliser hatten zumindest das Recht auf ihre eigene Sprache erstritten. Selbst dem unwissenden Besucher wird immer wieder bewusst, dass er sich in Wales aufhält, wenn er die zweisprachigen Beschriftungen und Schilder sieht und natürlich, wenn er der kehligen Sprache der Einheimischen lauscht.

Alexandra mochte den Klang der eigenwilligen Sprache und empfand die Einheimischen als hilfsbereit und freundlich. Auch in der Bibliothek wurde sie nicht enttäuscht. Langsam war sie durch die großen säulenbestückten Gänge und Hallen geschritten und hatte sich die aktuelle Ausstellung walisischer Druckgrafik angesehen. Sie musste etwas ratlos ausgesehen haben, denn ein Mitarbeiter der Bibliothek fragte, ob sie Hilfe benötigte. Sie erklärte ihm, dass sie nach Informationen über das Anwesen der Llangaeroggs suche, und kurz darauf saß sie in einem großen Lesesaal, dessen roter Teppich jeden Schritt schluckte. An einer Reihe langer Tische saßen Studenten, Dozenten, Freizeitforscher oder einfach nur Interessierte und blätterten in Büchern und Dokumenten. An den Seiten gab es Lesenischen zwischen den hohen Bücherregalen, die sich über drei Stockwerke nach oben erstreckten und nur über Wendeltreppen zu erreichen waren.

In ihrem bisherigen Leben hatte Alexandra Bibliotheken gemieden und jegliche Art von Lehrveranstaltung mehr oder weniger verabscheut. Ihr Studium an der Kasseler Kunsthochschule hatte sie nach sieben Semestern abgebrochen. Immerhin hatte sie die Schule beendet, aber das hatte sie nur ihrer Schwester zu verdanken. Karen blieb nach ihrem Schulabschluss in Genf und machte eine Dolmetscherausbildung an einem Sprachinstitut. Sie nahm sich eine Wohnung in der Stadt, in die auch Alexandra einziehen durfte, und bis zu Alexandras Abitur blieben sie in Genf. Karen war es auch, die sie zur Aufnahme des Kunststudiums in Kassel überredete. Alexandra hatte sich oft schuldig gefühlt, dass Karen ihretwegen auf ein Studium verzichtet hatte, doch die Schwester ließ das nicht gelten. Sie betonte, dass sie Charles ohne diese Ausbildung nicht kennen gelernt hätte, und das wäre das Glück ihres Lebens gewesen.

Während ihres Kunststudiums suchte sie verzweifelt nach einem Weg, sich in ihrer Kunst zu verwirklichen. Nach ihrem Romstipendium war sie für drei Monate nach Peking gereist, um dort mit einigen verbotenen Malern zu arbeiten. Alexandra war von dieser explodierenden Kunst, die aus dem Herzen kam, fasziniert. Sie malte daraufhin eine Folge über das schnelle anonyme Großstadtleben, die von der Kritik hochgelobt wurde. Sylvia Pachevka verkaufte mehrere ihrer Bilder. Alexandra malte, um zu leben. Sie malte nicht, um zu überleben, sondern um überhaupt das Gefühl zu haben, am Leben zu sein.

Pavel, ein polnischer Bildhauer und ihr damaliger Freund, hatte einmal zu ihr gesagt: »Wenn du malst, sehe ich das Feuer in deinen Augen. Jetzt sind sie tot, leer. Ich kann dich berühren und doch fühlst du mich nicht. Was muss ich tun, um dich zu erreichen?«

Sie hatte hilflos mit den Schultern gezuckt. Für die Antwort auf seine Frage hätte sie viel gegeben. Kurz darauf trennte sie sich von Pavel. Sie spürte, dass er sie verlassen würde. Bevor das passieren konnte, beendete sie die Beziehung, denn sie ertrug es nicht, verlassen zu werden. Früher oder später gingen alle, und sie hatte beschlossen, es gar nicht erst dazu kommen zu lassen. In dieser Zeit entwickelte sie einen regelrechten Hass auf ihren Vater, der scheinbar teilnahmslos ihrem Treiben aus der Ferne zusah und sich nur mit einem monatlichen Scheck meldete. Dass er sich dennoch Sorgen machte, versuchte Karen der Schwester immer wieder klar zu machen. Immerhin sprach Alexandra mittlerweile wieder gelegentlich mit ihrem Vater.

Ihre Gedanken wurden in andere Bahnen gelenkt, denn der Bibliothekar kam mit einem kleinen Stapel Bücher und Dokumentmappen an ihren Tisch. Sie bedankte sich und begann, die Unterlagen zu sondieren. Bei zwei Büchern handelte es sich um allgemeine Führer zu den Sehenswürdigkeiten der Gegend um Aberystwyth. Das Gut der Llangaeroggs wurde dort nur am Rande erwähnt und war urkundlich erst seit dem 18. Jahrhundert festgehalten worden. Nun ja, dachte Alexandra, eine Sehenswürdigkeit ist es sicherlich nicht mehr. Die Dokumentmappen sahen vielversprechender aus. Sie schlug den vergilbten Deckel einer dunkelblauen Mappe auf. Baupläne und Karten fielen ihr entgegen. In einer roten Mappe befanden sich handschriftliche Aufzeichnungen, doch alle in Walisisch. Sie nahm die Mappen und ging an den Tresen im Vorraum.

Gwyneth Jones, eine rundliche Frau Ende dreißig mit ausgefranster Dauerwelle, sah sie freundlich an.

»Können Sie mir hiermit helfen?« Gwyneth verstand sofort und bat Alexandra an ihren Tisch. Sie deutete auf das erste beschriebene Blatt.

»Eigentlich hatten die Engländer Aufzeichnungen in unserer Sprache verboten, unter Androhung härtester Strafen, aber natürlich haben sich die Waliser das nicht verbieten lassen. Was genau interessiert Sie? Bestimmt das Cottage, wo Sie jetzt wohnen, nicht wahr?«

Alexandra wunderte sich über nichts mehr und nickte nur.

»Es ist wirklich schön und die Lage an den Klippen ist einmalig, das heißt, wenn man den Wind mag. So, da haben wir es.« Ihr Finger fuhr über den Text, und nebenbei suchte sie die Karten durch, von denen sie eine herauszog.

»Hier, sehen Sie? Das ist ein Plan des Anwesens von 1890. Damals gehörte es dem Earl Edward und seiner Frau Meredith. Deren Sohn Owain und seine Frau Winifred, beide verstorben, verkauften das Cottage um 1920. Es waren harte Zeiten, sie verkauften auch einen Großteil der Ländereien. Der Wald vor ihrer Tür war einmal riesig, und alles gehörte den Llangaeroggs. Haben Sie den alten Alistair schon getroffen?«

»Nur seinen Sohn.«

»Roger! Hmm.« Sie schnalzte mit der Zunge. »Ist noch auf dem Markt. Ich bin aber nicht sein Typ.« Sie lachte und schlug sich auf die rundlichen Hüften. »Aber Sie hätten bestimmt Chancen. Dem alten Earl ist es nie gelungen, das Gut aus den roten Zahlen zu wirtschaften. Es gehört ihm zwar noch, aber der marode Kasten ist ein gnadenloser Kostenfresser. Auf den Wiesen ringsherum, die noch nicht verkauft oder verpachtet sind, betreibt Cynthia eine Pferdezucht. Wenig erfolgreich, wie ich gehört habe.«

»Und Roger? Was macht der?«

Gwyneth grinste. »Spielte den Gutsbesitzer und wollte vor einigen Jahren mit Spargel ganz groß einsteigen. Meine Güte, Spargel! Das musste ja schief gehen. Jetzt fährt er seinen Sportwagen spazieren und versucht sich als Immobilienhändler. Na ja, der eine oder andere reiche Londoner verirrt sich hierher und kauft ein Feriendomizil, aber dass man davon leben könnte, wäre mir neu.«

Alexandra sah sich die Karte an, auf der die Besitzungen der Llangaeroggs verzeichnet waren. Es musste hart gewesen sein für Alistair, das verschuldete Anwesen zu erben und dann nicht in der Lage zu sein, es wieder rentabel zu machen.

»Was ist der alte Earl für ein Mensch? Kennen Sie ihn persönlich?«

Gwyneth strich sich über die Bluse. »Nein, das wäre wirklich übertrieben. Als er noch gesund war, kam er oft nach Aberystwyth herunter und hat an den Markttagen mit den Bauern geplaudert, aber das ist lange her.« Sie verzog abfällig den Mund. »Seine Tochter, dieses arrogante Stück, stolziert manchmal durch die Stadt. Ihr Mann, Rupert Sikes, ist Wertpapierexperte bei der Barclays Bank, und wenn das stimmt, was ich gehört habe, dann hat er sich kräftig die Finger verbrannt mit eigenen Aktiengeschäften. Aber«, sie hob die Hände, »von mir haben Sie das nicht, alles nur Gerüchte.«

Mehr schien Gwyneth über die Llangaeroggs nicht zu wissen, doch Alexandra war mit ihrer Ausbeute für den Anfang sehr zufrieden.

»Vielen Dank, Gwyneth, Sie haben mir sehr geholfen!«

»Keine Ursache, war nett, mit Ihnen zu plaudern. Wenn Sie sich mal einsam fühlen dort oben, besuchen Sie mich hier, wir haben eine nette kleine Cafeteria unten im Keller.«

Alexandra verabschiedete sich von der gesprächigen Bibliothekarin, ließ ihren Wagen auf dem Parkplatz stehen und spazierte hinunter in die Stadt. Es hatte aufgehört zu schneien, und die Luft war klar und frisch. Sie musste unbedingt Sylvia anrufen, um zu hören, ob sie eines ihrer älteren Bilder inzwischen verkauft hatte. Ein Sammler und auch der Kurator eines Museums in Niedersachsen hatten Interesse an ihrer vorletzten Serie gezeigt. In diesen Bildern kritisierte sie die Gentechnik anhand von Motiven der griechischen Mythologie. In düsteren kalten Farben tummelten sich Minotauren, Einäugige und Sirenen neben Gestalten, deren Körper aussahen, als hätten sie sich in einem biologischen Ersatzteillager bedient. Alexandra hatte sich nicht in Details verloren, sondern die Formen angedeutet, um dem Betrachter Raum für Fantasien apokalyptischen Ausmaßes zu lassen. Diese Arbeiten hatte sie gemacht, als sie mit dem Mediziner Jean zusammen gewesen war. Wolfgang hatte anscheinend keinen positiven Einfluss auf ihre Arbeit gehabt, denn Sylvia und auch die Kunden lehnten alles, was sie danach geschaffen hatte, ab. Ein Grund mehr, sich von ihm zu trennen. Sie ging in das kleine Café Raincloud, in dem es auch warme Gerichte gab und das Karen ihr empfohlen hatte.

Das orange gestrichene Haus lag in einer Seitenstraße der North Parade. Im Erdgeschoss befand sich ein Verkaufstresen, an dem hausgemachte vegetarische Pizzen, Quiches und andere Leckereien verkauft wurden. Daneben fand man Obst und Gemüse, und Alexandra hatte inzwischen festgestellt, dass sich der etwas höhere Preis durchaus lohnte, denn die Sachen schmeckten einfach besser. Im ersten Stock setzte sie sich in einen der gemütlichen Korbsessel und bestellte sich eine Suppe des Tages. Nach wenigen Minuten brachte die Bedienung eine köstlich duftende Lauchsuppe mit einem noch warmen Brötchen und einem Stück goldgelber Butter. Während Alexandra das Essen genoss, dachte sie über das Gehörte nach. Mit allgemeinen Erkundigungen über die Geschichte der Llangaeroggs würde sie nicht weiterkommen, vielleicht blieb ihr doch nichts anderes übrig, als Roger zu fragen. Cynthia und ihr Mann kamen wohl eher nicht in Betracht. Sie seufzte.

»Was haben Sie auf dem Herzen? Mir können Sie alles sagen!« Roger Llangaerogg!

Wenn man an den Teufel denkt, fuhr es Alexandra durch den Kopf, aber laut sagte sie: »Na, so eine Überraschung! Ich hätte nicht erwartet, dass dieses Café Ihrem Geschmack entspricht.«

Unaufgefordert setzte er sich an ihren Tisch. Seine grünen Augen blitzten, offensichtlich war er sehr zufrieden mit sich. »Warum nicht? Das Essen ist hervorragend. Sie sollten die Menschen vielleicht nicht voreilig in Schubladen stecken, in die sie nicht gehören.«

»Das war auch nicht meine Absicht, allerdings ist es sicher nicht abwegig, jemanden, der sich in betont teure Stoffe kleidet, in einem anderen Ambiente zu erwarten«, erwiderte sie spitz mit Blick auf seine exklusive Garderobe.

»Touché. Liebste Alexandra, ich habe mich wirklich gefreut, Sie hier zu sehen, und streiten wäre das Letzte, was ich wollte. Darf ich Sie zu einem Kaffee einladen und vielleicht ein Stück Kuchen als Dessert? Die Käsetorte mit Blaubeeren ist ausgezeichnet.« Er lächelte sie treuherzig an, seine Hände lagen auf dem Tisch, und Alexandra bemerkte einen goldenen Siegelring an einem Finger.

Sie gab auf. »Na schön, aber nur, weil ich Käsetorte liebe. Die Suppe war schon besonders gut. Danke.« Die Bedienung kam, räumte den Teller ab und nahm die Bestellung auf.

Sie unterhielten sich eine Weile über belanglose Dinge, und gerade hielt Alexandra den Moment für passend, ihn nach seiner Familiengeschichte zu fragen, da sah er auf die Uhr.

»Oh, es tut mir so Leid, aber ich habe einen Termin, den ich wahrnehmen muss. Interessenten für hochpreisige Immobilien sind selten, also muss man pflegen, was kommt. Bitte verzeihen Sie. Waren Sie schon in einem der Pubs? Nein, passen Sie auf, wenn Sie heute Abend nichts Besseres vorhaben, dann treffen wir uns im Rummers, wo eine erstklassige Band spielt. Gegen acht Uhr?«

»Ich, ja …«, so schnell fiel ihr keine Ausrede ein, und warum auch nicht, dachte sie, nachdem Roger gegangen war. Der Mann war unterhaltsam, daran bestand kein Zweifel, und außerdem hatte sie noch nichts über das Cottage von ihm erfahren. Sie wollte die Rechnung bezahlen, doch er hatte schon alles beglichen, was ihr unangenehm war. Ihr fiel ein, dass sie Sylvia anrufen wollte. Neben den Toiletten fand sie ein Telefon. Sylvia war in der Galerie und klang ganz aufgeregt.

»Alex, Liebe, Gute – schön, dass du anrufst. Hast du es geahnt? Jaja, der Kurator hat zwei Bilder gekauft. Zwei auf einen Schlag! Das ist doch absolut fantastisch! Außerdem hängst du jetzt in einer öffentlichen Sammlung, wunderbar, das heißt Katalogeinträge, Erwähnungen, na ja, du weißt es selbst. Ich überweise wie immer auf dein Konto in Berlin?«

»Ja, Sylvia. Das ist wirklich eine große Hilfe. Was macht Frank?«

»Seit deiner Abreise ist er sozusagen in Klausur gegangen und malt wie besessen. Was ist mit dir? Wie geht es dir in Wales?«

»Geht schon, danke. Langsam gewöhne ich mich ein. Es tut gut, meine Schwester zu sehen. Ihre Familie ist sehr lieb, alle sind furchtbar nett und besorgt. Mit dem Arbeiten dauert es noch, habe noch keinen Pinselstrich getan.«

»Lass dir Zeit, die brauchst du jetzt für dich. Dieser Wolfgang war hier, aber ich habe ihm deine Nummer nicht gegeben.«

»Danke, Sylvia.«

»Was fandest du nur an dem? Eingebildeter Kerl, meinte Wunder, wer er sei, aber nicht bei mir. Ich glaube, er hat verstanden, dass du ihn nicht mehr sehen willst.«

Alexandra lachte herzlich, denn sie stellte sich Sylvia vor, die, wenn sie wollte, eiskalt und ablehnend sein konnte. Als

Geschäftsfrau kannte sie nach zwanzig Jahren im Geschäft alle Tricks und Kniffe und besaß eine untrügliche Menschenkenntnis, und sie vertrat ihre Interessen bisher besser als andere Galeristen zuvor.

»Sylvia, ich wäre gern dabei gewesen!«

Sylvia räusperte sich. »Kundschaft, vielleicht kaufst du dir jetzt ein Häuschen, wenn's dir dort gefällt. Wir telefonieren wieder, mach's gut, Alex.«

Sie hängte ein. Privates musste eben warten, denn das Geschäft ging vor.

Alexandra ging beschwingt die Treppen hinunter und spazierte ziellos durch die Stadt. Studenten schlenderten durch die Straßen, und die Weihnachtsdekorationen wurden bereits aufgehängt. Nicht allein die Tatsache, dass sie keine finanziellen Sorgen hatte, war angenehm, sondern der Gedanke, dass der Kurator eines bedeutenden modernen Museums ihre Werke für würdig befunden hatte, in einer öffentlichen Sammlung ausgestellt zu werden. Sie stand vor einer Boutique und liebäugelte mit einem schwarzen Pullover, als sie jemand am Ärmel zupfte.

»Tante Alex!« Dennis stand dick verpackt in Schal und Handschuhen mit Karen vor ihr.

»Hallo, ihr beiden!« Sie berichtete Karen über den erfolgreichen Verkauf, zu dem diese ihr gratulierte, und erzählte auch von der seltsamen alten Frau.

Karen grinste. »Ja, in den Hügeln glaubt man wieder an Feen, oder? Aber ehrlich, Alex, es gibt hier einige alte Frauen und auch Männer, die ziehen über das Land und lesen den Leuten aus der Hand. Manche sind Heiler und kurieren Krankheiten durch Handauflegen. Einige sind wirklich gut, andere Scharlatane. Oft liest man Ankündigungen in der Zeitung, dann sind diese Leute für einen Tag in einem Hotel, und man kann sich gegen Bezahlung weissagen oder behandeln lassen. Wahrscheinlich war das so eine Frau, ich würde mir weiter keine Gedanken machen.«

Alexandra erzählte ihrer Schwester von der Verabredung mit Roger, was ihr ein vielsagendes Augenrollen einbrachte.

»Vielleicht kommst du auch mit Charles?«

Karen überlegte.

»Wenn Charles' Mutter für zwei Stunden vorbeikommen kann, gern. Ich mag Folkmusik.«

Kapitel 4

In ihrem neuen Pullover, schmaler schwarzer Hose und Stiefeln hoffte sie, für den Pub angemessen gekleidet zu sein. Jegliche Befürchtungen in Bezug auf Kleidung erübrigten sich, als sie in den überfüllten Pub trat. Eine bunte Mischung aus Jung und Alt drängte sich um Tresen und Bühne. Roger winkte ihr von einem Ende des Tresens aus zu, an dem er lässig, in Jeans und Hemd gekleidet, stand. In einer Hand hielt er ein großes Pintglas.

»Alex, hi, was trinken Sie?« Seine Haare waren wie immer perfekt frisiert, und sie nahm den schwachen Duft seines Rasierwassers wahr.

»Einen trockenen Weißwein, bitte.«

Sie sah sich um. In dem lang gestreckten Raum saßen und standen die Gäste ausgelassen plaudernd, Es gab es noch einen zweiten Raum, von dem aus man auf den Fluss sehen konnte. Die entspannte Atmosphäre steckte an, und Roger reichte ihr ein Glas.

»Die Tische sind besetzt, sorry, auf dein Wohl!«

»Cheers, Roger!« Alexandra nippte an dem Wein. Ihr Blick wanderte zum Eingang, wo sich Karen und Charles durch die Menge zwängten. Der Boden war mit Sägespänen abgestreut. Das Gebäude war aus groben Feldsteinen gemauert und ruhte auf einer Balkenkonstruktion, was dem Ganzen den Charme einer Holzfällerkneipe gab.

Karen und Charles hatten es an den Tresen geschafft.

»Hallo, Alex, Roger!«

Charles schüttelte ihm die Hand und küsste seine Schwägerin auf die Wange.

»Nett, dass du meine kleine Schwester ausführst, aber ich kenne deinen Ruf, Casanova!«, sagte Karen augenzwinkernd zu Roger.

Roger gab sich empört. »Nicht doch, wer wird schon auf Gerüchte hören. Die Band heute Abend heißt Fiddlers Groove.«

Karen nickte bestätigend. »Die sind absolute Spitzenklasse. Alex, nachdem wir uns getroffen hatten, entdeckte ich ein Plakat mit der Ankündigung und habe sofort Charles' Mutter angefleht, zu kommen. Der Sänger ist ein guter Bekannter von Charles. Ewan, Darling?«

Charles nickte. »Ewan McCord. Eigentlich ist er Biologe. Ein feiner Kerl, golft, segelt. Sein Vater ist oberster Richter in Edinburgh. Ewan liebt die Musik über alles, und mittlerweile werden die Jungs in ganz England gebucht. Ich weiß nicht, ob er überhaupt noch unterrichtet. Doch, doch, momentan hat er wohl hier an der Universität eine Gastdozentur. Ich stelle ihn euch noch vor – oh, da kommen sie!«

Alle Anwesenden wandten sich dem Podest zu, das als Bühne fungierte. Hinter das Schlagzeug setzte sich ein kleiner Mann mit Baseballmütze, der Gitarrist trug seine langen Haare offen, ein schlaksiger Blonder sprang mit seiner Fiedel auf die Bühne, und der Keyboarder spielte gedankenversunken einige Akkorde. Die Zuschauer klatschten und wurden lauter, als endlich der Sänger an sein Mikrofon trat. Ewan McCord erschien in schwarzen Jeans und T-Shirt. Soweit Alexandra das von ihrem Platz aus beurteilen konnte, kontrastierten blaue Augen mit schwarzen Haaren. Sollte sie noch einmal studieren wollen, dann auf jeden Fall Biologie, entschied sie.

Ewan kündigte das erste Stück, einen schnellen Real, an. Als Nächstes spielten sie eine Ballade, und Alexandra ließ sich gefangen nehmen von Ewans ausdrucksvoller Stimme und den Worten, die von einer zerbrochenen Liebe und verlorener Heimat sprachen. Sie hatte Folkmusik nie sonderlich gemocht, aber wahrscheinlich kannte sie nur die klassischen Kneipenbands. Was sie an diesem Abend hörte, war eine Musik, in die

Folk-, Jazz- und auch Reggaeelemente eingeflossen waren, eine Mischung, der sich keiner der Anwesenden entziehen konnte. Begeisterter Applaus belohnte die Musiker nach dem ersten Set.

Durch die vielen Menschen erhöhte sich die Temperatur in den Räumen, und Alexandra wurde es in ihrem Wollpullover zu warm. Sie ging kurz vor die Tür, um sich abzukühlen, und als sie zurückkam, sah sie Ewan neben Charles stehen. Ihr Herz machte einen kleinen Satz – aus der Nähe sah das markante Gesicht des Schotten, der eine kleine Narbe über dem rechten Auge hatte, noch attraktiver aus. Sie schätzte ihn auf Ende dreißig.

Charles winkte sie heran. »Alex, das ist Ewan. Alex malt und ist erst vor einigen Wochen hierher gezogen.«

Ewans graublaue Augen sahen sie interessiert an, und seine kräftige warme Hand schüttelte die ihre. »Du malst? Nebenher oder richtig?« Er lachte. »›Richtig‹, na du weißt, was ich meine, oder?«

Sie lächelte. »›Richtig‹. Es ist mein Beruf, sozusagen.« Nervös fuhr sie sich durch die Haare. »Meine Galeristin hat mir gerade heute mitgeteilt, dass sie zwei meiner Bilder verkauft hat – womit mein weiteres Überleben gesichert wäre.«

»Das ist toll! Herzlichen Glückwunsch!«

»Möchtest du noch ein Glas Wein, Alex?« Roger mischte sich in das Gespräch.

»Nein, danke. Ich habe noch.« Sie wollte sich wieder an Ewan wenden, doch der wechselte einige Worte mit Charles und ging dann wieder zur Bühne. Vielleicht bildete sie sich das auch nur ein, aber sie hatte das Gefühl, dass Ewan während der nächsten Stücke öfters in ihre Richtung sah. Roger bemühte sich trotz der Musik um ein Gespräch, was sie nutzte, um ihn nach der Geschichte des Cottage zu fragen. Zu ihrer großen Enttäuschung wusste er darüber nichts, verwies sie aber an den pensionierten Pfarrer der ansässigen Baptistengemeinde, der sich mit Heimatforschung beschäftigte.

Charles und Karen verabschiedeten sich gegen elf Uhr, denn sie wollten die Geduld von Charles' Mutter nicht über Gebühr strapazieren.

Kurz darauf packte auch die Band ihre Instrumente ein, und Ewan kam mit einem Handtuch um den verschwitzten Nacken auf Alexandra zu. Roger unterhielt sich gerade mit einem Bekannten. Ewan war einen Kopf größer als Alexandra. Sie fühlte sich befangen, und es war ihr unangenehm, dass die bloße Präsenz dieses Mannes sie dermaßen verunsicherte.

»Charles und Karen sind schon gegangen«, sagte sie, als er vor ihr stand und sich die nassen Haare hinter die Ohren strich.

»Ich weiß. Charles hat sich vorhin von mir verabschiedet, da hast du dich mit deinem Begleiter unterhalten.« Er sah sie dabei unverwandt an. »Ich würde deine Bilder gern einmal sehen, hast du welche hier in Wales?«

»Ich habe noch nichts gemalt seit meiner Ankunft. In letzter Zeit war ich blockiert, ausgebrannt, wie meine Galeristin zu sagen pflegt. Ganz einfach keine guten Ideen, nenne ich das. Tja ...« Sie zuckte die Schultern.

»Kann ich verstehen. Ist in der Musik wohl ähnlich. Mir fallen auch nicht dauernd neue Songs ein. Die erste Ballade, erinnerst du dich? Die habe ich nach der Trennung von meiner Frau geschrieben. Ich halte den Song für gut, weil er authentisch klingt. Die Stimmung ist ausschlaggebend.« Jemand schubste Ewan, sodass er sich an ihr festhalten musste, um nicht zu fallen. Unvermittelt ließ er sie wieder los und entschuldigte sich.

Alexandra lächelte verlegen. »Es ist so eng, und alle wollen auf einmal nach Hause. Du hast Recht mit der Stimmung. Aber eine Scheidung halte ich für ziemlich aufreibend, für beide.«

Ein Schatten zog über sein Gesicht. »Wir waren acht Jahre zusammen, davon fünf verheiratet. Das schüttelt man nicht einfach von sich ab. Wie ist es mit dir? Ich wette, du hast mehr als ein gebrochenes Herz verschuldet.«

»Kann sein, ich weiß nicht. Wie lange gibt es die Band schon?«

Er ging auf den Themenwechsel ein und erzählte ihr vom Aufbau der Band und wie die Musik mehr und mehr Raum in seinem Leben eingenommen hatte. Alexandra lauschte seiner Stimme, der sein melodischer schottischer Akzent Wärme verlieh, und bedauerte es immer weniger, Rogers Einladung gefolgt zu sein. Letzterer hatte seine Unterhaltung beendet, und der Barkeeper läutete die Glocke zum Ende des Ausschanks. Der Fiedler aus Ewans Band klopfte seinem Bandleader auf die Schulter und mahnte zum Aufbruch.

»Alan, eine Sekunde, bin gleich bei euch. Ich bin bis zum Frühjahr hier, meinst du, dass es bis dahin ein neues Bild von dir gibt?« Sein Blick ruhte kurz auf ihr, eine flüchtige Berührung.

»Ich hoffe es.«

»Bis dann also.« Ewan drehte sich um und ging zu seinen Musikern.

Roger nahm ihre Jacke. »Sollen wir? Gleich wird zugeschlossen.«

Gemeinsam verließen sie den Pub, und Alexandra bedankte sich bei Roger, der sich als taktvoller Begleiter erwiesen hatte. Die Nacht war sternenklar und die Straßen mit einer dünnen Schicht Schnee bedeckt. Da sie denselben Weg aus der Stadt heraus hatten, folgte Alexandra Rogers Sportwagen und ließ die Scheinwerfer kurz aufblinken, bevor sie in ihre Einfahrt einbog. Das kleine Haus ragte stolz in die Nacht. Es trotzte Wind und Wetter schon seit mehr als zweihundert Jahren. Alexandra ging an den Rand der Klippen und sah hinunter auf die leicht schäumenden Wogen, die ununterbrochen in immer gleichem Rhythmus gegen die Felsen schlugen. Während sie dem Meer zuhörte, glaubte sie, eine Melodie zu hören, und je länger sie dort stand, desto deutlicher schienen die Töne aus der Tiefe heraufzuklingen und von gebrochenem Herzen und Heimweh zu erzählen.

Sie ging ins Haus und sah die Perlen auf ihrem Schreibtisch liegen. Morgen, dachte sie, morgen werde ich versuchen herauszufinden, wem ihr gehört habt. Mit diesem Gedanken schlief sie ein.

Am nächsten Morgen stieg sie gerade aus der Dusche, als das Telefon klingelte.

»Ja?« Das Wasser tropfte aus ihren Haaren auf den Fußboden.

»Hallo, Alexandra, wie geht es dir?« Björn Lorenz Stimme klang müde.

»Danke, geht. Woher hast du meine Nummer?«

»Von Karen. Bitte leg nicht gleich wieder auf. Ich weiß, dass ich Fehler gemacht habe, aber Frederike ist anders. Du würdest sie mögen, da bin ich mir sicher. Besuch uns doch einfach einmal hier. Barbados ist eine wunderschöne Insel. Das Haus ist riesig, genug Platz, um sich aus dem Weg zu gehen, wenn du Ruhe brauchst. Ich schicke dir ein Ticket, wann immer du willst.«

»Nein, ist nicht nötig. Ein Museum in Niedersachsen hat gerade zwei meiner Bilder gekauft, und es scheint noch einen weiteren Interessenten zu geben. Finanziell ist zur Abwechslung mal alles stabil.« Sonst wie immer, wollte sie sagen, doch sie schwieg stattdessen.

»Das freut mich sehr für dich. Ich bin gesundheitlich etwas angeschlagen, sonst hätte ich euch gern in Wales besucht. Mir gefällt das Land, nur das Klima ist mir zu kalt und zu nass.«

»Du hast dir ja immer nur das Beste ausgesucht.«

Er überhörte die Bemerkung. »Gut, dann überlasse ich dich jetzt deiner Arbeit, aber es würde mich wirklich sehr freuen, wenn du dich zu einem Besuch entschließen könntest. Frederike kennt dich nur von Fotos. Also, ich wünsche dir alles Gute, mein Kind. Auf Wiedersehen!«

»Auf Wiedersehen, Vater.« Ob seine Frau sie nur von Fotos

kannte oder nicht, war ihr herzlich egal. Als er sie geheiratet hatte, war sie auch nicht gefragt worden. Nie war sie gefragt worden, er hatte sein Leben gelebt, wie es ihm gepasst hatte. Neben drei Ehen hatten zahlreiche Affären mit schönen Frauen ihm wenig Zeit für seine Kinder gelassen. Björn Lorenz war ein attraktiver Mann gewesen, groß, sportlich, blond und immer braun gebrannt. Seine Hotels führten ihn an die traumhaftesten Orte der Welt, an denen ihn seine Töchter zwar oft besuchten, doch hatte er kaum Zeit für sie. Im Alter wurde er wehmütig, wünschte sich die glückliche Familie, aber so einfach ist das nicht. Alexandra knallte das Telefon auf den Couchtisch und stapfte hinauf in ihr Schlafzimmer.

Immer noch wütend stand sie wenig später vor dem Kamin. Tränen krochen in ihre Augen, was sie nur noch wütender machte. Irgendwo musste noch eine Schachtel Zigaretten liegen. Sie durchwühlte Kisten und Schränke und wurde fündig. Rasch riss sie die Packung auf und zündete sich eine Zigarette an. Sie sog den Tabakrauch tief in ihre Lungen und stieß den Rauch fast widerwillig wieder aus. Das hatte er geschafft. Sie verfluchte ihn dafür, dass er meinte, irgendwann sei alles wieder gut, und sich selbst hasste sie dafür, dass sie sich jedes Mal wieder in die Ecke drängen ließ. Was sie auch sagte, sie blieb das trotzige kleine Mädchen, das sich ungerecht behandelt fühlte und nicht verzeihen konnte. Am Himmel zogen dunkle Wolken auf, es würde schneien oder regnen, und beides würde die Straßen gefährlich glatt machen.

Sie griff nach den Autoschlüsseln und ihrer Jacke und stieg in den Jeep. Bliebe sie weiter allein im Haus, wären die Zigaretten innerhalb kürzester Zeit aufgeraucht und sie würde sich in ihre verzweifelte Wut hineinsteigern. Sie fuhr durch die teilweise mit Schnee bedeckten Hügel hinunter in die Stadt. Roger hatte gesagt, dass Trevor Cunningham, der pensionierte Pfarrer, im ältesten Teil von Aberystwyth wohnte.

Alexandra parkte den Wagen hinter dem Friedhof und spazierte zwischen den langen Reihen uralter Grabsteine hindurch. Ganze Familien aus dem 18. und 19. Jahrhundert hatten hier ihre letzte Ruhestätte gefunden. Die Gräber waren von Efeu überwuchert. Es schien keine Nachkommen zu geben, oder wenn doch, dann waren diese an dem Erhalt der alten Gräber nicht interessiert. Vor der Kirche links, hatte Roger erklärt. Sie ging auf dem schmalen Bürgersteig an einer hohen Feldsteinmauer, die den darüberliegenden Garten befestigte, vorbei. Eine enge Toreinfahrt öffnete sich, und sie las ›Cunningham‹ auf dem verwitterten Schild. Vielleicht wäre es doch besser gewesen, sich anzumelden, aber Roger hatte gesagt, dass Trevor sich jederzeit über Besuch freute, denn er vermisste die aktive Predigerzeit sehr. Sie schritt die steile Auffahrt zum Haus empor. Der Garten war kunstvoll auf mehreren terrassenartigen Stufen angelegt, anders war das steile Gefälle nicht zu bewältigen. Leicht außer Atem kam sie vor der mit buntem Glas verzierten Haustür an. Sie drückte den Klingelknopf, und kurze Zeit später öffnete ein gepflegter älterer Herr die Tür.

Er sah sie durch dicke Brillengläser aufmerksam an. »Sie wünschen?«

»Alexandra Lorenz, guten Tag, Ich komme auf Empfehlung von Roger Llangaerogg. Er meinte, Sie wären auf dem Gebiet der Heimatforschung ein Spezialist.« Sie sah ihn fragend an.

Der große hagere Mann lächelte höflich. »Bitte, kommen Sie herein. Margret hat gerade einen kleinen Lunch bereitet, zu dem Sie herzlich eingeladen sind.«

Sie wollte ablehnen, doch er winkte ab. »Kommen Sie nur, bei dem Wetter hat man immer Hunger, und Margrets Shepherds Pie ist unvergleichlich.«

Er führte sie in ein großes Esszimmer, an dessen langem massiven Holztisch Platz für mindestens zehn Personen war. Am Kopfende war für zwei Personen gedeckt. Trevor deutete auf den gegenüberliegenden Platz und nahm ihr die Jacke ab.

Dann rief er in Richtung der Küche: »Margret, Liebes, wir haben einen Gast.«

Eine ebenfalls große schlanke Frau mit roten Wangen kam in den Raum und wischte sich die Hände an ihrer Schürze ab. »Herzlich willkommen, ich hoffe, Sie mögen Shepherds Pie?«

»Ich möchte wirklich nicht stören.« Alexandra stand verlegen vor dem ihr zugewiesenen Stuhl.

»Bitte, es macht uns Freude, Besuch zu haben. Früher, zu Trevors aktiven Zeiten, hatten wir täglich Gäste. Sehen Sie sich den Tisch an – er wird kaum noch gebraucht. Also, jetzt setzen Sie sich, und dann wird gegessen.«

Margret Cunningham duldete keinen Widerspruch und brachte aus der Küche eine dampfende Auflaufform mit. Rasch breitete sie Besteck und Teller vor Alexandra aus und füllte ihr eine große Portion der appetitlich aussehenden Pie auf. Auf Alexandras Frage hin erklärte Margret, dass zu einer anständigen Pie gehacktes Lammfleisch und frische Karotten gehörten. Alles würde gut mit Kartoffelpüree abgedeckt und anschließend mit Käse überbacken. Es schmeckte wirklich ausgezeichnet. Trevor beendete das Mahl mit einem kurzen Gebet und lehnte sich dann in seinem Stuhl zurück. Margret brachte Kaffee und Sherry, und beide sahen Alexandra erwartungsvoll an. Diese fragte nach dem Schicksal des Cottage in der Mitte des 19. Jahrhunderts und erwähnte nebenbei ihren Fund.

»Das ist wirklich interessant. Waren Sie schon in der Nationalbibliothek?«, fragte Trevor.

Alexandra nickte.

»Wir haben unendliches Glück, dass eine der Nationalbibliotheken zu uns gekommen ist, denn dort finden Sie jedes in Großbritannien gedruckte Buch, außerdem über drei Millionen historischer Dokumente, Stiche, Landkarten und frühe Buchdrucke. Mit wem haben Sie gesprochen?«

»Mit Gwyneth Jones.«

»Hmm ja, nett, aber sie hat keine Ahnung von den historischen Sachen. Leider bin ich auf Llanbadarn und die alten Familien in Aberystwyth spezialisiert, mit dem Landadel habe ich mich nur am Rande beschäftigt. Wenn Sie einen Moment warten, suche ich heraus, was ich dazu habe.« Er stand auf und verschwand in einem der Nebenzimmer.

Margret wollte wissen, woher Alexandra kam und was sie nach Wales gebracht hatte. Charles und Karen waren ihr bekannt, und sie erwähnte, dass sie selbst Aquarelle malte. Trevor kam mit einigen Papieren zurück, die er auf dem Tisch ausbreitete.

»Das ist nicht viel, aber sehen Sie selbst. Hier haben wir einen Stammbaum der Llangaeroggs, nicht vollständig. Was Sie interessiert, ist das Jahr 1841. Damals lebten noch der Earl Owain Llangaerogg und seine Frau Elisabeth, verstorben 1843. Es gab anscheinend drei Kinder: Edmund, Victoria und John-Richard. Letzterer verstarb 1841, Edmund heiratete eine Catherine und Victoria blieb wohl kinderlos bis zu ihrem Tod 1866. Tja, den weiteren Verlauf sehen Sie selbst. Kein Hinweis auf die Besitzungen. Ende des 19. Jahrhunderts ging es den Llangaeroggs finanziell sehr schlecht, und sie verkauften viel Land.«

»Das Cottage hat Owain Llangaerogg um 1920 verkauft. Das weiß ich von Gwyneth.«

Trevor überlegte. »Nun, Genaueres kann ich Ihnen leider nicht sagen, aber ich kann nicht glauben, dass es nicht noch mehr in der Nationalbibliothek gibt, das Ihnen weiterhelfen könnte. Was, sagten Sie, haben Sie in Ihrem Cottage gefunden?«

»Eine Perlenkette und einen Brief, nun ja, eher eine Botschaft.«

»Faszinierend, in der Tat. Damals wurde leider nicht jeder erfasst, der sich für kurze Zeit irgendwo niederließ und dann vielleicht wieder verzog. Meine Güte, heute wird alles in diese Computer eingegeben, jede noch so unwichtige Kleinigkeit. Spätere Generationen werden in Nichtigkeiten ersticken, und das Wesentliche geht in diesem Informationsdschungel verloren. Lamentieren hilft hier nicht – gehen Sie noch einmal in die Bibliothek und fragen Sie nach Rhys Evans. Er ist ein wenig seltsam, aber wenn er nicht findet, wonach Sie suchen, dann gibt es das dort auch nicht. Bestellen Sie ihm Grüße von mir, falls er nicht kommen will.«

Kapitel 5

Was Trevor über Rhys Evans gesagt hatte, war nicht übertrieben. Alexandra war noch an demselben Nachmittag in die Nationalbibliothek gegangen, die sie von Cunninghams Haus aus leicht über einen Waldweg oberhalb des Berges erreichte. Die Bewegung tat ihr gut, und sie merkte, wie sehr sie den regelmäßigen Sport vermisste. Als Ausgleich zum Malen hatte sie in Berlin ein Fitnesscenter besucht, und sie wollte sich heute noch eines in Aberystwyth ansehen. Zuerst jedoch musste sie diesen Evans dazu bewegen, ihr zu helfen. In der Nationalbibliothek wurde ihre Frage nach Rhys Evans mit hochgezogenen Augenbrauen kommentiert, und der junge Mann am Tresen fragte, ob er ihr denn nicht helfen könne. Sie verneinte und wiederholte ihre Bitte. Der junge Mann zuckte nur die Schultern und verschwand.

Nachdem sie etwa zehn Minuten gewartet hatte, kam der Bibliothekar in Begleitung eines schwergewichtigen Mannes zurück. Der glatzköpfige Mann, dessen Alter sie irgendwo zwischen fünfundzwanzig und vierzig Jahren vermutete, wog mindestens zwei Zentner. Ein enormes Unterkinn lag auf einem zweiten und das auf dem wogenden Brustkorb, der sich unter einem zeltartigen Hemd schwer atmend hob und senkte. Die verhältnismäßig kleinen Füße lugten unter einer weiten Hose hervor. Schnaufend ließ sich der Mann auf einem Drehstuhl, der unter seinem Gewicht verdächtig ächzte, vor den Computern nieder.

»Worum geht es, dass Sie mich aus meinem Keller holen lassen?« Wache kleine Augen, die zwischen schweren Lidern lagen, musterten Alexandra abwartend.

Alexandra entschuldigte sich und erklärte ihr Anleigen, wobei sie Trevors Empfehlung betonte. Rhys Evans hörte mit geschlossenen Augen zu, machte sich dann am Computer zu schaffen und rief schließlich nach Gwyneth, die etwas für ihn erledigen sollte. All dies tat er auf Walisisch, sodass Alexandra geduldig wartete, bis Gwyneth mit dem bestellten Material wieder auftauchte. Rhys zog eine der Mappen hervor, die Alexandra bei ihrem letzten Besuch in den Händen gehalten hatte.

»Was es an dokumentierten Unterlagen über die Llangaeroggs gibt, hat Gwyneth eben gebracht. Vielleicht hilft Ihnen das hier weiter – eine Zustandsbeschreibung des Cottage um 1920, kurz bevor es an einen wohlhabenden Londoner Kaufmann verkauft wurde. Es heißt hier, dass das Haus in völlig desolatem Zustand war, weil es seit vielen Jahren leer gestanden hatte. Anscheinend hat seit Mitte des 19. Jahrhunderts niemand mehr in dem Haus gewohnt, denn der Käufer hat angemerkt, dass die Landbevölkerung von nächtlichen Erscheinungen in der Nähe des Hauses berichtete.« Rhys sah sie an. »Für so einen Städter war das natürlich ein besonderer Kaufanreiz, und ich würde dem nicht allzu viel Bedeutung beimessen. Die Leute sind hier sehr erfinderisch, wenn es darum geht, ein gutes Geschäft zu machen.«

Er blätterte weiter. »Mir scheint, dass der Grund für den Leerstand des Hauses in den Vierzigerjahren des 19. Jahrhunderts zu suchen ist, denn 1841 starb der älteste Sohn, kurz darauf die Mutter. Über John-Richard, den Erben, gibt es keinerlei Vermerke, nur sein Todesdatum. An Ihrer Stelle würde ich da mal nachhaken. Waren Sie schon in der Kirche?«

»Welche Kirche?«

Ein ungeduldiges Schnauben entfuhr dem mächtigen Körper. »Na, die neben Cunninghams Haus. Auf dem alten Friedhof ist irgendwo die Familiengruft der Llangaeroggs, und möglicherweise gibt es im Register einen Eintrag, der die Todesumstände dieses John-Richard erwähnt. Fragen Sie den Pfarrer. War das alles?«

»Ja, danke vielmals. Sie haben mir wirklich geholfen.«

Ohne ein weiteres Wort wuchtete sich der zentnerschwere Mann aus seinem Stuhl und machte sich auf den Weg zurück in seinen Keller, wo er sich allem Anschein nach am wohlsten fühlte. In jedem Fall hatte er ihr geholfen, den nächsten Schritt zu finden. Sie sah auf die Uhr, es war fast fünf und damit zu spät für einen Besuch in der Kirche. Und da sie nicht noch einmal einen Geistlichen beim Essen stören wollte, entschied sie sich für einen Besuch im Fitnesscenter.

Das Wetter hatte sich gehalten, erst jetzt fielen vereinzelte Regentropfen auf die Windschutzscheibe. Langsam fuhr Alexandra hinauf zu ihrem Cottage. Sie fand zwei Briefe in ihrem Briefkasten – einen von Frank, den sie sofort an seiner fein gestochenen Handschrift erkannte, und einen nicht frankierten Umschlag, den jemand direkt eingeworfen haben musste. Sie las zuerst Franks Brief, in dem er ihr von seinen neuen Bildern und Videoideen berichtete. Etwas Klatsch und Tratsch aus der Künstlerszene war auch dabei, und zum Schluss bedankte er sich noch einmal überschwänglich für die Wohnung, in der er sich anscheinend sehr wohl fühlte. Sie würde ihn anrufen, denn im Gegensatz zu Frank telefonierte sie lieber. Geschriebenes kam ihr zu endgültig vor.

Sie legte ein Holzscheit in den Kamin und zündete es an, nicht weil sie fror, sondern weil sie das Knistern des Holzes und den Geruch, der dann den Raum durchströmte, liebte. Sie setzte sich mit dem zweiten Umschlag auf das Sofa. Die große, kühn geschwungene Handschrift deutete auf einen männlicher Absender. Tatsächlich war der Brief von Roger, der sie auf handgeschöpftem Papier mit eingeprägtem Familienwappen zur morgigen Pferdeauktion in Tregaron einlud. Sollte sie nicht zurückrufen, würde er sie früh um acht Uhr abholen. Eine Pferdeauktion – das klang interessant, und weiter südlich als bis zur Devil's Bridge, einem beliebten Ausflugsziel, war sie noch nicht gewesen. Der Friedhof würde auch einen Tag länger auf sie warten.

Es war noch dunkel, als sie aufstand, aber das Radio sagte einen trockenen Tag und Sonne voraus, das klang viel versprechend. Sie hatte keine Vorstellung von einer Pferdeauktion. Mit einem Pferderennen, wo die Leute sich auftakelten, um gesehen zu werden, war das sicher nicht zu vergleichen. Sie entschied sich für wetterfeste Lederstiefel, dunkle Jeans, einen dunkelgrauen Rollkragenpullover und eine warme Daunenjacke. Pünktlich um acht klingelte es an ihrer Tür, und Roger begrüßte sie gut gelaunt und zünftig in Wachstuchmantel, Tweedjackett und Cordhose gekleidet.

»Guten Morgen! Es soll ein wahrhaft schöner Tag werden, auch wenn es noch nicht danach aussieht. Du wirst nicht bereuen, mitgekommen zu sein. So eine Pferdeauktion ist ein Erlebnis, und Tregaron ist ein nettes Städtchen.«

Während der etwa vierzigminütigen Fahrt, die sie südlich von Aberystwyth über Pentrebont, dann über die 485 durch Llanilar nach Tregaron führte, machte sie Roger mit der Landschaft und der Geschichte des bäuerlichen Städtchens bekannt. Gern hätte er ihr Strata Florida, das so genannte Blumental, gezeigt, das nur fünfzehn Minuten von Tregaron entfernt lag, aber die Straße dorthin war noch schlechter als die, auf der sie fuhren. Eine schöne, oft gemalte Steinbrücke führte über den Teifi, und eine normannische Burg kontrollierte einst das gesamte Sumpfgebiet, das sich bis hinunter nach Tregaron zog. Roger erzählte, dass das Städtchen seit Jahrhunderten Treffpunkt aller Schafhalter der Umgebung für Märkte und Viehauktionen war. Eine Statue auf dem Markt stellte einen Parlamentarier des letzten Jahrhunderts, Henry Richard, dar, doch eigentlicher Held des Ortes war Tom Jones – eine Art Robin Hood des 16. Jahrhunderts.

Auf dem Markt wimmelte es von Schafen, Rindern und Farmern, die sich in und um die Viehgatter drängten. Roger fuhr in eine Seitenstraße und parkte den Wagen. Sie gingen über den Marktplatz, wobei Roger hier und da Hände schüttelte und Alexandra die Vorzüge einiger Rinderrassen erklärte.

»Tregaron ist auch für sein Bier berühmt, das werden wir später in einem Gasthof überprüfen. So, hier geht es zu den Ställen.« Sie folgten einer schmalen Straße, die von alten, gemauerten Steinhäusern gesäumt war, und kamen dann auf offenes Gelände, das von Range-Rovern mit Pferdeanhängern, Pferden und deren Eigentümern und Interessenten bevölkert war. Zwei riesige Reithallen mit Stallungen schlossen sich an. Roger steuerte auf eine Frau zu, deren halblanges Haar genau seine Haarfarbe hatte. Das musste Cynthia sein. Sie war ebenso groß und schlank wie ihr Bruder, allerdings waren ihre Gesichtszüge hart, und auch von Rogers Charme war bei ihr nichts zu spüren.

»Cynthia, darf ich dir Alexandra vorstellen?«

Die beiden Frauen schüttelten sich die Hände, wobei Cynthia sie mit kühlem Blick abschätzig musterte. »Sie wohnen also jetzt im Cottage? Schau an, und jetzt schnüffeln Sie auch noch in unserer Familiengeschichte herum, ist das da Sitte, wo Sie herkommen?«

Alexandra war über so viel offene Feindseligkeit erschrocken. »Ich wusste nicht, dass ich jemandem damit zu nahe trete. Roger hat mir nichts …« Sie sah ihn Hilfe suchend an.

Verärgert über das rüde Benehmen seiner Schwester schaltete Roger sich ein. »Du solltest deinen Ärger nicht an anderen auslassen, Cynthia. Dafür, dass deine Stute nicht trächtig wird, kann Alexandra nichts, und wo ist überhaupt dein Göttergatte? Wollte er sich nicht freinehmen für diesen Tag?«

Cynthia strich sich die halblangen Haare aus dem Gesicht. »Jaja, schon gut, Verzeihung, ich bin etwas nervös, die Stute war sehr teuer, und wir wollten mit ihr züchten. Jetzt suchen wir einen neuen Deckhengst. Ah, Rupert!« Sie winkte einem Mann mit Tweedmütze zu, der suchend zwischen den Pferden hindurchschlenderte.

Rupert Sikes war einen halben Kopf kleiner als seine Frau und wirkte behäbiger. Er war offensichtlich nicht so viel an der frischen Luft wie Cynthia, was seine blasse Haut zeigte. Roger machte ihn mit Alexandra bekannt.

»Das Cottage, ja, hat das nicht Karen Conway angemietet? Ich kenne ihren Mann.« Rupert musterte Alexandra interessiert.

»Mein Schwager, richtig. Ich wollte mit meinen Nachforschungen über das Cottage keine Unannehmlichkeiten verursachen.« Alexandra hoffte, dass Rupert nicht ebenso verärgert war wie seine Frau.

»Oh bitte, machen Sie sich darüber keine Gedanken, ich bin da nicht so empfindlich.«

Cynthia zischte: »Das sagt sich leicht, wenn man aus einer Proletarierfamilie kommt und nichts zu verlieren hat.«

Müde lächelnd erwiderte ihr Mann: »Teuerste, wir wollen doch unsere Zwistigkeiten nicht vor einer Fremden ausbreiten. Ich wette, dass Sie das nicht im Geringsten interessiert. Was müssen Sie nur für einen Eindruck gewinnen. Aber der liebe Roger wird sicher für Ausgleich sorgen, nicht wahr, Roger? Hattest du denn Erfolg mit dem Verkauf der Braddock Villa?«

»Das wird sich noch zeigen, mein Klient hat sich Bedenkzeit ausgebeten. Sind deine Aktien schon wieder gestiegen? Soweit ich das mitbekommen habe, ist der Südostasienfonds noch immer im Keller. Alexandra, möchtest du dir die Pferde ansehen?«

Alexandra nahm den Vorschlag gerne an, denn die Spannungen innerhalb der Familie waren ihr zu anstrengend.

»Wie geht es deinem Vater? Kommt er nicht mit hier heraus?«

Sie gingen zu den Stallungen. »Früher konnte ihn nichts davon abhalten, mit auf die Auktionen zu kommen. Wir haben immer noch einige Schafherden, und es gab Zeiten, da hat mein Vater fast auf jeder Auktion neue Zuchtbullen ersteigert. Er ist – war – ein ausgezeichneter Reiter. Cynthia kommt nach ihm. Ich mache mir nicht viel aus Pferden, ich mag sie, aber das Reiten war nie so sehr meine Leidenschaft wie Cynthias. Dafür liebe ich schnelle Autos.« Er grinste. »Ich bin eben der degenerierte Spross einer heruntergekommenen Sippe walisischen Landadels.«

Alexandra lachte. »Na, so schlimm kann es nicht sein, immerhin fährst du einen italienischen Sportwagen und deine Garderobe kommt nicht gerade aus der Altkleidersammlung.«

»Hier und da mache ich ein Geschäft.« Grimmig in Richtung seines Schwagers sehend, fuhr er fort: »Auch wenn Rupert das herunterspielt, ich habe meine Freunde noch nicht anpumpen müssen. Warum Cynthia diesen arroganten Emporkömmling heiraten musste, ist mir bis heute ein Rätsel geblieben. Er ist ein Blender, wer ihn nicht kennt, denkt, er hat ein Büro in der Wall Street und nicht in Aberystwyth. Aber meinen Vater hat er auch eingewickelt. So ist das mit der lieben Familie.«

Sie blieben vor der Box eines nervösen achtjährigen Trakenerhengstes stehen. Seine Nüstern sogen ihren Geruch ein, offenbar nicht der richtige, denn der Hengst zog den schönen Kopf weg und drehte ihnen die Seite zu.

»Ist dein Vater denn geistig noch ganz …?«, fragte Alexandra vorsichtig.

»Das schon, und wie. Er leitet immer noch die Geschäfte des Gutes und lässt sich von Rupert bei Geldanlagen beraten. Cynthia hat nur die Pferde im Kopf, das war schon immer so.«

Alexandra räusperte sich, denn der Gegenstand des Gespräches betrat soeben den Stall.

»Was sagt ihr zu diesem Prachthengst?« Cynthia sprach ein paar Worte mit dem Tier, und sofort kam es zu ihr und ließ sich über die perfekte Blesse streicheln. Von Pferden verstand sie ganz offensichtlich eine Menge.

»Mein Guter, ja, so ein prächtiges Pferd. Nur leider übersteigt sein Preis mein Budget. Jammerschade!«

»Meine Güte, Cynthia, es gibt noch Hunderte anderer Gäule hier, da wird ja wohl einer dabei sein«, bemerkte Roger.

Cynthia wandte sich an Alexandra. »Er hat keinen Funken Pferdeverstand, sonst würde er so etwas nicht sagen. Dieser

Hengst hat eine hervorragende Karriere in verschiedenen Rennen gemacht und sich auch schon in der Zucht bewährt. Verstehen Sie etwas von Pferden?«

Alexandra schüttelte den Kopf.

»Ach, na ja. Was machen Sie noch? Töpfern oder so was?«

»Ich male«, sagte sie kurz angebunden.

»Was denn, Aquarelle?«

»Nein, Ölbilder, und ich kann davon sogar leben.«

Der finanzielle Aspekt errang Cynthias Aufmerksamkeit. »Das können Sie? Alle Achtung, vielleicht hätte ich einen Maler heiraten sollen.« Sie lachte und zeigte erstmals einen Anflug von Humor, oder vielleicht war es auch nur beißender Sarkasmus. Jedenfalls behandelte sie Alexandra von nun an etwas respektvoller und schlug sogar vor, gemeinsam das Mittagessen im Red Lion, einem Pub mit hervorragender Küche, einzunehmen.

Sie verabredeten sich für ein Uhr, bis dahin wollte sich Cynthia in die Auktion stürzen. Roger erklärte Alexandra die Unterschiede in der Qualität der vorgeführten Pferde, wobei Alexandra gestand, dass sie alle schön fand und niemals merken würde, wenn man ihr ein drittklassiges Reitpferd für einen Traber verkaufen wollte. Das Mittagessen verlief harmonischer als erwartet, und Rupert fragte sie neugierig über den Stand ihrer Nachforschung aus. Aus Cynthias Bemerkungen ging dennoch deutlich hervor, dass ihr Vater und auch sie selbst, ihre Mutter war schon seit mehreren Jahren tot, es nicht schätzten, wenn in der Vergangenheit der Llangaeroggs herumgestöbert wurde. Alexandra gewann den Eindruck, dass ihr das durchaus ernst war, und versicherte Cynthia, dass es ihr nur um das Cottage ging.

»Roger erzählte von Schmuck und einem Tagebuch, das Sie gefunden hätten?«

»Nein, da hat er übertrieben, Cynthia, es war nur eine einfache Korallenkette und eine Botschaft, wahrscheinlich ein Liebesbrief, nichts weiter.« Es erschien ihr nicht angebracht, Rhys'

Hinweis auf den Vorfahren in der heimatlichen Familiengruft zu erwähnen. Dem würde sie lieber allein nachgehen. Cynthia wechselte das Thema, und von da ab wurde nur noch über Pferde gesprochen. Anscheinend hatte sie einen Hengst gefunden und überlegte, wie sie geschickt beim Mitbieten vorgehen sollte.

Am Ende des Auktionstages hatte Cynthia das Pferd ihrer Wahl ersteigert. Der geforderte Preis hatte ihr Budget weit überstiegen, doch Rupert zuckte nur mit den Schultern und meinte, es würde sich schon alles einrenken. Wahrscheinlich hofft er insgeheim auf das Ableben des Earl, dachte Alexandra. Sie hatte einen ereignisreichen Tag mit Roger verbracht. Falls Roger mehr erwartet hatte, zeigte er sich nicht enttäuscht, als er sich vor ihrem Haus von ihr verabschiedete. Von den rüden Manieren seiner Schwester war er weit entfernt, aber vielleicht war er auch nur taktvoller und erfahren im Umgang mit Frauen.

Der Wind hatte bereits aufgefrischt, während sie aus Tregaron zurückgefahren waren. Jetzt schien sich ein richtiger Sturm aufzubauen. Rogers Wagen war hinter dem Hügel verschwunden, aber anstatt ins Haus zu gehen, spazierte Alexandra über den Rasen bis an den Rand der Klippen. Die See war aufgewühlt und Gischt spritzte bis zu ihr herauf. Sie schmeckte das salzige Wasser und sog die kräftige Seeluft scharf ein. Hier draußen fühlte sie sich weniger einsam als in der Stadt, wo jederzeit Menschen um sie waren. Lag es an den Menschen in Wales, die es ihr leichter machten, auf sie zuzugehen? Nun ja, bis auf Cynthia, die war aus besonders hartem Holz geschnitzt. Ihre finanzielle Situation spielte dabei sicher eine Rolle, denn es konnte kein angenehmes Gefühl sein, den ehemals großen Landbesitz und damit auch das Prestige schwinden zu sehen. Plötzlich fragte sich Alexandra, wie die Llangaeroggs im 18. Jahrhundert überhaupt zu einem derartig großen Besitz gekommen waren. Allein durch Schaf- und Rinderzucht? Das riesige Anwesen lag sehr abgelegen.

Der Wind durchdrang jetzt ihre Jacke und machte sie frösteln. Sie sah auf die Wellen, die sich mehr und mehr auftürmten, und verstand, warum besonders Seeleute dem Meer mit großem Respekt begegeneten. So wie die See unter ihr, so rauschten auch die Gefühle in ihr – sie breitete die Arme aus und schrie mit aller Kraft gegen den Wind. Niemand außer der donnernden See konnte sie hören, niemand sie sehen. Sie war allein, allein mit sich und den tosenden Elementen. Die Gischt spritzte in ihr Gesicht und bedeckte es mit einer salzigen Kruste. Der Mond musste sich durch die Wolken geschoben haben, denn unterhalb der Klippen sah sie jetzt, dass das Meer den Strand gänzlich überspült hatte. Die Felsen, die sonst vor der Sandbank aus dem Wasser ragten, waren verschwunden. Nur die Schaumkronen zeigten an, dass sich die Wellen dort brachen. Sie dachte an Madelaine, die Frau, die hier gelebt hatte und die aus einem unbekannten Grund von hier geflohen war. Hatte sie auch an diesen Klippen gestanden und auf das tosende Meer geblickt? Auf unerklärliche Weise fühlte Alexandra sich dieser Unbekannten nahe. Ihr Schicksal berührte sie mehr und mehr.

»Madelaine, was ist dir geschehen?«, flüsterte Alexandra. Der heulende Wind gab keine Antwort. Alexandra streckte ihre Hände den anbrandenden Wellen entgegen, bis sie von der Kälte verfroren und der Gischt durchnässt war. Eine tiefe Sehnsucht und zugleich eine unendlich große Traurigkeit stiegen in ihr auf. Tränen rannen ihr die Wangen hinunter.

Sie schluchzte und schrie in die düstere, tobende Weite. »Was soll ich tun? Sag mir, was ich tun soll? Ich ertrage das nicht! Ich kann nicht …« Ihre Stimme erstarb in hilflosem Schluchzen. Ihr Inneres war aufgewühlt, und Gefühle und Erinnerungen überschlugen sich. Nach einer Weile jedoch verebbten die Tränen, und eine neugefundene Tatkraft verdrängte die Traurigkeit. Alexandra kannte nur einen Weg, diese Kraft zu nutzen.

Auf ihrem Skizzenblock entstanden in schneller Folge Entwürfe für neue Bilder. Blatt um Blatt füllte sie mit Linien und Schattierungen, die sich vor ihrem geistigen Auge in Farbe umwandelten. Erschöpft ließ sie sehr viel später den Bleistift fallen. Bevor sie schlafen ging, legte sie aus einem Impuls heraus die Perlenkette und den Brief in das kleine Geheimfach ihres Schreibtisches, an das man nur herankam, wenn man zwei Schubladen herauszog und ein seitliches Paneel drückte.

Kapitel 6

Der Sturm hatte etwas nachgelassen, doch seine Auswirkungen waren deutlich zu sehen, als Alexandra die Promenade von Aberystwyth entlangfuhr. Überall lagen Sand und Kieselsteine, sogar vor den Haustüren der Hotels und Pubs, deren Fassaden in bunten Farben gestrichen waren. Sie parkte am Pier, der gegenüber dem Old College lag.

Alexandra sah genauer auf die Schilder der Institute, aber das Biologische Seminar war nicht vertreten. Wahrscheinlich lag es auf Penglais Hill, wo sich die meisten naturwissenschaftlichen Abteilungen befanden. Vom Pier, der sich neben dem Old College befand, führte eine Straße zum alten Markt hinauf. Alexandra schaute in die Auslagen der kleinen Läden und entdeckte ein Farbengeschäft. Ihr fehlten noch Materialien, und sie betrat den unscheinbaren Laden in der Hoffnung, wenigstens die nötigsten Grundfarben und Leinwände zu finden. Das Geschäft erstreckte sich über zwei Etagen, und Alexandra konnte sich gar nicht satt sehen an den Farbtuben, Pinseln und Spachteln. Auch Leinwände in großen Formaten waren vorhanden.

Sie verstaute das Material im Jeep und fuhr hinaus nach Llanbadarn. Auf dem Friedhof lagen Zweige, die der Sturm von den Bäumen gerissen hatte. Dunkle Wolken zogen auf, und als Alexandra über die Reihen alter Grabsteine blickte, überkam sie ein mulmiges Gefühl. Natürlich war das Unsinn, denn es war mitten am Vormittag und sie befand sich in einer Stadt und nicht in einem verlassenen Landstrich. Entschlossen schritt sie zwischen umgestürzten Grabsteinen hindurch. Sie befand sich auf dem ältesten Teil des Friedhofs, die neuen Gräber lagen oberhalb des Hügels. Alexandra wusste nicht, wie lange sie schon den schmalen, von nassem Gras verdeckten Wegen gefolgt war. Den Namen Llangaerogg konnte sie nirgends entdecken. Sie blickte auf die Kirche, vielleicht gab es drinnen eine Kapelle, immerhin waren die Llangaeroggs einmal reich und bedeutend gewesen.

»Jaja, drinnen müssen Sie suchen. Da liegen sie alle, nur einer nicht, sein Grab ist nass und kalt. Auf ewig ruht er dort, am Busen seiner Liebsten.«

Alexandra fuhr zusammen, diese Stimme hatte sie schon einmal gehört. Sie erblickte die Alte, die sie an ihrer Haustür gesehen hatte. Die Frau trug dieselben Kleidungsstücke, hatte einen Lederbeutel in der einen Hand und sah, unter einem entlaubten Baum stehend, zu ihr herüber. Ihr Gesicht war von Wind und Wetter gegerbt und lag in unzähligen Falten, wobei Alexandra fand, dass sie vergleichbaren Waliserinnen nicht im Entferntesten ähnelte. Ihre Augen standen etwas schräger und die Haut war nicht rosig, sondern hatte eher einen Olivton. Kaum hatte Alexandra diese Beobachtungen gemacht, als die Alte sich umdrehte.

»Bitte, gehen Sie nicht schon wieder fort. Was meinen Sie damit?«

Aber die Alte ließ sich nicht aufhalten und murmelte im Gehen vor sich hin. »Nur Geschwätz einer alten Frau, nur Geschwätz …«

Offensichtlich wollte sie nicht mit Alexandra sprechen, die ratlos auf dem Friedhof stand und der gebeugten Gestalt hinterhersah. Drinnen, hatte die Alte gesagt, damit konnte sie nur die Kirche meinen. Was hatte sie zu verlieren? Also ging sie zum Westportal und zog die schwere eisenbeschlagene Tür auf. Von draußen wirkte die Kirche wie ein massiver Klotz. Es gab keine erkennbaren Kapellenanbauten oder Strebepfeiler, nur hohe, rundbogige Fenster. Der Innenraum zeigte dennoch ein durch mächtige runde Säulen abgegrenztes Mittelschiff und zwei Seitenschiffe. Alexandra ging auf den Hauptaltar zu, den ein Triptychon, ein dreigeteiltes Altargemälde, zierte, das sie auf das späte 19. Jahrhundert schätzte. Links neben dem Altar führten drei Stufen hinauf in einen kleinen kapellenähnlichen Raum.

In der Mitte des Raumes, unterhalb des Fensters, hing das Wappen der Llangaeroggs, wie sie es von Rogers Briefpapier in Erinnerung hatte. Es standen keine Sarkophage in dem Raum, sodass sie annahm, sie befänden sich unten in einer Krypta. An den Wänden hingen zwei große Steintafeln, in die die Namen der Verstorbenen eingemeißelt waren. Owain I. Earl of Llangaerogg (1786–1856), las sie, daneben stand der Name seiner Frau Elizabeth Montgommery Llangaerogg (1792–1843), gefolgt von den Kindern Edmund (1812–1870), verheiratet mit Catherine Treville (1800–1896), Victoria (1815–1866), beigetreten dem Orden der heiligen Cäcilie. Edmund und Catherine hatten mehrere Kinder, die ebenfalls aufgeführt wurden. Nur, wo war der Erstgeborene?

Alexandra las die zweite Tafel durch, fand aber keinen Hinweis. Dann sah sie sich in der Kapelle um und entdeckte schließlich eine Grabplatte im Fußboden, die unauffällig in der rechten Ecke des Raumes eingelassen worden war. Nur wer danach suchte, würde den Schriftzug auf dem flachen Stein entdecken:

John-Richard II., Earl von Llangaerogg –
Geliebter Sohn und Bruder (1810–1841)
Ruhe er in Frieden auf dem Meeresgrund.
Seine Star of India *sank südlich der Tungscha Islands.*

Sein Grab ist nass und kalt, hatte die Alte vorhin gesagt, und niemand sonst aus der Familie der Llangaeroggs hatte auf See sein Leben verloren. John-Richard, was hast du getan, dass dein Name nicht mit den anderen auf der Tafel eingraviert worden ist? Und wer hat deinen Namen in Ehren gehalten mit dieser Grabplatte? Alexandra zog ein Notizbuch aus ihrer

Handtasche und notierte sich Namen, Daten, den Namen des Schiffes und den Ort, wo es gesunken war. Tungscha Islands – wo konnten die liegen?

Obwohl die Kirche offen gewesen war, fand sie niemanden, der ihr Auskunft hätte geben können. Sie notierte sich die Nummer, die auf einem der Aushänge stand, und beschloss, anzurufen und um einen Termin zu bitten. Nur so konnte sie sicher gehen, den zuständigen Geistlichen anzutreffen. Sie sah auf die Uhr, Mittagszeit. Da niemand auf sie wartete, ging sie ins Penguin Café, kaufte sich vorher eine Tageszeitung und setzte sich an einen freien Tisch am Fenster. Das Tiramisu war cremig und zerging auf der Zunge. Sie verdrückte gerade das letzte Stück, als jemand über ihre Zeitung lugte.

»Hi, ich war mir nicht sicher, ob du es bist.« Ewan McCord stand in Jeans, warmer Jacke und Wanderstiefeln vor ihr. Er musterte sie unverblümt.

»Ewan, hallo. Bitte nimm Platz.« Sie deutete auf den freien Stuhl.

Er blieb stehen. »Was hast du vor?«

»Eigentlich wollte ich zurück zum Cottage und eine Leinwand grundieren. Warum?«

»Ich will in die Berge, schauen, was der Sturm so alles angerichtet hat. Ich dachte, wenn du Lust hast, dir die Natur dort oben bei diesem Wetter anzuschauen …?« Er sah sie abwartend an, eine dunkle Strähne fiel ihm ins Gesicht.

Alexandra faltete die Zeitung zusammen. »Warum nicht, grundieren kann ich auch später. Ich stehe nicht unter Termindruck.«

»Das hört sich gut an.«

»Niemand erwartet etwas von mir – so sieht es aus.« Sie stand auf, legte das Geld auf den Tisch und ging mit Ewan nach draußen.

»Müssen Menschen denn immer etwas von einem erwarten?« Er ging auf einen dunkelblauen Volvo-Kombi zu, der bei näherem Hinsehen seine besten Tage schon hinter sich hatte.

Sie stiegen ein, und Alexandra sagte: »Wenn deine Galeristin dich unbefristet in den Urlaub schickt, damit du wieder neue Ideen entwickelst, ist das schon irgendwie deprimierend.«

Sie fuhren in östlicher Richtung aus der Stadt hinaus und bogen bei Llanidloes auf eine schmale Straße in die Berge ein. Ewan fuhr die holperige Straße langsam entlang, denn gelegentliche Steinbrocken und frei laufende Schafe erhöhten die Unfallgefahr.

»Immerhin denkt sie, dass in dir noch mehr schlummert, sie baut auf dein Talent. Vielleicht hält sie sogar mehr von deiner Arbeit als du selbst.«

So hatte sie das noch nicht gesehen, und der kürzliche Verkauf ihrer Bilder, auch wenn sie nicht zu den jüngsten Arbeiten gehörten, mochte Ewan Recht geben. Aber sie wollte nicht länger über sich selbst sprechen.

»Was ist mit deiner Musik? Hast du überhaupt noch Lust auf die Universität?«

Die Berge wurden merklich höher, die Vegetation veränderte sich. Es gab weniger Grün, dafür mehr Fels und Tannen. Ewan parkte in einer Ausbuchtung, in der Baumstämme in großen Stapeln lagen. Sie stiegen aus und gingen zwischen den Bäumen hindurch. Plötzlich standen sie am Ufer eines riesigen Sees, der sich leise plätschernd vor ihnen ausbreitete.

Ewan hatte noch nicht auf ihre Frage geantwortet. »Ist das nicht fantastisch? Mitten in den Bergen liegen hier mehrere Seen, aus denen übrigens auch Aberystwyth das Trinkwasser bezieht. Weißt du, ich liebe die Musik über alles, aber mich haben schon immer die Geheimnisse der Natur interessiert, deshalb habe ich Biologie studiert. Einiges kann man mit Hilfe der Wissenschaft verstehen, nicht alles, und irgendwie ist das auch beruhigend. Es gibt noch ungelöste Geheimnisse.«

»Ich glaube, du bist ziemlich emotional für einen Wissenschaftler, aber deine Studenten schätzen dich vielleicht gerade deswegen. Wenn jemand sein Fach mit dem nötigen menschlichen Respekt betreibt, ist das etwas Besonderes.«

»Das hast du wirklich schön gesagt, Alex.« Er stand neben ihr, sie konnte seinen Blick auf ihrem Gesicht spüren, doch sie beobachtete weiter die kleinen Wellen, die der See aufwarf.

Er räusperte sich. »Das alles hier ist ein riesiges Naturschutzgebiet. Endlich hat jemand zeitig genug aufgepasst. Sogar das Fischen ist reglementiert, und dabei gibt es in diesem See ganz köstliche Forellen.«

Sie lachte. »Woher weißt du, wie gut sie schmecken?«

»Nun ja, bei verschiedenen Exkursionen ging uns der Proviant aus, und wir mussten auf natürliche Ressourcen zurückgreifen.« Er drehte sich Richtung Parkplatz. »Komm, ich zeige dir eine Lichtung, auf der der Sturm letztes Mal gewütet hat.«

Der Platz war anscheinend weiter entfernt, denn Ewan hieß sie einsteigen und fuhr dann weiter in die Berge hinein. Durch dichten Tannenbestand ging eine schmale Straße, auf der keine zwei Autos Platz gehabt hätten, bis zu einer sandigen Piste. Sie stiegen aus und gingen das letzte Stück zu Fuß. Oben angekommen, sah Alexandra über eine weite Strecke umgeknickte Baumriesen, die bei ihrem Sturz andere Bäume mit sich gerissen hatten. Wie ein Meer umgestoßener Streichhölzer lagen die traurigen Überreste des Waldes vor ihnen.

»Es wird wieder aufgeforstet, aber das dauert. Immerhin, das Holz wird verkauft. Dein Freund Roger und seine Familie haben früher vom Holzhandel gelebt. Jetzt gehört ihnen nichts mehr von den Wäldern um Aberystwyth, soweit ich weiß.« Der Wind blies Ewan die Haare ins Gesicht, sodass Alexandra seine Mimik nicht sehen konnte.

»Roger ist ein charmanter und unterhaltsamer Mann, aber ihn als meinen Freund zu bezeichnen, wäre doch zu viel. Seine Familie hält nichts von meinen Nachforschungen. Dabei könnte es ihnen doch egal sein, denn die herrschaftlichen Zeiten des Großgrundbesitzes sind ja wohl vorbei.«

Ewan stand vor ihr und strich sich lächelnd die Haare aus dem Gesicht. »Erzähl mir von deinen Nachforschungen. Charles hat nur kurz deinen Fund erwähnt. Eine Perlenkette?«

Sie erzählte Ewan von der bisherigen Suche. Als sie Rhys erwähnte, lachte Ewan schallend, denn er hatte selbst mit ihm zu tun gehabt, schätzte ihn aber wegen seiner umfassenden Kenntnis jeglichen Quellenmaterials. Bei der Erwähnung des auf See verstorbenen John-Richard horchte Ewan auf.

»Sehr interessant. Die Engländer waren große Seefahrer. Wird sich sicher lohnen nachzusehen, was die Bestimmung dieses Schiffes war. Tungscha Island klingt nach China. War der arme John-Richard verheiratet?«

»Es ist jedenfalls nichts Derartiges aus dem Stein zu ersehen, aber ich will den Pfarrer nach dem Sterberegister fragen, da müsste so etwas eigentlich verzeichnet sein.«

Der Wind wurde wieder stärker und fuhr Alexandra unangenehm kalt in die Glieder. Sie schlug die Arme um ihren Körper.

»Ich glaube, für heute hatte ich genug Natur.«

Ewan nickte. »Ja, es wird kalt, hoffentlich kommt der Sturm nicht zurück.«

Auf der Rückfahrt sprachen sie über Ewans Band. Er erzählte, wie er während seiner Studienzeit in Edinburgh in Pubs gesungen hatte, nicht unbedingt zur Freude seines Vaters, der am Obersten Gericht tätig war. Heute kamen auch seine Eltern zu den Auftritten und waren von der modernen Version alter Folktunes genauso begeistert wie die zahlreichen Zuhörer. Wenn er über Schottland sprach, wurde sein Akzent etwas stärker. Alexandra hörte ihm schon wegen seiner melodischen Aussprache gerne zu. Er fragte sie nicht nach ihrer Vergangenheit und schien nicht zu erwarten, dass sie im Gegenzug etwas über ihre Familie preisgab.

Über die 44 fuhren sie wieder nach Aberystwyth, und Ewan brachte sie zum Pier, wo ihr Wagen parkte. Der Ausflug hatte fast drei Stunden gedauert, doch die Zeit schien schneller vergangen zu sein. Ewan war unkompliziert, und sie mochte seine Offenheit und seine Lebenseinstellung. Außerdem hatte er ein unwiderstehliches Lächeln. Allerdings schien sie auf ihn weniger Eindruck gemacht zu haben, denn er stieg zwar aus, um sich zu verabschieden, fragte aber nicht, ob sie sich wieder sehen würden.

»Danke, dass du mitgekommen bist, Alex. Ich hoffe, du hast noch genügend Zeit zum Malen.« Lässig lehnte er an der Wagentür.

»Kein Problem. Es war wirklich beeindruckend da oben. Ja dann?!« Sie zog die Wagenschlüssel aus der Jackentasche, als er einen Schritt auf sie zu machte.

»Ich bin deiner Galeristin übrigens sehr dankbar.«

Er stand dicht vor ihr, und sie spürte den Seewind in ihrem Haar.

»Warum?«

»Weil du sonst nicht nach Wales gekommen wärst. Auf Wiedersehen, Alex!«

»Auf Wiedersehen!« Rasch stieg sie in ihren Wagen und fuhr den Hügel zum Markt hinauf. Sie atmete tief durch und fuhr zu ihrem Cottage hinaus. Die Haustür stand offen und schlug im Wind gegen die Mauer, obwohl sie sich ganz sicher war, dass sie abgeschlossen hatte. Sie sprang aus dem Wagen und rannte auf die offene Tür zu. Der Wind war in den Flur gefegt und hatte Papiere und Zeitungen von der kleinen Ablage geworfen.

»Hallo? Ist da jemand?«, rief Alexandra in das dunkle Haus, aber niemand antwortete. Langsam ging sie weiter und schaltete das Licht ein, denn draußen hatte bereits die Dämmerung eingesetzt.

In der Küche lagen Scherben auf dem Boden, im Kaminzimmer waren die Regale umgerissen und die Bücher über den Fußboden verstreut, alle Schubladen des Schreibtisches schienen herausgezogen. Sie rannte nach oben, wo der Kleiderschrank durchwühlt schien. Wieder unten, schloss sie die Haustür und ging zum Telefon, um die Polizei zu verständigen. Ihr Herz raste, und Angst stieg kalt und lähmend in ihr auf. Die Stimme des Polizisten beruhigte sie ein wenig. Er riet ihr, alles unberührt zu lassen, denn er würde sofort jemanden heraufschicken. Ob sie etwas vermisse, wollte er wissen. Aber auf den ersten Blick ließ sich das nicht feststellen. Sie legte auf und sah sich um. Geld bewahrte sie nicht im Haus auf, und auch sonst schien nichts zu fehlen. Die Perlen, schoss es ihr durch den Kopf.

Bevor sie jedoch an den Schreibtisch ging, um das Geheimfach zu öffnen, zog sie die Vorhänge vor. Dann zog sie die beiden mittleren Schubladen heraus, drückte das Paneel, und im Inneren der entstandenen Höhlung schnappte ein Türchen auf. Zaghaft steckte sie zwei Finger hinein und tastete nach dem Samt, in den sie die Perlen gelegt hatte – es war alles an seinem Platz. Sie wurde das Gefühl nicht los, dass der Einbruch mit diesen Perlen zusammenhing.

Von einem anderen Grund konnte sie auch der Beamte nicht überzeugen, der nach zwanzig Minuten eintraf und die Beweislage festhielt. Er redete ihr gut zu und meinte, es sei wohl nur ein Landstreicher gewesen, der nach Geld und Nahrungsmitteln gesucht hatte, und sie solle sich weiter keine Sorgen machen, denn so etwas käme auf dem Lande schon mal vor. Vielleicht wäre ein wachsamer Hund hier oben keine schlechte Idee, meinte er noch. Sie dankte dem Mann und war froh, als er endlich das Haus verlassen hatte. Für einen Moment ließ sie sich auf dem Sofa nieder. Ihr erster Impuls war, Karen anzurufen, aber dann würde die sich nur unnötig Sorgen machen. Sie hatte genug mit ihrer eigenen Familie zu tun und brauchte nicht noch eine hysterische Schwester, die in jeder schwierigen Lebenslage um ihren Beistand flehte. Nein, das hier würde sie allein bewältigen.

Entschlossen räumte sie die Bücher wieder in die Regale, fegte die Scherben in der Küche zusammen und räumte auf. Anschließend goss sie sich einen Whiskey ein und holte die restlichen Zigaretten aus dem Schreibtisch. Ein Landstreicher hätte die auf jeden Fall mitgehen lassen und auch den Whiskey oder die Weinflaschen, die in der Küche standen. Nein, das hier war eine andere Sache gewesen. Wer konnte es nur gewesen sein? Außer Cynthia fiel ihr beim besten Willen niemand ein, aber es war schon sehr unwahrscheinlich, dass diese arrogante Frau sich auf so eine Sache einließ. Und wenn sie jemanden dafür bezahlt hatte? Aber das war bei ihrer finanziellen Lage fast ausgeschlossen. Das Ansehen der schon seit etlichen Jahrzehnten verarmten Llangaeroggs war doch kein Grund, um zu so einer drastischen Maßnahme zu greifen. Vielleicht irrte sie sich ja auch und der Polizist war im Recht – ein betrunkener Landstreicher hatte sein Unwesen getrieben. In jedem Fall war es kein angenehmes Gefühl, dass jemand in ihren Sachen herumgewühlt und so mühelos die Haustür aufgebrochen hatte.

Sie trank den Whiskey aus und rauchte eine Zigarette. Ihre Hände waren wieder ruhiger, und sie beschloss, nach oben auf den Dachboden zu gehen, eine Leinwand aufzubauen und sie zu grundieren. Zum Einbau eines größeren Fensters war sie noch nicht gekommen, doch wenn es draußen dunkel war, tat es auch das künstliche Licht. Sie schraubte die Tuben mit den Ölfarben auf und begann, den Ton zu mischen, den sie seit dem Sturmtag im Kopf hatte. Es wurde ein helles Ocker, mit Anteilen von Grün und Braun. Während sie die Farbe mit einem breiten Pinsel in zügigen Strichen auf die Leinwand auftrug, sog sie den Geruch der Farben ein. Langsam verschwanden die beklemmenden Gefühle, bald war nichts anderes mehr in ihrem Kopf als die Farbe. Für einige Minuten konnte sie eintauchen in die verschiedenen Nuancen der angemischten Farben. Jede kleinste Schattierung nahm sie wahr, mischte mehr Grün und Weiß, fügte Terra di Siena und lichten Ocker bei, bis sie mit dem Ergebnis zufrieden war.

Sie trat von der Leinwand zurück und ließ den Pinsel sinken. Das Motiv hatte während des Malprozesses gedanklich konkretere Gestalt angenommen, doch bevor die Leinwand nicht getrocknet war, konnte sie nicht weiterarbeiten. Sorgfältig wusch sie die Pinsel aus, wischte die Tubenränder sauber und schraubte die Deckel auf.

Dabei fiel ihr Frank ein, den sie noch anrufen wollte. Bei Frank spielte die Uhrzeit keine Rolle, denn sein Lebensrhythmus war so unregelmäßig, dass man nie wusste, wann die rechte Zeit war, ihn anzurufen. Da er sich in einer Schaffensperiode befand, nahm sie an, er wäre auch jetzt noch wach. Ihre Armbanduhr zeigte eine halbe Stunde nach Mitternacht. In Berlin war es dann halb zwei. Der Terpentingeruch hing noch in ihrem Pullover, als sie mit gewaschenen Händen zum Telefon griff. Sie wählte Franks Nummer und wäre fast in Tränen ausgebrochen, als sie seine vertraute Stimme hörte.

»Alex? Du glaubst ja nicht, was ich seit deinem Weggehen alles gemacht habe! Der pure Wahnsinn. Ich wünschte, du wärest hier und könntest dir meine Sachen anschauen. Man, ich bin ja auch dämlich – wozu haben wir denn die Technik, die viel gepriesene. Pass auf, ich werde alles mit meiner Digitalkamera aufnehmen und dir die Bilder via Internet schicken. Das ist doch spitzenmäßig, oder?«

Anscheinend erlebte Frank gerade den kreativen Höhenflug, was Alexandra sehr freute, denn finanziell ging es ihm wesentlich schlechter als ihr. Über die Jahre hatte sie immer wieder das Glück gehabt, ein Bild zu verkaufen, wenn es gerade notwendig war. Bei Frank hingegen gab es Zeiten, da konnte er die Miete nicht bezahlen. Manches Mal war er dann zu ihr gezogen. Er war viel zu aufgeregt, um zu fragen, wie es ihr ging, aber das war auch gar nicht nötig. Sie hörte zu und freute sich für ihn, denn anscheinend sollten seine neuen Werke in zwei Wochen ausgestellt werden.

Nachdem sie sich verabschiedet hatte, ging sie ins Bett. Der Spaziergang in der winterlichen Luft und die Aufregung hatten sie müde gemacht.

Kapitel 7

Am nächsten Morgen zeigten sich sogar ein paar Sonnenstrahlen. Die Zigaretten lagen noch auf dem Tisch, aber sie warf sie zurück in den Schreibtisch – noch hatte sie den Kampf nicht verloren. Da sie kein Brot im Haus hatte, aß sie einen Apfel, nahm sich das Telefon und wählte die Nummer, die sie sich gestern in der Kirche aufgeschrieben hatte.

»Lyne, guten Morgen?«

Alexandra erklärte ihr Anliegen und stellte fest, dass Joseph Lyne, der protestantische Pfarrer, ein ebenso hilfsbereiter Vertreter des Klerus war wie sein Kollege von der baptistischen Konkurrenz. Sie verabredeten sich für zwei Uhr in der Kirche, was Alexandra noch zweieinhalb Stunden gab, um in der Stadt einige Besorgungen zu machen.

Der Weg führte sie zunächst in einen Eisenwarenladen, in dem sie ein neues Schloss bestellte, das man ihr in den kommenden Tagen einbauen wollte. Danach kaufte sie sich eine Dose Abwehrgas für die Handtasche, denn von einer Gaspistole hatte man ihr abgeraten. Im Supermarkt stockte sie ihren Lebensmittelvorrat auf und fuhr dann hinaus nach Llanbadarn. Dort erwartete sie Pfarrer Joseph Lyne, ein beleibter Mann Ende vierzig mit roten Wangen und einer roten Nase, die auf ausgiebigen Weingenuss deutete. Der Mann schien eine echte Frohnatur zu sein, begrüßte sie lächelnd und lud sie zu einer Tasse Tee im benachbarten Pfarrhaus ein. Seine Haushälterin sei im Urlaub, entschuldigte er sich und reichte ihr persönlich Butterkekse zu dem starken schwarzen Tee.

Sie saßen in der kleinen Wohnstube des Hauses, in der ein munteres Feuer im Kamin angenehme Wärme verbreitete.

Alexandra wippte in einem alten Schaukelstuhl hin und her, bis Joseph Lyne mit den großen Registerbänden des letzten Jahrhunderts wieder ins Zimmer kam und die dicken, in Leder gebundenen Verzeichnisse auf den Tisch legte.

»Diese beiden Bände sind alles, was noch über die erste Hälfte des 19. Jahrhunderts da ist. Der Rest ist 1885 bei dem großen Brand in Llanbadarn vernichtet worden. Aber sehen wir mal nach.« Er legte die Bücher nebeneinander, sodass jeder von ihnen Platz hatte, die teilweise angesengten Seiten aus dickem Papier vorsichtig umzudrehen.

Alexandra schaute zuerst nach den Jahreszahlen, die bei 1804 begannen. Die Heirat von Owain, dem I. Earl von Llangaerogg, mit Elizabeth Montgommery war 1809 verzeichnet. Am 3. Mai 1810 wurde der erste Sohn, John-Richard, geboren, seine Taufe war vier Monate später erfolgt. Im Abstand von zwei und drei Jahren folgten die Geburten von Edmund und Victoria. Die Eintragungen endeten 1838.

»John-Richard sagten Sie? Das ist schon merkwürdig. Alle weiteren Familienereignisse werden hier aufgelistet – sehen Sie, die Heirat von Edmund, die Geburten, dann der Eintritt seiner Schwester ins Kloster. Eher ungewöhnlich für eine Landadelige in Wales, wenn Sie mich fragen. Dann folgt der frühe Tod von Elisabeth, sie überlebte ihren Erstgeborenen nur um zwei Jahre. Das sieht mir nach einer Familientragödie aus.«

»Gibt es eine Möglichkeit, an detailliertere Informationen aus dem Leben dieser Menschen zu kommen? Allerdings möchte ich den Llangaeroggs auch nicht zu nahe treten.«

Lyne überlegte und strich sich über den runden Leib. »Hmm, waren Sie schon einmal in Lampeter? Dort gibt es eine Zweigstelle der walisischen Universität, viel Theologie. Ein guter Freund von mir, Peter Blake, ist dort Historiker und unter anderem auf die walisische Geschichte spezialisiert. Wenn Sie bei Ihrer Quellensuche in der Nationalbibliothek nicht fündig geworden sind, kann Ihnen höchstens Peter weiterhelfen. Aber es ist schon merkwürdig, dass John-Richards Bestattung hier nicht eingetragen ist.«

»Aber er ist ja auch auf See gestorben«, wandte Alexandra ein.

»Schon, trotzdem hätte die Familie eine offizielle Trauerfeier abgehalten und das Andenken des Verstorbenen mit einer Grabplatte oder einer Skulptur gewahrt. So war es zumindest in anderen, ähnlich gelagerten Fällen üblich.«

»Vielleicht ist der Sohn in Ungnade gefallen?«

»Das wäre eine mögliche Erklärung, und wo Sie das sagen, werde ich selbst neugierig, denn ich habe mich bisher nie mit dieser alten Geschichte befasst. Passen Sie auf, ich schreibe Ihnen die Telefonnummer von Peter auf. Am besten, Sie rufen noch heute an, denn er fährt demnächst in Urlaub. Ach, was mache ich es so kompliziert. Warten Sie einen Moment, ich rufe ihn selbst an.«

Joseph Lyne ging in einen Nebenraum, und während Alexandra die Seiten des Buches, in dem Edmund auftauchte, behutsam umdrehte, hörte sie den Pfarrer am Telefon lachen. Edmund und Catherine hatten vier Kinder gehabt, von denen ein Mädchen kurz nach der Geburt gestorben war. Lyne kam zurück.

»Können Sie heute noch nach Lampeter rausfahren?«

Alexandra nickte. »Ja, das ginge.«

Lyne sprach in den Telefonhörer. »Danke, Peter. Ja, ich sag ihr, wo sie dich findet. Bis bald und genieß die Sonne!« Zu Alexandra sagte er: »Alles geregelt, wenn Sie jetzt losfahren, sind Sie in ungefähr eineinhalb Stunden dort, und Peter sucht inzwischen heraus, was er zu ihrem Thema hat. Er klang zuversichtlich, sonst würde er Sie nicht kommen lassen.«

Er brachte sie zur Tür, und Alexandra war einmal mehr überrascht, mit wie viel natürlicher Hilfsbereitschaft ihr die Menschen hier begegneten. Danach musste man in der Stadt lange und meist vergeblich suchen.

Die Sonne schien, und die Strecke nach Aberaeron führte

sie auf einer attraktiven Küstenstraße mit Blick auf kleine Feriendörfer und weiße Strände und vorbei an mehreren öffentlichen Golfplätzen. Auch das schätzte sie an Wales, es gab viele öffentliche Plätze, auch Tennisplätze, auf denen jeder gegen Gebühr und ohne Mitgliedschaft spielen konnte. Charles hatte nie verstanden, warum sich die Deutschen mit ihren Golfclubs so elitär gaben. Sicher, es gab auch hier einige exklusive Privatclubs, doch der Spaß am Spiel stand im Vordergrund, nicht die Regelkunde. Selbst Karen hatte mit dem Golfen begonnen. Wenn sie im Frühjahr noch hier war, würde sie auch versuchen, den kleinen Ball über die Wiesen zu schlagen.

Ganz in Gedanken versunken, hätte sie beinahe das Schild nach Lampeter übersehen. Sie bremste scharf und bog dann auf die 482 ein. Lampeter, hatte Joseph Lyne ihr noch erzählt, sei eines der ältesten walisischen Städtchen, heute mit seinen breiten Straßen und wenigen Häusern eher unattraktiv. Früher jedoch brauchte man die breiten Wege, um das Vieh durch die Orte zu treiben und auf den Plätzen Märkte abzuhalten. Die Stadt lag an einem Nebenfluss des Teifi, und die Kirche St. Peter, ein massiger neugotischer Bau, dessen Kern aus dem 13. Jahrhundert stammte, gab dem Ort einen Teil seines Namens. Alexandra jedoch suchte das College St. David, dessen attraktiver Vierflügelbau im Stil der englischen Spätgotik durch einige Neubauten erweitert worden war. Da die Stadt nicht groß war, fuhr sie bald auf den für die Studenten vorgesehenen Parkplatz und ging über eine weite Rasenfläche, auf der sich mehrere Gruppen junger Leute lebhaft unterhielten, auf den alten Bau zu.

Sie schritt durch das Hauptportal, an dessen Ecken überkuppelte Türmchen thronten, und bewunderte den Innenhof, der sie an Filmszenen mit alten englischen Universitäten erinnerte. Peter Blakes Büro befand sich in einem der Seitenflügel. Sie klopfte und wurde von einem schlanken Mann mit gesunder Gesichtsfarbe in legerem Cordjackett und Jeanshose erwartet. Er begrüßte sie freundlich.

»Alexandra Lorenz? Ja, tut mir Leid, dass Sie den weiten Weg hier heraus machen mussten, aber ich fahre morgen in den Urlaub und bin eigentlich schon weg. Das heißt, ich habe keine Zeit, noch alles für Sie zu kopieren und Ihnen zuzuschicken. Joseph sagte, Sie wären an John-Richard Llangaerogg interessiert und brauchten die Informationen möglichst bald?«

»O ja, also so eilig ist es nicht, aber ich danke Ihnen sehr für Ihre Mühe.«

»Aber vier Wochen hätten Sie sicher nicht warten wollen? Passen Sie auf, es gibt in der Tat Berichte von Zeitgenossen über die Familie.« Er ging an seinen Schreibtisch, bot ihr einen Stuhl an, setzte sich in seinen Sessel und überflog einige Blätter.

Dann sah er auf. »Hier ist es. Für uns Historiker sind schreibfreudige Geistliche oder Lehrer immer eine gute Hilfe, wenn es an Quellenmaterial mangelt. Natürlich sind solche Berichte mit Vorsicht zu genießen, da sie subjektiv verfasst wurden. Samuel Hewett war nur für zwei Jahre in Aberystwyth, zwischen 1839 und 1840, und hat seine Erlebnisse in einem Tagebuch festgehalten. Sehr interessante Lektüre übrigens. Nun, unser Samuel berichtet von den Schwierigkeiten, die er mit dem Earl von Llangaerogg hatte, als es um die Ausrichtung des Erntedankfestes ging. Auch für das Waisenhaus und die Armenküche hatte der Earl nicht viel übrig – im Klartext heißt das, er war ein geiziger und unbeliebter Mann. Seine Frau bemühte sich nach Kräften, den Armen zu helfen, war aber in ihrer Handlungsfreiheit stark eingeschränkt, denn über eigenes Geld verfügten Frauen damals nur in den seltensten Fällen. Es heißt hier bei Samuel am 14. September 1840:

Anlässlich des Erntedankfestes ging ich zu seiner Lordschaft, die mich nur widerwillig empfing. Ich versuchte mit meiner ganzen Überzeugungskraft, den harten Mann zu einer Gabe im Namen des Herrn zu bewegen. Mit guten Werken während der kurzen Spanne, die uns nur vergönnt auf dieser

Erde, dem Herrn zu dienen ist das Löblichste und bringt uns dem Paradiese ein Stück näher. Gerade wollte er in sein Geldsäckel greifen, da wurden wir durch das ungestüme Auftreten eines jungen Mannes, des jungen Lords, wie ich dann bemerkte, unterbrochen. Meine Anwesenheit ganz vergessend, entwickelte sich ein hitziges Wortgefecht zwischen dem Vater und dem Sohne. Bescheiden zog ich mich zurück, doch ohne willentlich zu lauschen, wurde ich Zeuge der traurigen Begebenheit, wo Vater und Sohn sich entzweiten. Dem Herrn ist solch Gebaren nicht recht, denn die Familie soll geehret werden. Nun war der junge Spross des adligen Geschlechts von einer langen Seereise wohl zurückgekehrt. In fernen Gefilden hatte er sich eine Frau genommen, die seinem Vater sehr zuwider war. Mehr hörte ich nicht, denn ich verließ den Raum. Später jedoch trug man mir zu, dass noch an selbigem Tage der junge Herr das Gut verlassen und das Schiff, von welchem er doch eben erst gekommen, zu neuerlicher Fahrt bestiegen hatte.

Soweit unser redlicher Geistlicher.« Peter Blake legte das Blatt zur Seite.

»Es gab also tatsächlich eine Frau, und die war dem alten Earl nicht recht! Aber könnte das denn eine Französin gewesen sein? Und wenn ja, warum wäre das so verwerflich gewesen?« Alexandra war begeistert, endlich gab es einen Beweis für die Existenz einer Frau, die nicht erwünscht war. Ob es sich um die Französin aus dem Cottage handelte, musste sich noch erweisen.

»Nun ja, England und Frankreich führten über Jahrhunderte einen erbitterten Krieg – so abwegig wäre das nicht. Es ging vor allem um die Machtbereiche in den Kolonien. Möglich, dass der alte Earl ein unbelehrbarer Konservativer war, der nur eine englische Heirat als akzeptabel ansah. Aber denken wir doch auch an die Tatsache, dass der junge Lord John-Richard gerade von einer Seereise zurückgekehrt war.«

»Leider war die Beschreibung von Samuel nicht sehr genau. Aus fernen Gefilden – was sagt das aus?«

Peter Blake gab sich nicht entmutigt. »Wir müssen überlegen, wo die Handelsinteressen Englands damals lagen. Wo, sagten Sie, ist die *Star of India* gesunken?«

Joseph Lyne hatte ihn anscheinend gut informiert. »Ähm, vor den Tungscha Islands.« Alexandra sah ihn aufmerksam an, der Mann kombinierte Fakten logisch und hatte ein umfassendes Wissen.

»Gut, die liegen vor der südchinesischen Küste, nicht weit von Hongkong entfernt. Hongkong! Natürlich, die Ostasienklipper! Was blühte damals ganz besonders? Der Handel mit Tee, Gewürzen und Opium. Jetzt wird es richtig interessant, möglicherweise war der gute Lord John-Richard in den Opiumhandel verwickelt.« Er fuhr sich durch die kurzen Haare. »Ein Jammer – ich hätte Ihnen dabei wirklich gern weitergeholfen. Allerdings kommen Sie mit den heimischen Archiven nicht weiter. Das Schiff – Sie müssen herausfinden, was die Ladung oder der Auftrag dieses Schiffes war. Der Name *Star of India* deutet auf einen Ostindienfahrer hin. Was machte der im Südchinesischen Meer?«

Er sah auf die Uhr. »Habe ich Ihnen geholfen? Ein wenig bestimmt, also, da das Schiff gesunken ist und sie den Ort des Unglücks und den Namen des Schiffes wissen, haben Sie vielleicht bei Lloyds in London Glück.«

Sie musste etwas ratlos ausgesehen haben, denn er erläuterte: »Fast alle Schiffe waren seit dem ausgehenden 18. Jahrhundert bei Lloyds in London versichert, und eigentlich existiert über jeden Schoner, Klipper, jede Brigg und so weiter eine Akte, aus der hervorgeht, was mit dem Schiff passiert ist. Vorausgesetzt, es war dort versichert.« Ihm schien noch etwas eingefallen zu sein. »Da war doch noch etwas über dieses Cottage – das ist doch der Ausgangspunkt Ihrer Suche, nicht wahr?«

Er wühlte in dem Papierstapel auf seinem Schreibtisch. »Ah

ja, genau, daran dachte ich, als ich Ihnen aus Samuel Hewetts Tagebuch vorlas. Das hier ist eine Passage, die er zwanzig Jahre später bei einem erneuten Besuch in Aberystwyth geschrieben hat:

Aberystwyth, 5. Mai 1860

Nach zwei Jahrzehnten stehe ich noch einmal in der Bucht. Der Blick schweift weit über das stille Meer. Zu Gast im Hause lieber Freunde, habe ich Gelegenheit, mich zu erinnern. Was aus der gräflichen Familie wohl wurde, fragte ich mich und wanderte hinauf zum Haus des Lords. Vier Jahre lag er schon in der kalten Erde, der zweite Sohn, Lord Edmund, leitete das Anwesen nun. Milder als damals sein Vater schien er mir und berichtete mit trübem Auge vom frühen Tod der Mutter, die den ersten Sohn viel beweinte und ihm zwei Jahre später folgte in das Grab. Das Glück schien sich abgewandt zu haben von diesem einstmals mächtigen Geschlecht, und in der Stadt trug man Gerüchte mir zu. Auf der anderen Seite des Hügels der Llangaeroggs stand ein Cottage, das ich wohl sah auf meinem Wege. Ein Häuschen, dachte ich, für müde Schäfer, aber man sprach von einem Fluch. Seit zwanzig Jahren sei das Haus jetzt leer. Lord Edmund hatte verboten, es zu nutzen, und wen er erwischt bei unerlaubter Nächtigung, den bestraft er hart. Für seinen Bruder hat er eine Inschrift setzen lassen in der Kirche. Gegen den Willen des alten Lord, wie man mir sagte, und nicht mit auf die große Platte durfte der Name. Ich war betrübt, ob so viel Leid sollt lasten lange Jahre auf dieser Familie. Den Worten des Herrn waren sie nicht zugetan, so konnte ich denn nichts tun noch sagen und bald war mein Aufenthalt vorüber. Noch einmal wird der Weg mich nicht nach droben führen, wo der Herr ausgeladen wurde.«

Peter Blake sah Alexandra an, die beeindruckt war. »Unglaublich, dieser Samuel und sein Tagebuch sind fantastisch! Es gibt sonst keine Quellen, die irgendetwas über das Leben der gräflichen Familie preisgeben. Es kam mir schon so vor, als hätte man deren Vergangenheit bewusst im Dunkeln gehalten. Was meint er damit, dass das Glück die Familie verlassen hat? Ging es ihnen damals denn wirtschaftlich schon schlechter? Ich dachte, sie hätten noch Grundbesitz und Viehwirtschaft und handelten mit Holz?«

»Das lässt sich so nicht sagen. Aber wie ich unseren Samuel verstehe, bezieht er sich hauptsächlich auf die Seelen der Familie, er war schließlich Pfarrer. Wahrscheinlich war er enttäuscht, dass nach dem Tod des alten Earls die Familie nicht frommer geworden ist. Doch die Sache mit dem Cottage ist merkwürdig. Was kann geschehen sein, dass selbst Edmund hart durchgriff, wenn sich jemand seinem Befehl in Bezug auf das Haus an den Klippen widersetzte? Mit den Flüchen ist das so eine Sache. Besonders auf dem Land wird viel geredet. Abends am Kaminfeuer entstehen die tollsten Geschichten, und aus einer Motte wird eine Fledermaus und die dann ein Vampir. Ich an Ihrer Stelle würde bei dem Schiff nachhaken, das scheint mir der beste Anhaltspunkt.« Draußen schlug eine Uhr sechs Mal. Peter Blake zuckte zusammen und räumte die Unterlagen zusammen.

Alexandra stand auf und bedankte sich für die Zeit, die ihr der Wissenschaftler kurz vor seinem Urlaub noch geopfert hatte. Er lächelte und brachte sie zur Tür.

»In vier Wochen bin ich wieder zurück. Rufen Sie mich an, wenn Sie dann immer noch an der Sache dran sind. Und rufen Sie mich auch an, wenn Sie herausfinden, was mit John-Richard passiert ist. Oh, und es ist möglicherweise ratsam, die Ergebnisse Ihrer Untersuchung nicht an die große Glocke zu hängen. Manchmal sind die Aristokraten recht eigen, wenn es um die Ehre verblichener ›derer von und zu‹ geht. Obwohl, kennen Sie Roger?«

»Ja, flüchtig.«

»Der scheint mir ganz in Ordnung, während seine Schwester eine verzogene Ziege ist – den Alten kenne ich nicht. Also«, er reichte ihr die Hand, die sie dankbar schüttelte.

Der Mann verstand etwas von seinem Fach, sehr bedauerlich, dass er ausgerechnet jetzt verreisen musste. Alexandra winkte noch einmal und ging zu ihrem Wagen. Mit jedem Schritt, den sie dem Geheimnis um Madelaine näher kam, faszinierten sie die Nachforschungen mehr. Bisher hatte sich ihr ganzes Sein nur um ihre eigenen Probleme und Bedürfnisse gedreht. Wenn sie es recht bedachte, war dies das erste Mal, dass jemand anderes ihre Hilfe brauchte. Immer war sie es gewesen, die auf Trost und Zuspruch angewiesen war. Gut, manchmal hatte sie Frank über finanzielle Engpässe hinweggeholfen, aber das war etwas anderes, auch Sylvia hätte ihm einen Vorschuss gewährt, dessen war Alexandra sich sicher. Der Unterschied zu Madelaines Fall war, dass es niemanden sonst gab, der sich für sie einsetzte. Und hatte nicht die alte Frau gesagt, dass die Perlenkette sie, Alexandra, ausgesucht hätte? Zudem konnte sie selbst sich des Gefühls nicht erwehren, dass es ihre Bestimmung war, Madelaines Schicksal aufzuklären. In der Sturmnacht an den Klippen hatte sie es gespürt. Es war irrational, aber Alexandra war davon überzeugt, dass sie in jener Nacht Madelaines Schmerz nachempfunden hatte. Sie hatte nicht nur um sich selbst geweint, sondern auch um diese Frau aus einem vergangenen Jahrhundert, von deren Existenz im Cottage die Perlenkette und ihre Botschaft zeugten. Die Entscheidung, für Madelaine zu kämpfen, gab ihr in einem Maße Kraft und Selbstsicherheit, wie sie es noch nie in sich gespürt hatte. Sie durfte jetzt nicht aufgeben. Die Perlen hatten sie erwählt. Sie durfte sie nicht enttäuschen. Vielleicht hatte sie nur diese eine Möglichkeit, zu sich selbst zu finden, und Madelaines Geheimnis war der Schlüssel.

Im Winter bot Lampeter einen eher deprimierenden Eindruck, und Alexandra bedauerte die Studenten, die hier in der Mitte von Nirgendwo festsaßen. Sie hatte Hunger, entschied sich aber gegen einen der trübselig aussehenden Pubs in Lampeter und fuhr durch bis Aberaeron. Dort gab es am Hafen ein rustikales Restaurant, das Karen im Sommer oft mit den Kindern besuchte. Nach dem Abendessen machte sich Alexandra auf den Weg zurück nach Aberystwyth. Es war dunkel, und im Radio warnte man vor überfrierender Nässe. Das Thermometer ihres Wagens zeigte vier Grad unter Null. Sie war froh, nicht den attraktiveren, aber auch gefährlicheren Weg durch die Berge genommen zu haben und fuhr, den Straßenverhältnissen angemessen, langsam.

Ihr Cottage lag im Dunkeln, und seit dem Einbruch betrat sie es oft mit gemischten Gefühlen. Bewegungsmelder wären eine gute Idee und eine etwas größere Lampe über der Haustür. Sie seufzte, das war der Nachteil, wenn man so abgelegen wohnte. Im Haus tastete sie rasch nach den Lichtschaltern und beleuchtete Flur, Küche und Kaminzimmer – alle Sachen lagen an ihrem Platz. Erleichtert ging sie zum Telefon. Der Anrufbeantworter zeigte zwei Nachrichten an. Die eine war von Sylvia, die ihr mitteilen ließ, dass der Einkäufer des Sammlers, von dem sie vor einigen Tagen gesprochen hatte, ein Bilderpaar gekauft hatte.

Alexandra wusste sofort, dass es um ein Doppelselbstbildnis ging, das sie vor drei Jahren gemalt hatte. Damals war sie in einer destruktiven Stimmung gewesen und hatte sich in einem kleinen Format mit düsteren Farben dargestellt. Zwei Monate später hatte sie dem ersten Bild ein Selbstporträt in grellen Pinktönen gegenübergestellt. Heute würde sie sich nicht mit dem Pink identifizieren, eher mit erdigen Naturtönen. Der Sammler blieb anonym, was in der Kunstbranche nicht ungewöhnlich war, und es störte Alexandra nicht, denn die Bilder waren in einer Lebensphase entstanden, die sie als abgeschlossen ansah.

Der zweite Anruf war von Roger, der sie zu einem Essen im herrschaftlichen Anwesen einlud. Sein Vater käme nur noch wenig unter Leute und würde sich über Besuch freuen, und außerdem, warf Roger geschickt den Köder aus, könne sie ihn etwas über die Geschichte des Hauses fragen. Alexandra rief Roger zurück und fragte, ob Cynthia auch da sein würde.

»Rupert und Cynthia nehmen das Dinner meistens zu Hause ein, und Roberta, unsere Köchin, ist eine Zauberin am Herd. Aber es ging doch ganz gut in Tregaron, mach dir wegen Cynthia keine Gedanken. Sie ist manchmal einfach gestresst, die Pferde, finanzielle Sorgen und dann auch noch mein Vater, um den sie sich, wie ich finde, viel zu sehr kümmert. Mein Vater nutzt das hemmungslos aus – aber ich will dich nicht abschrecken. Ich dachte, du würdest das Haus gern einmal sehen, und mein Vater kennt die alten Geschichten besser als jeder andere.«

»Du hast mich überzeugt, ich werde gern kommen. Bis dann!« Sie legte auf. Ihr erster Impuls war es gewesen, abzusagen, um Roger nicht auf die Idee zu bringen, er könne auf mehr als nur eine freundschaftliche Beziehung mit ihr hoffen. Aber er schien verständnisvoll zu sein, und die Aussicht auf Informationen aus erster Hand war es wert, sich mit der anstrengenden Cynthia auseinander zu setzen.

Kapitel 8

In einem Möbelgeschäft erwarb Alexandra am nächsten Vormittag zwei flauschige dicke Berberteppiche – einen größeren für das Wohnzimmer und einen etwas kleineren für den Schlafraum. In ihrem Haus mangelte es an Wohnlichkeit, und dem wollte sie auch mit zwei orientalisch wirkenden Lampen, die sie in einem Trödelladen fand, abhelfen. In einem Elektrofachgeschäft orderte sie Außenleuchten, die man ihr tatsächlich noch an diesem Nachmittag anbringen wollte. Außerdem kaufte sie eine Flasche fünfzehn Jahre alten Lafroaig als Gastgeschenk für das Dinner. Sehr zufrieden mit ihrer Ausbeute, brachte sie die Sachen in ihr Cottage.

Mit einem Becher Kaffee ging sie an ihren Computer und suchte im Internet nach Lloyds in London. Peter Blake hatte gewusst, wovon er sprach, die Firma verfügte über Unmengen von Informationen über die dort versicherten Schiffe. Auch die Entstehungsgeschichte der Versicherung war außergewöhnlich. Ein gewisser Edward Lloyd hatte im späten 17. Jahrhundert ein Kaffeehaus in London besessen. Zur damaligen Zeit war das eine Besonderheit gewesen, denn Kaffeehäuser boten im Gegensatz zu meist schmutzigen und überfüllten Pubs und Bars eine Atmosphäre, in der Kaufleute sich treffen und über Geschäfte sprechen konnten. Ohnehin wurden Geschäfte in jenen Tagen auf informelle Weise abgeschlossen, und eine Versicherung für ein Schiff war damals eine einfache Angelegenheit: Man suchte in der ganzen Stadt nach Leuten, die bereit waren, einen Teil des Risikos zu übernehmen und die dafür im Gegenzug am Profit der Fracht beteiligt wurden. Ein Kaufmann mit einem Schiff nahm sich einen Versicherungsagenten, der dann nach reichen Kaufleuten suchte, bis die Kosten abgedeckt waren. Lloyd selbst beteiligte sich nie an den Unternehmen, sondern bot nur den rechten Ort für die Verhandlungen. Nach Lloyds Tod 1713 entstand unter einigen Kaufleuten der Wunsch nach einer geordneteren und respektierlichen Versicherungsgesellschaft, deren Grundstock 1771 als New Lloyd's Coffee House gegründet wurde.

Alexandra überflog die weiteren Einzelheiten, 1871 wurde Lloyd's als Gesellschaft vom Parlament legalisiert. Sie registrierte das rasante Wachstum der ungewöhnlichen Gesellschaft bis hin zu dem riesigen Imperium, welches es heute darstellte. Sie fand eine Seite mit Hinweisen auf häufig gestellte Fragen. Darunter tauchten auch historische Schiffe und Schiffsunglücke auf. Sicherlich war sie nicht die Einzige, die sich für ein gesunkenes Schiff interessierte, und die Gesellschaft leitete derlei Anfragen direkt auf eine Webseite. Anders als Frank mochte Alexandra Computer nicht besonders, denn sie waren hilfreich, aber auch genauso nervenzehrend. Der Bildschirm listete auf: Association of British Insurers, The British Standard Institution, Lloyd's Register – sie stoppte. Das schien sich mit ihrer Thematik zu befassen. Sie klickte auf den Link, der zu historischen Berichten über Schiffe führen sollte, aber es tat sich nichts. Als Nächstes stieß sie auf die Guildhall-Bibliothek in London, auch dieser Link erwies sich als Sackgasse, doch eine Telefonnummer konnte sie anrufen.

Die zuständige Dame war ungehalten und verwies sie auf das National Maritime Museum, das auch über einen Online-Katalog verfüge. Letzterer erwies sich als eine wahre Fundgrube an hilfreichen Informationen zur Forschung nach Schiffen, Schiffseignern, Katastrophen und vermissten Seeleuten. Zahlreiche Hobbyforscher hatten in jahrelanger mühevoller Arbeit umfangreiche Listen über vermisste und gesunkene Schiffe verfasst, die meisten aus den beiden Weltkriegen. Alexandra fuhr mit dem Cursor über die endlose Liste von Schiffsnamen. Ihre Augen wurden schon müde, als sie endlich auf verheißungsvolle Namen stieß. *Star of Africa, Star of California* standen dort, und dann folgte auch die gesuchte *Star of India.*

Alexandra lehnte sich zurück und rieb sich die Augen, die vom Starren auf den Bildschirm brannten. In diesem Moment klingelte es an der Haustür. Rasch lief sie nach unten und öffnete, denn sie erwartete den Elektriker. Keine fünf Minuten später erschien auch der Schlosser. Alexandra kochte Kaffee und unterhielt sich mit den Handwerkern, denen die Hände in der schneidend feuchten Kälte draußen froren. Für die Internetsuche hatte sie drei Stunden gebraucht, und draußen dämmerte es bereits, sodass sie das neue Licht gleich einschaltete. Eingangsbereich und Auffahrt wurden jetzt ausgeleuchtet, und sobald sich jemand zu Fuß näherte, gingen rings um das Haus Bewegungsmelder an. Das Sicherheitsschloss wirkte solide, und an den Terrassentüren gab es nun einen zusätzlichen Riegel.

Sie verabschiedete die Handwerker und ging zurück an den Computer. *Star of India* stand auf dem Bildschirm, das war John-Richard Llangaeroggs Schiff. Sie öffnete ein weiteres Fenster und trommelte mit den Fingern ungeduldig auf der Ablage, während sich das Bild aufbaute. Die *Star of India* war ein Klipper, der 1841 mit unbekannter Fracht vor den Tungscha Islands versenkt worden war. Der Segler war in Begleitung der *Quetta* gefahren, die ebenfalls zum Typ der Klipper gehörte und gleichfalls versenkt worden war. Für die Katastrophe verantwortlich waren chinesische Kriegsschiffe, hieß es in den Anmerkungen. Warum sollten die Chinesen britische Handelsschiffe versenken? Jetzt rächte sich ihr historisches Unwissen. Hatte Peter Blake nicht von Opiumhandel gesprochen? Die Seite des National Maritime Museum verfügte über eine ausgezeichnete Suchmaschine. Sie gab das Stichwort Opium ein und wurde reichlich belohnt.

Alexandra erfuhr in den folgenden Textseiten, dass die Engländer mit Hilfe der berühmt berüchtigten East India Company die indischen Bauern im 18. und 19. Jahrhundert zum Mohnanbau gezwungen hatten. Mit dem daraus gewonnenen Opium wurde China überschwemmt, um die Zahl der von diesem Rauschmittel abhängigen Chinesen zu erhöhen. Wirtschaftliche Interessen waren die Triebfeder der menschenverachtenden Handlungen. Opium wurde auf den gut bewaffneten schnellen Handelsschiffen vom Typ Klipper nach China gebracht, und beladen mit dem wertvollen chinesischen Tee kehrten die Schiffe zurück nach England, wo Tee ein hoch bezahltes Luxusgetränk war. 1830, nachdem der Sohn des chinesischen Kaisers an Opiumkonsum gestorben war, reagierten die Chinesen erstmals mit Entschiedenheit und zerstörten das riesige Depot der East India Company in Kanton. Doch der Opiumhandel blühte weiter. Bestechung und Erpressung bestimmten den Handel, bei dem es um Profite von bis zu 2000 Prozent ging.

Alexandra schluckte, für derartige Geldsummen gingen auch heute Geschäftsleute und Politiker mit allen Mitteln vor – es hatte sich eigentlich nichts geändert. Sie las weiter. Ernsthafte Feindseligkeiten entstanden 1839, und 1840 entsandten die Briten bewaffnete Schiffe nach China. Ab dieser Zeit sprach man von den Opiumkriegen. 1841 musste China Hongkong den Briten als Handelsbasis überlassen, und der Opium- und Teehandel blühte. Auch andere Länder schalteten sich ein. Nach dem Verlust des Monopols über den Opiumhandel wechselten die Briten ihre Taktik und begründeten den exzessiven Teeanbau in Indien, der aus dem einstmaligen Luxusartikel ein Massenprodukt machte.

Es gab noch mehr Informationen zur Entwicklung des Teeanbaus, doch die waren für Alexandra nicht von Bedeutung. Sie überdachte das Gelesene. Nach diesen Informationen war es sehr wahrscheinlich, dass die *Star of India* ein so genannter Opiumklipper gewesen und während der Kriegshandlungen im Gefecht versenkt worden war. Weitere Daten über John-Richards Schiff gab es nicht. Von der *Quetta* hieß es in einem anderen Bericht, dass sie über zehn Jahre für die East India Company zwischen Ostasien, Indien und Großbritannien gesegelt sei. Die *Quetta* gehörte einer Reederei in Bristol, John Beard & Sons. Näheres war den Internetseiten nicht zu entnehmen. Jetzt konnte Alexandra nur hoffen, dass die *Star of India* demselben Reeder gehört hatte, sonst war sie in einer Sackgasse angelangt. Hatte der junge Lord sich mit seinem Vater erzürnt, weil er im Opiumhandel tätig gewesen war? Das wäre denkbar, erklärte aber immer noch nicht das Auftauchen der Französin Madelaine.

Die Uhr auf dem Bildschirm zeigte zehn Minuten nach sieben. Alexandra schaltete den Computer aus. Vierzig Minuten später stand sie geduscht und fertig frisiert in einem dunkelroten Samtkleid im Wohnzimmer. Sie sah in den Spiegel, fand, dass noch etwas fehlte und ging an den Schreibtisch, um die zartrosa Korallen aus ihrem Versteck zu holen. Die Perlen schmiegten sich sanft an ihre Haut und kontrastierten mit ihren Haaren und dem changierenden Rotschwarz des Kleides.

Massig ragte die mehrflügelige Anlage des Anwesens aus der Dunkelheit empor, als Alexandra den Hügel zu den Llangaeroggs hinunterfuhr. Die Familie musste einmal über sehr viel Geld verfügt haben, um ein solches Haus zu erbauen. Sie parkte neben dem Portal, über dem das Wappen der Familie prangte. Eine schmiedeeiserne Löwenpfote fungierte als Türklopfer. Im Haus ertönte Hundegebell, energische Schritte näherten sich, dann öffnete Roger ihr mit einem strahlenden Lächeln. Er war in einen eleganten dunklen Anzug gekleidet. Ein schwarzer Labrador und ein Jack-Russell-Terrier sprangen um Roger herum. Der lebhafte kleine Hund rannte immer wieder unter dem größeren hindurch, den das aber nicht aus der Ruhe brachte.

»Jody, Troy, gebt Ruhe!« Roger rief die Hunde energisch zur Ruhe. Er nahm Alexandra den Mantel ab, bewunderte ihr elegantes Kleid und bedankte sich für den Whiskey.

Sie streichelte dem Labrador über den schönen Kopf. »Sein

Fell ist so weich!« Seit sie einmal von einem Spitz gebissen worden war, behandelte sie kleine Hunde mit Zurückhaltung.

»Troy, du hast eine Verehrerin. Wir haben ihn gekauft, als mein Vater noch zur Jagd ging, vor sechs Jahren. Er ist ein exzellenter Apportierhund. Jetzt jagt er mit den Pferden über die Koppel, denn ich verabscheue die Jagd.«

»Und Cynthia?«

»Sie liebt es, hinter armen Tieren herzuhetzen und sie abzuschießen. Aber die Tierschützer hier in der Gegend haben die Fuchsjagd so gut wie unmöglich gemacht. Außerdem gehört uns der Wald nicht mehr und wird von Pächtern bejagt.«

Sie waren während des Gesprächs durch die Halle, an deren Wänden Jagdtrophäen und Gemälde mit Jagdszenen hingen, gegangen und kamen in einen Raum, der die Bibliothek darstellte. Bis an die hohen Decken erstreckten sich Bücherregale, die nur mit Leitern zu erreichen waren. Auf der einen Seite des Raumes brannte im Kamin ein Feuer. In einer Sitzgruppe aus schweren Ledersesseln saßen Cynthia und Rupert, der sich bei ihrem Erscheinen erhob und Alexandra die Hand reichte.

Cynthia verblieb in ihrem Sessel, sie trug einen knielangen, dunkelgrünen Rock und ein Twinset in derselben Farbe. »Na, Roger, bist du wieder bei deinem Lieblingsthema? Glauben Sie nicht alles, was er über die Jagd sagt – er hat es schon immer gehasst, aber der Rehrücken oder die Hasenkeule schmecken dir auch, nicht wahr? Heuchler!«

Rupert schaltete sich ein. »Darf ich Ihnen einen Sherry anbieten, Alex?« Er ging zu einem Rollwagen, auf dem diverse Flaschen standen. »Oder etwas anderes?«

»Sherry gern, danke.« Sie nippte an dem Glas und sah sich nach den Büchern um. »Sie haben ja wahre Schätze hier!«

Cynthia schnaubte. »Schön und nutzlos. Es sind wertvolle Erstausgaben darunter, die eine Menge Geld auf einer Auktion bringen würden, aber mein Vater will sich von den verstaubten

Büchern nicht trennen. Er liest sie nicht einmal! Sie sollen einfach nur da stehen – als Symbol für alte bessere Zeiten, nehme ich an.«

Hinter ihnen wurde eine Flügeltür aufgestoßen, und Lord Alistair betrat langsam den Raum. Er musste einmal ein gut aussehender Mann gewesen sein, mit seiner schlanken großen Figur und den aristokratischen Gesichtszügen. Jetzt waren die Schultern gebeugt, das Haar schütter, und Altersflecken bedeckten die durchscheinende Haut. Dennoch strahlte er Energie und einen ungebrochenen Lebenswillen aus. Diesem Mann zu widersprechen, war sicher kein Vergnügen.

»Guten Abend, alle zusammen! Die ganze Familie ist versammelt, und wir dürfen einen entzückenden Gast begrüßen. Welche Freude!« Galant nahm er Alexandras Hand und hauchte gekonnt einen Kuss darauf. »Mein Sohn hat mir erzählt, dass jetzt eine Künstlerin in unserem Cottage wohnt, aber mit seiner Beschreibung ist er Ihnen nicht gerecht geworden.«

»Ich danke Ihnen, Mylord.« Alexandra wusste nicht recht, welche Anrede angebracht war.

»Bitte, keine Förmlichkeiten, Alistair für Sie. Darf ich Ihnen meinen Arm reichen? Das Dinner ist angerichtet.«

Alexandra legte ihre Hand leicht auf den angebotenen Arm in Lord Alistairs Samtjackett. Keiner hatte ihn verbessert, als er von ›unserem Cottage‹ gesprochen hatte. Überhaupt schien er ehrfürchtigen Respekt zu genießen, denn Cynthia war nun sehr still und nur noch darauf bedacht, ihrem Vater zu gefallen. Sie schob ihm den Stuhl im Esszimmer hin, fragte, ob es ihm nicht zu kühl sei und ob er seine Medizin schon genommen hatte. Unwirsch ließ er alles über sich ergehen und nahm am Kopfende der langen Tafel Platz. Tisch, Stühle und Anrichten in dem getäfelten Raum waren aus Mahagoni. Vorhänge aus dichtem dunkelblauem Stoff hingen gerafft vor den Fenstern. Roger stand auf und goss Rotwein aus einer Karaffe in geschliffene Kristallgläser.

Alistair erhob sein Glas. »Auf unseren Gast und dass Sie sich wohl fühlen mögen bei uns.«

Als alle einen Schluck Rotwein getrunken hatten, ging eine Tür am anderen Ende des Raumes auf, und eine rundliche Frau kam mit einer Suppenterrine herein. Sie stellte die Terrine aus altenglischem Porzellan auf den Tisch und entfernte sich wieder. Cynthia übernahm das Verteilen der cremigen Lauchsuppe, deren ausgezeichneten Geschmack Alexandra mit einem Kompliment bedachte.

»Roberta ist ein echter Glücksfall, was das Kochen angeht, der Service ist nicht ihre Stärke, aber mehr Personal können wir uns nicht leisten.« Roger sah Alexandra entschuldigend an.

»Das waren noch Zeiten, als das Gesindehaus belegt war und die Leute um Arbeit bei uns gebettelt haben. Heute – seht euch das Chaos an! Sozialhilfe für jeden Lumpen, der zu faul ist, sich Brot durch ehrliche Arbeit zu verdienen.« Alistair Llangaerogg ließ erbost seinen Löffel in den Teller fallen.

»Vater, die Zeiten haben sich geändert. Das Gesetz gibt auch den Arbeitern mehr Rechte«, versuchte Cynthia zu schlichten.

»Zu viele, wenn du mich fragst, aber einen alten Mann fragt heute ja niemand mehr. Ausrangiert wird man, so sieht es aus. In Ihrem Land ist das sicher nicht anders, oder?« Der Alte sah Alexandra aus zusammengekniffenen Augen an.

»Ähm, also ich weiß nicht. Ich glaube schon, dass auch die ältere Generation einen wichtigen Beitrag für unsere Gesellschaft leistet.«

Lord Alistair lachte. »Sie hätten Politikerin werden sollen. Sehr gut! Wirklich, Roger, endlich mal etwas anderes als diese langweiligen klapperdürren Modepüppchen, die du sonst anschleppst. Wo bleibt der nächste Gang? Ich verhungere hier noch.«

Roger sah verlegen zu Alexandra, die ihn aufmunternd anlächelte, immerhin schien der Alte über einen scharfen Verstand und eine gesunde Portion Humor zu verfügen. Roberta räumte die Teller ab und servierte Hirschfilets in einer Sauce aus Kirschen, die Alexandra noch nie gegessen hatte und die sie köstlich fand. Dazu wurden Kroketten und Bohnen gereicht. Das Dessert, eine noch dampfende Applepie mit frischer Sahne, ließ Alexandra aus und aß nur noch ein Stückchen Käse. Verschiedene Sorten Schaf- und Ziegenkäse und ein dunkelgelber Käse in grüner Rinde, der kräftig gewürzt war, lagen verlockend nebeneinander auf der Platte. Während das Essens wurde wenig gesprochen. Erst als sie in die Bibliothek hinübergingen und sich mit einem Glas Whiskey vor dem Kaminfeuer niederließen, wurde die Unterhaltung wieder aufgenommen. Roger brachte das Gespräch geschickt auf Historisches.

»Eine wirklich schöne Kette trägst du da, Alex.«

Alexandra berichtete von dem Fund und ihren Nachforschungen in der Nationalbibliothek, die Ergebnisse dieses Nachmittags jedoch behielt sie für sich. Es blitzte kurz in Alistair Llangaeroggs kleinen Augen auf.

»Ach, wie außerordentlich.«

»Haben Sie eine Ahnung, was es mit dieser Frau auf sich haben könnte? Es ist doch schon ungewöhnlich, dass vermutlich eine Französin in dem Cottage gelebt hat.«

Cynthia beugte sich vor. »Vater, du siehst müde aus. Ich glaube, solche Fragen regen dich viel zu sehr auf. Ich habe ihr auch schon gesagt, dass nicht jeder es mag, wenn in seiner Vergangenheit herumgeschnüffelt wird.«

Rupert, der bisher kaum etwas gesagt hatte, nickte. »Manchmal lässt man die Dinge besser ruhen.«

»Wie deine Aktien? Denen hat es eher geschadet, wie ich gehört habe.« Roger grinste.

Lord Alistair erhob sich. »Ich habe diesen Abend sehr genossen, aber das Alter fordert seinen Tribut, deshalb werde ich mich jetzt zurückziehen. Bitte behalten Sie Platz.« Alexandra wollte sich erheben. »Vielleicht beehren Sie uns einmal wieder, es wäre mir ein Vergnügen!«

Cynthia folgte ihrem Vater, der die Bibliothek verließ. Rupert entschuldigte sich ebenfalls und murmelte etwas von liegen gebliebener Arbeit. Roger schlug vor, Alexandra den Rest des Hauses zu zeigen. Das Whiskeyglas in der Hand, schlenderten sie durch die Räume des Erdgeschosses. Roger holte eine Packung Zigaretten aus der Tasche und bot ihr eine an. Erst zuckte sie zurück, doch dann griff sie zu.

»Warum nicht? Passt so herrlich zum Whiskey.« Alexandra zog an der Zigarette und sah sich die Porträts an, die in dem langen Flur, in dem sie gerade standen, hingen. »Alles Ahnen?«

»Teilweise, ja. Meredith, die Frau von Edward, war eine große Sammlerin. Es tut mir Leid wegen heute Abend. Ich dachte, es wäre nett für dich, das Haus zu sehen, und mein Vater schien fit in den letzten Tagen. Cynthia muss ihm irgendetwas erzählt haben, sonst sprach er immer gern über die Familie. Tja«, er zuckte hilflos mit den Schultern und deutete auf einen Treppenaufgang. »Hier ist die Pracht vorbei. Alle anderen Zimmer sind seit Jahren nicht benutzt worden, und der andere Flügel verfällt langsam.«

Alexandra hatte das Gefühl, dass sie jetzt nach Hause fahren sollte. »Ich danke dir, Roger, es hat mich gefreut, deinen Vater kennen zu lernen, der ein bemerkenswerter, wenn auch bestimmt kein einfacher Mann ist.« Sie dachte daran, mit welcher Selbstverständlichkeit Alistair Llangaerogg die unterwürfige Hilfsbereitschaft seiner Tochter akzeptierte.

»Es ist ihre eigene Schuld, warum heiratet sie einen Mann, der mit Geld nicht umgehen kann? Er ...«, Roger unterbrach sich.

»Ich fahre jetzt besser, es ist schon spät, und bitte richte Roberta mein Lob aus – sie ist eine großartige Köchin!« Alexandra drehte sich um, um den Rückweg anzutreten, doch Roger hielt sie sanft am Arm fest.

»Alex, du musst nicht auf das hören, was mein Vater gesagt hat. Ich meine das über meine Frauen. Es hat natürlich einige gegeben, aber mit dir, das ist ...«

»Bitte nicht«, unterbrach sie Roger, dessen Augen sie im Halbdunkel sehnsüchtig ansahen. »Es würde nicht funktionieren. Mehr als Freundschaft kann ich dir nicht anbieten.«

»Es gibt einen anderen?«

»Nein. Du kennst mich nicht. Glaub mir einfach, dass es so am besten ist.« Sie wich seinem Blick aus. Es war ihre eigene Schuld, und sie hätte sich nicht in eine derart verfängliche Situation bringen dürfen.

»Okay, Alex, Abfuhr angekommen. Mir liegt genauso viel an unserer Freundschaft. Ich gebe dir meine Hand darauf, dass ich dich nicht mehr mit Hundeaugen anschauen werde.«

Lachend und sehr erleichtert schlug sie in die dargebotene Hand ein. »Wo ist Troy überhaupt?«

Als sie in der Eingangshalle angekommen waren, erklärte Roger: »Die Hunde schlafen bei meinem Vater im Zimmer.«

»Einen Hund hätte ich auch gern, aber ich bin zu viel unterwegs, war noch nie länger als zwei bis drei Jahre irgendwo sesshaft.«

»So lange du hier bist, kannst du Troy jederzeit besuchen.« Er grinste.

»Danke, Roger, wir sehen uns sicher bald wieder, irgendwie scheint man sich in Aberystwyth nicht aus dem Weg gehen zu können, selbst wenn man es wollte, was ich natürlich nicht vorhabe. Es gab noch keinen Tag, an dem ich in der Stadt kein bekanntes Gesicht gesehen hätte.« Sie schlug den Mantel eng um sich und lief durch die kalte Nachtluft zum Wagen.

»Fahr vorsichtig!« Roger stand in der Tür, während sie vom Hof fuhr.

Zurück in ihrem Cottage atmete sie tief durch. Es war schon erstaunlich, dass Roger ein so lebensfroher Mensch war, wahrscheinlich kam er mehr nach seiner verstorbenen Mutter. Cynthia dagegen schlug mit ihrem Sarkasmus und der Vorliebe für die Jagd ganz nach ihrem Vater. Spannungen, wie sie sie heute Abend erlebt hatte, wollte Alexandra sich freiwillig nicht noch einmal aussetzen. Armer Roger, warum zog er nicht in eine andere Stadt? Sie hängte das Abendkleid in den Schrank und schlüpfte in einen warmen Schlafanzug. Was verbargen die Llangaeroggs? In der Küche kochte sie sich einen Tee und ging dann noch einmal an den Schreibtisch. Sie legte die Perlenkette neben sich auf den Tisch und strich über die filigrane Schließe. Der Verschluss könnte orientalischer Herkunft sein, hatte der Antiquar John Porter gesagt. Kam die Kette, und damit vielleicht auch Madelaine, aus dem Orient?

Wo war die *Star of India* hauptsächlich gesegelt, und was war ihr Auftrag vor dieser letzten verhängnisvollen Fahrt gewesen? Die *Quetta* hatte zehn Jahre lang der Reederei John Beard & Sons in Bristol gehört. Es würde das Beste sein, dort anzusetzen. Alexandra gähnte, streckte sich und stand auf. Die Begegnung mit den Llangaeroggs war anstrengend gewesen. Sie seufzte. Es gab wohl kaum eine Familie, in der jeden Tag die Sonne schien. Irgendjemand störte immer die Harmonie. In unserer Familie bin ich das schwarze Schaf, dachte Alexandra, aber ich habe auch meine Gründe. Bei den Llangaeroggs schien Rupert der Stein des Anstoßes zu sein. Roger verachtete ihn. Wie er zu seiner Schwester stand, war Alexandra noch nicht ganz klar. Er kritisierte sie zwar, aber er schien sie nicht zu verurteilen und entschuldigte ihr schroffes Benehmen sogar. Seinem Vater gegenüber verhielt er sich vorsichtig. Alexandra konnte sich nicht vorstellen, dass Roger Alistair offen die Stirn bieten würde, aber vielleicht tat sie ihm Unrecht. Jedenfalls hatte sie nicht die Absicht, die Llangaeroggs öfter zu besuchen, um herauszufinden, wie die Familienmitglieder zueinander standen.

In dieser Nacht quälte sie ein Albtraum. In früheren Träumen war sie immer die hilflose Betrachterin gewesen. Meistens musste sie zusehen, wie ihre Mutter sich von ihr entfernte, wobei Alexandra genau wusste, dass ihrer Mutter etwas zustoßen würde. In dieser Nacht wechselte sie die Rolle, indem sie sich in einem historischen Kleid zwischen den Bewohnern eines armen und verkommenen Dorfes bewegen sah. Es musste Winter sein, denn eine dünne Schneedecke bedeckte teilweise die schmutzige Dorfstraße, und die Menschen, deren blicklose Augen in ausgezehrten Gesichtern lagen, versteckten die verfrorenen Glieder notdürftig in Lumpen, die sie sich um Arme und Beine gewickelt hatten. Alexandra ging langsam die matschige Straße entlang, darauf bedacht, nicht in die tiefen Löcher, in denen stinkendes Wasser stand, zu treten. Die Menschen wichen ihr aus, und sie hatte das Gefühl, dass man über sie redete und sie ablehnte. Ein Kind streckte ihr die Zunge heraus, bevor es schreiend in einer der engen dunklen Gassen verschwand. Plötzlich ertönte das Geräusch herangaloppierender Hufe. Es mussten mindestens zwei Pferde sein. Alexandra drehte sich um und sah einen Zweispänner in rasendem Tempo auf sich zukommen. Ihre Beine versagten ihr den Dienst. Wie angewurzelt stand sie auf der Straße, die tödliche Gefahr vor Augen. Eine alte Frau trat auf die Straße und schrie: »Madelaine!«

Sie erwachte. Kalter Angstschweiß stand auf ihrer Stirn. Noch immer spürte sie das Gefühl der tödlichen Bedrohung. Der Wecker zeigte sieben Uhr an. Alexandra stieg aus dem Bett, das ihr nicht länger als erholsame Zuflucht erschien. Im Wohnzimmer zündete sie sich eine Zigarette an. Während der bläuliche Rauch durch die noch nachtkalte Luft zog, wurde sie ruhiger, das Gefühl der Bedrohung verschwand. Es blieb der schale Nachgeschmack eines Erlebnisses, das sie nicht einzuordnen wusste.

Möglicherweise hatten die historischen Porträts im Haus der Llangaeroggs ihre Fantasie angeregt. Aber es war mehr als das. Sie wusste, dass es um mehr als nur eine alte Geschichte ging. In der Sturmnacht an den Klippen hatte sie zum ersten Mal die Nähe Madelaines gespürt, zum zweiten Mal, als sie vor dem Kamin eingeschlafen war, und nun heute, als sie ihre Rolle im Traum übernommen hatte. Alles hing mit diesem Cottage zusammen. Alexandra hielt Esoteriker für Spinner und an

Geister glaubte sie nicht, aber sie war davon überzeugt, dass jedem Menschen sein Schicksal vorherbestimmt war. Es gab Zufälle im Leben, die, wenn man sie wahrnahm und richtig deutete, eine entscheidende Rolle spielen konnten. Und Madelaine ist mein Schicksal, dachte Alexandra.

Sie wollte etwas tun, doch um diese Zeit waren Museen und Ämter noch geschlossen. Zu Karen konnte sie noch nicht gehen, vor allem nicht in ihrem jetzigen Zustand, mit dunklen Ringen unter den Augen. Alexandra schlüpfte in Jeans und einen alten Pullover und stieg auf den Dachboden. Die vor kurzem begonnene Leinwand stand verheißungsvoll in der Mitte des Raumes.

Bald darauf verglühte die Zigarette in einer Blechdose. Alexandra malte, bis die Sonne am Himmel stand und durch das Dachfenster auf die feuchtschimmernden Farben fiel. Sie ließ den Pinsel sinken, trat von ihrem Werk zurück und warf die verschmierte Palette auf einen der Tische. Das hier war ein Anfang! Mit einer Hand wischte sie sich über die Nase, die ihr in der kalten Luft zu laufen begonnen hatte. Auf der Leinwand hatte sie aus dunklen erdigen Tönen am äußeren Rand hellere, grünlich braune Flächen zur Mitte hin herausgearbeitet. Die weichen Formen der Hügel waren zu erkennen. Die Seen, die sie mit Ewan gesehen hatte, schimmerten als helle Flecken an verschiedenen Stellen durch die dominierenden Erdtöne. Mit dem Pinselende hatte sie kurvige Linien eingekratzt, diese wieder halb verwischt und neue Striche und Bögen hinzugefügt. So entstand ein Bild dessen, was sie gesehen und berührt hatte. Das Werk war noch lange nicht vollendet, aber Alexandra war schon damit zufrieden, malen und sich in ihrer Arbeit wiederfinden zu können.

Kapitel 9

Nach zwei Trainingsstunden im Fitnesscenter und einer heißen Dusche fuhr Alexandra gut gelaunt zu ihrer Schwester, die gerade das Abendessen vorbereitete. Charles war schon zu Hause und spielte mit den Kindern im Wohnzimmer. Karen kochte ein würziges Lammragout. Alexandra wusch den Salat und hackte Gemüse, während sie Karen von den Erlebnissen der letzten Tage erzählte. Bei der Erwähnung der Schiffe horchte Karen auf.

»Das musst du Charles erzählen, er kennt sich mit Segelschiffen aus. Nun ja, er liebt das Segeln, genau wie Ewan. Charles!«, rief sie laut. »Darling, kommst du für eine Minute in die Küche, bitte?«

Alexandra hörte die Kinder lachen, dann kam Charles in die Küche und schnupperte. »Hmm, wann essen wir? Ich habe Hunger! Es fehlt ein Schluck Wein.« Er schenkte für jeden ein Glas Rotwein ein, küsste Karen auf den Nacken, als er ihr das Glas reichte und lehnte sich dann gegen die Spüle. »Was gibt's?«

Alexandra wiederholte kurz die Ergebnisse ihrer Internetnachforschungen und fragte Charles nach den Klipperschiffen.

Seine Augen leuchteten. »Das sind fantastische Segler gewesen! Der Typ des Klippers kam zu Beginn des 19. Jahrhunderts auf. Das Besondere an diesen schönen Schiffen war ihre Schnelligkeit. Handelsschiffe waren üblicherweise eher langsam, aber bei dem Klipper verzichtete man konsequent auf größere Seitenhöhen und Aufbauten und konnte so den Schiffskörper strömungsgünstiger gestalten. Ich will euch nicht mit Maßen langweilen, aber die Klipper waren meistens Dreimaster mit enormer Takelage. Der Klipperbug wird auch heute noch gern als Stevenform bei Jachten benutzt.«

»Nun brems dich wieder – ich fahre im nächsten Urlaub nicht wieder mit dem Schiff raus!« Karen ahnte wohl, wohin die Begeisterung ihren Mann führte.

»Es hatte dir aber gefallen, doch darüber sprechen wir später. Diese Schnellsegler sind wirklich erstklassige Schiffe gewesen. Sie konnten die Wellen brechen, und mit ihnen sind berühmte Rennen von China nach London gefahren worden. In Greenwich liegt übrigens die *Cutty Sark* als Museumsschiff.« Er sah Karen sehnsüchtig an.

»Du kannst gerne mit Dennis hinfahren, dann gehen Mary-Anne und ich in London shoppen, das wird bestimmt ein netter Tag!« Karen grinste und füllte das Ragout in eine Terrine.

Alexandra häufte den Salat auf kleine Teller. »Also, diese Klipper waren schnelle Schiffe, aber sind sie nur nach China gefahren?«

Charles schnappte sich ein Gurkenstück. »Nein, ich glaube nicht. Wegen des Tee- und Opiumschmuggels waren sie schon zum größten Teil dort unten, nehme ich an. Aber wir dürfen nicht vergessen, dass die Briten auch noch andere Handelsbeziehungen hatten, zum Beispiel mit den Kolonien in Westindien, der heutigen Karibik. Außerdem blühte bis um 1850 der Sklavenhandel, und die Route hieß schließlich Afrika–Karibik.«

Karen nahm die Terrine auf. »So, jetzt wird gegessen. Nehmt ihr den Rest mit?«

Alexandra brachte die Salatteller ins Esszimmer. Nach dem Sport und den Stunden des Malens war sie wie ausgehungert, und das Essen schmeckte ihr doppelt gut. Sie schluckte einen Bissen Gemüse hinunter und sagte: »Aber wenn die Schiffe so flach waren, dann wurden doch bestimmt keine Sklaven damit transportiert, oder?«

Charles schüttelte den Kopf. »Wahrscheinlich nicht, aber die

Schiffe waren schnell, und als der Sklavenhandel offiziell verboten wurde, waren sie sicher eine Möglichkeit, etwaigen Verfolgern zu entkommen.«

Dennis spießte eine Karotte auf seine Gabel. »Aber was sind denn Sklaven?«

»Na, die haben sie aus Afrika geholt und in Amerika verkauft«, sagte Mary-Anne altklug.

Karen unterbrach den Wortwechsel. »Ich erkläre euch das nachher genau, in Ordnung? Wenn ihr fertig seid, dürft ihr noch eine halbe Stunde fernsehen und dann geht es ins Bett.«

Die Kinder aßen schnell ihre Teller leer und verschwanden ins Wohnzimmer. Alexandra lächelte. »Die zwei sind wirklich aufgeweckt.«

Charles grinste. »Fragen einem Löcher in den Bauch, aber das ist in Ordnung, nur wer die richtigen Fragen stellt, bekommt auch gute Antworten.«

»Sehr richtig, und ich werde bei der Reederei oder dem Nachlassverwalter oder wem auch immer nach den letzten Fahrten der *Star of India* fragen müssen. Die Perlenkette ist nicht zufällig von mir gefunden worden. Ich werde schon herausfinden, woher sie kommt und was sie nach Wales verschlagen hat.« Alexandra trank einen Schluck Wein.

»Und wo gibt es Korallen? In der Südsee«, meinte Karen.

»Aber auch in der Karibik und in Australien. Tja, aber Franzosen in Australien um 1840? Eher selten, würde ich sagen. Die hatten andere Kolonien, zum Beispiel in Afrika«, ergänzte Charles. »Oh, Alex, das hätte ich glatt vergessen. Ich habe Ewan gestern zum Essen getroffen, und er hat mir eine CD seiner Band für dich mitgegeben, meinte, vielleicht würdest du gern mal reinhören.« Er stand auf, um die CD zu holen.

Karen tippte an ihr Glas. »Aha.«

»Was, aha?«, kam es kurz von Alexandra.

»Ich dachte nur, du magst ihn vielleicht. Also ich finde ihn sehr interessant, gut aussehend und dabei natürlich – nicht unbedingt eine alltägliche Mischung.«

Charles kam mit der CD zurück. »Ich habe sie gehört, sie ist wirklich gut. Wollen wir noch einen Kaffee trinken?«

Sie räumten ab, Karen brachte die Kinder ins Bett, und Alexandra und Charles übernahmen den Abwasch.

»Hast du Roger noch einmal gesehen?«, fragte Karen später.

Alexandra fasste das Essen in wenigen Worten zusammen. »Der alte Earl ist nicht einfach, weder für Roger noch für Cynthia, glaube ich.«

Charles nickte. »Ich erinnere mich schwach an ihn. Vor einigen Jahren kam er noch selbst in die Kanzlei, wenn es um Verträge ging – ein richtig harter alter Knochen mit antiquierten Prinzipien. Roger ist aber anders?«

»Soweit ich das sagen kann, ja, aber dafür kenne ich ihn zu wenig. Ihr wollt es wirklich genau wissen, oder? Ich mag Roger, und mehr nicht.« Sie sah Karen und Charles herausfordernd an.

»Und, haben sie über die verstorbene Verwandtschaft geplaudert?« Karen sah ihre Schwester neugierig an.

»Leider nicht. Ich muss gestehen, dass ich darauf gehofft hatte.«

Alexandra blieb nicht mehr lange, denn Charles und Karen mussten am nächsten Morgen früh aufstehen. Durch die still im Mondlicht liegenden Hügel fuhr sie hinauf zum Cottage. Ihre Gedanken kreisten um das Schiff, mit dem John-Richard seine letzte Fahrt gemacht hatte. Fast hätte sie das entgegenkommende Auto nicht gesehen, das ihre Kurve schnitt. Sie konnte gerade noch ausweichen und ihren Wagen auf den Grünstreifen lenken. Wer fuhr um diese Zeit noch nach Aberystwyth hinein? Hinter dem Hügel lagen nur das Anwesen der Llangaeroggs und einige vereinzelte Höfe. Erleichtert stellte sie an ihrem Haus fest, dass die Bewegungsmelder einwandfrei funktionierten.

Am Morgen, sie war gerade aufgestanden und hatte Kaffee gekocht, kam Roger mit einem Strauß Lilien vorbei.

»Ich wollte mich für meine unmögliche Familie entschuldigen. Leider sind sie nicht immer sehr umgänglich.« Er drückte ihr die stark duftenden Blumen in den Arm und sah sie entschuldigend an.

»Na, komm rein, der Kaffee ist gerade fertig. Es war nicht so schlimm, weißt du, ich bin einiges von meinen eigenen Leuten gewöhnt. Nicht von meiner Schwester, o nein, aber mein Vater und die Frauen – das ist ein Kapitel für sich.« Sie stellte die Blumen in eine Vase und goss Roger einen Kaffee ein.

»Verstehe. Gibt es Neues bei deiner Suche nach der Trägerin der Perlenkette?« Er spazierte durch das Kaminzimmer und sah auf den Rasen hinaus.

Alexandra erwähnte die Klipper. »Hast du eine Ahnung, was damals gehandelt wurde, außer Tee und Opium, meine ich?«

»Hmm, Kaffee und Zucker waren ebenso wertvoll. Hatten die Briten nicht sogar Plantagen in den westindischen Kolonien?«

»Ja, und ohne die Arbeit von Sklaven wären diese Kolonien nicht aufrechtzuerhalten gewesen.«

»Ein dunkles Kapitel der Kolonialzeit. Alex, ich muss weiter, wollte nur sichergehen, dass du nicht sauer bist.« Er umarmte sie kurz und ging dann hinaus.

Der Himmel war grau, und ein eisiger Wind blies von den Hügeln herüber. Das verhieß Kälte und Schnee, so viel hatte sie inzwischen gelernt. Fröstelnd schloss sie die Tür. Sie ging in ihr Atelier und prüfte die Farben, die aber noch zu nass waren, als dass sie hätte weiterarbeiten können. Mit der Sporttasche im Auto fuhr sie kurz darauf ins Fitnessstudio, trainierte, ging schwimmen und kam drei Stunden später wieder zurück.

Sie telefonierte und erfragte bei der Auskunft verschiedene Nummern. Die Stadtverwaltung von Bristol teilte ihr mit, dass die Reederei Beard & Sons nicht mehr existierte. Sie versuchte es im Stadtarchiv. Die junge Frau dort war sehr hilfreich und schien nicht im Mindesten von Alexandras Frage überrascht.

»Beard & Sons, da sind Sie nicht die Erste, die nach diesen

Schiffseignern fragt. Ist schon komisch, für Ewigkeiten interessiert sich kein Mensch für diese Firma und dann gleich zwei an einem Tag! Wir waren tatsächlich einmal im Besitz des Nachlasses, aber als das Maritime Museum Bristol eröffnet wurde, haben wir alle Unterlagen dorthin gegeben. Meiner Meinung nach ist das sinnvoll, denn die Leute sind vom Fach und wissen die Sachen besser zu würdigen als wir.« Sie lachte. »Hier wird alles archiviert, mit Nummer versehen und weggsortiert. Dort stellt man sogar Logbücher aus und fertigt Modelle an.«

»Sind die Sachen denn überhaupt für die Öffentlichkeit einsehbar?«, fragte Alexandra.

»Nach Anmeldung, soweit ich weiß, vielleicht nicht alles. Haben Sie die Nummer? Dann fragen Sie am besten direkt nach. Auf Wiederhören und viel Glück!«

Dass noch jemand sich für die Reederei interessierte, war schon mehr als ein Zufall, und wer wusste von ihrer Suche? Roger! Verdammt, hatte sie sich wie ein Schulmädchen von seinem aristokratischen Charme einwickeln lassen? Karen und Charles hatten damit sicher nichts zu tun. Der Historiker? Auf keinen Fall, Peter Blake war im Urlaub. Es blieb nur Roger, und er war der Einzige mit einem Motiv. War er das wirklich? Oder bildete sie sich zu viel ein? Es gab Zufälle aller Arten. Nun, sie musste die Spur verfolgen und wählte die Nummer des Museums. Man gab sich reserviert und bestätigte, dass eine Einsicht in historische Dokumente nur mit terminlicher Vereinbarung möglich sei. Ob die Unterlagen der Reederei auch wirklich dort seien, wollte Alexandra wissen. Wenn das Stadtarchiv das gesagt hätte, würde es wohl so sein, Nachforschungen würden telefonisch nicht erledigt, war die knappe Antwort. Etwas enttäuscht legte Alexandra auf. Sie musste persönlich nach Bristol fahren und nachsehen, was dort vorhanden war. Bei diesem unbeständigen Wetter war ihr allerdings nicht nach einer langen Autofahrt durch die walisischen Berge zu Mute.

Seufzend rief sie ihre Schwester an. »Meinst du, ich kann da hinfahren?«

»Kleine, natürlich kannst du das. Wenn du tagsüber fährst und übernachtest, es gibt sicher irgendwo eine nette Pension, kann doch nichts passieren. Am bequemsten wäre natürlich der Zug. Oh, ich hatte ganz vergessen, dich einzuladen. Du hast doch am Sonntagabend noch keine Pläne? Es ist der erste Advent, und wir geben ein kleines Essen. Charles' Eltern kommen auch. Das ist doch in Ordnung für dich?«

»Sicher, ich komme gern, ein bisschen früher vielleicht? Dann helfe ich dir beim Kochen.«

Nach dem Gespräch rief Alexandra erneut im Maritimen Museum von Bristol an und machte einen Termin für Montagnachmittag aus. Sie hatte auf die Karte geschaut und sich ausgerechnet, dass sie es in etwa vier oder fünf Stunden dorthin schaffen würde. Man hatte nicht erwähnt, dass außer ihr noch jemand nach dieser speziellen Reederei gefragt hatte, aber das musste nichts bedeuten, denn die zuständige Angestellte gab sich kurz angebunden und gelangweilt.

Alexandra überlegte, was sie mit dem restlichen Tag anfangen könnte. Sie ging auf den Dachboden und sah sich um. Ein letzter Rest Tageslicht fiel durch die schmalen Dachfenster. Draußen schlugen die Wellen gegen die Klippen. Für Minuten verharrte sie in der Stille des Raumes und lauschte den Geräuschen der Natur, die gedämpft durch das Hausdach zu ihr hereindrangen. Es knackte leise in den alten Balken, und Alexandra zuckte zusammen, dann sah sie eine Maus über den Boden huschen. Von Mäusen musste es in dem alten Haus nur so wimmeln. Aber sie fürchtete sich nicht vor den kleinen Nagern, die genau wie Menschen Schutz vor der winterlichen Kälte suchten. Auch Spinnen und andere Krabbeltiere machten ihr nichts aus. All das war nichts im Vergleich zu den Phasen hilfloser Verzweiflung, gegen die sie sich selten wehren konnte. Es gab Anzeichen, die einen Zusammenbruch ankündigten. Manchmal begann sie Tage vorher aus unerfindlichem

Grund zu weinen, oder sie wurde aus nichtigem Anlass wütend. Dann verkroch sie sich in ihrer Wohnung, oder sie wanderte stundenlang durch die Stadt. Sie hatte mit Therapeuten gesprochen, aber so lange sie selbst nicht bereit war, sich ihrem inneren Konflikt zu stellen, würde ihr niemand helfen können. Alexandra strich über die Farbtuben. Das Malen war wie eine Therapie für sie gewesen. Aber auch die kreative Arbeit hatte die dunklen Schatten der Vergangenheit, die sie immer wieder einholten, nicht vertreiben können. Erst hier in Wales hatte sich die Hoffnung eingestellt, endlich bereit zu sein, sich ihrem Feind zu stellen. Madelaine war ihre Waffe, und Alexandra durfte sie nicht enttäuschen, denn der Feind lauerte nicht nur in ihr selbst, sondern auch außerhalb der Mauern des Cottage. Wenn sie sich jetzt gehen ließ, verlor sie den Kampf gegen sich selbst und ein bisher unsichtbarer Gegner würde triumphieren.

Sie streckte die Arme in die Luft und dehnte sich. Dann stellte sie eine neue Leinwand auf die Staffelei. Das nasse Bild lehnte sie an die Wand. Sie brauchte mehr Staffeleien und eine bessere Ausleuchtung des Raumes. Im Moment jedoch faszinierte sie der Gedanke an einen ganz bestimmten Farbton, ein Blau, nein Graugrün, welches die See wiedergeben könnte. Mit dem Pinsel in der Hand stieß sie eines der Fenster auf und ließ den kalten Wind in den Raum, der die salzdurchtränkte Seeluft hereinblies. Man musste das Wasser schmecken und die Luft riechen können, wenn man die Farbe sah, die sie sich vorstellte. Unermüdlich mischte sie verschiedenste Schattierungen an, blieb aber unzufrieden mit dem Ergebnis. Nach einiger Zeit gab sie auf, ihr Nacken war von der Kälte steif geworden, die Finger klamm. Sie schloss das Fenster und ging hinunter.

Auch am nächsten Tag war sie mit den angemischten Tönen nicht zufrieden und ging nachmittags spazieren. Der Wind blies scharf. Sie folgte der Biegung der Klippen, die sie hinunter in eine abgelegene Bucht führten. Dort lagen ein Campingplatz, auf dem drei verwaiste Caravans standen, und ein stillgelegtes Bowlingcenter, die ein einsames Dasein fristeten. Zwischen vom Wasser rundgewaschenen Steinen stolperte sie über den Strand. Von den schwarzen Muscheln, die zwischen den Steinen lagen, hob sie einige auf und steckte sie in ihre Tasche. Als sie den Kopf hob, glaubte sie, aus den Augenwinkeln eine Bewegung bei den Wohnwagen wahrgenommen zu haben. Dass zu dieser Jahreszeit jemand in den Wohnwagen lebte, war sehr unwahrscheinlich. Sie kniff die Augen zusammen, um besser sehen zu können. Eine gebeugte Gestalt huschte zwischen den Wagen hindurch. Die Silhouette der Person hatte fast wie die der mysteriösen alten Frau ausgesehen, der Alexandra nun schon zwei Mal begegnet war. Eigentlich waren es drei Mal gewesen, denn es schien dieselbe Alte gewesen zu sein, die in ihrem Traum den Namen »Madelaine« gerufen hatte. Alex hörte eine Tür schlagen und lief, so schnell das auf dem steinigen Untergrund möglich war, zu den Wagen hinüber.

»Hallo? Hallo, ist da jemand?« Niemand antwortete, nur die Bäume am Hang raschelten und das Meer rauschte. Alex ging um die Wagen herum und rüttelte an den Türen, die alle verschlossen waren. Sie versuchte durch die Fenster zu lugen, doch die Scheiben waren entweder blind oder von Vorhängen verdeckt. Noch einmal klopfte sie laut an einen der Wagen.

»Bitte, wenn Sie da sind, machen Sie auf. Ich möchte Sie etwas fragen. Verdammt, Sie wissen genau, wer ich bin! Erzählen Sie jemand anderem Ihre Schauermärchen!«

Wütend drehte sich Alexandra um und ging zurück zum Meer. Sie hätte schwören können, dass jemand hinter ihr lachte, aber der Wind konnte ihr auch einen Streich spielen. Zurück in ihrem Cottage wusch sie die Muscheln aus und legte sie auf das Kaminsims. Sie strich über die raue Oberfläche der schwarzen Meeresschätze und dachte an einen Tag am Strand von, war es in Bali gewesen? Sie wusste es nicht genau, aber an das Gefühl von damals, als sie die Muscheln im weißen Sand entdeckte und mit ihrem Fund aufgeregt zu ihren Eltern rannte, erinnerte sie sich gut.

Ihr Vater war, wie meistens, in ein geschäftliches Gespräch vertieft gewesen. Selbst am Strand konnte er nicht privat sein, ständig klingelte sein Telefon, oder es kamen Leute mit unaufschiebbar dringenden Angelegenheiten. Alles war wichtiger als die Familie. Ihre Mutter war gerade dabei, ihren makellosen Körper mit Sonnenschutzöl einzureiben. Um ihre Haare hatte sie zum Schutz vor den aggressiven Sonnenstrahlen ein Tuch gehüllt, und die Augen versteckte sie hinter einer großen Sonnenbrille. Alexandra hatte im seichten Wasser nach Muscheln gesucht und präsentierte nun die schönsten Fundstücke voller Stolz ihren Eltern.

»Mama, sieh nur, sind die nicht wunderschön? Diese hier ist ganz rosa und diese hier hat einen dicken Bauch. Da hat bestimmt ein Krebs drin gewohnt!« Die schön geformten Muscheln lagen sorgfältig gewaschen auf ihren kleinen sandigen Händen. Sie konnte die Augen ihrer Mutter durch die dunklen Brillengläser nicht sehen und wusste nicht einmal, ob Irene sie überhaupt ansah.

Mit einem abwesenden Lächeln nickte ihre Mutter. »Jaja, sehr schön, obwohl ich nicht weiß, was du damit willst. Dein Zimmer ist voll von allem möglichen Zeug, das du überall sammelst.« Zu ihrem Mann gewandt sagte sie: »Björn, wie lange soll ich denn noch hier in der Sonne braten. Du hattest versprochen, dass wir uns die neue Jacht ansehen. Danach müssen wir zu den van Stevens. Ich werde wieder viel zu wenig Zeit zum Umziehen haben, und das Kindermädchen hat auch noch nicht zurückgerufen.«

Björn Lorenz unterbrach sein Telefonat. »Irene, es tut mir wirklich Leid, aber aus dem Besuch im Hafen wird nichts mehr. Ich habe eben mit Boysen gesprochen. Er fliegt heute Abend noch nach Nassau, um mit den Architekten zu sprechen, und vorher will ich ihn unbedingt treffen, weil ich noch einige Details klären will. Es geht um Millionen, und die Anleger werden langsam ungeduldig.«

Alexandra sah, dass ihre Eltern weder telefonierten noch mit Freunden sprachen und fand, dass dies genau der richtige Moment sei, um ihre Muscheln zu zeigen. »Hier, Papa, schau doch mal!«

»Alex, jetzt lass doch die verdammten Muscheln, ich muss jetzt mit deiner Mutter sprechen«, sagte Björn Lorenz scharf und fügte, als er die traurigen Kinderaugen sah, etwas sanfter hinzu: »Dafür ist später noch Zeit.«

Er wollte Alexandra tröstend über die Locken streicheln, doch sie lief weinend davon. Später fand Karen sie mit verweinten Augen am Wasser sitzen, die Muscheln lagen neben ihr verstreut im Sand. Karen sammelte die Muscheln auf und setzte sich neben ihre kleine Schwester.

»Sie meinen das nicht so. Papa hat immer die Geschäfte im Kopf.«

Alexandra schniefte. »Du warst ja gar nicht dabei.«

»Aber ich kann mir ganz genau vorstellen, was passiert ist. Du wolltest ihnen diese Muscheln hier zeigen, und keiner von beiden hat sich um dich gekümmert. Diese rosafarbenen sind wirklich besonders schön. Die solltest du aufheben und in ein Glas mit etwas Sand legen.« Karen legte den Arm um ihre Schwester, deren kleiner Körper sich vertrauensvoll an sie schmiegte.

Mit einer Handbewegung wischte Alexandra die Erinnerungen fort, ihr Magen knurrte, sie musste etwas essen. In der Küche machte sie sich ein Sandwich mit Thunfisch, kochte Kaffee und ging dann auf den Dachboden. Obwohl die angefangene Leinwand noch feucht war, setzte sie grauschwarze Pinselstriche in die bläulich grüne Farbe – die Muscheln. Langsam begann das Bild die maritime Atmosphäre, die Alexandra in Kopf und Nase hatte, zu atmen.

Gegen halb vier erschien sie am nächsten Nachmittag im Haus ihrer Schwester. Karen stand in der Küche, die aussah wie ein Schlachtfeld. Mary-Anne und Dennis hatten mit dem Kuchenbacken begonnen, und der Teig schien überall zu kleben. Während Alexandra den Kleinen beim Aufwischen half, musste sie Karen erzählen, was sie bisher über die mysteriöse Französin herausgefunden hatte.

»Wo ist Charles eigentlich?«, fragte Alexandra ihre Schwester.

Karen putzte das Fleisch. »Er ist schon zu seinen Eltern gefahren, George brauchte seine Hilfe mit einem Vertrag. Sie kommen gegen sechs, denke ich. Ich glaube, dass George auch nicht mehr gern Auto fährt, obwohl er das nie zugeben würde. Seine Augen.«

»Fährt Melia denn nicht?«

»Nein, außerdem wäre sie viel zu ängstlich.« Karen senkte die Stimme und sah zu ihren Kindern hinüber, die jedoch beschäftigt waren und sich nicht um das Gespräch kümmerten. »Sie ist die typische Tochter aus der Upperclass, wuchs mit Butler und Zofen auf. Privatschule, Chauffeur und Mitgliedschaft im vornehmsten Country Club waren selbstverständlich. Zwei Semester hat sie in Oxford studiert. Ihr Ziel war nicht der Abschluss, sondern eine gute Partie.« Karen warf die Fleischreste in den Mülleimer.

»So habe ich dich ja noch nie über deine Schwiegermutter reden hören. Karen, was ist denn bloß los? Hat sie was zu dir gesagt?« Alexandra sah ihre Schwester aufmerksam an.

Karen wischte sich mit der schmutzigen Hand eine Haarsträhne aus dem Gesicht. »Nicht direkt. Ach, ich bin zu empfindlich, Charles ist ein Engel, er kann ja nichts dafür.«

»Halt, stopp! Jetzt will ich es aber genau wissen. Was hat sie zu dir gesagt? Wenn es so bedeutungslos wäre, hättest du es nicht erwähnt.« Alexandra nahm Mary-Anne und Dennis an den Händen und schob sie in Richtung Kinderzimmer. »Ihr wollt bestimmt noch spielen, bevor wir essen. Na los, lauft schon!«

Die Kinder stoben davon, und Alexandra goss für sich und ihre Schwester ein Glas Wein ein. »Cheers, Karen!«

Karen sah ihre Schwester mit einem gequälten Lächeln an. »So kennst du deine immer strahlende Schwester gar nicht. Tut mir Leid, ich sollte dich damit nicht belasten, du hast selbst genug Sorgen.«

»Hör auf, Karen, niemand ist immerzu glücklich, obwohl ich schon gedacht habe, dass du die perfekte Ehe führst.« Alexandra grinste.

»Das ist es auch nicht. Charles ist wundervoll. Ich glaube, er merkt es gar nicht, wenn Melia ihre Pfeile verschießt.«

Alexandra war sprachlos und wütend, denn sie konnte sich noch immer nicht vorstellen, was Melia ihrer Schwester vorwarf. Karen drehte das Glas zwischen den Händen und fuhr fort: »Es ist die Erziehung der Kinder, weißt du. Sie meint, ich bin zu nachlässig und verwöhne sie zu sehr. Außerdem will sie, dass wir Mary-Anne auf eine Privatschule schicken. Das hieße, sie müsste weg von hier und auf ein Internat gehen. Ich werde das niemals zulassen. Niemals, verstehst du?!« Sie ballte ihre Fäuste, sodass die Knöchel sich weiß abzeichneten. »Ich kann meinem Kind doch nicht zumuten, was ich selbst gehasst habe!«

Alexandra schluckte und sagte leise: »Ich habe eigentlich immer nur ihn gehasst, dafür, dass er uns abgeschoben hat. Ich hatte ja immer dich und habe ganz vergessen, dass du niemanden hattest.«

»Nein, nein, Alex, wir hatten einander. Durch dich hatte ich eine Aufgabe, ich musste Verantwortung übernehmen, und ich hatte keine Zeit zum Nachdenken. Außerdem liebe ich dich! Komm her!« Sie nahm Alexandra in die Arme und drückte sie fest an sich.

Alexandra atmete den vertrauten Duft der Schwester. »Wie kann ich nur jemals wieder gutmachen, was du für mich getan hast?«

»Indem du glücklich wirst und endlich deinen Hass auf die Vergangenheit begräbst. Ich habe gelernt, damit zu leben, und ich wünsche mir nichts mehr für dich, als dass du es auch kannst.«

»Ich versuche es wirklich, Karen. Seit ich hier bin, und vor allem, seit ich Madelaines Geheimnis zu lüften versuche, habe ich mich verändert. Diesmal habe ich eine Chance, es zu schaffen, das fühle ich.« Alexandra räusperte sich und lehnte sich an den Küchentisch. »Was sagt Charles denn eigentlich zu dem Vorschlag seiner Mutter?«

»Er war auf dieser Privatschule, und es hat ihm anscheinend nichts ausgemacht, aber er versteht meine Beweggründe, und natürlich will er seine Kinder aufwachsen sehen.« Karen trank einen Schluck Wein. »Eigentlich ist alles klar.« Sie lächelte und rieb sich ein Auge. »Und jetzt haben wir ein Essen vorzubereiten.«

Karen nahm das Messer wieder auf, mit dem sie die Fleischstücke bearbeitet hatte, doch Alexandra legte ihr die Hand auf den Arm. »Du gehst jetzt duschen und dich herrichten, damit du bestens gerüstet in die Schlacht ziehen kannst. Den Rest hier übernehme ich. Kein Problem!« Mit beängstigender Schnelligkeit wirbelte sie das Messer durch die Luft, legte die Fleischstücke in eine Pfanne und griff nach den Kartoffeln.

Karen starrte sie entsetzt an. »Alex! Du liebe Güte, schneide dich nicht! Ich kann das gar nicht mit ansehen.«

»Sollst du ja auch nicht. Geh rauf, husch, husch. Wo ist das Kochbuch? Lesen kann ich immerhin, und soo lange wirst du ja nicht brauchen, oder?«, fragte Alexandra hoffnungsvoll.

Als Karen eine halbe Stunde später wieder in die Küche kam, stand Dennis auf einem Hocker und rupfte Salat, Mary-Anne schnitt Auberginen in Scheiben, und Alexandra garnierte das Kartoffelgratin mit Käse, um es dann in den Ofen zu schieben.

»Ihr braucht mich wohl gar nicht mehr?«

»Mama, sieh mal, das haben wir alles gemacht, ganz allein!« Mary-Anne zeigte auf den Tisch, auf dem das Gemüse lag.

»Meine Süßen, das habt ihr klasse gemacht, ich bin stolz auf euch, so und jetzt ab, Hände waschen und ein sauberes Hemd anziehen, bevor Daddy mit euren Großeltern kommt.«

Widerwillig zogen die Kinder ab. Kurz vor sechs war das Essen fertig, und Karen stand strahlend schön in der Tür, um ihre Schwiegereltern zu begrüßen. Die langen blonden Haare lagen perfekt frisiert, und in einem kniekurzen dunkelbraunen Rock und einem beigen Pullover sah sie zart und elegant aus. Alexandra war zufrieden mit ihrer Schwester. Charles offensichtlich auch, denn er küsste seine Frau ausgiebig, ohne auf das genervte Räuspern seiner Mutter zu achten. Melia Conway hatte ihre schlanke Figur bis ins Alter bewahrt und führte das vor allem auf ihr Hobby, das Reiten, zurück. Mit erhobenem Haupt schritt sie in einem dunkelblauen Kostüm durch die Räume. Wer sie nicht näher kannte, hielt sie unweigerlich für arrogant. Alexandra hatte sie von Anfang an nicht besonders gemocht, ihr jedoch zugute gehalten, dass Melia durchaus loyal gegenüber der Familie war. George war behäbig und immer gut gelaunt, ihn schien nichts aus der Ruhe bringen zu können. Er umarmte Alexandra herzlich und fragte nach ihrer Kunst. Da sie sich nicht oft sahen, erzählte Alexandra von ihren letzten erfolgreichen Ausstellungen, ließ aber den Grund ihres Aufenthaltes in Wales aus. Melia wollte gerade nachhaken, als es an der Tür klingelte. Charles ging hin, um zu öffnen.

Melia fragte erstaunt: »Erwartet ihr noch jemanden heute Abend?«

Karen lächelte gewinnend. »Ja, einen Freund von Charles.«

Alexandra horchte argwöhnisch auf. Karen hatte ihr nichts von einem weiteren Gast gesagt. Dann hörte sie eine warme Stimme, die ihr bekannt vorkam. Ewan kam hinter Charles mit einem Blumenstrauß durch die Tür. Er überreichte Karen die Blumen.

»Danke für die Einladung, Karen. Ihr habt mich vor einem langweiligen Essen mit meinem Dekan bewahrt. Wir haben uns schon einmal gesehen, glaube ich?« Er begrüßte George und Melia, die den gut aussehenden Mann anstrahlte.

Zur dunklen Hose trug Ewan einen schwarzen Rollkragenpullover, der seine athletische Gestalt betonte. Die schwarzen Locken strich er lässig aus dem Gesicht. Seine Augen blitzten auf, als er Alexandra begrüßte, die wünschte, etwas Attraktiveres als Pullover und Hose angezogen zu haben. Er küsste sie auf die Wange.

»Hi, Alex, freut mich, dich zu sehen. Ich hatte gehofft, dass du auch kommst.«

»Danke für die CD, die ist wirklich schön.« Er hatte gehofft, dass sie auch da war, warum hatte er sie dann nicht angerufen? Sie hätte ihn auch gern wieder gesehen, aber offensichtlich genügten ihm diese zufälligen Treffen. Vielleicht doch nicht so zufällig? Sie sah zu Karen hinüber, die sich mit George und Melia unterhielt.

»Ich hatte sie dir persönlich geben wollen, aber …« Ewan hielt inne.

Alexandra war verunsichert. »Ja?«

»Ich wusste nicht genau, ob du interessiert bist.« Herausfordernd sah er sie direkt an.

»An deiner Musik?« Sie schmunzelte.

»Auch daran.«

»Ja.«

»Ja zu was?« Diesmal wirkte er unsicher.

»Zu beidem eben.« Sie lächelte, schaute auf seine Lippen, die so sanft küssen konnten, und stellte sich vor, wie sie sich auf ihren anfühlen würden.

Karen entspannte die aufgeladene Stimmung. »Wir wollen essen. Hilfst du mir mit dem Auftragen, Alex? Ewan, du gehst mit Charles, ja?« Karen legte ihrer Schwester den Arm um die Schulter und führte sie in die Küche.

Dort zischte Alexandra leise: »Was soll das? Warum hast du mir nicht gesagt, dass Ewan auch kommt?«

»Was für einen Unterschied hätte das gemacht? Ich dachte, es wäre eine nette Überraschung, und ich hatte den Eindruck, ihr hättet euch angeregt unterhalten. Nimmst du die kleinen Teller mit dem Lachs?«

»Ich hätte mir etwas anderes angezogen, zum Beispiel.« Sie stapelte drei Teller auf ihrem linken Arm.

»Wo hast du das gelernt? Sieht professionell aus. Du siehst toll aus, ich glaube nicht, dass du mehr brauchst, um Ewan zu beeindrucken.« Karen ging mit ihren Tellern voraus in das Esszimmer, wo sie die anderen in lebhafter Unterhaltung vorfanden.

Alexandra war ein Platz zwischen Mary-Anne und Ewan zugedacht. Ihre Nichte sah sie Hilfe suchend an. »Alex, darf ich dir meinen Lachs geben? Ich habe so viel Teig probiert«, flüsterte sie.

»Okay, schieb rüber.«

Melia, die gegenüber saß, mischte sich ein. »Es ist sehr unhöflich, am Tisch zu flüstern. Ich habe genau gesehen, was du gemacht hast, junge Dame!« Ein strafender Blick traf Mary-Anne, die den Kopf senkte.

»Oh, entschuldige bitte, Melia, habe ich dich mit meinem flegelhaften Benehmen unangenehm berührt? Vielleicht liegt das daran, dass ich zu lange auf einem Internat war«, sagte Alexandra mit unschuldiger Miene.

»Dann war das Internat wohl nicht besonders gut.« Melia wollte fortfahren, doch Alexandra schnitt ihr das Wort ab.

»Daran hat es nicht gelegen. Mein Vater sucht sich immer nur das Beste aus, dafür ist er bekannt. Es hat wohl vielmehr daran gelegen, dass ich mich dort nicht sehr wohl gefühlt habe. Karen übrigens auch nicht. Wir wurden nämlich nicht gefragt, ob wir von zu Hause wegwollten. Aber darum geht es ja auch meistens nicht. Es wird über die Köpfe der Kinder hinweg entschieden, ohne sie in die Entscheidung mit einzubeziehen.«

Karen wurde bleich und ließ ihre Gabel fallen. »Alex, das gehört wirklich nicht hierher.«

»Warum denn nicht? Ich finde, das ist ein nettes Tischgespräch, besonders, da so viele Leute hier aus ihrem Erfahrungsschatz dazu beitragen können. Also, ich finde Internate scheußlich, und ich war über zehn Jahre in so einer Einrichtung. Wie ist es mit dir, Ewan?«

»Hmm«, er schien zu verstehen, dass es um mehr als eine oberflächliche Meinungsverschiedenheit ging, und antwortete vorsichtig: »Ich war zum Glück nur für ein Jahr auf einem Internat, weil wir umgezogen sind, aber zu den glücklichsten Monaten in meinem Leben gehört die Zeit nicht. Ganz ehrlich.«

Mit versteinerter Miene und kalter Stimme sagte Melia: »Es gibt kaum anständige Schulen hier in der Gegend. Also bleibt verantwortungsbewussten Eltern, die ihren Kindern die bestmögliche Schulbildung ermöglichen wollen, nichts anderes übrig, als ihre Kinder auf ein Internat zu schicken. Darum geht es dir doch, Alexandra? Du hast doch davon angefangen, weil du gehört hast«, sie warf Karen einen bösen Blick zu, »dass ich es für angemessen halte, Mary-Anne auf ein Internat zu schicken.«

»Ich geh da aber nicht hin!« Mary-Anne sagte nur diesen einen Satz, doch ihre Stimme war fest und ließ keinen Zweifel darüber, was sie von der Idee hielt.

Charles nickte. »Schön, dann wäre diese Sache entschieden. Möchte noch jemand Wein? Du, Mutter?«

Er goss etwas Wein in das noch halb volle Glas seiner ärgerlich die Brauen runzelnden Mutter. George schien von all dem nichts mitbekommen zu haben und hielt seinem Sohn das Glas hin.

»Danke, Junge! Karen, das war schon wieder wundervoll. Ich weiß nicht, womit mein Sohn das verdient hat.« Er zwinkerte Karen zu, die erleichtert lächelte.

Als sie das Hauptgericht in der Küche in die vorgewärmten Terrinen füllten, neckte Alexandra ihre Schwester: »Lief doch alles glatt, oder? Die Sache ist entschieden, und Charles hat eindeutig Stellung bezogen. Sehr geschickt, wenn du mich fragst.«

»Alex, das wäre fast schief gegangen, und du hättest das Dinner ruiniert! Mir ist fast das Herz stehen geblieben, als du angefangen hast. Ich hätte das niemals fertig gebracht!«

Alexandra sah ihre Schwester an. »Ich weiß. Deshalb habe ich es ganz undiplomatisch, wie das so meine Art ist, gesagt. Melia ist doch glatt überstimmt worden, und ihre gute Erziehung erlaubt es ihr nicht, am Tisch zu streiten. Haha! Weißt du, George tut mir Leid, er ist so ein fröhlicher Typ, wie hält er das bloß mit ihr aus?«

Karen goss die Sauce für den Braten in eine Schüssel und gab die Karotten in eine andere. »Ich glaube, ihn stört das nicht sehr. Er behandelt sie wie jemanden, den man nicht ganz ernst nimmt, mit nachsichtiger Milde. Wahrscheinlich ist das das Geheimnis ihrer Ehe. Sollen wir?«

»Ja! Dann los!«

Alle waren von Karens delikatem Rinderbraten und den fein abgeschmeckten Zutaten begeistert. Die Kinder durften anschließend den Tisch verlassen, was Melia mit missbilligendem Blick quittierte, doch sie sagte nichts. Alexandra war sehr mit sich zufrieden. Sie sah, wie George seiner Frau die Wange tätschelte.

»Milly Darling, wir sind jetzt Großeltern, können uns zurücklehnen und der nächsten Generation das Erziehen überlassen, und das ist gut so. Ewan, Sie haben uns noch gar nichts von Ihrer Arbeit an der Universität erzählt. Wie gefällt Ihnen unsere kleine Stadt?«

In Melias Gesicht zuckte es verdächtig, doch sie hatte sich sofort wieder unter Kontrolle und lächelte höflich. Ewan unterhielt die Runde mit einigen witzigen Anekdoten aus dem Alltag an der Universität. Karen und Alexandra räumten ab, und Melia und die Männer gingen für den Kaffee ins Wohnzimmer. Es wurde elf Uhr, und Melia drängte zum Aufbruch. Charles entschuldigte sich und brachte seine Eltern mit dem Wagen zurück. Ewan bot seine Hilfe beim Abwasch an. Karen räumte die Überreste des Mahls weg, Alexandra wusch ab, und Ewan übernahm das Abtrocknen.

»Wie geht es mit dem Malen voran, Alex?« Ewan nahm ein Glas entgegen.

»Gut! Viel besser, als ich gedacht hatte, um ehrlich zu sein.«

»Und deine Suche nach dem Geheimnis der Perlenkette?«

»Oh, es geht. Das ist nicht so leicht. Morgen muss ich nach Bristol, ins Museum. Die geben mir telefonisch keine Auskunft.« Sie spülte die Weingläser mit kaltem Wasser ab.

»Ganz nach Bristol? Wow, das ist eine ziemlich lange Strecke, weißt du das?«

Karen spannte Folie über das Gratin. »Ja, aber wenn sie vorsichtig fährt und sich Zeit nimmt, ist das zu machen. Besser wäre es natürlich mit dem Zug oder zu zweit ...«

Am liebsten hätte Alex ihre Schwester geknufft, doch Ewan stand direkt neben ihr und schien die Bemerkung nicht als Wink mit dem Zaunpfahl oder, wie es Alexandra vorkam, als Schlag mit dem Holzhammer aufzufassen.

»Hätte ich das gewusst, ich wäre gern mitgekommen. Das Museum hat eine sehr gute naturkundliche Abteilung.« Er polierte aufmerksam sein Glas.

»Tja, wäre sicher netter gewesen, nicht allein fahren zu müssen, aber wenn du morgen Vorlesungen hast, geht das natürlich vor.«

»Ich habe morgen keine Vorlesung.«

Karen stellte die Schüssel in den Kühlschrank. »Na, das ist doch ideal! Dann fahrt ihr gemeinsam. Danke, Ewan, ich hätte mir sonst wirklich Sorgen um Alex gemacht. Die Berge sind nicht ohne, besonders bei diesem Wetter, und du kennst dich aus.«

Ewan ließ das Handtuch sinken und sah Alexandra an. »Ja, also, wenn es dir recht ist? Ich würde mich freuen.«

»Natürlich, warum sollte es mir nicht recht sein? Du kennst die Strecke, ist doch toll.« Sie erwiderte seinen Blick und hoffte, dass sie nicht zu erfreut aussah.

»Wann soll ich dich abholen, Alex? Gegen neun oder zehn?«

»Neun vielleicht. Ich habe um drei einen Termin mit dem Archivar. Schaffen wir das?«

»Das wird eng, acht Uhr schlage ich dann vor.«

Charles kam zurück, und nach einer kurzen Unterhaltung verabschiedete sich Ewan. Alexandra ging kurz darauf, allerdings nicht, ohne sich bei ihrer Schwester zu beschweren.

»Was soll das? Du hast ihm ja förmlich keine Wahl gelassen, als dass er anbietet mitzufahren!«

»Nur ein kleiner Schubs. Er ist schüchtern.«

»Schüchtern? Bei dem Aussehen, erzähl mir keine Märchen!«

Karen seufzte. »Ich weiß es von Charles. Ewan hat sehr unter der Scheidung gelitten. Seine Frau hat ihn mit einem Studenten betrogen. Das muss sehr bitter für ihn gewesen sein, weil er sie wohl sehr geliebt hat. Dadurch ist er vorsichtig geworden, vor allem, wenn es ihm ernst ist.«

»Ich weiß aber nicht, ob es mir ernst ist.«

Karen sah sie an. »Dann lass es, Alex.«

Alexandra schwieg einen Moment. »Karen, der Abend war wirklich schön, und ich danke dir für alles!« Sie umarmte ihre Schwester. »Ich ruf dich aus Bristol an!«

Kapitel 10

Ewan stand pünktlich um acht Uhr am nächsten Morgen vor ihrem Cottage. Er trug eine dicke, mit Lammfell gefütterte Lederjacke, dunkle Jeans und ein strahlendes Lächeln. Wie machte er das nur am frühen Morgen?

»Hi, Alex, alles klar? Es ist sehr kalt heute.« Er rieb sich die Hände.

»Komm rein, möchtest du einen Kaffee?« Sie holte einen zweiten Becher.

»Gern. Ist das dein ganzes Frühstück?« Er sah auf den leeren Küchentisch.

»Keine Zeit.«

Plötzlich fiel ihr ein, dass sie am Abend vielleicht nicht zurückfahren würden. Es war ihr jedoch unangenehm, das zu erwähnen, weil Karen die ganze Sache eingefädelt hatte. Womöglich dachte er dann, sie wäre auf ein Abenteuer aus.

Ewan trank von seinem Kaffee. »Es könnte glatt werden heute, am besten wir fahren bald los. In den Bergen ist es noch kälter als hier.«

»Okay, ich hole nur noch meinen Mantel.« Sie nahm außerdem einen dicken Schal und Handschuhe mit und zögerte kurz, bevor sie doch die Zahnbürste einsteckte. Vor dem Schreibtisch überlegte sie noch, ob sie die Perlenkette lieber mitnehmen sollte. Rasch öffnete sie das Geheimfach und verstaute den einzigen Beweis für ihre Theorie in der Tasche. »Fertig, wir können!«

Sie nahm einen kaum spürbaren Hauch von Ewans Rasierwasser wahr, als sie hinter ihm die Haustür abschloss. Ewan hielt ihr die Tür seines Volvos auf.

»Sieht zwar schon etwas mitgenommen aus, aber er hat mich noch nie im Stich gelassen.«

Sie ließ sich in dem bequemen Ledersitz nieder und verstaute ihre Tasche auf der Rückbank. Ein rotes Licht blinkte auf, begleitet von einem Piepen. »Oh, habe ich etwas falsch gemacht?«

Ewan lachte. »Nein, nein, er will nur, dass du dich anschnallst. Das Piepen hört nicht auf, solange du den Gurt nicht umlegst. Hat mich erzogen, denn ich habe das sonst nie getan.« Er legte eine CD ein, und rhythmische Trommelklänge, gemischt mit weichen Flöten- und Saxophontönen, durchzogen den Wagen. »Das sind die Old Blind Dogs, eine Band aus Aberdeen. Sie spielen ähnlich modernen Folk wie wir. Magst du die Musik?«

»Sehr sogar, obwohl ich vorher überhaupt keinen Folk gehört habe. Seit ich hier bin, mag ich überhaupt Dinge, von denen ich nicht gedacht hätte, sie würden mir gefallen.«

Sie fuhren über die östliche Route auf der 44 in Richtung Rhayader. Der Himmel hing voller grauer Wolken, nur gelegentlich blinzelte ein Sonnenstrahl hindurch. Alexandra registrierte die nicht enden wollende Vielfalt an Grün- und Brauntönen, die sich in den Wiesen, den Berghängen und den Häusern und Bäumen zeigten.

»Was, zum Beispiel?« Ewan unterbrach ihre Beobachtungen.

Sie sah ihn kurz an, doch er konzentrierte sich auf die Straße. »Die Landschaft. Ja, ich habe mir vorher nie vorstellen können, zwischen Hügeln und Schafen leben zu können. Eigentlich hatte ich mich für einen Stadtmenschen gehalten, aber hier bin ich weniger einsam als zuletzt in Berlin.« Sie schwieg, das hatte sie nicht sagen wollen, denn ihre persönlichen Probleme wollte sie ihm ersparen.

Er schien das zu merken. »Tja, das geht wohl vielen so. Man muss sich schon mit der eigenen Gesellschaft wohl fühlen, dann spielt die Umgebung keine Rolle. Ich bin auf jeden Fall lieber in der Natur, andererseits mag ich es, wenn wir mit der Band auftreten – die vielen Menschen, die begeistert tanzen oder mitsingen, die lebhafte Atmosphäre. Ohne das würde mir etwas fehlen. Nur die Universität, die festgefahrene akademische Welt, nein, damit wäre ich nicht glücklich.«

Schneeflocken begannen sich aus dem dichten Wolkengebirge zu lösen, und bald bedeckte eine zarte weiße Decke Hügel und Straße. Sie mussten etwa eineinhalb Stunden unterwegs gewesen sein, als sie durch Builth Wells fuhren. Der hübsche altmodische Ort lag inmitten einer atemberaubenden Landschaft, was Alexandra trotz des Schnees noch wahrnahm. Ewan stoppte den Wagen an einem Inn, vor dem ein goldener Stier baumelte.

»Jetzt wird was gegessen, du hast schließlich noch nicht gefrühstückt.«

»Ich bin gar nicht hungrig«, versuchte sie zu protestieren. Doch er nahm ihren Schal von der Rückbank und wickelte ihn ihr um. Er duldete keinen Widerspruch. Gemeinsam stapften sie durch den Schnee und schüttelten die Haare aus, als sie in die warme Gaststube traten. Nachdem Alexandra den ersten Löffel der heißen Tomatensuppe gegessen hatte, fühlte sie das Blut in ihren Adern wieder pulsieren.

»Ewan, das war wirklich eine gute Idee! Ich glaube, ich werde dir von nun an nicht mehr widersprechen!«

Er grinste und seine graublauen Augen blitzten. »Ich werde dich bei Gelegenheit daran erinnern. Wann ist der Termin im Museum, sagtest du?«

»Gegen drei Uhr. Vielleicht zu spät, oder? Meistens machen die schon um fünf Uhr zu. Aber ich dachte an die lange Fahrt.«

»Immerhin hast du dann einen kompetenten Ansprechpartner und musst nicht erst stundenlang nach den Informationen suchen. Hast du denen schon gesagt, wonach du genau suchst?«

Alexandra erzählte von der Reederei Beard & Sons, erwähnte auch, dass sie möglicherweise einen Konkurrenten hatte, und berichtete von dem Einbruch.

»Ist schon ziemlich einsam da oben«, meinte Ewan besorgt. »Aber du weißt noch immer nicht, um was es bei dieser Geschichte wirklich geht. Die Llangaeroggs zu verdächtigen ist einfach, aber möglicherweise sind sie nur auf ihren so genannten guten Ruf bedacht. Viele Adlige sind in Bezug auf ihre Familie etwas verspannt, wenn ich das mal so salopp ausdrücken darf. Wo ist die Perlenkette jetzt?«

Alexandra klopfte auf ihre Handtasche.

»Vielleicht ist sie in einem Bankschließfach sicherer.«

»Du denkst also auch, an dem Einbruch ist mehr dran?«, fragte Alexandra.

Ewan winkte dem Kellner. »Möglich wäre es. Zahlen, bitte.«

Das Schneetreiben war dichter geworden, und sie kamen nur langsam voran. Sie durchfuhren die Black Mountains, kamen an Abergavenny vorbei, bogen auf die Schnellstraße nach Newport und folgten dort der Autobahn nach Bristol. Als sie das Museum und einen Parkplatz gefunden hatten, war es drei Uhr. Ewan ging sich die Schiffsmodelle ansehen, und Alexandra suchte das Archiv auf. Eine gelangweilte junge Frau, deren Fingernägel beängstigend lang und rot waren, brachte Alexandra durch den modernen Bau hinunter ins Archiv. Es roch muffig, und die Stahlgerüste, auf denen Bücher und Dokumentenmappen lagerten, trugen wenig zu einer warmen Atmosphäre bei. Ein dünner Mann mit schütterem Haar und Brille stellte sich als Dr. Slowther vor.

»Miss Lorenz? Eigentlich hätte ich alles für sie vorbereitet, aber ich hatte so wenig Zeit. Aber wir finden schon etwas, lassen Sie uns mal sehen. Es ging um eine Reederei?«

Innerlich seufzte Alexandra, denn nun hieß es suchen und warten, doch sie erklärte dem bemühten Mann geduldig ihr Anliegen. Er konnte höchstens vierzig Jahre alt sein, wirkte aber durch seine fahle Haut und tiefe Falten um den Mund bedeutend älter. Sie folgte Dr. Slowther durch ein Labyrinth von

Regalen und Kammern. Endlich schien er gefunden zu haben, wonach er suchte.

»Das müsste es sein.« Er reichte Alexandra einen Stapel Mappen und nahm selbst einen Ordner. »Gehen wir in den Lesesaal, da haben Sie mehr Licht. Wenn Sie meine Hilfe brauchen, ich bin gleich hier in meinem Büro.« Er deutete auf eine Tür neben sich.

Der Lesesaal war nicht groß, und es saßen nur zwei Besucher an den schmalen Tischen. Alexandra blätterte die erste Mappe durch und fand Pläne von Klippern, die der Liverpooler Schiffbauer John Wilson entworfen hatte. Sie blätterte weiter und stieß im letzten Ordner endlich auf den Namen des Reeders, unter dem die *Quetta* gefahren war und, wie sie hoffte, auch die *Star of India*.

Es gab Berichte über die Maße der Schiffe, doch Alexandra überlas die Angaben zu Tonnen und Metern, bis sie auf den gesuchten Namen stieß. Die *Star of India* war 1832 in Bristol vom Stapel gelaufen. Unter einem Kapitän James Dermott war sie bis 1834 allem Anschein nach zwei Mal nach Indien gesegelt. Als Fracht wurden Tee und Gewürze angegeben. Alexandra blätterte um und fand sich im Jahr 1861 wieder. Wo waren die fehlenden Seiten? Sie durchsuchte den gesamten Ordner, ging noch einmal durch die Mappen, doch genau die Jahre, die wichtig für sie waren, blieben verschwunden.

»Das kann doch nicht wahr sein!«, stöhnte sie, stand auf und ging zu Dr. Slowther.

»Wirklich? Die Seiten fehlen? Warten Sie. Ich will sehen, ob mein Kollege noch im Haus ist.« Dr. Slowther telefonierte und sah sie dann interessiert an. »Ein wirklich seltsamer Vorfall. Mein Kollege erinnert sich noch gut an einen Herrn, der heute Morgen hier war und sich eben diese Unterlagen angesehen hat. Dieser Mann, als Namen gab er Smith an«, Dr. Slowther lächelte schief, »kann die Blätter entwendet haben, denn er war allein im Lesesaal. Das ist mir während der ganzen Zeit, die ich in Museen arbeite, noch nicht vorgekommen. Aber verzweifeln Sie nicht, wir haben alles auf Mikrofilm!«

Alexandra atmete auf, aber wer war dieser Smith? Warum wollte er nicht, dass jemand anderes die Fahrten der *Star of India* verfolgte? Dr. Slowther stellte ihr das Mikrofilmgerät ein.

»Hier weiterdrehen, da scharfstellen, auf diesem Blatt müsste es drauf sein.« Er entfernte sich in Richtung Büro.

Alexandra sah angestrengt auf den Bildschirm und schob die Vorlage Stück für Stück weiter, bis sie bei dem Jahr 1835 angekommen war. Die *Quetta* war zwischen China, Indien und England gesegelt, während die *Star of India* unter Kapitän Dermott Fahrten nach Indien und in die Karibik unternommen hatte. In die Karibik! Alexandra schnalzte mit der Zunge. 1838 war der Klipper mit dem Auftrag, Zucker einzukaufen, zu den Kleinen Antillen ausgelaufen. Weiter, wohin war sie dann gefahren? Alexandra schob die Vorlage eine Spalte weiter und musste lesen, dass John Beard & Sons 1839 Konkurs angemeldet hatten und die Schiffe von der Liverpooler Reederei Alan & Davy übernommen worden waren. Weitere Unterlagen befänden sich im Nachlass der Reederei.

Jetzt war sie so weit gekommen, und dann eine Reederei in Liverpool! Das lag doch ganz im Norden. Sie lehnte sich zurück und rollte den Kopf hin und her, um die Nackenmuskeln zu entspannen. Plötzlich spürte sie warme Hände auf ihren Schultern, die mit geübtem Griff die Verkrampfung lösten.

»Ich habe alle Schiffsmodelle gesehen, die es hier gibt. Du wirkst nicht gerade so, als hättest du das Rätsel gelöst. Was ist los?« Ewan nahm die Hände von ihren Schultern.

Alexandra drehte sich um. »Danke, ähm, jemand hat die Unterlagen mitgehen lassen, die ich sehen wollte, aber die gab es zum Glück auch noch auf Mikrofilm. Weniger glücklich ist, dass die verdammte Reederei Pleite gegangen ist und die Papiere jetzt im Nachlass des neuen Eigentümers sind, und der saß oder sitzt, ach ich weiß auch nicht, in Liverpool!«

Sie schaltete den Projektor aus und stand auf. »Ich sage nur noch Dr. Slowther Bescheid, er war so hilfsbereit.«

Sie ging voraus zum Büro und bedankte sich bei dem freundlichen Wissenschaftler. Sie erwähnte kurz ihr Problem und wollte schon gehen, als Slowther sie zurückrief.

»Miss Lorenz, warten Sie. Zufällig weiß ich, was mit dem Nachlass von Alan & Davy geschehen ist. Ich habe über ein Schiff aus deren Flotte einen Aufsatz geschrieben. Die Sachen sind von Argyll Davy, einem Ururenkel, glaube ich, nach Cardiff gebracht worden. Davy hat dort ein kleines Privatmuseum aufgemacht. Wenn Sie wollen, gebe ich Ihnen die Anschrift.«

Alexandra konnte gar nicht glauben, was sie da hörte, sollte dieser Tag doch nicht gänzlich nutzlos vertan worden sein?

»Gerne, das wäre fantastisch!«

Ewan überlegte. »Cardiff liegt auf dem Rückweg, aber heute und bei dem Wetter ... Wissen Sie, ob das Museum das ganze Jahr über geöffnet ist?«

Dr. Slowther reichte Alexandra einen Zettel.

»Nein, aber Davy ist ein unglaublich netter Mann. Rufen Sie ihn noch heute an und grüßen Sie ihn herzlich von mir. Vielleicht können Sie ihm dann morgen früh einen Besuch abstatten. Wenn er da ist, sollte es mich wundern, wenn er ablehnt.«

»Sagen Sie, Dr. Slowther, weiß dieser Smith auch von Davy?«, fragte Alexandra vorsorglich.

»Mein Kollege ist nicht auf das Gebiet spezialisiert, ich kann mir nicht vorstellen, dass er von Davy – nein – er hat Smith bestimmt nichts gesagt, denn er meinte nur, der Mann hätte es eilig gehabt und wäre kaum, dass er einen Blick in die Ordner geworfen hatte, schon wieder verschwunden.«

»Danke, Dr. Slowther, ohne Sie wäre ich jetzt auf dem Weg nach Liverpool, und das ganz umsonst.«

Alexandra drückte dem freundlichen hageren Mann die Hand. Ewan schloss sich ihr an und sie gingen zu seinem Wagen, der gänzlich eingeschneit auf dem Parkplatz stand.

»Ich muss telefonieren, hast du hier in der Nähe eine Telefonzelle gesehen?« Alexandra wickelte den Schal ab, der sie vor den immer noch fallenden Flocken bewahrt hatte.

»Geht das hier?« Ewan hielt ihr sein Handy hin.

»O ja, natürlich, danke. Ich wollte mir auch eines zulegen.«

Sie holte den Zettel aus der Tasche, den Dr. Slowther ihr gegeben hatte, und tippte Davys Nummer ein.

»Davy am Apparat.«

Alexandra erwischte Argyll Davy zu einem günstigen Zeitpunkt. Er war gerade von einer Reise nach Südafrika zurückgekehrt und hörte ihr gut gelaunt und entspannt zu. Dr. Slowther schien ein guter Bekannter zu sein, und Davy erklärte sich bereit, Alexandra und Ewan morgen Mittag zu empfangen. Alexandra gab Ewan das Handy zurück.

»Und was machen wir bis dahin?«

»Ein gemütliches kleines Hotel suchen, denke ich, oder willst du im Wagen schlafen? Im Sommer kann ich mir das durchaus nett vorstellen, unter Umständen ...« Ewan grinste. »Aber bei der Kälte ziehe ich ein Hotel vor.«

»Kennst du eines hier?« Alexandra fühlte sich unwohl in dieser Situation, für die sie verantwortlich war.

»Fahren wir aus der Stadt raus. Meistens sind die Landgasthäuser billiger und das Essen ist besser. Einverstanden?« Er startete den Wagen und fuhr vom Parkplatz.

Alexandra nickte nur und vergrub die Hände in ihren Manteltaschen. Wie konnte sie nur so dumm gewesen sein. Natürlich hatte er sich von diesem Ausflug mehr versprochen als eine Fahrt durch die Berge und einen Museumsbesuch. Während Ewan nach einem geeigneten Landhotel abseits der Straße Ausschau hielt, saß Alexandra schweigend neben ihm, und das machte die Situation nur noch schlimmer, fand sie.

Etwa eine Viertelstunde außerhalb von Bristol verlangsamte Ewan die Fahrt. »Das sieht gut aus. Ein altes Herrenhaus, das in ein Landhotel umgewandelt wurde, Harwood Manor stand auf dem Schild.«

Der Wagen holperte über die gefrorene Einfahrt, die sich

zwischen altem Baumbestand hindurchschlängelte. Inmitten eines Parkes, der im Sommer sicher wunderschön war, lag ein zweistöckiges Herrenhaus im Tudorstil. Kleine Erkerfenster zierten die Fassade, die von dunklen Holzbalken unterbrochen wurde. Vor dem Haupteingang standen tatsächlich drei Wagen mit unterschiedlichen Kennzeichen, was darauf hindeutete, dass sie nicht die einzigen verirrten Touristen waren. Alexandras Gepäck bestand aus ihrer Handtasche, und Ewan hatte nichts dabei. Er ging voran und hielt ihr die Tür auf, die in eine Halle führte, welche tatsächlich von Ritterrüstungen geschmückt wurde.

»Sieh dir die hier an! Wie klein die Menschen damals waren.« Alexandra zeigte auf eine Rüstung, deren Helm ihr gepasst hätte, als sie dreizehn gewesen war.

»Damals gab es noch kein Müsli und kein Hightech-Gemüse. Hoffentlich sind die Möbel neuzeitlicher.«

Ewan ging zur Rezeption, wo eine ältere Dame sie freundlich begrüßte.

»Guten Abend. Sind Sie auch von dem Wetter überrascht worden?« Sie sah Ewan und Alexandra erwartungsvoll an.

»Wir brauchten zwei Zimmer, bitte«, sagte Ewan, ohne Alexandra anzusehen.

»Schön, da nicht viel los ist, gebe ich ihnen die großen Räume nach vorne raus. Beide Zimmer haben Kamin. Bad und TV verstehen sich von selbst. Darf ich Ihnen die Schlüssel geben? Dann brauchte ich nur noch die Namen. Soll unser Butler das Gepäck nach oben bringen?«

Spontan schüttelten sie den Kopf.

Die Dame lächelte höflich. »Verstehe. Bademäntel sind auf den Zimmern, Zahnbürsten auch. Jaja, manchmal kommt der Winter mit aller Macht. Es ist selten genug, dass wir im Dezember so viel Schnee haben. Meist schneit es erst im Februar. Wenn Sie noch zu Abend speisen möchten, das Dinner wird ab neunzehn Uhr hier unten links serviert.«

Alexandra sah auf die Uhr, es war kurz vor sechs. Sie meldeten sich zum Essen an und gingen dann die weite Treppe nach oben. Die Wände waren mit Brokat bespannt und mit Waffen und alten Gemälden dekoriert. Alles wirkte sehr geschmackvoll und nicht überladen. Ihre Zimmer lagen nebeneinander.

»Soll ich dich kurz vor sieben abholen, Alex? Du möchtest vielleicht ein Bad nehmen?« Ewan schwenkte seinen Schlüssel lässig in der Hand.

»Ja, eine gute Idee. Bis dann!«

Sie schloss ihr Zimmer auf. Von einem einfachen Landgasthof war das alles hier Lichtjahre entfernt. Ein breites, mit einem Baldachin überspanntes Bett stand in der Mitte des Raumes. Gegenüber befand sich der Kamin, und davor standen zwei Sessel um einen kleinen Glastisch, auf dem Wein- und Whiskeygläser platziert waren. Hinter den schweren samtenen Vorhängen konnte man nach draußen auf den Park sehen, und das Badezimmer war groß und mit dunkelgrünem Marmor ausgekleidet. Sie ließ heißes Wasser in die Badewanne einlaufen. Duftendes Badeöl stand bereit, und auch ein Föhn war vorhanden. Perfekt, dachte Alexandra, und nicht nur das Zimmer – auch Ewan. Er hatte sich so taktvoll verhalten, wie es sich eine Frau nur wünschen konnte. Nach dem Bad hüllte sie sich in den weichen Bademantel und setzte sich auf das Bett, neben dem das Telefon stand. Sie wählte Franks Nummer.

»Ja?«

»Hi, Franki, ich bin's!«

»Alex! Schön, dich zu hören! Wie läuft's?«

Sie gab ihm eine Kurzfassung des Erlebten, und er hörte atemlos zu.

»Alex, du Glückliche! Erstens, der Mann klingt nach einem, den du festhalten solltest, zweitens, vermassel nicht wieder alles, drittens, ich bin gespannt auf deine neuen Bilder und viertens, dieses Geheimnis ist absolut faszinierend! Eine schöne, unglückliche Französin, die ihren geliebten Mann verlassen muss – vielleicht wurde sie bedroht und verfolgt und er konnte sie nicht beschützen. Ich sage dir, das waren diese fiesen Aristokraten, die haben ihr etwas angetan, und das wollen sie jetzt vertuschen. Klarer Fall!«

»Frank, hey stop! Wie kannst du so was sagen. Der Sohn, Roger, ist wirklich in Ordnung, und die anderen sind etwas antiquiert und hochnäsig vielleicht. Aber was könnte irgendein Vorfahr, der schon seit zweihundert Jahren im Grab liegt, getan haben, das heute noch von Bedeutung ist?«

»Das mag schon sein, aber menschliche Leidenschaften und Dramen verlieren nie an Bedeutung«, orakelte Frank. »Alex genieß diesen Abend, du hast es verdient! Es klingelt, ich muss eilen! Bye, meine Schöne!«

Alexandra streckte sich auf dem Bett aus und betrachtete den Baldachin. Hast du auf deinen Mann gewartet, Madelaine? Hat er dich im Stich gelassen? Und warum die Korallen? Fuhr dein Mann auf der *Star of India* in die Karibik? Liegt dort deine Heimat? Mein Gott, wenn das so ist, wie sehr musst du sie vermisst haben im nebligen kalten England. Alexandra seufzte und schlüpfte wieder in Pullover und Hose. Sie hätte sich gerne umgezogen, aber daran ließ sich jetzt nichts ändern. Es klopfte. Ewan stand vor der Tür. Seine dunklen Locken waren noch feucht vom Duschen und er strich sich über sein Kinn.

»Ich hätte mich rasiert, aber …« Er zuckte grinsend mit den Schultern.

Sie lächelte. »Ich hätte gern die Garderobe gewechselt. Das Hotel ist wundervoll!«

»Dann kommen wir eben wieder, irgendwann.«

»Das Essen. Sollen wir?«

»Mylady?« Er reichte ihr seinen Arm und geleitete sie die Treppen hinunter.

Der Speisesaal wurde von schweren Kronleuchtern mit warmem Licht ausgeleuchtet. An drei Tischen saßen Gäste, an einem vierten war für sie gedeckt. Sie hatten die Wahl zwischen Kabeljaufilet und Beuf Stroganoff. Alex wählte den Fisch, Ewan das Fleisch. Das Essen entsprach dem gepflegten Niveau des Hauses, und Alex ließ jeden Bissen langsam auf der Zunge zergehen. Erst als man die Käseplatte reichte, kapitulierte sie. »Danke, es war ganz ausgezeichnet.«

Ewan lehnte sich zurück und sah sie über die Kerze auf dem Tisch hinweg an. »Was denkst du? Noch einen Schlummertrunk im Kaminzimmer? Vielleicht gibt es Zigarren.«

Sie zog eine Augenbraue hoch. »Du rauchst?«

»Nur Zigarren, gelegentlich. Zusammen mit einem guten Whiskey und in guter Gesellschaft.«

Sie wich seinem Blick aus. »Schön, ich werde eine Zigarette rauchen, zur Feier des Tages.«

Sie standen auf und gingen hinüber in das holzgetäfelte Kaminzimmer. Ewan schob ihr einen Sessel vor den Kamin, er selbst setzte sich gegenüber. Eine junge Frau brachte Getränke, und Ewan suchte sich eine Zigarre aus dem Humidor aus. Genüsslich sog er den duftenden Tabakrauch ein und blies ihn in sein Whiskeyglas, um dann einen Schluck zu trinken.

Alexandra sah in das leise knisternde Kaminfeuer. »Ich denke, wir sind jetzt auf der richtigen Spur. Dieser Smith war der Beweis, dass es hier etwas zu entdecken gibt, das seine Wirkung bis in die Gegenwart hat.«

»Warum bedeutet dir das so viel, Alex?« Ewan streckte seine langen Beine aus.

Sie hätte ihn mit einer oberflächlichen Bemerkung abspeisen können, doch er hätte sie durchschaut. »Für dich mag das seltsam klingen, wahrscheinlich hältst du mich für überspannt. Ich kann dir nur so viel sagen, dass ich es tun muss – für diese Frau und für mich selbst. Zum ersten Mal in meinem Leben verfolge ich ein Ziel, das mir und jemand anderem alles bedeutet. Ich ...« Sie brach ab und wartete auf seine Reaktion.

Er stellte sein Glas ab und legte die Zigarre in den Aschenbecher. Dann beugte er sich nach vorn und schaute ihr direkt in die Augen.

»Alex, ich weiß nicht, wovor du davonläufst« – vor mir selbst, hätte sie am liebsten herausgeschrien – »und wer dich so sehr verletzt hat, dass du niemandem vertrauen kannst. Ich wünschte, ich könnte dir helfen, aber vielleicht hast du selbst den richtigen Weg gefunden.« Er strich flüchtig durch ihr Haar und erhob sich. »Ich bin müde, es war ein langer Tag und nach diesem Whiskey rede ich zu viel. Gehen wir?«

Schweigend stiegen sie die Treppen hoch. Vor ihrer Tür blieben sie stehen. Ewan küsste sie auf die Wange.

»Gute Nacht, Alex!«

»Gute Nacht.«

Das Frühstück wurde in einem hellen, ganz in Blau und Weiß gehaltenen Raum serviert. Zu ihrer eigenen Verwunderung war Alexandra hungrig und aß Toast und Rührei. Ewan hatte sie fröhlich begrüßt und den gestrigen Abend mit keinem Wort erwähnt. Vor dem Hotel fanden sie ihren Wagen freigeschaufelt vom Schnee vor. In der Nacht musste noch mehr Schnee gefallen sein, doch heute war der Himmel klar, und es sah nach einem sonnigen Tag aus. Alexandra wollte die Autotür öffnen, doch Ewan, der hinter ihr stand, drückte mit der einen Hand dagegen, die andere legte er neben ihr an den Wagen, sodass sie nicht entweichen konnte.

»Ich bin gerne mit dir zusammen. Du hast überrascht ausgesehen gestern Abend, als ich zwei Zimmer bestellt habe.«

»Ach ja?«

»Ja.«

»Dann wird das wohl so gewesen sein.« Sie wand sich zwischen seinen Armen heraus und öffnete die Autotür. »Fahren wir?«

Ewan warf ihr einen undefinierbaren Blick zu und stieg dann ebenfalls ein. Sie fuhren eine Zeit lang schweigend durch die malerisch verschneiten Hügel von Südwales. Alexandra schien das Schweigen so erdrückend, dass sie etwas sagen musste.

»Tut mir Leid.«

»Was denn?«

»Na, dass ich dich überredet habe, mitzukommen. Ich bin keine besonders unterhaltsame Gesellschaft.«

»Mir tut es nicht Leid, dass ich mitgekommen bin. Außerdem hatte ich keine Wahl, deine Schwester hat mir praktisch keinen Ausweg gelassen.« Ewan grinste und Alexandra lachte erleichtert.

»Nein, das hat sie wirklich nicht. Mir war das so peinlich!«

»Wahrscheinlich hat sie sich für deinen Diskussionsbeitrag beim Essen revanchiert. Das war sehr undiplomatisch, aber ich habe so das Gefühl, dass du es genossen hast.«

»Hmm, Melia ist eine überhebliche alte Ziege. Sie will meine Schwester herumkommandieren.«

»Meinst du, deine Schwester schafft es nicht, sich allein zu wehren?«

»Doch, natürlich, aber manchmal braucht Melia direkten Widerstand, das hält sie für eine Weile in den Schranken.«

»Vielleicht meint sie es auf ihre Art ja auch nur gut.«

»Was soll das? Nimmst du jetzt Partei für Karens Schwiegermutter?«, brauste Alexandra auf.

»Nein, aber ich glaube, du siehst in jedem Menschen einen potentiellen Gegner.«

»Ich habe früh gelernt, dass du dich wehren musst, wenn nicht andere dein Leben bestimmen sollen.« Alexandra betrachtete die vorüberfliegenden Häuser durch die Windschutzscheibe.

Ewan schaute kurz zu ihr hinüber. »Ich wollte dich nicht kritisieren. Jeder hat seine Schutzmechanismen. Ich frage nur aus Interesse.«

In diesem Moment passierten sie das Ortseingangsschild von Cardiff.

Kapitel 11

Ewan erzählte ihr, dass in Cardiff die Universität von Wales angesiedelt war. Die Stadt war für ihre vielen Parks berühmt, aber auch für das nationale Rugby-Stadion, in dem die Waliser mit kräftigen Hymnen ihre Mannschaft anfeuern. Davys Privatmuseum lag etwas außerhalb der Stadt direkt am Meer. Ein ungepflasterter Sandweg führte zu seinem Haus, das sich als moderner Bau aus Glas und Stahl präsentierte. Damit stand es im Gegensatz zu dem, was Alexandra erwartet hatte. Sie parkten unter Kiefern, deren Zweige sich unter den Schneemassen bogen. Bevor Ewan die Türklingel drücken konnte, schwang die Glastür nach innen auf. Sie traten in einen weiß gefliesten Flur, an dessen Ende sich eine Wendeltreppe in die Höhe schraubte.

Von oben rief eine Stimme: »Kommen Sie herauf! Ich habe Ihren Wagen gesehen. Miss Lorenz und Mister McCord?«

Gleichzeitig bejahten sie die Fragen und stiegen die steile Treppe hinauf. Oben erwartete sie, in einem riesigen Raum, dessen Decke und Außenwände aus Glaselementen bestanden, ein kleiner Mann, dessen Haarfarbe zwischen blond und grau changierte. Er hatte wache hellblaue Augen und stützte sich auf einen Stock, dessen Knauf von einem Messinggriff verziert wurde. Bei näherem Hinsehen entdeckte Alexandra, das es sich um ein Schiff handelte.

Argyll Davy kam langsam auf sie zu. »Was für eine nette Überraschung an einem kalten Wintertag! Junge Mensehen, die sich für Segelschiffe interessieren. Es ist ein Jammer, dass diese schönen Segler von den Dampfschiffen abgelöst wurden. Ein Jammer und für mich das Ende der Seefahrt! Soll ich Ihnen meine Schätze zeigen? Wir essen dann eine Kleinigkeit, Gladys hat etwas vorbereitet, und dann sprechen wir über die *Star of India*. Ein prächtiger Segler, genau wie das Schwesterschiff, die *Quetta*. Aber kommen Sie, kommen Sie!«

Der kleine Mann hatte offenbar schon alles geplant, und sie folgten ihm durch die lichten hohen Räume, in denen es Ausstellungskästen mit Originaldokumenten sowie Schiffsmodelle, Plankenreste, Galionsfiguren, Anker und sogar eine Kapitänsuniform aus dem 18. Jahrhundert zu sehen gab. Die Stücke waren in hervorragend restauriertem Zustand, und Alexandra stellte sich vor, wie Argyll Davy selbst jeden Tag das Staubwischen übernahm. Liebevoll strich er mit der freien Hand über eine Meerjungfrau, die einmal die stattliche Galionsfigur einer Bark gewesen war. Die Bark, so erläuterte Davy seinen Gästen, sei der Vorläufer der Klipper gewesen. Er zeigte ihnen ein Modell der *Raphael*, die 1832 auf einem Londoner Dock gebaut und 1840 von Alan & Davy erworben worden war. Die Bark wurde besonders für Transporte über große Strecken eingesetzt, für die man vorher die Brigg benutzt hatte. Später gab es berühmte Vier- und Fünfmastbarken wie die *Pamir* und die *Potosi*.

»Und die Klipper?«, warf Alexandra ein. »Haben Sie auch ein Modell von einem Klipper wie der *Star of India?*.«

Sie wollte nicht unhöflich scheinen, und Davy erzählte spannend, doch sie wurde ungeduldig und wollte endlich wissen, was er ihr über John-Richards Schiff sagen konnte.

»Sie haben Recht, ich erzähle zu viel. Aber jetzt essen wir, und dann kommen wir zu Ihrem Schiff, einverstanden?« Ohne auf eine Antwort zu warten, ging er durch einen Flur auf einen Fahrstuhl zu. »Die Treppen machen mir zu schaffen, die Hüfte.« Er klopfte entschuldigend auf das angegriffene Körperteil.

»Das Haus ist fantastisch, Mister Davy, haben Sie es selbst entworfen?« Ewan half dem kleinen Mann in den Fahrstuhl.

»Ja, eigentlich bin ich Architekt, aber die Knochen, nun ja, da habe ich mich zurückgezogen und mich intensiv mit dem Erbe meines Vaters befasst. Der letzte Alan hatte keinen Erben, und der Nachlass ging an meinen Vater. Aber hiermit«, er deutete auf die Ausstellung, »kann man kein Geld verdienen, das ist reine Liebhaberei. Ich habe Häuser in ganz Europa gebaut, schneeweiße Villen. Ich will mich nicht brüsten, aber ein italienischer Modeschöpfer lebt heute in einem meiner Häuser an der Côte d'Azur. Das ist lange her. Gladys?«

Er führte sie in einen ovalen Speiseraum, von dem aus sie einen Blick über Dünen und Meer hatten. Der kleine Imbiss, wie Davy es nannte, bestand aus gegrillten Shrimps und frisch gebackenem Brot. Dazu reichte ihnen die unauffällige Haushälterin grünen Salat und Weißwein.

Alexandra saß Ewan gegenüber und sah ihn an. Ewan war mitfühlend, nicht nur ihr gegenüber, auch bei Argyll Davy hatte er sofort erkannt, dass dem kleinen Mann die Architektur am Herzen lag. Seine Attraktivität bestand in dieser Mischung aus ehrlicher Anteilnahme, Humor und Intellektualität, die er nie in den Vordergrund stellte. Dazu kam sein Aussehen. Die Farbe seiner Augen wechselte von einem strahlenden Blau bis zu einem dunklen Graublau. Sie dachte an den gestrigen Abend. Hoffentlich hatten ihre Gedanken sie nicht verraten, denn er sah sie über den Tisch hinweg an.

Lächelnd hob er sein Glas und sagte zu Argyll Davy: »Alex ist Malerin.«

Davy sah sie daraufhin interessiert an. »Wirklich? Was malen Sie denn?«

Alexandra sprach eigentlich nicht gern über ihre Arbeit, aber da sie mit ihren angefangenen Werken ganz zufrieden war, erzählte sie Davy davon. Nach dem Essen gingen sie wieder nach oben und Davy bat sie, an einem Tisch, um den mehrere bequeme Stühle standen, Platz zu nehmen. Aus einem Aktenschrank holte der kleine Mann eine Mappe und ein ledernes Buch, das abgegriffen und alt aussah. Er setzte sich zu ihnen und breitete die Dokumente auf dem Tisch aus.

»Es waren gefährliche Zeiten damals, und die Seefahrt war noch ein echtes Abenteuer. Das entschuldigt nicht, was an Grausamkeiten unter dem Deckmantel der Kolonialpolitik geschehen ist. Auch die Schiffseigner haben beide Augen zugedrückt, wenn es darum ging, eine wertvolle Fracht zu gewinnen, mit welchen Mitteln auch immer.«

Ewan verstand und versicherte: »Wir wissen, dass Sie nichts damit zu tun haben, Mister Davy. Auf Vergangenes haben wir keinen Einfluss, manchmal ist das positiv, oft auch negativ. Wir sind Ihnen sehr dankbar, dass Sie uns Einblick in die Unterlagen der Reederei gewähren und werden Ihr Vertrauen nicht missbrauchen.«

Davy nickte. »Gut.« Er schob ihnen die Papiere zu.

Alexandra nahm ein Blatt in die Hand. »Bis 1838 konnten wir die Fahrten der *Star of India* verfolgen. Das hier ist ein Bericht über spätere Fahrten?«

Davy erklärte. »Was Sie da in der Hand halten, sind Frachtpapiere, die besagen, dass Ihr Klipper im Oktober 1839 nach Westindien ausgelaufen ist. Die Fahrt dauerte dreißig Tage.«

»Acht Beaufort steht hier. War das ein Sturm?«, fragte Alexandra.

»Ja, bei acht Beaufort haben wir nach Petersen Seegang sechs, stürmischen Wind und Wellenberge mit weißen Kämmen, von denen die Gischt abzuwehen beginnt.«

Ewan schaute auf das Blatt. »Bei dem Wetter möchte ich nicht gern draußen sein. Da ist die *Star of India* bestimmt von ihrem Kurs abgetrieben worden.«

»Ja«, meinte Davy. »Sie hätte es in gut drei Wochen nach Barbados schaffen können, hat durch den Sturm aber fast eine Woche verloren. Seit dem 17. Jahrhundert war Barbados britische Kronkolonie und hat dem Empire viel Geld durch Zucker eingebracht. Unabhängig wurde die Insel Ende der Sechzigerjahre, soweit ich informiert bin. Mit guter Ladung ist das Schiff 1840 wieder nach England gesegelt und 1841 zusammen mit der *Quetta* nach China ausgelaufen, wo dann beide Schiffe unglücklicherweise versenkt wurden.«

»Warum ist sie denn auf einmal nach China gesegelt, wo sie doch anscheinend ein Westindiensegler war?« Alexandra wunderte sich, dass eine so einträgliche Route geändert worden war.

Davy zuckte die Schultern. »Die Sklaverei in den Kolonien war abgeschafft worden. Wahrscheinlich wurde dort alles teurer, und der Opiumschmuggel war gerade auf seinem Höhepunkt, da ließen sich riesige Profite einfahren. Aber sehen Sie sich das Logbuch an. Vielleicht finden Sie da Einzelheiten. Ich habe es nur flüchtig durchgeblättert, bitte!« Er reichte Alexandra das lederne Buch, das sie ehrfürchtig in die Hand nahm.

»Das hat alle Stürme überlebt.« Sie strich über das raue Leder und schlug die erste Seite auf.

30. Oktober 1839

Mannschaft an Bord. John-Richard Llangaerogg, mein erster Offizier, hat die Leute, wie auf vorherigen gemeinsamen Fahrten, sorgfältig ausgesucht. Wir verlassen Bristol in Richtung der Kleinen Antillen. Unser erstes Ziel ist Barbados, wo wir die Ladung (Möbel und Seekisten mit englischem Porzellan) an den dortigen Gouverneur abliefern werden.

Unterzeichnet waren die Eintragungen mit James Dermott. Alexandra überflog weitere Eintragungen, in denen es meist um Technisches ging.

Interessanter wurde es nach der Ankunft in Barbados.

6. Dezember

Liegen seit sechs Tagen im Hafen von Bridgetown. Schwierigkeiten mit aufständischen Sklaven verhindern Aufnehmen der Ladung. Gouverneur Alanbey rückt mit Garnisonssoldaten aus. Habe meinem ersten Offizier untersagt, an Land zu gehen.

7. Dezember

Sir Graham Briggs liefert Zucker und Sirup. Wir beschließen, nicht länger auf die Lieferungen von Cave zu warten und laufen mit der Flut aus.

In den folgenden drei Tagen war Kapitän Dermott mit seiner Mannschaft nach St. Lucia gesegelt. Alexandra fühlte unbewusst nach der Perlenkette, die immer noch sicher in ihrer Tasche ruhte.

11. Dezember

Wir liegen im Hafen von Castries auf Saint Lucia. In der Stadt wird immer noch viel Französisch gesprochen, aber man hat mir versichert, dass Englisch bald zur offiziellen Sprache erklärt werden wird. Die Mannschaft ist unruhig. Uns fehlt noch Ladung, um mit Profit nach Bristol zurückkehren zu können. Llangaerogg schlägt vor, Rum auf Martinique einzukaufen. In der Tat ist die Nachfrage nach dem exklusiven Rum aus der Destillerie Micheaux sehr groß.

15. Dezember

Martinique, Hafen von Saint-Pierre. Um die Winterstürme zu vermeiden, werden wir erst im neuen Jahr die Heimreise antreten. Zudem muss der Rumpf dringend überholt werden, zwei Lecks in drei Tagen. Die Offiziere und ich haben Quartier bei den Micheauxs genommen, die, obwohl Franzosen, sehr gastfreundlich sind.

»Es wurde wohl ziemlich heftig um die karibischen Inseln gestritten, oder?« Alexandra wurde aufgeregter, je öfter die Rede von Franzosen war.

»Das ist richtig, einige der Inseln wechselten mehr als ein Dutzend Mal zwischen Frankreich und England als beherrschender Macht. Martinique war zu der Zeit endgültig französisch und ist es bis heute geblieben. Eine traumhafte Insel.« Davys Blick wanderte sehnsüchtig in sonnige Ferne.

»Sie waren schon dort?«, fragte Ewan.

»Ja, einmal, aber sicher nicht zum letzten Mal, vorausgesetzt meine Gesundheit lässt es zu.« Davy zog eine schmerzhafte Grimasse.

Alexandra überflog die Eintragungen, die sich mit den Schiffsreparaturen befassten. Die Seeleute schienen angenehme Tage auf der tropischen Insel verbracht zu haben, und der Rumeinkauf war erfolgreich verlaufen. »Ewan, hör dir das an!

15. Januar 1840

Sind Richtung Bristol ausgelaufen. Haben zwei weibliche Passagiere an Bord – Llangaeroggs Verlobte und ihre Zofe.

20. Januar

Heute um elf Uhr habe ich die Trauung zwischen John-Richard Llangaerogg, meinem ersten Offizier, und Madelaine de Miolans vollzogen. Zeugen: Peter Tuke, Zimmermann, Alan Findlay, zweiter Offizier. Ein Fass Rum für die Mannschaft, das in Rationen ausgegeben wird.

Das ist der Beweis! Fantastisch!« Alexandras Wangen röteten sich. »Madelaine und John-Richard waren verheiratet. So eine Trauung auf See ist doch gültig?«

»Natürlich! Der Kapitän eines Schiffes hat das Recht, eine Eheschließung legal zu vollziehen.« Davy sah sie aufmerksam an. »Ging es Ihnen darum?«

»Nicht nur, vor allem um die Frau, wissen Sie. Ihr Schicksal liegt mir persönlich sehr am Herzen.«

Alexandra wollte nicht alle Einzelheiten ausbreiten und las die restlichen Eintragungen durch. Kapitän Dermott und die Mannschaft waren von Llangaeroggs Frau sehr angetan, denn der Kapitän vermerkte ganz im Gegensatz zu seinem sonst nüchternen Schreibstil, wie die fast ausschließlich Französisch sprechende Madelaine de Miolans Offiziere und Mannschaft durch ihre Schönheit und ihren Charme bezauberte. Die Zofe führte Dermott mit dem Namen Nanacoada auf und beschrieb sie als eine exotische Frau aus dem alten karibischen Indianervolk.

»Nana!«, flüsterte Alexandra.

»Was?« Ewan verstand nicht sofort.

»Das ist die Nana aus dem Brief. Sie hat ihre Zofe, die sie den ganzen weiten Weg mit nach England begleitet hat, zurückgelassen, damit sie John-Richard sagen konnte, wohin sie gegangen ist. Mein Gott, wahrscheinlich hat er sie nie wieder gesehen, die *Star of India* ist doch bei ihrer nächsten Fahrt, im Jahr 1841, gesunken!« Alexandra war von der Tragödie ganz ergriffen. »Warum ist er nur auf dieser Route nach Ostindien gefahren? Es war doch sicher bekannt, dass das nicht ungefährlich war?«

»Das Geld, Alex. Wenn John-Richard sich mit seinem Vater überworfen hat und der ihn möglicherweise enterbte, dann hatte er keine Wahl, und mit so einer Reise bot sich ihm die Chance, mit einem Schlag reich zu werden.« Ewan sah zu Davy, der zustimmend nickte.

»Das sehe ich auch so. Das Logbuch der letzten Fahrt existiert nicht, denn die beiden Schiffe wurden mit Mann und Maus versenkt, wie man so schön sagt. Da nützten auch die Kanonen, die an Bord waren, und die Schnelligkeit der Schiffe nichts. Die Reederei hat sich von dem Verlust nur schwer erholt, und mein Großvater hat 1902 das letzte Schiff verkauft. Das war übrigens schon ein Dampfschiff. Tja, mehr kann ich Ihnen zur *Star of India* nicht sagen. Gibt es sonst noch eine Möglichkeit, wie ich Ihnen helfen kann?« Davy sah Alexandra und Ewan freundlich an.

Alexandra überlegte laut. »Ich bin mir nicht sicher, aber es könnte sein, dass sich noch jemand für das Schicksal des Schiffes und seiner Besatzung interessiert. Möglicherweise reagiere ich überspannt, aber ich werde das Gefühl nicht los, dass jemand meine Suche nicht gefällt, aber ich weiß noch nicht, warum und …«

»Und natürlich wollen Sie das gern herausfinden. Ich verstehe. Vielleicht verlege ich das Logbuch und finde es erst nach einer angemessenen Frist von einem oder zwei Monaten wieder?« In Argyll Davys Augen leuchtete es kampflustig auf. »Vielleicht sagen Sie mir irgendwann, um was es eigentlich ging? Es geht nichts über eine spannende Geschichte und besonders, wenn sie mit einem unserer Schiffe zusammenhängt. Dann kann ich den Besuchern mal was Neues erzählen!«

Alexandra nickte erleichtert. »Das verspreche ich, und nun haben wir Sie wirklich über Gebühr belästigt. Sie waren mehr als freundlich, haben Sie tausend Dank!«

Sie erhoben sich, und Davy brachte sie bis zur Treppe. »Ich bleibe hier oben in meiner luftigen Festung. Fahren Sie vorsichtig, die Straßen sind tückisch bei der Kälte.«

Von unten winkten sie dem kleinen Mann, der verloren am Fenster stand, zu. Im Rückspiegel sah Alexandra ihn noch lange dort verharren.

»Er ist einsam und so ein netter Mann. Warum hat er keine Familie?«

»Vielleicht hatte er eine, Alex, und irgendein tragisches Erlebnis hat sie ihm genommen, wer weiß. Wenn es wärmer wird, kommen bestimmt Besucher in sein Museum. Ich glaube, das hält ihn am Leben, und unser Besuch hat ihn gefreut. Er wird deinem Mister Smith garantiert nicht das Logbuch zeigen, und der wird früher oder später herausfinden, dass Liverpool eine Sackgasse ist.«

Sie sprach es nicht aus, aber sie hoffte sehr, dass sie Argyll Davy nicht in Schwierigkeiten brachte. »Jetzt wissen wir, dass John-Richard und Madelaine rechtlich verheiratet waren. Aber warum er sich mit seinem Vater überworfen hat und was Madelaine zur überstürzten Abreise getrieben hat, das wissen wir nicht. Ihre Familie war sicher reich und mit den Micheauxs bekannt. Vielleicht leben sie sogar noch auf Martinique?«

»Möglich wäre das. Die Korallen stammen also aus Martinique, meinst du?« Ewan steuerte den Wagen über den vereisten

Weg. Auf der Hauptstraße sah es glücklicherweise besser aus, denn die Streudienste hatten schon ihren Dienst versehen.

»Ich denke, ja. Wohin soll sie sonst gegangen sein? Sie sprach anscheinend kaum Englisch, die indianische Zofe war da sicher auch keine Hilfe, und Madelaine hatte sicher Heimweh nach ihrer warmen Heimat. Stell dir mal Wales im 19. Jahrhundert vor. Romantisch ist das nur im Film. Das Cottage war bestimmt kalt und zugig, und vielleicht waren die Dorfbewohner ihr gegenüber abweisend.« Sie dachte an ihren Traum.

»Hmm, möglich. Aber überleg mal, wie soll sie nach Martinique gekommen sein? Sie musste eine Schiffspassage buchen, und das ging nicht in Aberystwyth. Wie ist sie nach Bristol oder Plymouth oder Liverpool gekommen?«

»Vielleicht hatte sie Geld von ihrer Familie.«

»Dann hätte ihr Mann ja nicht nach China fahren müssen.«

»Vielleicht war er zu stolz, es anzunehmen.«

Ewan sah sie kurz an. »Heute sind die Frauen ja sogar zu emanzipiert, sich zum Essen einladen zu lassen.«

»Das ist was ganz anderes. Wir verdienen beide, da ist es nur fair, wenn wir uns auch beide an den Unkosten beteiligen.« Sie verspürte den Wunsch nach einer Zigarette und griff in ihre Handtasche, doch den Rest der Schachtel vom Vorabend hatte sie wohl im Hotel vergessen.

Da sie von Cardiff aus zurückfuhren, nahm Ewan die Route über Merthyr Tydfil, an den Black Mountains vorbei, durch Lampetter und Aberaeron. Dort machten sie einen letzten Halt und aßen in dem Restaurant, das Alexandra von ihrem letzten Besuch kannte, zu Abend. Ewan deutete auf einen Zigarettenautomaten.

»Du wolltest doch rauchen, nicht wahr? Ich habe deine fahrigen Hände verzweifelt nach Zigaretten suchen sehen.« Er grinste.

»Das ist schamlos übertrieben. Aber es stimmt. Stört es dich?«

»Keinesfalls. Ich glaube, dich selbst stört es viel mehr.«

Sie überhörte die letzte Bemerkung und kam mit einer frischen Schachtel zurück an den Tisch.

»Ich muss noch einen Haufen Arbeiten korrigieren.« Ewan trank ein dunkles Bier. »Ich liebe mein Fach, aber auf den bürokratischen Kram und die Korrekturen könnte ich gut verzichten. Na ja, solange die Band keinen Vertrag bekommt, behalte ich den Job. Oh, am Donnerstag spielen wir im White Hoarse, kommst du?«

»Gerne. Wo ist das?«

Auf dem Weg nach Aberystwyth erklärte Ewan ihr, dass sie den Pub in der Nähe des Bahnhofes fände, wo er vor zwei Monaten neu eröffnet worden war. Ihr Cottage war von unten kaum zu sehen, denn dichter Seenebel zog von den Klippen herauf. Alexandra fröstelte.

»Soll ich mit reinkommen und nachsehen, ob alles in Ordnung ist?« Ewan stellte den Motor ab und hielt in der verschneiten Einfahrt.

Alexandra nickte. Der Nebel war so dicht, dass man kaum drei Meter weit sehen konnte. Wenn jemand hier oben war, hätte er sich nur zu leicht verstecken können. Gemeinsam gingen sie um das Haus herum. Aber alles schien unberührt, so wie sie es verlassen hatte. Es gab keine Spuren im Schnee, die auf einen Eindringling hindeuteten. Alexandra schaltete das Licht im Haus an.

»Danke, Ewan. Hier war niemand. Schieb es auf meine überspannte Künstlerseele. Es liegt wohl auch an der Landschaft, da kommt man auf seltsame Gedanken.«

»Sich anzulehnen, wenn man Angst hat oder sich nicht gut fühlt, ist keine Schwäche, Alex.« Mit seinem dunklen Tagesbart ähnelte er mehr einem schottischen Highlander als einem Dozenten, der sich gleich pflichtbewusst an das Korrigieren studentischer Arbeiten machen würde.

»Nein«, sagte sie in einem Ton, der abschließend klang.

Er küsste sie auf die Wange. Die Distanz blieb. »Bis Donnerstag dann.«

»Ja, bis dann.«

An der Tür zögerte er kurz und ging dann zielstrebig zu seinem Wagen. Sie hörte den Motor des davonfahrenden Wagens und fühlte sich einsam und leer. Erschöpft sank sie auf das Sofa vor dem Kamin. Es war kein Holz mehr da. Um ein Feuer anzuzünden, musste sie in den Schuppen gehen. Der Nebel hatte sich wie ein dunkler Schleier auf Haus und Garten gelegt. Sie seufzte, stand aber dennoch auf. Mit einer Taschenlampe in der Hand ging sie auf den Holzschuppen zu, dessen Umrisse sich als unförmige dunkle Masse im Nebel abzeichneten. Ihr Herz schlug schneller. Doch außer dem eigenen Herzschlag und ihren knirschenden Schritten im Schnee war kein Geräusch zu hören. Umso erschrockener war sie, als sie plötzlich leisen Gesang vernahm, der aus ihrem Garten zu kommen schien. Wenn hier jemand ein perfides Spiel mit ihr treiben wollte, dann hatte er sich die Falsche ausgesucht! Entschlossen griff sie die Taschenlampe fester und ging um den Schuppen herum in den Garten. Zwischen den Bäumen war es zwar dunkel, doch der Nebel lag weniger dicht. Es war niemand zu sehen. Mutig ging sie weiter auf den Klippenrand zu, denn von dort kam der Gesang.

Die Melodie schien alt, genau wie die brüchige Stimme, die sie sang.

»Hallo! Wer sind Sie? Kommen Sie heraus, damit ich Sie sehen kann!« Alexandras Stimme klang fest und zerschnitt die Dunkelheit vor ihr. Der Gesang verstummte. Alexandra hatte den einzigen Anhaltspunkt, mit dem sie den Unbekannten orten konnte, verloren. Sie verharrte an den Klippen. Vor ihr befand sich die morsche Treppe, die zum Strand hinunterführte. Der Gesang ertönte erneut, diesmal schien er vom Strand heraufzuklingen. Sie verstand die Worte nicht, doch die Melodie war traurig. So schnell die überfrorenen Stufen es erlaubten, hastete Alexandra zum Strand hinunter. Sie schmeckte das Salz des Meeres, das dunkel und bewegungslos vor ihr lag. Inzwischen war die Melodie kaum noch zu hören. Selbst bei klarer Sicht in einer Mondnacht hätte sie keine Chance gehabt, den Sänger zu entdecken. Überall lagen große Felsbrocken herum, und die Klippen boten mit ihren Höhlen endlose Versteckmöglichkeiten.

»Na schön«, murmelte Alexandra. »Aber ich finde dich, verlass dich drauf!« Sie ließ den Kegel der Taschenlampe ein letztes Mal über den Strand gleiten und ging dann zurück zu ihrem Cottage. Die alte Frau kam ihr in den Sinn. Zu ihr hätte ein derartiger Auftritt gepasst. Aber warum sprach sie nicht mit ihr?

Zwei Stunden verbrachte Alexandra später noch an ihrem Computer. Sie surfte im Internet, ohne jedoch auf den Namen Miolans auf Martinique zu stoßen. Die Rumdestillerie Micheaux existierte noch, und sie notierte sich die Nummer des Geschäftes. Vielleicht würde man ihr dort weiterhelfen können. Immerhin war Madelaine mit John-Richard Llangaerogg verheiratet gewesen, aber auch der Name tauchte nirgends auf. Der flimmernde Bildschirm ermüdete ihre Augen, und sie gab auf.

Kapitel 12

Den nächsten Tag begann sie damit, Holz zu hacken, denn es lagen nur noch wenige Scheite im Schuppen, und sie wollte sich einen Vorrat für den Winter anlegen. Am späten Nachmittag rief Karen an und wollte einen ausführlichen Bericht über die Expedition nach Bristol. Sie notierte sich Davys Namen, denn wenn er so viel über Segelschiffe wusste, wäre Charles bestimmt an einem Besucht interessiert.

»Und?«

»Was und?« Natürlich wusste Alexandra genau, worauf ihre Schwester anspielte.

»Ewan. Magst du ihn?«

»Er ist nett.«

»Nett? Das ist alles, was du nach einem zweitägigen Ausflug mit Übernachtung in einem romantischen Landhotel zu sagen hast?«

»Ich mag ihn, aber ich will nicht wieder alles falsch machen.«

»Entschuldige, wenn dich meine Bemerkung über seine Scheidung verunsichert hat. Das wollte ich nicht. Man kann so was ja nicht planen, es läuft oder es läuft nicht. Ich glaube wirklich, dass du dich verändert hast.«

»Wieso?«

»Du klingst reifer, überlegter. Hat das mit Ewan zu tun?«

»Nein. Es fällt nur schwer, dir das jetzt zu erklären. Es hängt mit Madelaine zusammen. Ich weiß ja selbst nicht genau, was hier passiert, mit mir geschieht. Irgendwann kann ich es dir sicher sagen. Jetzt ist alles noch so verworren. Karen, ich muss noch einige Anrufe machen. Sehen wir uns morgen Abend im White Hoarse? Die Band spielt.«

»Ja gern, mach's gut und verzeih deiner neugierigen Schwester.«

»Schon klar. Bis morgen!«

Alexandra entzündete ein Feuer im Kamin, kochte Tee und schmierte sich Sandwiches. Mit dem Telefon und der Nummer von den Micheauxs setzte sie sich ins Sofa. Sie schaute auf die Uhr. Fünf oder sechs Stunden Zeitunterschied müssten eigentlich zwischen England und der Karibik sein. Nach einem Schluck Tee wählte sie die Nummer auf Martinique.

»Bonjour, chez Micheaux, qui parle?«

Obwohl sie wusste, dass die Landessprache Französisch war, konnte sie ihre Überraschung nicht verbergen und stammelte in einer Mischung aus Englisch und Französisch eine Begrüßung. Die Frau am anderen Ende der Leitung wechselte sofort zu perfektem Englisch und fragte Alexandra nach ihrem Anliegen.

»Ich, also ich bin auf der Suche nach der Familie Miolans.«

Eine Weile schwieg ihre Gesprächspartnerin. »Warum?«, kam es dann weniger freundlich als zuvor.

»Es geht um historische Recherchen«, log Alexandra. Zum Teil waren es ja tatsächlich Nachforschungen.

»Zu welchem Zweck?«

»Oh, ähm, eigentlich mehr aus privatem Interesse an der Geschichte Martiniques und der alteingesessenen Familien.« Das klang vage und wenig überzeugend.

»Tut mir Leid, ich kann Ihnen da nicht helfen. Auf Wiederhören.«

Die Verbindung war beendet. Fantastisch, das hatte sie schön vermasselt. Ihr einziger Anhaltspunkt, und die Leute würden sicher nicht noch einmal mit ihr sprechen wollen. Sie rief die Auslandsauskunft an, aber auch dort fand man keinen Eintrag auf den Namen Miolans in Martinique. Im Internet hatte sie gelesen, dass Fort-de-France die jetzige Hauptstadt der Insel war, sicher gab es ein Archiv. Mit Hilfe eines Wörterbuches fand sie tatsächlich die Nummer des städtischen Archivs. Allerdings sprach die Angestellte nur wenig Englisch und verstand Alexandras Frage nicht. Enttäuscht legte sie auf und überlegte. Ihr Vater besaß überall auf der Welt Kontakte. Aber bevor sie ihn fragte, gab es noch Karen, die perfekt Französisch sprach. Warum hatte sie während der Schulzeit nicht besser aufgepasst?

Sie rief Karen an und erklärte die Lage. Karen schlug vor, dass sie am nächsten Tag zu ihr kommen sollte. Bevor sie abends ausgingen, konnten sie das Archiv noch einmal gemeinsam anrufen. Nach dem Gespräch ging sie zur Terrassentür. Wie am Abend zuvor zog dichter Nebel herauf und hüllte alles, was er erfasste, in feuchtes, schweigendes Nichts. Alexandra zog sich eine Jacke über und ging über den Rasen bis an den Klippenrand. Ihre Augen konnten die wabernden Nebelschwaden nicht durchdringen. Die Brandung rauschte leise vom Strand herauf. Sie horchte in die endlose Stille hinaus. Es schauderte sie, als sie plötzlich ein Flüstern vernahm. Wie eine Sprache aus längst vergangenen Zeiten klangen unverständliche Worte durch den Nebel. Einzelne Fetzen klangen französisch, und sie verstand »injustice«, »ma princesse«, dann folgte ein monotones Gemurmel in einer Sprache, in der die Vokale überwogen. War das Indianisch? Wollte Nanacoada ihr etwas mitteilen? Oder bildete sie sich das nur ein, weil sie jetzt wusste, mit wem Madelaine gereist war?

Ein leichter Wind kam auf, und die Nebelschleier lichteten sich etwas. Alexandra schüttelte ihre kalten Hände und drehte sich in alle Richtungen, aber es war niemand zu sehen. Wie am Abend zuvor, dachte sie zuerst an die alte Frau. Vielleicht machte die sich einen Scherz mit einer Ausländerin, die durch Fragen nach vergangenen Geschehnissen auffiel? Alexandra bekämpfte die langsam aufsteigende Angst und ging ins Haus zurück. Genauso gut konnte die Alte mehr wissen, als sie zugab, und von Madelaines Geheimnis genauso fasziniert sein wie Alexandra. Warum sonst hätte sie sie auf dem Friedhof auf die richtige Spur lenken sollen? Auch bei ihrer ersten Begegnung mit der Alten war Alexandra zwar überrascht gewesen, ein bedrohliches Gefühl hatte die alte Frau jedoch nicht bei ihr ausgelöst. Alexandra ging auf den Dachboden. Der Geruch der Ölfarben lenkte sie ab, und beim Malen vergaß sie für einige Zeit das seltsame Erlebnis.

Sie hatte eine weitere Leinwand begonnen, denn die anderen Arbeiten waren noch nicht vollständig durchgetrocknet. Die weiß grundierte Leinwand stand herausfordernd auf der Staffelei. Entgegen ihrer sonstigen Arbeitsweise machte sie keine Skizze, sondern ging mit einem weichen Pinsel direkt auf die Leinwand. Seit sie in Wales war, bestimmten erdige Naturtöne ihre Bilder. Sie hielt inne. Ihre sonst immer vorhandene, unterschwellige Aggressivität war verschwunden. Wenn sie gemalt hatte, war sie wütend gewesen. Ihr Zorn hatte sich in gewaltsamen, brutalen oder dramatischen Themen niedergeschlagen. In Berlin hatte es mit dieser nicht enden wollenden Traurigkeit begonnen, und ihre Bilder waren oberflächlich geworden, egal welches Motiv sie dargestellt hatte. Sie drückte etwas Zinnober auf die Holzpalette. Es war ihr selbst noch nicht klar, was genau mit ihr passierte. Aber sie war auf dem Weg, sich von der schwarzen Melancholie zu befreien, und es funktionierte nur, solange sie sich mit Madelaines Geheimnis beschäftigte.

Am folgenden Nachmittag packte sie die Unterlagen mit den Telefonnummern für Martinique in ihre Handtasche, warf einen Blick in den Spiegel und war unzufrieden mit den übernächtigten Augen. Ihre Haare jedoch, die sie seit ihrer Ankunft in Wales nicht mehr hatte schneiden lassen, umrahmten ihr schmales Gesicht vorteilhaft und verliehen ihm Weichheit. Der Schnee lag nur noch stellenweise am Straßenrand und auf den Feldern. Die Straßen waren frei und anscheinend nicht glatt, Alexandra bremst kurz und fuhr dann weiter. Sie bog in die zweite scharfe Rechtskurve, als sie im Rückspiegel einen roten Lieferwagen entdeckte, der mit überhöhter Geschwindigkeit näher kam und zum Überholen ansetzte. Sie fluchte, das konnte dieser Mistkerl doch nicht machen, mitten in der Kurve. Unten hupte jemand, zum Zeichen, das Verkehr entgegen kam. Alexandra stand kalter Angstschweiß auf der Stirn, sie umklammerte das Lenkrad und hielt den Jeep auf der Straße. Der Lieferwagen schob sich jedoch an ihr vorbei und drängte sie auf den schmalen Grünstreifen. Später erinnerte sie sich nur noch an den Moment, in dem der entgegenkommende Wagen aufblinkte und hupte. Der skrupellose Lieferwagenfahrer zwang seinen Wagen vor Alexandras Jeep auf die Fahrbahn. Sie musste scharf bremsen und schleuderte die Böschung hinunter.

»Alex! Alex, bitte wach doch auf.« Rogers Stimme drang durch schmerzhafte Wellen in ihr Hirn.

»Was … Roger?« Sie versuchte sich zu bewegen, aber ein stechender Schmerz in ihrem Arm hielt sie davon ab.

»Bleib liegen, Alex, rühr dich nicht, der Krankenwagen ist gleich hier. Irgend so ein Vollidiot hat dich von der Straße gedrängt. Ich kam von vorn und habe es genau gesehen. Als ich deinen Jeep erkannte, ist mir fast das Herz stehen geblieben.«

Sie öffnete die Augen und sah, dass der Jeep auf der Seite lag. Mit der unverletzten Hand öffnete sie den Anschnallgurt. Langsam und mit Rogers Hilfe kroch sie aus dem Wagen.

»Vorsicht, komm, setz dich in meinen Wagen. Wenn du eine Gehirnerschütterung hast, darfst du dich nicht bewegen. Was ist mit dem Arm?« Er half ihr auf den Beifahrersitz seines Sportwagens. Kurz darauf kam ein Rettungswagen, und die Sanitäter hießen Alexandra, sich auf eine Bahre zu legen.

Roger wechselte einige Worte mit den Sanitätern und wandte sich dann an Alexandra. »Mach dir keine Sorgen um dein Auto, ich kümmere mich darum. Ich sage auch deiner Schwester Bescheid.«

Sie nickte dankbar und überließ sich der betäubenden Wirkung des Beruhigungsmittels, das man ihr gespritzt hatte. Im

Krankenhaus, einem Ort, den sie inbrünstig hasste, denn dort wehte immer ein Hauch von Schmerz und Tod, stellte man eine leichte Gehirnerschütterung und eine Prellung am linken Oberarm fest. Der zuständige Arzt meinte, sie müsse einen Schutzengel gehabt haben, dass sie den Unfall derart leicht verletzt überstanden habe. Karen kam mit Mary-Anne und Dennis in ihr Krankenzimmer.

»Dir geht's doch gut, Alex, oder? Ist nicht so schlimm?« Ihre Nichte schaute sie mit großen Augen an.

Karen küsste ihre Schwester auf die Stirn und strich über die verklebten Haare. »Kleine, was machst du nur für Sachen? Roger hat uns angerufen.«

»Muss Alex jetzt hier bleiben?«, fragte Dennis.

Alex lächelte schief. »Nein, muss sie nicht.«

»Das werden wir jetzt feststellen«, meinte Karen und ging den zuständigen Arzt suchen.

Mary-Anne und Dennis saßen auf der Bettkante und untersuchten den Mechanismus, mit dem sich das Bett verstellen ließ. Karen kam zurück und sah ihre Schwester ernst an.

»Du darfst heute noch nicht aufstehen. Aber morgen könntest du entlassen werden, wenn du mit zu uns kommst und strenge Bettruhe einhältst, das heißt wirklich zwei oder drei Tage liegen, Frühstück im Bett ...«

Dennis sprang auf den Fußboden. »Das ist toll, Alex. Das kriegen wir auch, wenn wir krank sind!«

»Wenn du versprichst, eine folgsame Patientin zu sein, hole ich dich morgen ab«, schloss Karen.

Alexandra nickte und stimmte allem zu, solange sie nur nicht länger im Krankenhaus bleiben musste als notwendig. Am nächsten Morgen fuhr Karen sie in einem Rollstuhl zum Parkplatz, wo sie vorsichtig in den Wagen einstieg. Charles begrüßte sie mit besorgter Miene an der Haustür.

»Alex muss ins Bett, ich bringe sie gleich nach oben«, bemerkte Mary-Anne.

Charles neckte seine Schwägerin. »Jetzt hast du zwei Krankenschwestern, das wird nicht einfach! Ich bin sehr froh, dass sonst nichts geschehen ist. Können wir jemanden verklagen?«

»Charles! Also wirklich, lass sie doch erst mal ins Haus.« Karen schob Alexandra und Mary-Anne in Richtung Treppe.

Alexandra rief über die Schulter nach unten. »Ich habe kein Nummernschild erkannt, vielleicht Roger, der kam den Berg heraufgefahren.«

Als sie in dem Bett lag, in dem sie schon bei ihrer Ankunft geschlafen hatte, überfiel sie eine bleierne Müdigkeit, bedingt durch den Schock und die Anspannung. Bis zum späten Abend schlief sie tief und fest. Sie wachte auf, weil sie sich auf ihren verletzten Arm gedreht hatte. Mit einem leichten Aufschrei fuhr sie auf, und gleichzeitig wurde ihr leicht schwindelig, sodass sie sich wieder hinlegte. Dennis steckte den Kopf zur Tür herein.

»Du bist wach oder?«, fragte er.

»Ja, Dennis, bin ich, wie spät ist es?«

»Halb zehn!«

»Da bist du noch nicht im Bett?«

»Bin ich ja eigentlich, aber ich musste auf die Toilette, und da wollte ich mal sehen, ob du immer noch schläfst.«

»Dennis Conway! Komm sofort wieder in dein Zimmer!« Karen lugte durch die Tür. »Dachte ich's mir doch. Jetzt aber wieder in die Federn. Alex ist morgen auch noch da.«

Dennis verschwand, und Karen setzte sich zu Alex. »Wie geht es dir? Schwindelig?«

»Kaum, geht schon.«

»Zeig mal deinen Arm. Oh, das tut sicher weh. Sollen wir noch eins von diesen Kühltüchern drauflegen?«

»Ja, bitte.«

»Ich bring dir gleich was zu essen. Hier ist die Fernbedienung vom Fernseher, falls dir langweilig ist.« Karen reichte ihr die Schaltung.

Alexandra schaltete zwischen den Programmen hin und

her, bis sie eine alte Schwarzweißkomödie entdeckte. Als sie eine Band im Fernsehen spielen sah, erinnerte sie sich an Ewan. Oh nein!, sie war nicht zu seinem Auftritt erschienen. Bestimmt dachte er, sie wollte nicht kommen, und dabei hatte sie sich so darauf gefreut, ihn zu sehen. Wenn sie ehrlich war, vermisste sie ihn, sein Lächeln, die ruhige Art, ihr zuzuhören und immer genau das zu fragen, was sie wirklich berührte.

Karen kam mit einem Tablett zurück, auf dem ein Stück Lasagne neben Salat und Schokoladenpudding dampfte.

»Das kann ich niemals alles essen, aber es duftet göttlich!«

Karen zog einen kleinen Beistelltisch heran, auf dem sie das Tablett platzierte. »Probier, was du magst. Wie ich dich kenne, hast du bestimmt kaum etwas Ordentliches gegessen.«

Die Lasagne war mit Lachs und Spinat gefüllt, und Alexandra aß die ganze Portion. Karen nahm das Telefon zur Hand und setzte sich in einen Sessel neben dem Bett.

»Hast du die Telefonnummern für Martinique? Ist doch eine gute Zeit, jetzt dort anzurufen. Die Kleinen schlafen, Charles grübelt noch über einem Fall.«

Alexandra deutete auf ihre Handtasche, und bald unterhielt sich Karen in fließendem Französisch mit einer Angestellten des Stadtarchivs von Fort-de-France. Ungeduldig lauschte Alexandra. Sie verstand kaum etwas.

»Was sagt sie?«, fragte sie, nachdem Karen aufgelegt hatte.

»Mademoiselle Vienne war ganz reizend und sehr hilfsbereit, aber ich muss dich enttäuschen, es gibt keine lebenden Miolans mehr auf der Insel. Auch der Name Llangaerogg ist ihr nicht untergekommen. Sie meinte allerdings, dass die Micheauxs in die Familie Miolans eingeheiratet hätten.«

»Ich habe mit jemandem bei den Micheauxs gesprochen, sie wollte mir nichts sagen.« Karen sah ihre Schwester an. »Ja, ich habe auch schon an Vater gedacht. Aber ich hatte gehofft, dass du mir helfen kannst.«

»Alex, er wird sich freuen, wenn du ihn um Hilfe bittest. Er wartet doch nur auf ein Zeichen von dir.«

»Sicher. So wie ich das sehe, verbringt er den ganzen Tag auf dem Golfplatz und geht abends mit seiner neuen Gattin auf Partys.«

»Sei nicht ungerecht. Jeder kann sich ändern und hat ein Recht auf eine zweite Chance.«

»Wenn man noch in der Lage ist, sie wahrzunehmen. Einigen war das leider nicht vergönnt.« Sie dachte an ihre Mutter und sah stur auf den flimmernden Bildschirm.

»Du bist sicher müde. Möchtest du noch mehr essen oder kann ich das Tablett mitnehmen?« Karen stand auf.

Alexandra griff nach ihrer Hand. »Tut mir Leid. Ich denke drüber nach.«

Karen strich ihr sanft über die Wange. »Ich weiß. Schlaf gut und erhol dich schnell.«

Kaum hatte Karen die Zimmertür hinter sich geschlossen, begann Alexandra zu weinen. Sie konnte nichts dagegen machen und ließ den Tränen freien Lauf. Sie schrieb diese Reaktion dem Schock zu, schnäuzte sich die Nase, nachdem die Tränen versiegt waren, und suchte in ihrem Adressbuch nach der Nummer ihres Vaters. Auf Barbados war jetzt später Nachmittag, vielleicht kam er gerade von der zweiten Runde Golf zurück, dachte sie sarkastisch.

»Hello?« Eine freundliche Frauenstimme mit starkem deutschen Akzent meldete sich.

»Lorenz hier, ist mein Vater im Haus?« Das war unhöflich, aber sie hatte keine Lust, sich mit dieser Frau, die sie nur vom Telefon her kannte, zu unterhalten.

»Alexandra? Sie sind Karens Schwester, nicht wahr? Ihre Stimme klingt ähnlich. Björn wird sich freuen, bitte, bleiben Sie einen Moment dran, oder soll er zurückrufen?«

Wie umsichtig sie war. »Nein, nein, ich warte, danke.« Sie atmete tief durch, dann hörte sie ihren Vater.

»Alex, wie geht es dir?«

»Gut, danke, und dir?«

»Danke, gut. Bist du noch in Wales?«

»Es ist schön hier, könnte mich direkt dran gewöhnen.«

»Endlich ein Ort, an dem du dich wohl fühlst, das freut mich, Alex.«

»Vater, eigentlich rufe ich an, weil ich dich um einen Gefallen bitten wollte.« Sie unterbrach den Austausch von Höflichkeitsfloskeln und erklärte, worum es ging.

»Miolans oder Llangaerogg, sagst du? Und mit den Micheauxs verwandt? Hmm, so sagen mir die Namen nichts, aber ich werde mich umhören. Irgendjemand kennt immer jemanden. Du weiß ja, wie das läuft ...«

Sie wusste das zwar nicht, denn sie verkehrte nicht auf der gesellschaftlichen Ebene, auf der ihr Vater sich bewegte.

»Sicher. Was macht das Handicap?«

»Zwölf, vielleicht werde ich diese Saison einstellig, sieht gut aus. Irgendwas muss man ja in seiner Freizeit tun.« Er lachte kurz auf.

»Charles golft auch, aber du hast bestimmt schon mit ihm gespielt, als du hier warst.«

»Ja, das habe ich, ein feiner Kerl. Gibt es auch jemanden in deinem Leben?«

»So einen feinen Kerl meinst du? Tut mir Leid, du weißt doch, dass ich etwas aus der Art geschlagen bin.«

»Alex, so war das nicht gemeint.«

Und ob du das so gemeint hast, zischte sie innerlich. Oft genug hatte er sich über ihre wechselnden Affären beschwert und ihr Karen als leuchtendes Beispiel vorgehalten.

»Also, Vater, ich wäre dir wirklich dankbar, wenn du mir in dieser Sache helfen könntest. Mach's gut.«

»Ich – ja, Alex, du auch, ich melde mich dann.«

Aufgelegt. Typisch, es gab nicht ein Gespräch mit ihrem Vater, in dem sie nicht das Gefühl hatte, sich verteidigen zu müssen, und dabei war er es, der zum dritten Mal verheiratet war. Die Kopfschmerzen kamen zurück, sie schaltete den

Fernseher aus, in dem sich das Liebespaar gerade zu einem Happyend gefunden hatte. Wange an Wange blinzelten sie honigsüß in die Kamera. Morgen will ich wieder in mein Cottage, ich halte so viel Familie nicht aus, dachte Alexandra, bevor sie einschlief.

Kapitel 13

Kaffeeduft zog ihr in die Nase, und noch halb im Schlaf nahm sie auch den Duft von Blumen wahr. Blumen? Schlagartig war sie wach und entdeckte einen riesigen Strauß lachsfarbener Rosen auf dem Nachtschrank. Karen kam mit dem Frühstück zur Tür herein.

»Die Sonne scheint, und du hast Blumen bekommen. Wenn das kein viel versprechender Morgen ist.« Sie zog die Gardinen auf und ließ die wärmenden Sonnenstrahlen herein.

»Von wem?«

»Roger. Er hat deinen Wagen in die Werkstatt schleppen lassen und lässt ihn dir dann zum Cottage bringen. Eine Woche wird es wohl dauern. Du kannst meinen Wagen so lange haben. Wie geht es dir heute?«

Die Kopfschmerzen waren verschwunden, und das Schwindelgefühl anscheinend auch. »Prächtig! Ich werde wieder in mein Cottage ziehen.«

»Alex, du kannst wirklich gern hier bleiben. Ich freue mich, das weißt du, und Charles und die Kinder auch.«

»Du hast schon genug zu tun, da brauchst du nicht auch noch deine Schwester zu versorgen.« Es klingelte an der Haustür. »Erwartest du jemanden?«

»Eigentlich nicht. Wird die Post sein. Bin gleich wieder da.« Sie eilte die Treppe hinunter. Alexandra ging ins Bad, das Schwindelgefühl war tatsächlich vorüber. Dann setzte sie sich in Karens Pyjama auf das Bett und trank einen Schluck Kaffee. Karen kam mit breitem Grinsen zurück.

»Ich habe etwas für dich!«

»Für mich?«

»Komm nur rein, Ewan, sie ist wach.«

Ewan stand mit einem Strauß bunter Rosen in der Tür. »Charles hat mir gesagt, was passiert ist. Ich hab mir solche Sorgen gemacht.«

Karen entschuldigte sich, und Alexandra hörte sie die Treppe hinuntergehen.

»Oh, du hattest schon Besuch?« Er sah die Rosen von Roger.

»Nein, die hat Roger geschickt. Deine sind viel schöner, ich liebe Rosen in allen Farben.«

Er lächelte und kam zu ihr. Sie nahm ihm die Rosen ab und sog den süßen Duft ein. Er betrachtete sie mit so liebevoller Anteilnahme, dass ihr schon wieder Tränen in die Augen schossen.

»Alex, nicht doch. Nicht weinen.« Zärtlich küsste er sie auf die Stirn.

Nachdem sie sich gefangen hatte, murmelte sie durch ein Taschentuch: »Tut mir Leid, ich habe sonst nicht so dicht am Wasser gebaut. Es war nur der Schock, das Krankenhaus, ich hasse Krankenhäuser, und mein Vater …«

Er strich ihr die Haare aus dem Gesicht. »Ist doch kein Wunder, wenn man dann erschöpft ist. Du hattest so ein Glück! Alex, dir hätte sonst etwas passieren können, ich darf gar nicht daran denken. Ich sollte dich wirklich nicht mehr allein in diesem Cottage lassen, andauernd scheint dir etwas zuzustoßen.«

»Das war ein Unfall. Niemand hätte das verhindern können.«

Er betrachtete ihren angeschwollenen Arm. »Ich hatte nur eine Vorlesung heute und habe Zeit. Was darfst du überhaupt machen? Du hast eine leichte Gehirnerschütterung, oder?«

»Ja, aber es geht schon wieder.«

Karen klopfte an die Tür. »Kaffee, Ewan?«

»Danke, gern. Alex muss doch sicher liegen, oder?«

»Ja, jedenfalls hat das der Arzt gesagt. Aber sie ist eine sehr widerspenstige Patientin und will schon wieder nach Hause.«

Ewan nickte. »Ich hätte nichts anderes von ihr erwartet. Wie wär's, Alex, ich bringe dich in dein Cottage zurück und verwöhne dich mit meinen schottischen Kochkünsten. Mit Karen kann ich nicht konkurrieren, aber es geht.«

Karen lächelte. »Gut, wenn du auf sie aufpasst, lasse ich sie gehen.«

»Dass ich auch auf mich selbst aufpassen kann, glaubt hier wohl niemand. Ich gehe jetzt duschen.« Alexandra verzog sich ins Badezimmer. Sie trug einen Pullover von Karen, als sie Ewan und ihre Schwester später im Wohnzimmer fand, wo die beiden Fotoalben vergangener Segelturns durchstöberten. »... aber dieses Jahr machen wir etwas anderes«, hörte sie Karen sagen.

»Vielleicht eine andere Tour, aber ein Schiff wird dabei sein«, sagte Alexandra und grinste, denn sie kannte ihren Schwager.

Ewan stand auf. »Wie ist es mit dem Laufen, ist dir noch schwindelig?«

»Nein, es geht schon wieder.« Sie umarmte ihre Schwester. »Vielen Dank für alles, Karen, wenn ich dich nicht hätte ...«

»Pass auf dich auf!« Karen drückte sie an sich und begleitete sie dann zu Ewans Wagen. Unterwegs machten sie Halt, um einzukaufen. Alexandra musste im Wagen sitzen bleiben und durfte nur Wünsche äußern. Die Prellung an ihrem Arm schmerzte noch, aber weit weniger als in der Nacht, denn die Kühltücher hatten gewirkt. Es war kalt, und Alexandra zog den Mantel um sich. Ob ihr Vater etwas herausfinden würde? Sie bezweifelte es fast. Es gab keinen Grund, warum er sich besondere Mühe machen sollte, schließlich hatte sie sich ihm gegenüber mehr als abweisend verhalten.

»Was ist los? Du siehst so abwesend aus, und anscheinend sind deine Gedanken nicht gerade freundlich.« Ewan fuhr die kurvige Straße hinauf.

»Ach, nichts weiter.« Sie schwieg über ihren Vater und sprach stattdessen von Madelaine. »Ich denke an die Französin. Irgendwie hatte ich gehofft, mehr über den Nachnamen herauszufinden.« Sie berichtete von den erfolglosen Anrufen nach Martinique.

»Die können ja alle ausgewandert sein. Wer weiß? War nicht auch dieser fürchterliche Vulkanausbruch auf Martinique?« Ewan parkte vor ihrem Cottage. »Da können wir mal nachhaken, wenn du magst. Ich habe nichts anderes vor, weißt du …«

Sie kletterte aus dem Wagen und wollte zwei der Einkaufstüten nehmen.

»Ich mach das, du kannst dich drinnen gleich wieder hinlegen, Alex.«

Sie zog eine Grimasse. »Ich weiß nicht, wer schlimmer ist, du oder meine Schwester.« Aber sie ging folgsam ins Wohnzimmer und legte sich auf das Sofa.

Eine Weile machte sich Ewan in der Küche zu schaffen, kam dann zu ihr und legte Holz in den Kamin, um ein Feuer zu entzünden. Draußen zogen dunkle Wolken auf, und hinter den Klippen hörte sie die Wellen gegen die Felsen schlagen. Arme Madelaine, wie fremd musste sie sich hier in diesem kalten und ungastlichen Land gefühlt haben. Und all das ohne ihren Mann.

»Ewan?«

Er drehte sich um und stellte den Schürhaken zurück in den Ständer für das Kaminbesteck. Das Feuer warf flackernde Schatten auf sein Gesicht, das ihr immer vertrauter wurde.

»Ja?« Er setzte sich zu ihr und stützte die Arme neben ihrem Körper ab.

»Warum bist du hier?«

Seine Augen waren jetzt dunkelgrau, und sie versuchte, in ihnen zu lesen, doch sie fand keine Antwort auf ihre Frage.

»Du siehst müde aus, Alex, vielleicht kannst du ein wenig schlafen. Ich gehe in der Zwischenzeit im Internet Informationen über Martinique sammeln.« Ewan holte eine Wolldecke und deckte Alex zu.

Sie erklärte ihm, wo der Computer stand, und spürte tatsächlich ein Bedürfnis nach Schlaf. Keine Träume, dachte sie, bevor sie einnickte. Als sie erwachte, war es dunkel im Zimmer, nur im Kamin glühten die Scheite. Sie richtete sich auf und starrte gebannt zur Terrassentür, vor der sich ein Schatten bewegte. Der Schatten kam näher und nahm Formen an: die Umrisse einer Frau in einem langen Kleid, dessen Rock im Wind schwang. Alexandras Augen brannten, sie wollte sie schließen, doch sie starrte weiter auf die Fensterscheiben. Sie hörte ein Scharren an der Terrassentür, die Gestalt kam näher, und eine Böe riss ihr die Kapuze vom Kopf. Für einen Moment glaubte Alexandra, das flehende Gesicht einer schönen jungen Frau mit dicken schwarzen Haaren und exotischen Zügen zu sehen. »Madelaine!« Stumm formten Alexandras Lippen den Namen. Eine Wolke musste sich vor den Mond geschoben haben, denn es wurde finster draußen, und als das Mondlicht das nächste Mal auf die Terrasse schien, war dort niemand mehr zu sehen.

Wo war Ewan? Hatte er sie allein gelassen? Sie warf die Decke zurück und tastete sich bis zur Treppe vor. Aus ihrem Arbeitszimmer hörte sie Tastengeklapper. Sie ging langsam die Treppe hinauf und fand Ewan am Computer, neben sich einen Stapel ausgedruckter Blätter, den Blick konzentriert auf den Bildschirm gerichtet.

»Ich dachte, du wärst fort«, flüsterte sie und lehnte sich an den Türrahmen. »Alle gehen irgendwann fort.«

Ewan drehte sich um. »Was machst du denn hier oben? Allein die Treppen hinaufzusteigen war keine gute Idee.« Er rollte die Schultern und dehnte seinen Körper, bevor er aufstand und auf sie zuging. »Meine Güte, es ist schon dunkel. Du hast mindestens sechs Stunden geschlafen.« Er hielt inne. »Was hast du gesagt? Warum sollte ich gegangen sein?«

»Ich hatte gerade einen Traum, oder vielleicht war es auch Wirklichkeit, am Fenster, unten.« Sie lächelte matt. »Wahrscheinlich liegt es an dem Unfall, und mein Gehirn spielt mir Streiche.«

Ewan betrachtete sie aufmerksam. »Das glaube ich nicht, Alex. Ich halte dich für einen fantasievollen, aber auch sehr realistischen Menschen. Vielleicht zu realistisch, denn was wäre das Leben ohne ein wenig Romantik und unsere Träume?«

Seine Umarmung war so wohltuend, sie spürte seinen Herzschlag.

»Aber meine Träume wünsche ich dir nicht!«, murmelte sie und vergrub ihr Gesicht an seinem Hals.

Sie standen eine Weile schweigend, dann löste er sich von ihr und sagte in beiläufigem Ton: »Jetzt wird gekocht. Du kannst dich ja in die Küche setzen und mir Gesellschaft leisten. Ein Glas Wein kann auch nicht schaden. Nebenbei erzähle ich dir, was ich über Martinique herausgefunden habe. So ergiebig, wie ich gehofft habe, war das Internet nicht, aber immerhin.«

Bevor sie in die Küche gingen, bat sie ihn ins Wohnzimmer. »Bitte, ich möchte nur einmal draußen nachsehen. Kommst du kurz mit?«

Sie gingen zum Fenster, Ewan öffnete die Flügeltüren, und ein kalter Wind wehte ins Zimmer. Die Terrasse lag leer im Mondlicht vor ihnen. Auf dem Rasen waren keine Fußspuren zu sehen. Falls jemand dort entlanggegangen war, wären die Abdrücke in dem feuchten Boden deutlich sichtbar gewesen.

»Komm wieder rein, Alex, es ist zu kalt ohne Jacke. Hier scheint alles in Ordnung zu sein.« Er legte den Arm um ihre Schulter und führte sie zurück in das warme Haus.

In der Küche setzte sie sich auf einen Stuhl und schaute zu, wie Ewan das Abendessen zubereitete. Zuerst goss er den Rotwein ein. Bevor Alexandra den trockenen Bordeaux kostete, nahm sie den angenehmen Geruch von Zedernholz und Vanille war.

»Der ist gut!«, sagte sie nach dem ersten Schluck.

Ewan setzte sein Glas ab. »Ja, der hat Klasse. Ich habe noch einen Barolo, der ist auch sehr gut.«

»Ob ich den heute noch verkrafte, weiß ich nicht.«

Ewan gab das Hühnerfleisch in die heiße Pfanne. »Zuerst musst du natürlich essen. Also, was habe ich über Martinique gefunden? Ach ja, der Vulkan. Du erinnerst dich, dass ich einen verheerenden Ausbruch erwähnte?« Alexandra nickte und knabberte an einer Karotte. »Im Mai 1902 gab es die wohl schrecklichste Naturkatastrophe in der Geschichte der Karibik: der Vulkan Mont Pelée brach aus und zerstörte die gesamte Stadt Saint-Pierre. Es gab an die 30 000 Todesopfer.«

»Wie furchtbar! Gab es damals noch überhaupt keine Möglichkeit, das vorauszuberechnen?«

»Doch. Das Schlimme ist, dass die Behörden die Anzeichen heruntergespielt haben. Im Frühjahr füllte sich der Kratersee schon mit kochendem Wasser und stürzte dann den Berg hinunter. Das passierte nördlich der Stadt, und eine Plantage und deren Arbeiter wurden von den heißen Schlammmassen verschüttet. Im April soll der Vulkan sogar eine Aschewolke über Saint-Pierre ausgespien haben.«

»Und da hat man nichts unternommen?«

»Im Gegenteil, der Gouverneur holte seine Familie sogar in die Stadt, um die Einwohner zu überzeugen, dass eine Evakuierung nicht nötig sei. Es ging auch um Wahlen. Jedenfalls explodierte der Mont Pelée dann Anfang Mai mit einer Wolke aus überhitzten Gasen und glühender Asche. Innerhalb weniger Minuten war die Stadt völlig zerstört.«

»Wie grauenvoll, die armen Menschen, und sie hätten fliehen können! Und du meinst, dass damals vielleicht die Familie Miolans umgekommen ist?«

»Tja«, er nahm den Reis vom Herd. »Möglich wäre es immerhin. Es gab nur einen Überlebenden: einen Insassen des örtlichen Gefängnisses.«

»War Saint-Pierre die Hauptstadt?«

»Ja, aber dann wurde es Fort-de-France. Saint-Pierre wurde nur teilweise wieder aufgebaut und muss wohl sehr seltsam anzusehen sein, denn man hat die neuen Häuser mitten in die von Lava überzogenen Ruinen gebaut. Das Gemüse muss noch kurz ziehen, dann können wir essen.« Er nahm sein Glas und setzte sich zu ihr an den Tisch. »Wie fühlst du dich?«

»Abgesehen von meinem Arm, aber das ist auch nicht weiter wild, geht's mir gut. Sehr gut sogar.« Sie lächelte und trank einen Schluck Rotwein.

»Du bist verdammt tapfer, Alex, und härter als mancher Mann, den ich kenne. Warum ist das so? Karen und du, ihr seid so verschieden.«

Ihr Blick wurde abweisend. »Weil wir so sind. Stört es dich?«

Er stand auf und nahm das Gemüse, das anfing zu kochen, vom Herd. »Wird wohl etwas weicher sein als bissfest. Ich mag es bissfest, und du?«

»Was?«

»Das Gemüse, ob du es lieber zerkocht magst?«

»Ewan, bist du überhaupt nicht sauer?« Sie stand auf und sah ihn an.

»Nein, warum? Weil du ein Problem damit hast, mit deiner Schwester verglichen zu werden? Außerdem habe ich dich nicht verglichen, sondern nur gefragt, warum du anders bist. Und ich wäre sicher nicht hier, wenn du wie Karen wärst.«

»Aha, bissfest bitte.«

»Schön, dann können wir jetzt essen.«

Sie holte Teller und Bestecke und deckte den Küchentisch. Ewan füllte ihr eine Portion würzigen Hühnercurrys auf und setzte sich dann mit seinem Teller ihr gegenüber.

»Heiß, au, aber gut!« Sie trank einen Schluck kaltes Wasser, um die verbrannte Zunge zu kühlen.

Nach dem Essen kochte Ewan Kaffee, obwohl Alexandra widersprach und auch abwaschen wollte. Sie nahmen die Becher mit ins Wohnzimmer, wo Ewan ein neues Scheit in den Kamin legte.

»Danke für das Essen, Ewan, und für meine garstige Bemerkung vorhin möchte ich mich entschuldigen.«

Er drehte sich zu ihr um. »Du wirst schon deine Gründe haben, und es müssen gewichtige sein, sonst würdest du nicht so reagieren. Ich habe nicht aus Neugier gefragt, sondern damit ich dich besser verstehe, aber ich kann warten, wenn mir etwas wichtig ist.«

Sie saß auf dem Sofa und starrte ihn mit großen Augen an. Wie hatte sie nur so dumm sein können? Er war nicht einer ihrer Exfreunde. Und sie war nicht mehr die Alexandra aus Berlin, die sich verzweifelt in eine neue Beziehung gestürzt hatte, immer in der Hoffnung, dadurch glücklicher zu werden. Nun hatte sie erkennen müssen, dass sie zuerst sich selbst annehmen musste. Dazu gehörte auch ihre Vergangenheit. Hier stand zum ersten Mal in ihrem Leben ein Mann, der sie vorbehaltlos akzeptierte und ihr Zeit geben wollte, Zeit, ihre Probleme zu lösen. In ihrem Inneren herrschte Chaos. Sie wollte ihn nicht verlieren, aber genauso wenig wusste sie, was sie tun sollte. Er schien ihre Verwirrung zu spüren und machte einen Schritt auf sie zu.

Langsam stand sie auf. »Ewan, ich …«

Er machte weitere Worte überflüssig, indem er ihr die Lippen mit einem Kuss verschloss. Sie überließ sich der Umarmung und fühlte sich davongetragen von einer Welle neu entdeckten tiefen Gefühls, ausgelöst durch einen einzigen Kuss. Eine Weile standen sie aneinandergelehnt und lauschten nur dem Herzschlag des anderen.

Ewan strich über ihren Rücken. »Du bist so zart und doch so stark, das hat mich vom ersten Moment an fasziniert – dieser Zwiespalt in dir, eine nicht erklärbare Unruhe, etwas nicht Greifbares. Alex, auch wenn du diese Sache aufdeckst, ich glaube, dass diese innere Unzufriedenheit, Sehnsucht nach mehr Leben und Freiheit, ein Teil von dir ist. In dir schlägt eine Künstlerseele, und die kann keine Ruhe finden, jedenfalls nicht im herkömmlichen Sinn.«

»Das habe ich ja akzeptiert, aber du weißt nichts von der Dunkelheit, die sich manchmal in mir ausbreitet, und dann kann ich gar nichts mehr machen, nicht malen und nicht leben.«

Er sagte nichts, doch seine Arme hielten sie fest umschlungen. Gedankenverloren blickte sie an ihm vorbei in die züngelnden Flammen.

»Es ist dieses Haus. Manchmal fühle ich mich Madelaine so nahe, dass ich ihre Gegenwart förmlich spüren kann. Ich weiß, dass sie Angst hatte, und ich teile sie mit ihr. Das macht mich stärker, denn ich kann ihr helfen, indem ich herausfinde, was mit ihr geschehen ist. Klingt schon komisch, aber es ist das Einzige, was ich im Moment tun muss.«

Sie schwieg. Ewan nahm ihre Hand und führte sie die Treppe zum Schlafzimmer hinauf.

»Du solltest jetzt besser schlafen gehen. Es ist zu viel passiert in den letzten Tagen. Morgen sehen wir weiter.«

Er gab ihr einen zarten Kuss und wollte hinuntergehen.

»Ewan, fährst du jetzt?«, fragte sie mit matter Stimme.

»Bei dem Wetter? Ich wollte es mir eigentlich auf dem Sofa bequem machen.«

»Das ist gut.« Sie lächelte und ließ sich erschöpft in die Kissen sinken.

Am nächsten Tag gegen Mittag klingelte das Telefon. Alexandra saß mit Ewan am Frühstückstisch.

»Ja, hallo?«

»Alex, störe ich? Ich dachte nur, es ist wichtig für dich, deshalb rufe ich an.« Björn Lorenz klang nervös.

»Nein, Vater, du störst nicht. Ich bin dir ja dankbar für deine Hilfe.« Es musste eben sieben Uhr auf Barbados sein, aber ihr Vater war schon immer ein Frühaufsteher gewesen.

»Es war nicht ganz einfach, etwas über diese Familie herauszufinden. Man gibt sich Ausländern gegenüber eher zugeknöpft. Es gab einen Vulkanausbruch 1902 …«

»Ich weiß, dadurch wurde Saint-Pierre verschüttet.«

»Die Miolans haben damals wohl auch Mitglieder ihrer Familie unter den Toten beklagen müssen. Die wirtschaftliche

Situation auf der Insel ist nicht rosig. Die Landwirtschaft ist neben dem Tourismus die Haupteinnahmequelle. Bananen, Ananas und Zuckerrohr und natürlich der Rum. Es gibt vierzehn Destillerien auf der Insel, und die sind zumeist in der Hand einer weißen Minderheit, die hier die Békés genannt werden.«

»Ja, aber ...«

»Ich hole ein bisschen weiter aus, um dir zu erklären, wie es auf der Insel zugeht. Diese Miolans gehörten zu den Békés, und das Klassensystem blüht hier schlimmer als im guten alten Europa. Du wirst also kaum erwarten können, dass dir Angehörige einer untergeordneten Schicht freundlich bei der Suche nach Mitgliedern der als arrogant verschrienen Oberschicht behilflich sind. Und die Békés halten zusammen. Immerhin, ein guter Bekannter von mir, der seit vielen Jahren nach Martinique fährt und dort Freunde hat, bekam heraus, dass es Miolans in Paris gibt.«

»Martinique gehört doch noch zu Frankreich, oder?«

»O ja, darauf wird viel Wert gelegt, denn ohne die finanzielle Unterstützung der ehemaligen Kolonialmacht ginge es der Insel schlecht, so schlecht wie den meisten karibischen Inseln, die ihre Unabhängigkeit erkämpften und auf denen jetzt Armut und Anarchie herrschen.«

»Aber auf Barbados ist die politische Lage stabil?«

»Ja. Der Tourismus hält die Wirtschaft aufrecht. Zuckerrohr wird kaum noch angebaut. Meinst du, damit kommst du weiter? Ich werde natürlich versuchen, mehr zu erfahren, aber hier ist der Lebensrhythmus anders. Alles braucht seine Zeit.«

»Ja, Vater, danke. Ich werde sehen, wen ich in Paris auftreiben kann.«

»Was machst du Weihnachten, Alex? Hast du daran gedacht, uns zu besuchen?«

»Nein, das habe ich nicht. Du weißt, ich hasse Feiertage. Tut mir Leid. Mach's gut und nochmals danke!« Sie legte auf und trank einen Schluck Kaffee.

»Du hasst Feiertage, hmm? Das ist sehr schade, ich mag Weihnachten und besonders Silvester. Warst du schon mal in Edinburgh?« Ewan nahm sich einen weiteren Toast.

Sie schüttelte den Kopf. »Ich war noch nie in Schottland.«

»Das neue Jahr wird in Edinburgh mit gigantischem Feuerwerk begrüßt, und die Partys sind klasse! Leute aus der ganzen Welt reißen sich darum, dabei sein zu können.«

»Ist sicher nett.«

»Ich wollte dich über die Feiertage einladen. Aber wenn du andere Pläne hast ...« Er biss in das knusprige Brot.

Alexandra setzte die Kaffeetasse hart auf den Unterteller. »Sie hat sich am ersten Weihnachtstag das Leben genommen, weißt du.«

Ewan sah sie verständnislos an.

Alexandras Blick entfernte sich und glitt hinüber in eine schmerzhafte Vergangenheit. »Am ersten Weihnachtstag, stell dir das vor!« Sie lachte bitter. »Für große Auftritte hatte sie ein perfektes Timing. Verflucht! Ich werde nie vergessen, wie ich mit Karen vor dem Hoteleingang stand. Es war heiß, und ich zupfte an dem Kragen meines festlichen Kleides. Meins war grün, und Karen trug ein rotes Kleid. Der Rhododendron vor dem Eingang stand in voller Blüte, und der schwere Duft lag in der heißen Luft. Wir warteten auf meine Großeltern, die aus Montana angereist kamen. Sie hatten uns eingeladen, Weihnachten im Schnee zu verbringen, aber mein Vater konnte das Hotel nicht allein lassen.«

Sie stand auf und holte sich eine Zigarette. Mit zitternden Fingern versuchte sie, ein Streichholz zu entzünden. Ewan gab ihr Feuer.

»Als ob er auch nur eine Minute daran gedacht hätte, dass wir gerne in die Berge gefahren wären, nur wir vier, die ganze Familie. Da standen wir also und sahen das Auto meiner Großeltern ankommen. Gott, ich habe mich so gefreut, sie zu sehen! Wir hatten uns kaum begrüßt, da hielt ein Krankenwagen mit heulender Sirene vor uns. Die Sanitäter rannten mit einer Bahre ins Hotel. Ich dachte noch, das wird wohl wieder ein Tourist sein, der sich beim Tennisspielen den Fuß verletzt hat. Keine zwei Minuten später brachten sie meine Mutter herunter.«

Alexandra warf die glühende Zigarette in die Spüle und zündete sich eine neue an. »Sie lag da, in einem zarten weißen Kleid, die Augen geschlossen. Ich dachte, sie schläft. Natürlich dachte ich das! Sie sah genauso schön aus wie immer, nur dass ihre Hand kalt war. Ich fasste sie an und sagte: ›Mama, du kannst doch jetzt nicht schlafen, wir haben Besuch.‹ Das war das letzte Mal, dass ich meine Mutter gesehen habe. Mein Vater hat alles geregelt, professionell, wie immer. Wir durften kurz mit auf die Beerdigung, und dann schickte er Karen und mich auf ein Internat in die Schweiz. Weil es das Beste für uns sei.«

Alexandra sah Ewan an. »Er meint immer, er weiß, was das Beste für uns ist. Leider versagte er bei meiner Mutter. Erklärt das irgendwie, warum ich Weihnachten nicht besonders mag?«

»Ich konnte das nicht wissen. Tut mir Leid, Alex. Ich werde dich deswegen nicht wieder fragen.«

Alexandra stellte das Frühstücksgeschirr zusammen. Der Appetit war ihr vergangen. Sie sah Ewan bittend an. »Ich will raus, ich brauche frische Luft.«

Kapitel 14

Alexandra und Ewan schlenderten durch die Stadt, die an diesem Wochenende von Ausflüglern und Studenten bevölkert war. Es waren nur noch zwei Wochen bis Weihnachten, und die Leute waren damit beschäftigt, nach Geschenken zu suchen. Ein wenig beneidete Alexandra die Menschen, die mit rotglühenden Gesichtern so eifrig ihre Einkaufstüten trugen und geschäftig von Laden zu Laden eilten. Sie fühlte sich von dem Rummel abgestoßen. Trotzdem wünschte sie sich manchmal, sie könnte teilhaben am Glück dieser Menschen. Sie betrachtete eine ältere Frau, die langsam mit ihrem Mops die Straße entlangging und den Blick in eine undefinierbare Ferne gerichtet hielt. Nun, sie war nicht die Einzige, die dem bunten Treiben nichts abgewinnen konnte.

»Kaffee?«, hörte sie Ewan sagen.

»Entschuldigung, ich war mit den Gedanken ganz woanders.«

»Möchtest du eine kleine Kaffeepause einlegen? Ich könnte einen Scone vertragen.« Er legte ihr den Arm um die Schultern und dirigierte sie sanft in Richtung eines Cafés in einer der Seitenstraßen. Sie wollten gerade den Laden betreten, als ein scharfer Ruf sie stoppte.

»Alex! Welche Überraschung, wir haben uns lange nicht gesehen.« Cynthia stand hinter ihr mit einer schweren Tasche in der Hand, die sie auf den Boden stellte.

»Hallo, Cynthia, wie geht es Ihnen? Darf ich vorstellen, Ewan McCord.«

Cynthia winkte ab. »Danke, wir kennen uns. So groß ist Aberystwyth nun auch wieder nicht. Aber für eine gerade erst

Zugezogene haben Sie wirklich beachtlich schnell Kontakt geschlossen.«

Eisig antwortete Alexandra: »Es hat sich so ergeben, Ewan ist ein Freund von Charles.«

Cynthia warf einen Blick auf Ewans Arm, der immer noch auf Alexandras Schulter lag. »Und ein enger Freund von Ihnen, würde ich sagen, aber das geht mich ja nichts an. Auf jeden Fall verschwenden Sie keine Zeit. Roger haben Sie ja schnell wieder abgelegt.«

Alexandra war jetzt so wütend, dass sie sich kaum noch beherrschen konnte. »Zwischen Roger und mir war gar nichts, und es geht Sie auch nicht das Geringste an.«

Ewan drückte sie kurz an sich. »Lass dich doch von unserer guten Cynthia nicht provozieren. Sie ist bekannt für ihre spitze Zunge, nicht wahr? Und wir sind doch zivilisiert genug, uns höflich zu begegnen, oder sehe ich das falsch?«

Cynthia fuhr sich durch die frisierten Haare. »Ewan, ausgleichend wie immer. Nun, Alex hat die Angewohnheit, viele Fragen zu stellen, in einem Maße, das nicht immer angebracht und ihr selbst nicht unbedingt zuträglich ist.«

»Was soll das denn heißen? Ich habe mich nur nach Ihren Vorfahren erkundigt, weil ich zufälligerweise in einem Haus wohne, das einmal zum Besitz Ihrer Familie gehörte. Wie kann ich wissen, dass Sie so empfindlich reagieren?«

»Indem Sie vorher fragen, ganz einfach. Meinen Vater hat die ganze Sache sehr mitgenommen, und um seine Gesundheit steht es nicht gut. Etwas mehr Feingefühl wäre angebracht gewesen.« Cynthia stand wie ein kampflustiger Stier vor ihr, das Kinn vorgestreckt, die Hände in den Taschen ihres Cordjacketts.

»Vielleicht führt ihr diese Auseinandersetzung ein anderes Mal fort. Cynthia, wir wünschen dir noch einen schönen Tag, Alex geht es nicht gut, bitte entschuldige.« Er drehte sich um und nahm Alexandras Hand, sodass sie ihm in das Café folgen musste. Die streitsüchtige Frau blieb auf dem Gehsteig zurück.

Drinnen nahm er Alexandra den Mantel ab und setzte sich

ihr gegenüber, nachdem er die Sachen zur Garderobe gebracht hatte. Alexandra konnte noch immer nicht fassen, was eben passiert war. Cynthia hatte sie hingestellt, als wäre sie eine Schlampe, die mit jedem Junggesellen der Stadt etwas anfing. Was war nur in diese Frau gefahren?

»Ewan, es … ich bin sprachlos! Es kann doch nicht derartig schlimm sein, etwas über die Geschichte der Familie erfahren zu wollen. Damit haben die heute lebenden Verwandten doch nichts zu tun. Immerhin liegt das alles über hundertfünfzig Jahre zurück.« Sie sah ihn hilflos an.

Die Bedienung kam an ihren Tisch, und Ewan bestellte Kaffee und Scones mit frischer Sahne und Marmelade.

»Ich kenne Cynthia nur flüchtig, durch Charles und die Kanzlei. Ich halte sie für eine harte Frau. Sie ist unzufrieden mit sich, ihrem Mann und auch dem Anwesen.«

»Rupert ist nicht sehr erfolgreich in seinen Aktiengeschäften gewesen.«

»Das ist milde ausgedrückt. Er steckt bis über beide Ohren in Schulden, und das Anwesen können sie so natürlich nicht renovieren.«

»Aber was gibt es zu verbergen, dass sie mich so anfährt?«

»Möglicherweise gar nichts, aber indem sie sich so aufführt, scheint es wichtig, und es gibt ihr ein Gefühl von Bedeutsamkeit, das leider jeder Grundlage entbehrt.«

»Hmm.«

Die Bedienung servierte den Kaffee, der eine weiche Note hatte und leicht nach Kakao schmeckte, und die Scones kamen direkt aus dem Backofen. Alexandra lehnte sich zurück und zündete sich eine Zigarette an.

»Cynthia ist eifersüchtig, glaube ich.«

»Eifersüchtig, meinst du? Rothaarige waren noch nie mein Fall.«

»Na, da bin ich ja beruhigt.« Sie drehte die Tasse in den Händen. »Ich würde gern herausfinden, ob es wirklich Miolans in Paris gibt.«

»Dann sollten wir aufbrechen. Du siehst sowieso blass aus und solltest dich lieber hinlegen. Dabei kannst du ja telefonieren. Ich habe auch noch einiges für morgen vorzubereiten.« Er stand auf und ging zum Bezahlen an den Tresen.

Sie fuhren über die nassen Straßen, auf denen sich eine dünne Frostschicht zu bilden begann, zurück zum Cottage.

»Martinique wird auch die Insel der Blumen genannt«, erklärte Ewan. »Ich hatte gestern viel Zeit im Internet.«

»Erzähl ruhig. Ich weiß kaum etwas über die Karibik.«

»Die Pflanzenwelt ist tropisch, aber nicht immer ursprünglich, denn die Kolonialisten haben dort exotische Pflanzen gezüchtet, um sie später nach England oder Frankreich zu exportieren.«

»Kew Gardens in London!«, fiel es Alexandra ein. »Dorthin hat man sicher jede Menge Pflanzen gebracht.«

»Ganz genau. Samen wurden per Schiff transportiert und waren eine wertvolle Beute. Ein Admiral Rodney kaperte ein französisches Schiff mit Pflanzen für Martinique und Haiti. Jetzt wachsen sie auf Jamaika.«

»Franzosen und Engländer sind sich da wohl mächtig in die Quere gekommen?«

»O ja. Während der napoleonischen Kriege besetzten die Engländer den Diamantenfelsen im Süden der Insel. Siebzehn Monate soll die dortige Garnison die französische Schifffahrt empfindlich gestört haben, und noch heute dippen angeblich Schiffe der Royal Navy ihre Flagge vor dem Felsen.«

»Nicht zu fassen! Dann wundert es mich auch nicht mehr, wenn eine verarmte Adlige wie Cynthia sich derart aufführt, weil sie meint, die Ehre ihrer Familie stehe auf dem Spiel. Obwohl ich ja zu gerne wüsste, warum.«

Sie fuhren in die Einfahrt zu ihrem Haus.

Ewan hielt ihr die Tür auf. »Vielleicht liegt die Antwort in Paris.«

Diese Annahme sollte sich vorerst nicht erfüllen. Alexandra setzte sich an den Computer, um den Namen de Miolans im Pariser Telefonbuch zu finden. Ewan hatte beschlossen, ihr noch etwas zu helfen, und versuchte es über die Auslandsauskunft. Fast gleichzeitig fanden sie je zwei Nummern.

»Hier, schau mal, Ewan.« Sie deutete auf den Bildschirm.

Ewan legte auf und notierte sich die letzten Zahlen der Ansage. »Philippe de Miolans, den habe ich hier auch, und Françoise – genau. Parlez-vous français, Madame?«

Alexandra verzog das Gesicht. »Schon wieder! Mit meinen rudimentären Kenntnissen habe ich schon auf Martinique versagt. Na egal, versuchen werde ich es.«

Sie nahm sich die Nummern und versuchte es zuerst bei Philippe de Miolans. Die distinguierte Stimme eines älteren Mannes meldete sich. Alexandra fragte, nachdem sie sich vorgestellt hatte, ob er Englisch spräche, und er antwortete in wenigen Worten, dass Françoise, seine Tochter, morgen zurück sei.

»Damit können wir uns den Anruf bei Françoise schenken, denn sie ist seine Tochter. Immer dieses Warten!« Alexandra spielte nervös mit ihren Haaren. »Das macht mich so ungeduldig! Ich will endlich wissen, was es mit Madelaine, der Kette und dem Cottage auf sich hat.«

Das Telefon klingelte. Alexandra nahm ab. »Ja?«

»Alex, bist du's? Warum hast du dich nicht gemeldet und mir deine Nummer gegeben? Einfach so zu verschwinden, ist nicht besonders nett.«

Sie schluckte. Wie war Wolfgang nur an ihre Nummer gekommen? »Ich wollte nicht mit dir sprechen. Ich hatte den Eindruck, dass alles gesagt sei.«

Ewan verließ taktvoll den Raum und ging nach unten.

»Na prima, dass du das so für dich entschieden hast. Wollten wir nicht eine gemeinsame Zukunft planen?«

»Du wolltest planen, ich nicht.«

»Ich habe dich doch gefragt, oder etwa nicht?«, kam es zornig von ihm.

»Nein, du hast Feststellungen gemacht, denen ich zustimmen sollte. Zuhören war nicht deine Stärke.«

»Sicher, das ist einfach, jetzt bin ich schuld, typisch.«

Sie unterbrach ihn kurzerhand. »Es ist vorbei! Ruf mich bitte nicht mehr an, ich brauche niemanden, der mich kontrolliert und mir erklärt, wie es mir geht, kapiert? Es gibt bestimmt Frauen, die sich von deinem Geld beeindrucken lassen, viel Glück!« Damit warf sie den Hörer auf die Gabel.

Sie lief die Treppen hinunter. »Ewan?«

Er stand am Kamin und stocherte in den Scheiten. »Alles klar?«

»Sch …« Sie unterdrückte den Fluch. »Jemand aus der Vergangenheit. Ich brauche eine Zigarette. Entschuldigung.« Fahrig wühlte sie im Schreibtisch nach der letzten Schachtel.

Ewan legte die Arme von hinten um sie. »Hör auf, du brauchst das nicht. Erzähl mir, worum es ging, aber hör auf, wie eine Furie nach Zigaretten zu suchen. Die helfen nicht.«

»Doch! Manchmal schon, aber hier sind keine!« Sie warf die Schublade zu.

Mit einem Griff drehte er sie zu sich herum und zwang sie, ihn anzusehen. »Was ist los? Vergangenheit heißt, es ist vorbei.«

»Ist das für dich immer so einfach? Für mich leider nicht. Das eben war Wolfgang. Wir haben uns schon vor Monaten getrennt, aber er wollte das nicht wahr haben, weil er sich für ein Geschenk Gottes hält. Außerdem behandelt er mich genau wie mein Vater. Das macht mich so wütend!«

»Und du bist nicht auf ihn wütend, sondern auf dich, weil es dich so aufregt, liege ich richtig?«

»Ja, ach ver… Fluchen hilft auch nicht, aber ja! Ich könnte mich selbst ohrfeigen, wenn ich so ausraste. Es war noch schlimmer.« Sie lachte kurz und hart.

Er hielt sie in seinen Armen, und langsam ließ die Wut nach. Ihre Muskeln entspannten sich, und ihr Herz schlug langsamer.

»Du wolltest mir deine Bilder zeigen, erinnerst du dich?« Er ließ sie los.

»Gibt noch nicht viel zu sehen, aber was ich angefangen habe, kannst du dir anschauen. Oben.« Sie wollte vorausgehen, stoppte und drehte sich um, sodass er gegen sie stieß. »Wie machst du das nur?«

»Was?«

»Ich kann nicht lange wütend sein, wenn du da bist.«

Er grinste. »Keine Ahnung. Ich finde nur, dass jede Minute, die man zornig ist, verschwendet ist. Das Leben ist zu kurz, um sich lange böse zu sein.«

»Haben sich deine Eltern nie gestritten?«, fragte sie ungläubig.

»Und wie, und es wurde laut, aber nie für lange. Das war beruhigend zu wissen. Hat uns Kinder sicher geprägt.« Er zuckte mit den Schultern, mehr gab es dazu nicht zu sagen.

Sie ging weiter und führte ihn auf den Dachboden, wo die Leinwände standen. Er stand vor dem Bild, auf dem sie die Farben des Meeres gemalt hatte.

»Genau wie das Meer nach einem Sturm, fehlt nur der Geruch nach Seetang und Algen. Das ist schön, Alex, und ganz anders als das, was ich mir unter deiner Arbeit vorgestellt hatte.«

Sie reinigte einen der Pinsel mit Terpentin. »Warum?«

»Es ist nicht aggressiv. Schon dynamisch, aber irgendwie auch voller Wärme. Du liebst die Natur, das fühlt man. Es fällt mir nicht leicht, das auszudrücken. Jedenfalls hatte ich mir knallige Farben und spitze kantige Formen vorgestellt.«

»So waren viele meiner früheren Bilder.« Sie spielte mit den Pinseln im Glas. »Deshalb bin ich hergekommen.«

»Dann hast du hier gefunden, wonach du gesucht hast?«

»Ich bin mir nicht sicher, kann man das jemals sein?«

»Es gibt keine Garantien. Es zählt, was du fühlst, jetzt. Du lebst heute.«

Sie sah ihn aus großen traurigen Augen an. »Jetzt, hmm?«

Ein schwaches Lächeln umspielte ihre Lippen. Sie ging zum Fenster und sagte leise: »Aber morgen, was ist morgen?«

Bevor er in seine Wohnung gefahren war, hatte Ewan sie für den nächsten Abend zu sich zum Essen einladen. Alexandra wollte selbst fahren, aber das hatte er abgelehnt, zu tief saß der Schock des Unfalls, den sie auf so glückliche Weise überstanden hatte. Der Nachtfrost hatte sich in bittere Kälte gewandelt, die noch von einem scharfen Westwind verstärkt wurde. Die See klatschte gegen die Felsen, und weiße Schaumflocken wurden bis nach oben an den Klippenrand geworfen. Alexandras Haut schmeckte salzig, aber sie konnte sich nicht sattsehen an den anbrandenden Wellen. Sie liebte das Meer, seine ursprüngliche, unbezähmbare Kraft und das Gefühl, ein Teil dieser wilden Natur zu sein. Sie dachte an die Nacht, in der sie die Frau vor ihrer Terrassentür gesehen hatte. Die Vision konnte auch von ihrem Unfall herrühren, immerhin hatte sie eine leichte Gehirnerschütterung davongetragen. Aber es war so real gewesen, und es hatte sich so vertraut angefühlt. Wovor bist du davongelaufen, Madelaine? Sie erinnerte sich an den Anruf, den sie heute erledigen wollte. Françoise de Miolans war selbst am Apparat, und ihr Englisch war ausgezeichnet.

Françoise sprach schnell, wie jemand, der es gewohnt ist, Anordnungen zu erteilen und Entscheidungen zu treffen. »Ja, bitte, worum geht es?«

»Ich möchte nicht unhöflich oder aufdringlich erscheinen, aber ich bin durch Zufall auf den Namen ihrer Familie gestoßen.« Sie erklärte, wie es dazu gekommen war, und Françoise hörte schweigend zu. »Tja, und nun hoffe ich, dass Sie mir sagen können, was aus dieser Familie geworden ist, und ob es jemanden gibt, der sich mit der Vergangenheit auskennt.« Sie wartete.

»Ich bin Fotografin und sehr viel unterwegs. Ganz ehrlich, ich weiß wenig bis gar nichts über meine Verwandten. Wissen Sie, meine Großeltern sind schon in den Dreißigerjahren nach

Frankreich ausgewandert. Mein Großvater hatte sich mit seinem Bruder zerstritten. Die beiden anderen Geschwister sind bei dem großen Vulkanausbruch 1902 ums Leben gekommen. Mein Vater hat nie von Martinique gesprochen, und meine Mutter stammt aus der Normandie.«

»War Ihr Vater das einzige Kind?«

»Nein, aber sehen Sie, da liegt die Schwierigkeit, er hat mit seiner Schwester, die noch auf der Insel lebt, soweit ich weiß, seit sechzig Jahren kein Wort gesprochen.«

»Meine Güte, wie furchtbar!«

»Ich kann das nicht beurteilen, da ich nicht weiß, was vorgefallen ist.«

»Haben Sie sich nie gefragt, was Ihre Tante macht, wie sie lebt?«

»Nein, es erschien mir nicht von Bedeutung. Meine Eltern hatten es finanziell nicht leicht, und es erschien mir nicht angebracht, alte Geschichten aufzurühren, die vielleicht nur Kummer verursachen.«

»Sehen Sie denn überhaupt eine Möglichkeit, Namen und Adresse Ihrer Tante herauszufinden?«

»Ihnen liegt sehr viel an dieser Sache?«

»Ja, es hängt viel davon ab.« Ihr Leben hätte sie fast gesagt, aber das klänge über die Maßen dramatisch.

»Geben Sie mir etwas Zeit. Ich besuche meine Eltern heute noch und könnte in alten Papieren nachsehen, wenn es sich ergibt. Versprechen kann ich nichts. Wo sind Sie zu erreichen?«

Alexandra fiel ein, dass sie den Abend bei Ewan verbringen würde und sie seine Nummer nicht wusste. »Kann ich Sie wieder anrufen?«

»Zwischen neun und zwölf Uhr heute Abend können Sie mich unter derselben Nummer erreichen. Au revoir!«

Alexandra zog eine alte Jeans an und arbeitete an dem ersten Bild, das sie nach ihrer Ankunft begonnen hatte. Inzwischen waren die Farbschichten durchgetrocknet und sie konnte eine weitere dünne Lasur Ölfarbe auftragen. Dabei dachte sie an Wolfgang. Wer zum Teufel hatte ihm ihre Nummer gegeben? Eigentlich kamen nur Frank oder Sylvia in Betracht, denn außer Karen und ihrem Vater kannte niemand ihre neue Nummer! Ihr Vater! Natürlich, er hatte dummerweise bei einem kurzen Aufenthalt in Berlin Wolfgangs Bekanntschaft gemacht und in ihm den idealen Schwiegersohn gesehen. Das passte – zwei Männer, die meinten, sie hätten alle Fäden in der Hand und brauchten nur daran zu ziehen, dann würde sie wie gewünscht springen. Sie war drauf und dran, ihren Vater anzurufen und ihn zur Rede zu stellen, doch Ewans Worte klangen nach, und sie beschloss, bei passender Gelegenheit nachzuhaken.

Später schlüpfte sie in ein langes enges Wollkleid, das seitlich geschlitzt war und ihre schlanken Beine vorteilhaft zur Geltung brachte. Ewan belohnte den Aufwand mit einem Kuss, als er sie abholte. Er hatte keine Zeit zum Kochen gefunden, denn die Seminararbeiten hatten wider Erwarten mehr Zeit in Anspruch genommen. Stattdessen bestellte er im Rainclouds Lasagne und Salat.

»Ich habe es nicht geschafft, und du siehst umwerfend aus. Wenn du wieder fit bist, gehen wir aus.«

Das Essen war dennoch ausgezeichnet, und Alexandra fand Ewans Wohnung, von der aus man einen Blick auf die Promenade und das Meer hatte, ausgesprochen gemütlich. Sie erzählte von ihrem Gespräch mit Françoise.

Gegen zehn Uhr erreichte Alexandra Françoise, die in Eile war. »Mademoiselle Lorenz«, sagte sie mit weichem Akzent. »Ich hatte Glück. Haben Sie einen Stift zur Hand? Ich muss gleich weg, ein überraschendes Shooting. Ja? Gut, hören Sie, die Schwester meines Großvaters heißt Claire und ist mit einem Delbè verheiratet. Ob sie geschieden ist, weiß ich nicht. Die Nummer, die ich Ihnen jetzt gebe, existiert wahrscheinlich nicht mehr, aber das ist alles, was ich erfahren konnte, ohne meinen Vater aufzuregen.«

Alexandra notierte Namen und Telefonnummer, bedankte

sich herzlich bei der Frau und fragte, wie sie sich erkenntlich zeigen könne.

»Ich hoffe, Sie finden, was Sie suchen. Manchmal ist es aber auch besser, die Dinge ruhen zu lassen. Treffen Sie die richtige Entscheidung, das wünsche ich Ihnen. Au revoir, ich muss los!«

Schon wieder eine orakelhafte Bemerkung. Alexandra wollte keine vagen Andeutungen mehr hören, Fakten brauchte sie, Fakten, die ihr halfen, den Verbleib der unglücklichen Madelaine zu ergründen. Ihr Mann war auf einem Opiumklipper ein Opfer der See geworden, aber das hatte Madelaine nicht gewusst, als sie die Nachricht schrieb. Wohin hatte das Schicksal sie gebracht?

Kapitel 15

Ewan hatte sie nach dem Essen zurück in ihr Cottage gefahren, obwohl sie ein Taxi nehmen wollte. Doch er wollte sich lieber selbst davon überzeugen, dass im Haus alles in Ordnung war. Vor den Ferien türmten sich in der Universität die Seminararbeiten, und er musste Klausuren vorbereiten, sodass er wenig Zeit hatte. Alexandra beschloss am nächsten Morgen, nach ihrem Wagen zu sehen. Sie hatte Roger ganz vergessen, der sich rührend um sie gekümmert hatte. Nach einem Anruf auf dem Anwesen, bei dem sie mit großer Wahrscheinlichkeit mit Cynthia oder Alistair gesprochen hätte, war ihr jedoch nicht zu Mute. Die Auseinandersetzung mit Cynthia war unangenehm gewesen. Sie hatte diesen Angriff als überraschend empfunden, denn immerhin hatte sie bei ihren früheren Begegnungen den Eindruck gehabt, sich zumindest auf einer höflichen oberflächlichen Ebene mit ihr unterhalten zu haben. Alexandra überlegte, dass Roger als Immobilienhändler sicher auch eine geschäftliche Telefonnummer hatte. Sie wanderte nach Aberystwyth, und in einer Telefonzelle suchte sie in einem der zerfledderten Bücher nach seinem Namen. Eine Handynummer stand in der Spalte der Immobilienhändler unter seinem Familiennamen. Für diesen Beruf war der adelige Name sicher von Vorteil. Sie wählte seine Nummer und sprach ihren Dank auf seine Mailbox, denn er war nicht zu erreichen. Eigentlich hatte sie auch nach dem Unfallhergang fragen wollen, schließlich war der Fahrer des Lieferwagens, der sie von der Straße gedrängt hatte, einfach verschwunden. Nun, Roger würde zurückrufen, und dann konnte sie das klären.

Da ihr Wagen noch in der Werkstatt war, ging sie zu Karen

und lieh sich den Zweitwagen aus. Sie berichtete von ihren erfolgreichen Recherchen in Paris. Karen freute sich jedoch am meisten über Alexandras rasche Genesung.

»Weißt du, Alex, ich kann das immer noch nicht ganz nachvollziehen. Du bist den Berg runtergefahren, der Lieferwagen hat dich überholt, und als Roger von vorn kam, ist der Wagen vor dir eingeschert und hat dich abgedrängt?«

»Ja, so war es wohl.«

»Aber wo kam der Wagen her? Es gibt doch nicht viele Häuser auf der anderen Seite. Daher müsste es doch leicht sein, festzustellen, woher dieser Straßenrowdy kam.«

»Die Straße führt hinunter bis zu dem alten Campingplatz und dann weiter ins Land. Ich werde Roger fragen, der muss doch etwas von dem Nummernschild gesehen haben.« Sie berichtete Karen von dem unangenehmen Zusammentreffen mit Cynthia und erwähnte auch ihre letzten Worte. Alexandra nagte nachdenklich an ihrer Unterlippe.

»Was sollte dir denn nicht zuträglich sein?«

»Na, die Fragerei nach den Llangaeroggs. Meinst du, sie hat was mit dem Unfall zu tun?«

Karen riss erstaunt die Augen auf. »O nein, das nicht, nein, das wäre ja kriminell. Sie ist vielleicht eine Ziege, aber so weit würde sie bestimmt nicht gehen. Aber seltsam ist das alles schon. Pass bitte auf dich auf! Ich bin sehr froh, dass du dich so gut mit Ewan verstehst. Kannst du nicht eine Weile zu ihm ziehen?«

»Karen, wir kennen uns doch erst seit kurzem, und ich brauche auch Zeit für mich. Für solche Überlegungen ist es entschieden zu früh. Ich habe ihn aber sehr, sehr gern. Bist du zufrieden? Schließlich hast du das irgendwie eingefädelt.«

Lächelnd umarmte Karen ihre kleine Schwester. »Du allein hast dich für ihn entschieden, und du wirkst so glücklich wie lange nicht mehr. Hast du noch mal mit Vater gesprochen?«

Alexandra machte sich von ihrer Schwester los. »Ja. Er bemüht sich um Informationen und wollte mich gleich Weihnachten zu sich einladen. Das kann ich nicht. Diese Frau ist da und nein, ehrlich Karen. Sollte er hierher kommen, dann werde ich mich bemühen, aber Weihnachten mit ihm zu verbringen, ist entschieden zu viel verlangt. Ich muss los, will noch malen.«

Sie verabschiedete sich von ihrer Schwester, kaufte auf dem Weg noch einige Tuben Ölfarben und war mit den Gedanken bald vollständig bei ihren Bildern. Sie stand in ihrem Atelier, Hose und Pullover waren mit Farben verschmiert, als am Spätnachmittag das Telefon klingelte. Roger meldete sich aus seinem Büro in der Stadt. Sie hatte gar nicht gewusst, dass er eines in der Stadt hatte. Er wäre auf dem Nachhauseweg und würde kurz bei ihr vorbeischauen, ließ er verlauten. Mit spitzen Fingern legte sie das Telefon auf die Aufladestation. Trotzdem klebte blaue Farbe am Hörer. Extra umziehen wollte sie sich nicht für Roger, wischte sich aber die Hände mit Terpentin sauber und ging nach unten, um zumindest einen Kaffee zu kochen. Roger kam wenig später in perfekt sitzendem Tweedjackett, das Halstuch lässig geknotet.

»Alexandra, von Charles habe ich gehört, dass es dir besser geht. Welch ein Segen! Der Schaden an deinem Wagen hält sich in Grenzen. Deine Versicherung zahlt, nicht wahr?«

»Kaffee?«

Er nickte, und sie setzten sich mit den Bechern ins Wohnzimmer. »Ich weiß nicht, Roger. Es war nicht meine Schuld, eigentlich müsste doch der Fahrer von dem Lieferwagen zahlen. Hast du auf das Nummernschild geachtet?«

»Was? O nein, es ging alles so schnell. Als ich dich erkannt habe, dachte ich nur daran, langsam zu fahren, dass der Miesling genug Platz finden würde, um zwischen uns hindurchzukommen. Nein, tut mir Leid.«

»Keine Idee, wer das gewesen sein könnte? Liefert denn jemand mit solch einem Auto hier in der Gegend?«

Er betrachtete ihre schmutzige Kleidung. »Schon möglich, es gibt viele solcher Wagen. Aber wie willst du etwas beweisen? Du malst, oder? Kann man schon was sehen?«

»Noch sind die Bilder in Arbeit. Ich zeige sie dir, wenn sie fertig sind. Sehr schade, ich hatte so gehofft, du wüsstest mehr.«

Er hob die Schultern. »Leider nein. Aber dir ist nichts passiert, das ist doch das Allerwichtigste.«

Das sagten alle, aber trotzdem hätte sie gern gewusst, wer sie so gezielt von der Straße gedrängt hatte. Je länger sie darüber nachdachte, desto geplanter kam ihr der Unfall vor.

»Die Werkstatt bringt dir den Jeep übermorgen vorbei. Hast du Cynthia getroffen? Sie war so aufgebracht.«

Erstaunt sah sie Roger an, aber aus seiner Mimik war nichts abzulesen außer Neugier.

»Na, wie witzig! Sie hat mich auf der Straße in einem Ton angefahren, der mehr als unhöflich war. Mir sollen ihre Probleme egal sein, denn offensichtlich hat sie eine Menge. Mich so bloßzustellen vor Ewan, das ist eine Frechheit gewesen!«

»Ach, du warst mit Ewan unterwegs. Er ist ein netter Kerl und jünger, da kann ich nicht mithalten.« Er stellte seinen Becher auf den Tisch.

»Roger! Ich dachte, es wäre alles klar zwischen uns.«

Er stand auf und hob abwehrend die Hände. »Jaja, war nur ein Scherz. So, ich will dich nicht weiter von der Arbeit abhalten. Vergiss nicht, ich würde mir gern deine Bilder ansehen, wenn's so weit ist.«

Sie brachte ihn zur Tür und schloss mit einem tiefen Seufzer hinter ihm ab. Ein in seinem Stolz verletzter Mann, dessen Schwester in der Stadt über sie herzog, hatte ihr gerade noch gefehlt. Und ausgerechnet die Familie dieser Leute stand im Mittelpunkt ihrer Suche. Sie sah auf die Uhr – Viertel nach sechs, das war eine gute Zeit, Claire Delbè anzurufen. Die alte Dame musste weit über siebzig Jahre alt sein und konnte krank, in einem Seniorenheim oder schon tot sein, alles war möglich.

Alexandra kramte die Nummer von Claire, die Françoise de Miolans ihr gegeben hatte, hervor und tippte die Zahlen ein.

Doch schon nach wenigen Sekunden erklang die automatische Ansage, dass es unter dieser Nummer keinen Anschluss gäbe. Sie erkundigte sich bei der Auslandsauskunft und erhielt tatsächlich eine Telefonnummer, allerdings nicht auf den Namen Claire, sondern Laura Delbè. Alexandra stutzte, denn die Nummer kam ihr bekannt vor. Sie verglich sie mit der der Destillerie Micheaux und fand, dass die Nummern identisch waren. Wenn sich jetzt auch noch dieselbe Frau meldete, hatte sie verloren, denn die würde ihr garantiert keine Auskunft geben. Alexandra versuchte es dennoch.

»Bonjour, chez Micheaux, qui parle?«

Dieselbe Stimme. Alexandra räusperte sich und nannte auf freundlichste Weise ihren Namen.

»Ach, Sie schon wieder. Ich erinnere mich.«

»Bitte, bitte legen Sie nicht auf. Ich möchte mit Claire Delbè sprechen.«

»Wie kommen Sie an diesen Namen? Das ist meine Schwiegermutter. Ich bin Laura Delbè.«

»Oh, ich dachte Micheaux?«

»Nein, das ist der Name der Rumdestillerie. Wir haben ihn behalten, weil er eine lange Tradition hat und für Qualität steht. Worum geht es? Immer noch um Ihre privaten Nachforschungen?« Sie betonte die letzten beiden Worte sarkastisch.

»Wissen Sie, Françoise de Miolans war so freundlich, mir den Namen ihrer Schwiegermutter zu geben, sie …« Weiter kam sie nicht, denn Laura Delbè unterbrach sie rüde.

»Françoise? Na, das ist ja toll. Meine Mutter hätte ihre Nichte gerne einmal kennen gelernt, aber ihr Bruder, der feine Philippe, hielt es nicht für nötig, sich auch nur einmal in all den Jahren um seine Schwester zu kümmern. Bitte verschonen Sie mich und meine Familie mit diesen Leuten. Ich werde meiner Schwiegermutter nichts von diesem Anruf erzählen, denn es geht ihr nicht besonders gut. Sie ist dreiundachtzig, und ihr Herz ist schwach. Das kann ich nicht verantworten. Was immer es auch ist, suchen Sie woanders! Ach ja, und sagen Sie Ihrem Freund, dass er uns ebenfalls in Ruhe lassen soll!«

»Wie? Aber ich kenne niemanden, der …«

Der Besetztton zeigte an, dass Laura Delbè die Verbindung kurzerhand unterbrochen hatte. Entmutigt saß Alexandra auf dem Sofa, den Hörer noch immer in der Hand. Sie stützte die Arme auf den Oberschenkeln ab und ließ den Kopf nach vorn sinken. Es gab nur noch eine Möglichkeit: Sie musste nach Martinique fliegen und persönlich mit Laura und ihrer Schwiegermutter sprechen. Aber wer hatte dort angerufen? Es gab also tatsächlich noch jemanden, der auf ihrer Fährte war. Siedend heiß fiel ihr dieser Smith wieder ein. Es war kein Zufall gewesen, dass gerade diese Unterlagen im Museum in Bristol fehlten.

Wenn Smith schon vor ihr auf Martinique gestoßen war, dann hatte er auch Davy und sein Privatmuseum aufgespürt. Und vielleicht war es Smith gewesen, der sie von der Straße gedrängt hatte! Und der Einbruch – auf einmal fügte sich alles wie ein Puzzlespiel zusammen und ergab einen Sinn. Aber worum ging es? Die Perlenkette allein konnte es nicht sein, sonst hätte er erneut versucht, einzubrechen. Trotz der neuen Schlösser wäre das für einen geübten Profi ein Kinderspiel, und sie war hier oben ganz allein. Niemand würde merken, wenn man sie überfiel. Kein angenehmer Gedanke. Sie wünschte sich, Ewan wäre bei ihr. Sie goss sich einen weiteren Becher Kaffee ein und beschloss, Argyll Davy anzurufen. Erst nachdem sie es ein zweites Mal lange hatte klingeln lassen, antwortete Gladys, die Haushälterin.

»Hier bei Mister Davy.«

»Hallo, Gladys, Alexandra Lorenz, guten Abend. Entschuldigen Sie die Störung. Ich war vor etwas über einer Woche mit meinem Freund bei Ihnen, als es so geschneit hat.«

»O ja, ich weiß. Mister Davy hat viel über Sie gesprochen und sich Gedanken gemacht wegen der Sache mit dem Logbuch.« Sie schwieg.

»Ähm, Gladys, wäre es möglich, mit Mister Davy zu sprechen?«

»Mister Davy ist im Krankenhaus. Ich wohne hier und passe auf die Sachen auf.«

Kälte kroch in ihre Glieder, und sie fragte: »Was ist passiert, Gladys?«

»Das war eine dumme Geschichte. Ich war nicht da, bin nur zum Einkaufen gegangen. In der Zeit kam ein Mann, der sich für dieselben Sachen wie Sie interessierte. Mister Davy hatte mir erzählt, dass Sie nicht wollten, dass jemand anderes das Buch ebenfalls sieht, und er hat mir gesagt, wohin er es gelegt hat. Dieser Mann – oh, das war so schrecklich …« Gladys schluchzte, und es dauerte eine Weile, bis sie weitersprechen konnte.

Draußen sah Alexandra die Bewegungsmelder aufleuchten und hörte eine Autotür klappen. Es klopfte an ihrer Tür, und nach einem Blick durch das Küchenfenster öffnete sie die Tür. Ewan trug mehrere in Aluminiumfolie eingewickelte Schachteln, die verdächtig gut rochen. Sein Lächeln versetzte ihr einen kleinen Stich.

Gladys hatte sich wieder gefasst. »Genau weiß ich nicht, was passiert ist, weil Mister Davy noch nicht viel sprechen kann. Ich kam zurück, und da lag er am Fuß der Wendeltreppe.«

Alexandra hielt den Atem an, die steile Treppe war ihr noch gut in Erinnerung. Entsetzt malte sie sich den kleinen zerbrechlichen Körper des kränklichen Mannes bei einem Treppensturz aus. Es grenzte an ein Wunder, dass er diesen Sturz überhaupt überlebt hatte.

»Sein Bein war verdreht und sah ganz komisch aus, und sein Kopf blutete. Ich habe sofort das Krankenhaus angerufen, und er wurde zweimal operiert. Er ist so ein lieber Mensch, ich kann das gar nicht verstehen.«

»Und der Mann, Gladys, der ihm das angetan hat, was ist mit dem?«

»Die Polizei hat das auch gefragt, aber Mister Davy ist noch zu schwach und weiß nur, dass der Mann groß und an kein Ausländer ist.«

»Kann man denn nichts tun, um diesen Verbrecher zu finden?« Wenn der Kerl vorbestraft war, gab es doch sicher eine Akte.

»Ich weiß nicht. Aber hören Sie, als ich Mister Davy heute besucht habe, hat er gesagt, ich soll Ihnen das Buch schicken, und das habe ich gemacht. Der andere Mann hat das ganze Haus durchsucht, aber er hat nichts gefunden. Es sieht schlimm hier aus. Das wird noch Tage dauern, bis ich alles aufgeräumt habe.«

»Gladys, wo war das Buch denn versteckt?«

Die Frau kicherte. »Mister Davy ist schlau. Er hat in einem der Eisenträger oben, wo die Bücher sind, ein Fach eingebaut, das man nicht sehen kann. Dort bewahrt er sein Geld auf, weil er meint, dass ein Tresor Einbrecher nur anlockt. Mir hat er das gezeigt, und ich bin die Einzige, die davon weiß«, sagte sie stolz.

Ewan hatte bei der Erwähnung von Gladys Namen aufgehorcht, stellte die Schalen in der Küche ab und sah Alexandra fragend an. Sie notierte auf einem Zettel, dass Davy einen Unfall hatte.

»Sie müssen vorsichtig sein und auf sich aufpassen, Gladys!« Alexandra sorgte sich um die gutmütige Frau.

»Mein Sohn kommt zweimal täglich vorbei, und unser Hund ist jetzt hier, ein Dobermann. Roddy lässt niemanden an mich ran, das ist sicher. Rufen Sie an, wenn das Buch eingetroffen ist, ja?«

»Natürlich, Gladys, das mache ich. Grüßen Sie Mister Davy ganz herzlich von mir und auch von Mister McCord. Wir kommen ihn bald besuchen, und es tut mir unendlich Leid, dass ihm meinetwegen etwas so Furchtbares zugestoßen ist.«

»Er wird schon wieder. Mister Davy ist ein Stehaufmännchen, wie er selbst immer sagt, er hat schon viele schlimme Sachen durchgestanden. Mein Sohn kommt gerade. Auf Wiedersehen und rufen Sie an!«

»Vielen Dank, Gladys, alles Gute!«

Alexandra legte auf und konnte gar nicht fassen, was sie da eben gehört hatte. Der arme Mann lag ihretwegen im Krankenhaus. Fast ..., sie schüttelte den Kopf, daran durfte sie gar nicht denken.

»Alex, was ist denn passiert? Davy hatte einen Unfall?«

Sie berichtete, was sie soeben gehört hatte, und vergrub ihr Gesicht an Ewans Schulter.

»Und das ist meine Schuld, nur meine Schuld!«

Ewan strich ihr beruhigend über den Rücken und sagte nachdenklich: »Nicht zwingenderweise. Gladys hat nicht gesehen, was passiert ist, und Davy hat anscheinend nicht gesagt, dass er gestoßen wurde.«

»Und wenn schon, dieser Smith ist meinetwegen dort hingegangen und hat alles durchwühlt und den armen Davy vielleicht so verängstigt, dass er die Treppe hinuntergestürzt ist. Kommt auf dasselbe raus.«

Dem konnte Ewan nichts entgegenhalten. »Aber vielleicht war Smith ja auch schon vor dir an der Sache dran.«

»Wie das? Ich habe die Perlenkette gefunden. Wer sollte denn sonst von Madelaine und John-Richard wissen?« Die Llangaeroggs, und die konnten auch für alles andere verantwortlich sein.

Ewan schien genauso zu denken. »Deine lieben Nachbarn hinter den sieben Bergen. Aber ohne Beweise können wir gar nichts machen, die hängen uns höchstens eine Klage wegen Verleumdung an.«

»Roger war vorhin hier, aber er hat das Nummernschild nicht erkennen können.«

»Wahrscheinlich ging alles zu schnell, und ich glaube ihm, wenn er sagt, dass er sich um dich gesorgt hat. Hey, ich muss aufpassen, er fährt schließlich jeden Tag hier vorbei.«

Sie bog den Kopf zurück und blickte in seine warmen graublauen Augen. »Du bist ohne Konkurrenz. Ich muss mir, glaub ich, größere Sorgen wegen all der knusprigen Studentinnen machen.«

Seine Lippen berührten ihre Stirn, fanden dann ihren Mund. »Ich habe den ganzen Tag nur daran gedacht, dich endlich wieder zu sehen und in meinen Armen zu halten. So wie jetzt.«

Er zog sie noch fester an sich, und ihre Hände glitten unter seinen Pullover, wo sie seine warme Haut und die Muskeln, die sich darunter spannten, fühlen konnte.

Zu den Schachteln blickend, fragte er: »Hunger?«

»Riecht gut, ja.«

Ewan hatte eine Zwiebel- und Käsequiche und verschiedene vegetarische Snacks aus dem Raincloud mitgebracht. Sie breiteten alles auf Tellern vor dem Kamin aus und hockten auf dem Boden, mit der verbliebenen Flasche Rotwein als passendem Essensbegleiter. Alexandra schob sich gerade ein Stück Quiche, von dem der heiße Käse tropfte, in den Mund, als das Telefon klingelte.

Mit vollem Mund murmelte sie: »Ja?«

»Alex, entschuldige, falls ich störe. Aber ich habe eine sensationelle Entdeckung gemacht.« Björn Lorenz sprach für seine Verhältnisse schnell, und er klang aufgeregt.

Alexandra schluckte den Bissen herunter. »Kein Problem, Vater, ich hatte nur gerade mit einem Bissen Abendessen zu kämpfen. Sensationell, sagst du? Hört sich gut an, denn von hier aus komme ich nicht weiter. Diese Familie auf Martinique mauert, will nicht mit mir sprechen.«

»Es geht nicht um Martinique, ich habe hier auf Barbados etwas entdeckt. Weißt du, ich habe da einen Bekannten in Holetown. Das ist der älteste Ort der Insel, obwohl er nicht so aussieht. Egal, Gordon Foulke, so heißt der Mann, lebt seit zwanzig Jahren hier und kennt sich bestens aus mit der Geschichte der Insel. Jedenfalls habe ich ihm nebenbei, wir treffen uns regelmäßig zum Schachspielen, von deinem Problem erzählt. Bei dem Namen Llangaerogg horchte er auf und meinte, wenn er ein wenig Zeit zum Nachdenken hätte, würde ihm dazu etwas einfallen.«

Alexandra wurde schon ungeduldig, wollte ihren Vater aber nicht unterbrechen.

»Eben ruft er mich an und sagt, er ist sich fast hundert Prozent sicher, dass eine Familie mit diesem Namen einmal Besitzer einer Plantage auf Barbados war. Na, was sagst du dazu?«

Sie schluckte. »Das ist wirklich eine echte Überraschung. In den hiesigen Unterlagen über die Familie wird das mit keinem Wort erwähnt. Wow! Und das ist ja nicht gerade eine Kleinigkeit. Wann war das, weiß dieser Foulke das?«

»Er meinte, Ende des 18. oder Anfang des 19. Jahrhunderts. Das war eine für damalige Verhältnisse ungewöhnliche Geschichte, denn eigentlich hat niemand freiwillig eine Plantage verkauft, schließlich war das die beste Einnahmequelle.«

»Weil das Geld mit dem Blut der Sklaven gemacht wurde.«

»Ja, kein Ruhmesblatt in der Geschichte der Kolonialzeit.«

Alexandra war erstaunt, dass sie so ohne weiteres über ein derart brisantes Thema mit ihrem Vater sprechen konnte. Normalerweise hätte sie einen belehrenden Vortrag erwartet.

»Verkauft? Ist das sicher?«

»Alex, mehr konnte mir Gordon nicht sagen. Er muss selbst erst nachsehen, ob er konkretere Angaben findet. Es war der ungewöhnliche Name, der ihm auffiel. Was ist denn nur mit diesen Leuten auf Martinique? Gibt es keine Möglichkeit, an sie heranzutreten?«

»Keine Ahnung, vielleicht sollte ich vorgeben, eine große Menge Rum einkaufen zu wollen, dann sprechen die sicher mit mir, aber wahrscheinlich nicht über das, was mich interessiert.«

»Bitte bleib einen Moment dran, Alex, Frederike will mir etwas sagen.«

Sie sah zu Ewan und hielt den Hörer nach unten. »Jetzt muss er erst noch mit seiner Neuen sprechen, nicht zu glauben.«

Ewan warf einen Krümel in die Flammen. »Warte doch erst mal ab, bevor du ihn verurteilst.«

Sie nahm den Hörer wieder auf.

»Alex? Bist du noch da? Frederike hatte eine Idee. Bitte hör sie dir an, dann kannst du immer noch ablehnen.«

Offenbar kannte er seine Tochter genug, um eine impulsive Reaktion vorauszusehen.

»Gut«, antwortete Alexandra knapp.

»Frederike hat in Frankreich eine Freundin, die sehr eng mit Laura Delbè, der Direktorin der Rumdestillerie Micheaux, befreundet ist. Sie möchte, wenn du damit einverstanden bist, versuchen, über diese Freundin ein persönliches Gespräch zu ermöglichen. Wahrscheinlich wird es sich nicht umgehen lassen, dass du herkommst und dann nach Martinique fliegst. Die Leute sind sehr eigen und werden über etwas so Privates sicher nicht am Telefon sprechen. Was sagst du?«

Alexandra hatte keine Wahl, auch wenn sie die Vorstellung, dieser Frau zu Dank verpflichtet zu sein, hasste. »Ja«, sagte sie stattdessen. »Einverstanden. Wann soll ich nachfragen?«

»Ich rufe dich morgen oder übermorgen an. Mach dir keine Sorgen wegen der Flüge. Vor Weihnachten wird zwar alles ausgebucht sein, aber als Vielflieger genieße ich einige hilfreiche Vorteile.«

»Danke, Vater.« Grüße an Frederike wollte sie noch ausrichten, doch in diesem Moment konnte sie das nicht. Wenn sie der Frau begegnete, die anscheinend einen positiven Einfluss auf ihren Vater ausübte, dann würde sie sich mit ihr auseinander setzen.

Ewan sah sie erwartungsvoll an. »Na?«

Sie gab das Gespräch wieder, auch dass Frederike helfen wollte. »Was hältst du von dem Besuch?«

Er nahm ihre Hände und hielt sie einen Moment fest. »Es

scheint die einzige Möglichkeit zu sein, die du jetzt hast. Diese Delbè oder Micheaux werden einfach so ganz bestimmt nichts preisgeben. Aber wenn sie dich kennen lernen, sieht das anders aus. Ich kann dir schließlich auch nicht widerstehen.« Er grinste.

»Schottischer Verführer, ich habe keine Chance gegen deinen Charme.«

Sie schob die Teller zur Seite, um ihn zu sich zu ziehen und zu küssen. Im Kamin knisterten die langsam verglühenden Scheite und erhellten matt einen Teil des Raumes. Draußen schien sich erneut ein Sturm aufzubauen, denn das Meer donnerte gegen die Felsen. Alexandra spielte mit Ewans Haaren und fuhr mit ihren Lippen zärtlich über seine Wangen.

»Ich werde dich vermissen.«

»Wie lange wirst du bleiben?«

»Nicht lange, ein paar Tage. Ich kann nicht mit meinem Vater unter einem Dach zusammen sein, ohne dass wir uns streiten, und das will ich nicht. Irgendwie hast du mir die Wut verdorben, die ich sonst immer auf ihn hatte. Aber ich weiß genau, eine Bemerkung, und alles bricht wieder auf.«

»In diesem Fall gut für mich, dann bist du schneller zurück. Hast du ihm von deinem Unfall und diesem Smith erzählt?«

»Nein, werde ich auch nicht. Dann verbietet er mir womöglich das Weitersuchen.«

Ewan sagte nichts, aber sie sah an seinen gerunzelten Augenbrauen, dass er damit nicht zufrieden war.

»Alex, ich mache mir keine übertriebenen Sorgen, aber du solltest schon Acht geben.«

»Wie soll denn dieser Smith wissen, dass ich nach Barbados fliege? Wanzen hat er hier bestimmt nicht eingebaut.«

»Na schön.« Er sah auf die Uhr. »Ich werde mich lieber auf den Weg machen, morgen wartet eine Menge Arbeit auf mich. Außerdem fahre ich für Aufnahmen mit der Band ins Studio nach Cardigan. Bob, der Keyboarder, hat eine professionelle Anlage, und morgen haben alle Zeit.«

Alexandra machte keine Anstalten, aufzustehen. »Gibt es eine Möglichkeit, dich zum Bleiben zu überreden?«

Er legte eine Hand auf ihre Hüfte und zog sie an sich. »Unter Umständen …«

Kapitel 16

Früh am nächsten Morgen verabschiedete sich Ewan. Alexandra kuschelte sich in das noch warme Bett und schlief wieder ein. Kurz vor Mittag stand sie auf und überlegte, was sie mit dem Tag anfangen könnte. Ewan hatte ihr mehrere Telefonnummern hinterlassen, unter denen sie ihn bei Bob oder auf seinem Handy erreichen konnte. Nach einem Kaffee fuhr sie in die Stadt, um sich ein T-Shirt oder eine leichte Bluse zu kaufen, da sie nur wenige Sommersachen aus Berlin mitgenommen hatte. Zwei Koffer standen noch in ihrer Berliner Wohnung, denn sie war sich nicht sicher gewesen, ob sie tatsächlich länger in Wales bleiben würde.

Sie parkte Karens Wagen an der Promenade und spazierte langsam die schmale Straße hinauf zum alten Markt. Auf dem Weg lag eine nette Boutique, in der sie etwas zu finden hoffte. Sie stöberte in dem kleinen Laden und fand tatsächlich ein Shirt und einen weichen Schal, den sie sich sofort umwickelte. Fröhlich trat sie auf die Straße, kaufte eine Zeitung und wollte gerade in das benachbarte Café gehen, als sie innehielt. Stand dort vor dem Eingang nicht Ewan? Sie winkte, zog die Hand jedoch noch in der Bewegung zurück, denn eine attraktive Brünette trat hinter ihm aus dem Café. Ewan schien die Frau gut zu kennen. Er legte ihr einen Arm um die Schultern und küsste sie auf die Stirn.

Alexandra erstarrte. In ihrem Körper machte sich eine beklemmende Kälte breit und lähmte ihre Glieder. Wie angewurzelt stand sie in dem Ladeneingang und wurde unfreiwillig Zeugin dieser Begegnung. Die Frau, deren Gesicht sie nicht genau erkennen konnte, redete gestikulierend auf Ewan ein. Er schien sie beruhigen zu wollen, nahm ihre Hände und umfasste schließlich ihr Gesicht. Alexandra hatte genug gesehen. Während der Fahrt zu ihrem Cottage umklammerte sie das Lenkrad und fuhr schneller als erlaubt. Mit quietschenden Reifen bremste sie scharf vor dem Haus und stürmte hinein. Sie schmiss die Haustür ins Schloss. Die ganze Zeit über hatte sie die Tränen zurückhalten können, jetzt weinte sie hemmungslos. Was sie gesehen hatte, war eindeutig gewesen. Ewan hatte keine Schwester, und sein Verhalten der Frau gegenüber war keineswegs nur freundschaftlich, sondern sehr vertraut gewesen. Eine Weile tigerte sie durch die Räume, riss eine Packung Zigaretten auf und rauchte mehrere Zigaretten hintereinander. Nach einiger Zeit hielt sie es nicht länger im Haus aus und ging zum Strand hinunter.

Der nächtliche Sturm hatte Treibholz und allerlei Unrat angespült, doch das Meer rollte wieder in sanften kleinen Wellen auf den schmalen Strand. Außer dem angespülten Strandgut deutete nichts auf die vor wenigen Stunden noch aufgewühlte See hin. Sie sammelte einige der runden Kiesel auf und warf sie, so weit sie konnte, in die See hinaus. Ein Baumstumpf lag auf dem hellen Sand, und sie ließ sich darauf nieder. Irgendwann begannen ihre Hände von der kalten Seeluft zu schmerzen, und sie schniefte.

»Sie sollten besser auf sich aufpassen. Bei diesem Wetter erkältet man sich leicht.«

Alexandra fuhr überrascht zusammen. Sie hatte niemanden kommen sehen, und doch stand die alte Frau vor ihr. Ein dicker Schal verhüllte das runzelige Gesicht, und ein langer schwarzer Filzmantel schützte die Alte vor dem kalten Wind.

»Sie … Wie machen Sie das? Schleichen sich an mich heran und … und singen mitten in der Nacht komische alte Melodien, die mich fast zu Tode erschrecken. Das waren Sie doch, oder etwa nicht?«

Die Alte stapfte von einem Fuß auf den anderen und zog

mit den verknöcherten Händen, die in halben Wollhandschuhen steckten, an ihrem Schal. »Tststs, Sie sollten etwas höflicher sein, junge Dame. So spricht man nicht mit einer alten Frau. Ich könnte einen Kaffee vertragen. Es ist wirklich kalt heute Morgen, und Ihnen würde ein Schluck auch gut tun.« Die Alte sah sie aus wachsamen kleinen Augen listig an.

Alexandra seufzte. »Na los, kommen Sie mit, Sie wissen ja, wo ich wohne.«

Langsam stieg die alte Frau die wackeligen Holzstiegen hinauf, und Alexandra fragte sich, ob sie sich nicht getäuscht hatte in jener Nacht. Wie hätte diese Frau die Treppe so schnell zum Strand hinunterlaufen sollen, um dann im Nebel zu verschwinden? In der Küche setzte sich die Alte auf einen der Stühle und grunzte dankbar, als sie den heißen Becher mit Kaffee in den Händen hielt.

»Möchten Sie auch etwas essen?« Alexandra war inzwischen alles egal, immerhin lenkte die Alte sie von Ewan ab.

»Nein, danke. Aber Sie sollten etwas essen. Sie sind nervös und viel zu dünn. So werden Sie das Rätsel nicht lösen. Sie brauchen all Ihre Kraft dafür.«

Alexandra setzte ihre Becher lautstark ab. »Es reicht! Zum Teufel, sagen Sie mir endlich, was Sie über mich wissen oder zu wissen glauben! Und haben Sie jetzt gesungen, oder nicht?«

Die Alte schüttelte traurig den Kopf. Eine graue Haarsträhne fiel ihr ins Gesicht und Alexandra sah einen goldenen Ohrring. »Ich habe mich getäuscht. Ein Jammer ist das. Ich dachte, Sie sind die Richtige. Geben Sie mir noch einmal Ihre Hand.« Sie hielt Alexandra ihre geöffnete Hand hin.

Folgsam legte Alexandra ihre Hand in die der alten Frau. Behutsam strich die Alte die Linien in Alexandras Hand entlang. Dann sah sie ihr direkt in die Augen, und Alexandra fühlte sich auf einmal ausgeliefert und hilflos. Erneut flossen ihr Tränen die Wangen hinunter, doch es war ihr egal.

»Schsch, nicht weinen, ich habe mich nicht in Ihnen getäuscht. Sie sind nur verletzt und durch eine Verunsicherung aus der Bahn geworfen. Das renkt sich wieder ein. Vertrauen Sie Ihrem Herzen, nur darauf kommt es an. Sie haben sie gesehen.«

Die Alte ließ ihre Hand los und stand auf. »Sie ist wunderschön, nicht wahr?«

Alexandra nickte stumm. Sie wusste genau, dass die Alte Madelaine meinte, und sie wusste auch, dass sie sie in der Nacht am Fenster gesehen hatte. Die alte Frau zog den Mantel enger um die Schultern und ging zur Haustür. »Sie wissen, was zu tun ist. Es ist Ihr Schicksal, genauso wie es das ihre war.«

Die Tür fiel hinter ihr ins Schloss, aber Alexandra saß bewegungslos auf ihrem Stuhl. Es hatte keinen Zweck, Fragen zu stellen, sie bekam sowieso keine Antworten. Erschöpft stützte sie den Kopf in ihre Hände. Sie war sich so sicher gewesen. Ihre Gespräche, die gemeinsam verbrachte Zeit, bedeutete ihm das alles nichts? Hatte sie seine Andeutungen falsch verstanden und große Gefühle gesehen, wo nur der Wunsch nach einem Abenteuer war? Wahrscheinlich fand er sie amüsant, genau wie Wolfgang. Sie hatte Angst! Sie hatte Angst vor dem, was sie auf Martinique finden würde, vor der Begegnung mit ihrem Vater, davor, sich mit der Vergangenheit auseinander setzen zu müssen, und sie hatte Angst, verlassen zu werden. Bis jetzt hatte sie immer ihre Distanz wahren können, ihr Herz den Gefühlen verschlossen, sodass ihr Schutzpanzer keinen Kratzer abbekommen konnte. Aber Ewan war mitten hindurch marschiert, hatte ihr Herz und ihre Seele berührt. Sie hatte sich ihm ausgeliefert, und er hatte sie enttäuscht. Sie hatte, verdammt noch mal, auf ihr Herz gehört, und wohin hatte sie das gebracht?

Sie musste mit jemandem sprechen. Frank hatte immer gute Ideen, wenn es um Beziehungsprobleme ging. Seit zwei Jahren lebte er in einer festen Beziehung mit einem Medizinstudenten, und die beiden zerstritten und versöhnten sich so regelmäßig, dass es schon merkwürdig anmutete, wenn einen Monat lang nichts passierte. Sie hatte Glück, Frank war in ihrer Wohnung und bester Laune. Sie wollte ihm seine Stimmung nicht verderben und deutete nur an, was sie bedrückte, doch Frank erkannte sofort den Kern des Problems.

»Meine Güte, Alex, du bist verliebt, nein, du liebst diesen Mann! Das ist das erste Mal, dass du derart verstört wegen einer solchen Kleinigkeit bist.«

»Eine Kleinigkeit nennst du das?«

»Du weißt doch gar nicht, um was es bei der Begegnung ging. Vielleicht hat er eine alte Freundin getroffen, die seine Hilfe brauchte, und er hat sie nur getröstet. Nach deiner Erzählung scheint er mir nicht der leichtfertige Typ zu sein. Du musst ihm einfach vertrauen.«

»Das ist leichter gesagt als getan. Die Szene war eindeutig.«

»Ich teile nur den reichen Schatz meiner Erfahrungen mit dir. Also, jetzt mach kein Drama aus der Sache, sondern ruf ihn an. Was macht er heute?«

»Musik, er ist mit seiner Band in einem Aufnahmestudio.«

»Das ist anstrengend, und die Jungs sind bestimmt total konzentriert, da würde ich nicht stören, sondern später anrufen. Ich war mal mit einem Trompeter befreundet …«

»Frank, verschon mich mit alten Geschichten.«

Er lachte. »Das war ein Supertyp, hat mich dann mit einem Tänzer aus der Backgroundgruppe betrogen, immer wenn geprobt wurde … oh, entschuldige.«

»Schon gut, es sind ja nur Männer in der Band, und Cardigan ist nicht gerade der Nabel der Welt.«

Sie erzählte von ihren Bildern und dass sie demnächst in die Karibik fliegen würde, was Frank seufzend als das größte Glück bezeichnete, da Berlin wolkenverhangen und trübe sei, was allerdings seinen Werken gut tue, denn zu viel Sonne, befürchtete er, könnte einen süßlichen Einfluss auf seine Arbeit haben. Alexandra dankte ihm und machte sich nach dem Gespräch daran, ihre Reisegarderobe zusammenzustellen. Sie kontrollierte gerade eine beige Leinenhose auf eventuelle Flecken, als das Telefon klingelte.

Ihr Vater hatte alles organisiert. »Alex, schaffst du es, bis morgen früh um zehn in London Heathrow zu sein?«

»Was?« Sie sah auf die Uhr, es ging auf fünf zu. »O je, ja, vielleicht erwische ich noch einen Zug, sonst fahre ich mit dem Wagen. Warum so eilig?«

»Ich habe das Ticket für dich am British-Airways-Schalter hinterlegen lassen. Alle Maschinen sind bis Weihnachten restlos ausgebucht, und einige Flüge sind wegen verschärfter Sicherheitsvorkehrungen gestrichen worden. Ich will dich nicht unnötig aufhalten. Du fliegst nach Barbados, ich hole dich ab. Mit einer kleinen Maschine fliegst du dann weiter nach Martinique. Es gibt sowieso keinen direkten Flug. Ich wünsche dir eine gute Reise!«

Mit allem hatte sie gerechnet, aber nicht mit einer derart überstürzten Abreise. Sie rief am Bahnhof an und hatte Glück, um sieben Uhr fuhr ein Zug nach Birmingham, der direkten Anschluss nach London hätte. Karen musste benachrichtigt werden. Aber sie konnte auch gleich mit Karens Wagen zu ihr fahren und von dort zum Bahnhof gehen. Die Perlenkette und den Brief wollte sie auf keinen Fall zurücklassen. Beides konnte sie den Delbès als Beweis vorlegen. Sie sah noch in ihrem Briefkasten nach, doch weder ein Abholzettel für das Postamt noch das Logbuch lagen dort. Sie würde Karen den Schlüssel zum Nachsehen geben. Eine Stunde später hatte sie alles gepackt und fuhr in die Stadt. Karen öffnete ihr überrascht die Tür und hörte sich die Kurzfassung der Ereignisse an. Die ganze Familie brachte sie zum Bahnhof, wo der Zug schon wartete.

Erst als sie schließlich in ihrem Abteil saß, wurde ihr bewusst, auf was sie sich da eingelassen hatte. Sie flog Hunderte von Meilen in die Karibik, um mit wildfremden Leuten zu sprechen, die es womöglich sogar ablehnten, ihr Auskunft zu geben. Eine freundlich lächelnde Bahnangestellte rollte einen Wagen mit Sandwiches und Getränken durch die Gänge. Alexandra hatte seit dem Frühstück nichts gegessen und bestellte zwei Käse- und Kressesandwiches, ein Stück Schokoladenkuchen und einen großen Becher Kaffee. An der nächsten Station sprang sie schnell aus dem Zug und kaufte sich eine Schachtel Zigaretten. Sie blieb in ihrem Nichtraucherabteil sitzen, um nicht in zu große Versuchung zu geraten, und ging zum Rauchen auf den Gang. Ein junges Mädchen neben ihr verschickte SMS mit ihrem Handy und erinnerte Alexandra daran, dass sie es wieder versäumt hatte, sich ein Mobiltelefon zuzulegen. Sie drückte ihre Zigarette aus und sah aus dem Fenster. Es hätte ihr ohnehin nichts genutzt, denn sie hatte Ewans Nummer zu Hause liegen lassen. Sie zündete sich eine weitere Zigarette an und ließ die Landschaft an sich vorbeifliegen.

Das Mädchen wirkte noch so jung und gab sich alle Mühe, aufzufallen und den bürgerlichen Rahmen, dem sie wahrscheinlich entstammte, nicht zu entsprechen. Ein Piercing hatte Alexandra nicht, aber am unteren Rücken, oberhalb des Gesäßes, zierte ein kleines Tattoo ihre Haut, ein Überbleibsel rebellischer Tage. Ewan fand das florale Ornament im indischen Stil faszinierend. Alexandra sog nervös an ihrer Zigarette. Wahrscheinlich war der Aufnahmetermin mit der Band nur ein Vorwand gewesen, damit er sich in aller Ruhe mit dieser Brünetten treffen konnte. Sehr clever. Jetzt reichte es. Sie ging in ihr Abteil, holte einen Reiseführer über die Karibik hervor und zwang ihre Gedanken in andere Bahnen. Im Grunde war die überstürzte Abreise eine willkommene Gelegenheit, sich nicht mit Ewan auseinander setzen zu müssen. Dazu war später noch Zeit.

Durch das rhythmische Schaukeln des Zuges wurde sie müde, die Buchstaben verschwammen vor ihren Augen und sie nickte ein. In Birmingham schaffte sie es gerade noch, rechtzeitig auszusteigen und den Spätzug nach London zu erreichen. Ihre Tasche war nicht schwer, sodass sie die steilen Treppen im Bahnhof allein bewältigen konnte. Den größten Teil der Fahrt nach London verschlief sie. Nach Heathrow gab es einen Expresszug, den sie direkt im Anschluss an die lange Bahnfahrt bestieg. Sie zog es vor, am Flughafen zu warten, denn der Bahnsteig war zugig und kalt. Zu nachtschlafender Zeit, es musste nach drei Uhr sein, war allerdings auch in Heathrow nur wenig Betrieb. Alexandra suchte sich eine Bank, machte aus ihrer Reisetasche eine Art Kopfkissen und schlief bis in den frühen Morgen durch. Gegen halb acht öffneten die Cafés und Dutyfree-Shops. Alexandra trank einen Espresso und kramte ihre Münzen zusammen.

Karen klang überrascht. »Was ist denn los? Hast du den Flieger verpasst?«

Alexandra hatte am gestrigen Tag nichts von dem erzählt, was sie in der Stadt gesehen hatte. »Sag mal, hast du Ewans Telefonnummer! Ich fühle mich furchtbar. Mir ist schlecht, weil ich ihm vielleicht Unrecht tue, aber …«

Stück für Stück bohrte Karen die Informationen aus ihrer Schwester heraus und sagte dann: »Puhh, das ist wirklich starker Tobak! Ich kann dich gut verstehen, aber du solltest ihm eine Chance geben zu erklären, was passiert ist.«

»Deshalb brauche ich ja seine Nummer.«

»Tut mir Leid, da muss ich Charles fragen, und der ist schon weg. Wenn du das nächste Mal anrufst, habe ich die Nummer, einverstanden? Lass ihn ruhig etwas schmoren, und jetzt genieße deinen Urlaub. Gott, ich wünschte, ich könnte mit dir in die Karibik fliegen. Kopf hoch! Das wird schon!«

Ihr Flug wurde aufgerufen, Alexandra verabschiedete sich von Karen, nahm ihre Tasche und begab sich zum Einchecken. Bevor es tatsächlich so weit war, dass die Passagiere einsteigen konnten, dauerte es noch über eine halbe Stunde, und Alexandra ärgerte sich, dass sie nicht länger mit Karen gesprochen hatte. Jetzt saß sie hier neben einer Familie mit zwei kleinen Kindern, die sich um ein Computerspiel stritten. Es endete damit, dass der Vater den Gameboy konfiszierte. Alexandra dachte an Karen und ihre Familie und fand, dass ihre Schwester wirklich großartig mit den Kleinen umging. Und natürlich war auch Charles ein liebevoller Vater, ganz im Gegensatz zu ihrem eigenen. Sie sah der so überraschend bevorstehenden Begegnung mit sehr gemischten Gefühlen entgegen. Obwohl ihr Vater offensichtlich bemüht war, ihr durch seine Hilfsbereitschaft sein Interesse zu bekunden, zweifelte sie daran, dass sich ihr Verhältnis zu ihm ändern würde.

Alexandra nahm wieder den Reiseführer zur Hand und schlug das Kapitel über Barbados auf. Isla de los Barbados, Insel der Bärtigen, lautete eine Überschrift. Auf der gegenüberliegenden Seite war ein Foto des traumhaft anmutenden Sandstrandes bei Sandy Lane zu sehen. Ihren Namen verdankte die Insel allerdings nicht den bärtigen Bewohnern, sondern den Feigenbäumen, die mächtige Hängewurzeln entwickelten und bei flüchtigem Hinsehen an Bärte erinnerten. Der portugiesische Seefahrer Pedro a Campos entdeckte die Insel 1536. Bis 1625 blieb Barbados in portugiesischer Hand, und während dieser Zeit waren die Verhältnisse, sehr untypisch für die Karibik, friedlich. Die Arawaks, die indianischen Ureinwohner, blieben bis zur Ankunft der Engländer unbehelligt. Über den Verbleib der Ureinwohner schien man sich nicht ganz sicher. Es hieß, dass sie die Insel noch vor der Ankunft der Kolonisten verließen und auf noch unentdeckte Inseln flohen. Die englische Kolonisationsepoche wurde nie unterbrochen bis zur Unabhängigkeit der Insel 1966. Auch heute noch wurde der Inselstaat oft als »Little England« bezeichnet.

Alexandra las gerade über den Beginn der Sklaveneinfuhr, als sie aufgefordert wurde, an Bord zu gehen. Ihr Ticket war für die erste Klasse ausgestellt, ein überflüssiger Luxus, wie sie zuerst gedacht hatte. Doch als sie in dem bequemen Ledersessel saß und ihre Beine ausstrecken konnte, war sie ihrem Vater dankbar. Die Flugzeit betrug über zwölf Stunden, die sie relativ ausgeruht überstand. Das Essen war so gut gewesen, dass sie entgegen ihrer Gewohnheit, auf Flügen darauf zu verzichten, ihren Fisch und den Salat aufgegessen hatte. Sie streckte sich und dehnte die Muskeln so gut es eben ging und war froh, als die Maschine endlich auf Barbados landete.

Kapitel 17

Ihr Ledermantel war hier wohl das überflüssigste Kleidungsstück. Die warme Luft umschmeichelte sanft die Haut und ließ sie die Kälte der walisischen Berge schnell vergessen. Ein Stück mussten die Passagiere über das Rollfeld gehen, bevor ein Bus sie zum Flughafengebäude brachte. Ein Visum brauchte sie nicht, und zügig winkte der farbige Zollbeamte die Neuangekommenen durch die Absperrung, hinter der sie das Gepäck vom Laufband nehmen konnte. Es dauerte nicht lange, und ihre dunkle Reisetasche kam ihr entgegen. Nervös fuhr sie sich mit den Fingern durch die Haare und ging langsam auf die automatischen Türen zu.

Ich werde erwartet, dachte sie, aber ich freue mich nicht darauf, meinen eigenen Vater zu sehen. Ihr Magen fühlte sich an wie zugeschnürt. Reiß dich zusammen! Sie drückte die Schultern nach hinten, wischte sich die Schweißperlen von der Stirn und trat durch die weißen Türen. Eine anfangs schier unerträgliche Wärme schlug ihr entgegen, an die sie sich jedoch rasch gewöhnte. Menschen aller Hautfarben drängten sich vor dem Ausgang. Palmen standen in riesigen Töpfen in der Halle, und irgendwo hörte sie einen Papagei krächzen. Ein Farbiger mit langen Rastazöpfen sprach sie auf Englisch an und zeigte ihr ein Sortiment Uhren. Sie lehnte höflich, aber bestimmt ab und sah sich um. Wo war ihr Vater? Hatte er jemanden geschickt, der sie abholen sollte? Sie hielt nach einem Hinweisschild Ausschau, als sie ihren Namen hörte.

»Alexandra!«

Er hatte ihren vollen Namen gesagt. Kaum jemand sprach

sie so an. Sie drehte sich um und sah sich ihm gegenüber. Er war viel dünner, als sie ihn in Erinnerung hatte. Die Haare hatten sich gelichtet, waren nicht mehr so blond, aber er war noch immer eine stattliche Erscheinung, die sich aus der Menge abhob. In diesem Moment jedoch wirkte er nicht weniger nervös als sie selbst. Die Blumen in seiner Hand zitterten, und er blinzelte verdächtig, als er auf sie zutrat.

Sie räusperte sich. »Vater, schön dich zu sehen.« Er reichte ihr die Blumen und drückte sie kurz an sich. »Hattest du einen guten Flug? Mein Wagen steht vorn, komm, ich nehme die Tasche. Ist das dein ganzes Gepäck?«

»Ich reise leicht. War ja auch ziemlich kurzfristig, dein Arrangement. Viel Zeit zum Planen blieb nicht.« Sie gingen durch die laute Menschenmenge auf den Ausgang zu.

»Sonst wärst du womöglich nicht gekommen!« Die Leute machten seiner großen Gestalt automatisch Platz, einige grüßten ihn.

»Gibt es jemanden, den du nicht kennst?«

»Oh, das war Brian, ein Gemüsehändler aus Holetown, und das dort drüben«, er deutete auf eine junge Farbige, die ein Kind an der Hand hielt, »das ist Marcy, die Schwiegertochter von Gordon. Sie holt ihren Mann ab, der geschäftlich auf Saint Lucia war.«

Sie traten vor das Flughafengebäude, wo die Nachmittagssonne den Parkplatz, der von Palmenreihen gesäumt war, noch immer mit ihrer Glut auflud.

»Puh.« Alexandra blieb einen Moment stehen, um Luft zu holen.

»Bleib hier im Schatten stehen, ich hole den Wagen. Man muss sich erst an die Hitze gewöhnen. Dabei ist die Regenzeit vorbei. Bin gleich bei dir.«

Er eilte über den Asphalt, der in der Hitze flirrte, immer noch voller Elan, alles bestens organisiert. Seine hohe Gestalt in der hellen Leinenhose und farblich abgestimmtem Seidenhemd maß mit weit ausholenden Schritten den Parkplatz ab.

Wie konnte er ihr so vertraut und doch so fremd sein? Kurz darauf fuhr er in einem mintgrünen Jaguarcabriolet vor.

»Wenn es dir lieber ist, schließen wir das Dach und machen die Klimaanlage an.« Er lud ihre Tasche auf den Rücksitz.

»Nein, ich mag den Fahrtwind. Wo ist …?« Sie brachte den Namen nicht über die Lippen.

Er konzentrierte sich auf die Straße und sah geradeaus. »Frederike? Zu Hause. Sie meinte, es wäre vielleicht besser, ich hole dich allein ab, damit wir uns unterhalten können.«

»Sehr umsichtig.«

»Das ist sie und warmherzig, nun, du wirst sie ja kennen lernen. Gib ihr eine Chance, ja?« Er sah sie kurz an.

»Natürlich.«

»Sie hat alles für dich arrangiert. Die Delbès sind bereit, mit dir zu sprechen.«

Seine weißen Haare flogen im Fahrtwind, und sie sah die Altersflecken unter der gebräunten Haut.

»Wirklich? Wie hat sie das geschafft?«

»Telefoniert, alte Freundschaften aufgewärmt, nun ja, du kennst das ja.«

»Vater, du sagst das immer so leicht. Ich habe nicht überall auf der Welt reiche Freundinnen sitzen, deren Männer im Countryclub Golf spielen und mal eben beim Vorstand von Chrysler zum Essen geladen werden.«

»Sieh mal da drüben«, er zeigte auf ein Schild, auf dem ›Silver Sands‹ stand. »Da geht es zum berühmtesten Strand der Insel für Windsurfer. Der Wind dort soll ständig ideal sein, heißt es. Ich kann das nicht bestätigen, bin eher mit dem Boot unterwegs, aber schau, die kommen wohl gerade vom Strand.«

Zwei Pick-ups, auf deren Ladeflächen je drei Bretter, Segel, Masten und Gabelbäume lagen, fuhren an ihnen vorbei. Aus den Wagen tönte laute Reggaemusik, und die braun gebrannten jungen Männer schienen bester Stimmung.

»Warum gerade Barbados, Vater? Es gibt doch sicher noch

tausend andere Orte, die vielleicht weniger belebt sind.« Alexandra konnte sich vorstellen, dass bei dem florierenden Tourismus auch die Ortschaften entsprechend überfüllt waren und Partys an den Stränden und Diskotheken das Nachtleben auf der Insel prägten.

»Es gibt überall ruhige Flecken, man muss nur danach suchen. Ich liebe die Insel, das britische Flair. Ob ich hier bleibe, weiß ich noch nicht. Frederike vermisst die Jahreszeiten und würde gerne zurück nach Europa, zumindest für einige Monate.«

»Karen sagte, es ginge dir nicht so gut?«, fragte sie, denn in ihren Augen machte er einen stabilen Eindruck, abgesehen von seinem Gewichtsverlust und den Tränensäcken vielleicht.

»Ach, das kommt und geht. Bluthochdruck, ich muss Diät halten, na ja, was im Alter eben so anfällt. Der Körper ist wie der Motor eines alten Autos, bedarf der Pflege, und wenn man ihn zu lange vernachlässigt hat, stottert er halt mal. Sieh dir die Landschaft an, ist das nicht wunderschön? Vom Flugzeug aus sieht es doch eintönig aus, oder?«

Er erklärte ihr, dass drei Viertel der Inseloberfläche aus verkarstetem Korallenkalk bestünden, wodurch das Trinkwasser sehr rein sei. Sie waren durch sanft hügeliges Gelände gefahren, zum Landesinneren hin sahen sie Zuckerrohrfelder, Bananenkulturen und Weiden. Nachdem sie Oistins hinter sich gelassen hatten, folgten sie der Küstenstraße, die durch attraktive Badeorte führte. Sie durchfuhren nacheinander Maxwell, St. Lawrence, Dover, Worthing und Hastings. Björn Lorenz erklärte ihr die Unterschiede im Preisniveau der Orte und wo man gute Restaurants fand, doch langsam machte sich die lange Reise bemerkbar, und Alexandra wünschte sich nichts weiter außer einer Dusche und einem Bett. Sie nahm die weißen Sandstrände wahr, die Palmen und die warme Luft, doch ihre Augenlider kämpften mehr und mehr gegen die Schwerkraft.

Als sie in die Auffahrt zum Haus ihres Vaters einbogen, döste sie schon seit zehn Minuten und wachte erst auf, als der Wagen mit einem leichten Ruck stehen blieb.

»Entschuldige.« Sie richtete sich in ihrem Sitz auf und atmete tief durch. Rankende Bougainvillea und der Duft von großen tropfenförmigen Blüten, die an einem Busch vor dem Haus hingen, waren das Erste, was sie wahrnahm. Die Villa lag etwas erhöht und war erst vor wenigen Jahren erbaut worden. Im Baustil hatte man sich jedoch bemüht, den kolonialen Traditionen Tribut zu zollen, worauf die schmalen Säulen im Eingangsbereich und auf den Balkonen im ersten Stock hindeuteten. Ein dunkelhäutiger Junge kam ihnen entgegen.

»Hello, Mister Lorenz«, sagte der schlaksige Junge in reinstem Englisch mit britischem Akzent. »Ihre Frau lässt sagen, sie ist in einer halben Stunde zurück, es fehlte noch etwas für das Abendessen.« Er trug beige Shorts, ein dunkelblaues Poloshirt und Segelschuhe, die einzig richtige Kleidung in diesem Klima, wie Alexandra fand.

»Darf ich euch bekannt machen? Das ist David, der Sohn eines lieben Freundes, und das ist meine Tochter Alexandra.« Björn Lorenz nickte den beiden zu.

Alexandra schüttelte Davids Hand. »Freut mich, David. Du hast wirklich Glück, auf dieser Insel leben zu können.«

David grinste. »Bin nur in den Ferien hier. Daddy ist Anwalt in Bridgetown und will, dass ich mal in seine Fußstapfen trete. Momentan gehe ich auf eine Privatschule in England, langweilig, ich sag's dir!«

Björn legte ihm die Hand auf die Schulter. »Er verdient sich hier ein Taschengeld, indem er den Pool reinigt und den Rasen trimmt. Und sonst surft er, nicht wahr, David?«

»Jaaa! Das ist das Allerbeste. Wind, Wellen und …«

»Mädchen!«, ergänzte Alexandra und lachte.

»Für heute bin ich fertig. Wenn du willst, nehm ich dich morgen mit raus zum Surfen?« Der sympathische Junge lächelte sie an.

»Danke, aber ich glaube nicht, dass ich genug Zeit habe. Ich bin leider nicht zum Vergnügen hier.«

Er zuckte mit den Schultern, als ob er das für völlig unverständlich hielt, und verabschiedete sich. Björn Lorenz nahm ihre Tasche und ging voraus.

»Ich zeige dir dein Zimmer, denn du möchtest dich vielleicht ein wenig hinlegen, bevor wir essen?«

Sie folgte ihrem Vater durch helle Räume, in denen Möbel und Objekte aus aller Herren Länder standen. Der Boden war aus kühlem weißen Marmor, lediglich das dunkle Holz einiger Schränke setzte Akzente in dem Meer aus Weiß- und Beigetönen. Die Mitte des Hauses bildete das riesige Wohnzimmer, von dem aus man direkt auf den ovalen Pool blickte. Rechts und links lagen weitere Räume, und in einen davon brachte sie ihr Vater. Das Zimmer lag am Ende des westlichen Flügels, und sie hatte die Möglichkeit, in den Garten zu gehen oder durch die zweite Terrassentür zum Pool zu gelangen. Ein Ventilator hing über dem großen Bett, Fliegengitter schützten vor unerwünschten nächtlichen Mitbewohnern. Sie hatte ein eigenes Bad und einen Ankleideraum.

»Ich hoffe, du fühlst dich wohl hier. Lass dir Zeit und komm rüber zu uns, wann immer du magst. Du bist hier ganz für dich. Jenny, das Hausmädchen, und Mary, die Köchin, wohnen im Nebenhaus. Brauchst du noch was? Mineralwasser steht dort.«

Alexandra sah eine dunkelblaue Glasflasche in einem Kühler auf dem Tisch stehen. »Danke, Vater, es ist alles sehr schön.«

»Gut, dann bis später.«

Sie ging ins Badezimmer und ließ Wasser in die runde Wanne laufen. Während es leise plätscherte, zog sie die schweren Schuhe aus und ging langsam durch die Räume. Es lohnte nicht, ihre wenigen Kleidungsstücke in das Ankleidezimmer zu hängen. Mit den Händen fuhr sie über die schön geschwungenen Möbel aus Pinienholz, das einen leichten

Duft verströmte. Vor dem großen Spiegel in ihrem Schlafraum stand eine Kommode, die mit verschiedenen Fotos dekoriert war. Sie trat näher und erstarrte. Es waren Bilder aus ihrer Kindheit, auf denen sie mit Karen im Sand spielte. Dort stand ihr Vater, in kurzen Hosen, damals eine Seltenheit, und daneben fand sie ein Bild ihrer Eltern. Irenes lange schwarze Haare flogen im Wind, sie lachte, auf einer Kaimauer stehend, und streckte die Arme nach Björn aus, der sie auffangen wollte. So jung, dachte Alexandra, sie war noch so jung. Als sie starb, konnte sie höchstens in ihrem oder vielleicht Karens Alter gewesen sein.

Das Plätschern des Badewassers erinnerte sie an die Wanne, die kurz vor dem Überlaufen war. Sie genoss nur kurz das erfrischende Nass und legte sich dann in das einladende Bett, um zwei Stunden zu schlafen. Als sie erwachte, war es draußen dunkel, doch der beleuchtete Pool schimmerte durch die Fenster. Auch wenn sie es nicht bewusst zuließ, die Atmosphäre der Insel nahm sie gefangen. Verträumt schaute sie auf die bunten Lichter, die den Garten in ein nächtliches Labyrinth verwandelten. Sie dachte an Ewan und wollte Karen anrufen, doch ein Blick auf die Uhr sagte ihr, dass es dafür zu spät war.

Stattdessen zog Alexandra eine Leinenhose mit dunklem T-Shirt an und begab sich auf die Suche nach ihrem Vater und seiner neuen Frau. Sie erwartete nicht, dass man mit dem Essen auf sie gewartet hatte, wollte sich aber dennoch kurz vorstellen, um nicht gar zu unhöflich zu erscheinen. Stimmengemurmel klang aus dem Wohnzimmer, wo sie ihren Vater und Frederike bei einer Partie Dame fand. Im Hintergrund lief der Fernseher. Kerzen brannten auf verschiedenen Tischen und erhellten den Raum mäßig. Die beiden waren so in das Spiel vertieft, dass sie Alexandra nicht sofort bemerkten. Am Telefon schon hatte Frederike anders geklungen, als Alexandra sich das vorgestellt hatte, und die Frau, die dort saß, entsprach keineswegs dem Bild einer geldgierigen Karrierefrau, die sich zur Aufbesserung ihrer Pension einen älteren reichen Mann geangelt hatte, den sie dann auch noch beerben konnte.

Die schulterlangen blonden Haare hatte sie hinter die Ohren gestrichen, sodass Alexandra ihr klar geschnittenes Gesicht erkennen konnte. Länger wollte sie nicht wie ein Beobachter im Dunkel verharren und kam mit einem lauten »Guten Abend« näher.

Ihr Vater stand auf, und die Anspannung war ihm anzusehen, als er Frederike seiner Tochter vorstellte. Die blonde Frau erhob sich ebenfalls, sie war zierlich und einen Kopf kleiner als Björn.

Ein strahlendes Lächeln erhellte ihr Gesicht, und Alexandra sah in ihren Augen, dass es ehrlich gemeint war. »Alexandra! Wie schön, dass wir uns endlich einmal persönlich begegnen. Die Fahrt war sicher anstrengend. Wir hatten schon gedacht, dass du vielleicht durchschläfst. Umso schöner, dann kommen wir noch dazu, Marys wundervolle Kreationen zu probieren.« Sie küsste Alexandra auf beide Wangen.

Ihr ganzes Verhalten war natürlich und keineswegs aufdringlich, sodass Alexandra sich etwas entspannte. Kein Wort darüber, dass Alexandra nicht auf der Hochzeit erschienen war, keine Vorwürfe oder spitzzüngige Bemerkungen.

»Ein wenig Hunger habe ich jetzt tatsächlich, aber ihr habt doch sicher schon gegessen?«

Ihr Vater geleitete sie in das Esszimmer. »Nein, bei uns wird es meist etwas später. Mary ist schon gegangen, aber es ist alles vorbereitet.«

Sie folgte ihrem Vater durch einen Flur, an dessen Wänden großformatige Bilder hingen. Alexandra stutzte, war das nicht – tatsächlich, sie trat näher und entdeckte eines ihrer frühen Werke! Sie hatte das Bild seit Jahren nicht gesehen. Es stammte aus ihrem Genesis-Zyklus, dessen düstere Kompositionen von Geburt, Leben und Tod erzählten. Aber ihr Vater war nie als

Käufer in Erscheinung getreten, das hätte man ihr doch gesagt!

»Vater, das hier, das ist doch …« Sie entdeckte noch weitere ihrer Bilder in dem langen Flur.

Björn Lorenz blieb stehen. »Ja, es sind alles deine.«

Sie verstand ihn nicht. »Warum?«

»Was meinst du? Warum ich sie gekauft habe? Oder warum ich dir nichts gesagt habe?« Er betrachtete eines der Bilder. »Das hier zum Beispiel, es hing in deiner ersten Ausstellung im Stuttgarter Schloss.«

Sie erinnerte sich, es war nur ein Bild verkauft worden, aber ihr damaliger Galerist war begeistert gewesen, denn mit einem Verkauf war kaum zu rechnen gewesen.

»Was hättest du getan, wenn du gewusst hättest, dass ich der Käufer bin?« Aber er schien keine Antwort zu erwarten. »Wahrscheinlich wärest du wütend auf mich gewesen, hättest mir Manipulation und Mitleid vorgeworfen. Deine Bilder sind gut, Alex, über die Jahre hast du dich kontinuierlich entwickelt. Außerdem mag ich sie, auch wenn sie von deiner Wut und deiner Verzweiflung erzählen. Manche haben mich schockiert und traurig gemacht, aber ich konnte dir das nicht sagen.«

»Nein. Ich konnte nicht darüber sprechen, es nur malen. Jetzt, ich weiß nicht …« Immer noch fehlten ihr die Worte, wenn sie mit ihrem Vater sprach.

»Lass nur, Alex, es ist schön, dass du hier bist.«

Frederike unterbrach die nun einsetzende Stille. »Lasst uns noch etwas essen, bevor Alexandra endgültig zu Bett geht. Sie sieht schon ganz blass aus.«

Alexandra war zu müde und von der neuen Situation zu überrascht, um einen Streit mit ihrem Vater zu beginnen. Morgen würde sie mit ihm sprechen. Das Essen war scharf gewürzt, schmeckte hervorragend und belebte Alexandras Sinne. Trotzdem begab sie sich bald in ihr Zimmer, um den verlorenen Schlaf aufzuholen. Weder Frederike noch ihr Vater hatten erwähnt, wann sie nach Martinique fliegen sollte, und ihr war es auf einmal gar nicht mehr unangenehm, sollte sie noch einen Tag auf Barbados verbringen müssen. Mit einem Blick auf die Fotos schlief sie ein und fragte sich, ob Karen von allem hier gewusst hatte.

Kapitel 18

Am nächsten Morgen erwachte Alexandra gegen elf. Es war still im Haus. Sie schlüpfte in Shorts und T-Shirt und öffnete die Terrassentüren zum Pool. Frederike lag auf einem Liegestuhl im Schatten eines Sonnenschirmes und blätterte in einem Buch. Sie blickte auf, als sie die Türen hörte.

»Guten Morgen. Hast du gut geschlafen?« Sie legte das Buch zur Seite und streifte eine weite Bluse über den schlanken Körper.

»Wie ein Stein. Bin ich zu spät?« Alexandra ging um den Pool herum, dessen blaues Wasser sich über einem Mosaik auf dem Grund leicht kräuselte.

»Meinst du für Martinique? Dein Flug geht erst morgen. Laura hat vorher keine Zeit. Möchtest du frühstücken?« Frederike stand auf.

Alexandra nickte. »Mein Vater ist nicht da?«

»Er spielt Golf, müsste gegen eins zurück sein. Das macht er fast jeden Morgen. Kaffee oder Tee?«

»Kaffee, bitte.« Alexandra nahm an einem Naturholztisch in der lichtdurchfluteten Küche Platz. Die Einrichtung hätte selbst für einen Spitzenkoch keine Wünsche offen gelassen – Kupferpfannen, Töpfe in jeder Form und Gerätschaften, von denen Alexandra teils nur ahnte, wozu sie benutzt wurden, hingen und standen um den Herd. Frederike stellte einen Brotkorb, in dem Vollkornbrot und Croissants lagen, eine Käseplatte, Marmeladen und Schinken auf den Tisch.

»Möchtest du Rührei oder ein gekochtes Ei? Geht ganz schnell.« Frederike hantierte mit der italienischen Espressomaschine, und bald duftete es nach frischem Kaffee.

»Danke, das ist reichlich.« Die Frau war so entwaffnend offen, und sie schien keinerlei Groll ihr gegenüber zu hegen, dass Alexandra ihr bisheriges ablehnendes Verhalten ungerechtfertigt erschien. »Frederike …« Sie rührte in ihrem Kaffee und wusste nicht, wie sie anfangen sollte.

Die ältere Frau legte ihr die Hand auf den Arm. »Für mich war es auch nicht leicht. Eigentlich hatte ich mir geschworen, nie wieder zu heiraten, aber dann kam dein Vater, und ich hatte das große Glück, mich noch einmal verlieben zu können. In meinem Alter ist das nicht selbstverständlich. Ich habe nicht erwartet, dass seine erwachsenen Kinder das begrüßen, aber ich hatte gehofft, dass wir irgendwann Freunde werden könnten.«

Sie nippte an ihrem Kaffee, griff in eine Schublade und holte eine Packung Zigaretten hervor, die sie Alexandra anbot. Überrascht nahm Alexandra an, sie hatte nicht geglaubt, dass die so gesundheitsbewusst erscheinende Frederike rauchte.

Die grinste. »Irgendein Laster muss der Mensch ja haben.«

»Ich wollte es mir eigentlich abgewöhnen.« Alexandra zuckte mit den Schultern und zog dankbar an der Zigarette.

»Erst später, nachdem Björn und ich schon länger zusammen waren, habe ich die Geschichte eurer Familie erfahren. Ich begann zu verstehen, warum du zu deinem Vater ein so gespanntes Verhältnis hast. Ich kann dir nur sagen, was ich in meinem Leben mit ihm erfahren habe: Er liebt dich und Karen über alles. Aber er ist auch ein schwieriger Mensch, kann seine Gefühle nicht so zeigen.« Sie lächelte. »Das weiß ich aus eigener Erfahrung.«

»Warum hast du ihn dann geheiratet?«, kam es vielleicht eine Spur zu scharf von Alexandra.

»Weil ich ihn liebe, nur aus diesem Grund. Er ist ehrlich, direkt, hat einen trockenen Witz, ist ehrgeizig, was den Sport betrifft, und spielt hervorragend Schach und Dame. Und er war nicht auf mein Geld aus wie so viele andere.« Sie sah Alexandra direkt an.

»Nein, davon hat er selbst genug gemacht, und deshalb hatte er nie Zeit für uns. Egal, Frederike, wie hast du denn nur den Termin bei dieser Laura Delbè arrangiert?« Sie stand auf und begann, den Tisch abzuräumen.

»Lass nur, Mary kommt gleich. Willst du nicht schwimmen? Wir können auch zum Strand runter gehen.«

Alexandra dachte an das verlockend blaue Wasser und entschied sich für den Pool. Nachdem sie einige Runden geschwommen waren, erzählte Frederike ihr von der Bekanntschaft ihrer Freundin mit Laura Delbè.

»Meine Freundin, Amelie von Sutter, lebt seit ihrer Scheidung in der Auvergne, genauer gesagt in Clermont-Ferrand. Das ist eine schöne Stadt mit mittelalterlichem Stadtkern und einer fantastischen Kathedrale. Amelies Tochter hat einen Franzosen geheiratet und lebt dort mit ihrem Mann und drei kleinen Kindern. Laura ist übrigens Engländerin und war mit Amelie auf demselben Internat in der Schweiz. Sie hat in der Nähe ein Ferienhaus gekauft, in dem auch ihre Zwillinge Julien und Julie oft zu Besuch sind. Die müssten etwa fünf Jahre jünger sein als du. Julie malt auch, glaube ich.«

Frederike nahm einen Schluck Eistee, der auf einem Tablett zwischen ihnen auf dem Boden stand. »Dann gibt es noch Claire, ihre Schwiegermutter. Die Frau, die du sprechen willst. Deren Mann, Armand, starb vor einigen Jahren. Claire ist die Clanchefin, wenn man das so sagen kann.«

»Françoise hat mir gesagt, dass Claire über die Geschichte der Familie Bescheid wüsste.«

»Wenn jemand, dann Claire, das ist richtig. Sie ist sehr alt, aber ihr Verstand ist immer noch messerscharf, und in den Geschäften kann ihr niemand etwas vormachen. Ihr Sohn Robert hat es nicht leicht, sich zu behaupten. Amelie war schon einige Male dort und hat von dieser Frau immer wie von einer Ikone gesprochen. Hast du die Kette eigentlich dabei? Du wirst einen Beweis brauchen, um Claire zu überzeugen.«

»Natürlich.« Alexandra ging rasch in ihr Zimmer und kam mit der Perlenkette und dem Brief zurück.

Mit großer Vorsicht entfaltete Frederike das Samtpaket und betrachtete den historischen Fund. »Wunderschön, diese Perlen. Und die Schließe – erlesene Goldschmiedekunst. Das ist etwas ganz Seltenes, Alexandra, das habe ich so nur bei antiken Stücken gesehen.« Sie öffnete die kleine Papierrolle und murmelte die geschriebenen Worte. »Wie ergreifend! Die arme Frau, sie muss ihren Mann sehr geliebt haben, und dennoch schien sie keine andere Möglichkeit als Flucht zu sehen. Aber wohin?«

»Ich denke, sie ist vielleicht nach Hause gefahren. Ihr Mann, John-Richard Llangaerogg, ist auf seiner letzten Seereise vor der chinesischen Küste auf einem Opiumklipper ums Leben gekommen.«

»O nein, das wusste ich nicht, dein Vater hat nur angedeutet, was passiert ist. Wie furchtbar, dann hat sie womöglich ihr Leben lang auf ihn gewartet!«

»Aber wo, und warum wollte sie nicht in Wales bleiben? Es gab einen Streit zwischen John und seinem Vater, dem damaligen Earl Llangaerogg, aber um was es dabei ging, weiß ich nicht. Jetzt hat mein Vater herausgefunden, dass diese Familie einmal Besitzer einer Sklavenplantage hier auf Barbados war.«

Eine Tür schlug zu, und Björn Lorenz erschien lächelnd, die Baseballkappe tief ins Gesicht gezogen. »Guten Morgen, meine Damen!«

Er gab Frederike einen Kuss und strich Alexandra über die Haare, dann nahm er sich ein großes Glas Eistee und setzte sich auf eine Liege. Frederike sah ihn prüfend an.

»Du hast gewonnen, nicht wahr? Du siehst so zufrieden aus.«

»Auf den letzten beiden Löchern habe ich Par gespielt und an der sieben, die ich sonst meistens verhaue, sogar einen Birdie – ein Wahnsinnsspiel! Wir haben gewettet, und jetzt schuldet Bill mir eine Kiste Chateaux Margeaux. Er konnte es nicht glauben, sein Gesicht hättest du sehen sollen!« Er entdeckte die Kette. »Das sind sicher die Perlen. Sie sind einmalig schön, wirklich, Alex. Selbst wenn sie nicht dieses seltsame Schicksal hätten, wären sie ein wertvolles Kleinod.«

Frederike hielt ihm auch den Brief hin, von dem er ebenso wie seine Frau ergriffen war. »Alex, wenn du magst, können wir heute noch mit Gordon sprechen. Er hat noch nicht wieder angerufen, aber er weiß, dass die Sache eilt, und er kann uns sicher irgendwie weiterhelfen. Ich gehe kurz duschen, dann könnten wir fahren.«

»Ja, klingt gut.« Als Björn ging, stand Alexandra auf. »Ich lasse die Sachen hier.«

Frederike nickte. »Ich werde sie einschließen, das scheint mir sicherer. Meinen Schmuck lasse ich auch nie herumliegen. Führe niemanden in Versuchung, sage ich mir immer. Mary und Jenny sind reizend, aber mit wem sie verkehren, weiß man nicht. Eine Nachbarin hatte ein Zimmermädchen, dessen Freund auf Einbrüche spezialisiert war, und sie hat ihm die Einzelheiten des Sicherheitssystems verraten. Uns ist noch nie etwas Derartiges passiert, aber …« Sie zuckte mit den Schultern, nahm die Sachen und brachte sie ins Haus.

Alexandra entschied sich für ein leichtes Sommerkleid, denn die Hitze wurde immer unerträglicher, sodass eine lange Hose ihr wie eine Qual vorgekommen wäre. Mit dem Cabriolet fuhren sie in Richtung Norden. Keine Wolke trübte den hellblauen Himmel, und ein leichter Wind ließ die Blätter der großen Palmen schwingen. An den Straßenrändern lagen hier und dort Autoreifen, und je weiter sie sich von den eleganten Hotelanlagen entfernten, je weniger prächtig waren die Häuser. Vor einer notdürftig aus Wellblech zusammengezimmerten Hütte saß eine farbige Familie. Die Alten dösten in der Sonne, kleine Kinder spielten im staubigen Sand, und ein größerer Junge bastelte an einem verbeulten Wagen.

Björn bemerkte ihren Blick. »Das ist wirklich die Ausnahme. Wirtschaftlich gesehen geht es Barbados besser als Griechenland. Sieh mal dort.«

Sie waren weiter in Richtung Holetown gefahren und sahen jetzt auf der Landseite der Straße ein grünes Spielfeld, auf dem sich Jugendliche im Kricket übten.

»Kricket ist Nationalsport auf der Insel. Einige Weltklassespieler stammen von Barbados, Garfield Sobers zum Beispiel oder Sir Frank Worrell, den du auf den Fünf-Dollar-Noten sehen kannst«, meinte Björn.

»Du willst doch nicht behaupten, dass die Verhältnisse hier ideal sind?«

»Natürlich nicht, aber besser als auf den meisten anderen karibischen Inseln. Denk doch mal an David. Sein Vater ist Anwalt, und seine Familie stammt von ehemaligen Sklaven ab. Apropos, wir sind gleich da. Ich bin wirklich gespannt, was Gordon über deine Waliser herausgefunden hat.«

Gordons Haus lag nahe des Sandy Lane Golfplatzes. Gordon selbst war ein breitschultriger pensionierter Militärarzt, dessen Hobby die Geschichte der Insel war. Die meiste Zeit jedoch widmete er dem Golfen. Bei einem Fruchtcocktail saßen sie auf der schattigen Terrasse, von der aus man das achtzehnte Loch überblickte.

»Als dein Vater mir von deiner Sache erzählte, war übrigens ein gutes Spiel, habe mein Handicap um zwei unterspielt an dem Tag, klingelte es sofort bei der Erwähnung dieses seltsamen Namens. Ich selbst stamme aus Sussex, jedenfalls bin ich dort geboren worden, habe aber mein Leben an allen möglichen und unmöglichen Orten dieses Planeten verbracht.«

Gordon redete in einem fort, und obwohl seine Lebensgeschichte nichts mit Alexandras Anliegen zu tun hatte, hörte sie gern zu, denn der Mann hatte ein Talent, Geschichten zu erzählen.

»Tja, dann war ich also von den Falklands zurück in good old England, aber da hatte ich die Nase auch schnell derart voll – habe meinen Abschied eingereicht. So war das, ja! Wo war ich doch gleich stehen geblieben? Wales, diese Adligen mit ihren Herrscherallüren. Viel zerstört haben die damals, keine Menschlichkeit gezeigt, die Sklaven restlos ausgebeutet und davon ihre Schlösser und Besitzungen in der Heimat finanziert. Unmöglich sonst, kann mir keiner erzählen!« Er schnaubte verächtlich durch die Nase. »Schafe und nochmals Schafe und sonst nichts!«

»Die Llangaeroggs sollen auch Wälder besessen haben«, wagte Alexandra einzuwerfen.

»Wälder! Ja schön, die wurden abgeholzt, Brennholz, da wächst doch sonst nichts! Hatten die eine Mine? Dann vielleicht, nein? Na also, deren Reichtum stammt aus der Plantage. Moment mal.« Er erhob sich schwerfällig, um etwas zu holen.

Alexandra flüsterte: »Spricht der immer so?«

Ihr Vater nickte. »Er war zu lange bei der Armee, ist aber ein feiner Kerl, vom Charakter her kein Militarist, ein Humanist. Weiß der Teufel, warum er so lange bei der Armee geblieben ist.«

Gordon kam zurück, in den Händen hielt er einen Stapel Papiere. »So, woll'n mal sehen. Warst du schon in Farley Hill? Beeindruckendes Zeugnis der ehemaligen Macht eines Zuckerbarons aus dem 19. Jahrhundert. Die Korallenblöcke, die dem Anwesen als Fundament dienten, stehen noch. Das Sunbury Plantation House ist noch vollständig intakt. Solltest du mal anschauen. Wurde um 1660 von einem irischen Plantagenbesitzer erbaut. Die dicken Mauern des Hauses bestehen aus Korallenblöcken und den Ballaststeinen der Schiffe, die von England nach Barbados fuhren, um Zucker zu kaufen. Aha, hier ist es. War gar nicht leicht, etwas über diese Llangaeroggs zu finden. Denke, dass sich jemand da große Mühe gegeben hat, seine Spuren zu verwischen. Besser so, kein Ruhmesblatt, für niemandes Familiengeschichte.«

Björn ließ seinen Freund reden, ohne zu unterbrechen, offenbar war das die einzige Möglichkeit, letztendlich zu erfahren, was sie hören wollten.

»Bin noch nicht ganz zufrieden mit meinen Ergebnissen. Thomas Lucas, ein Chronist, der hier in Holetown arbeitet, ist für eine Woche auf Saint Lucia, seine Mutter ist krank. Mir fehlt ein Zwischenstück.«

»Was gibt es denn bisher?« Alexandra brannte vor Neugier.

»In dem Gebiet zwischen der Francia-Plantage und der Sunbury-Plantage gab es eine weitere Plantage, allerdings nur bis zum Ende des 19. Jahrhunderts. Sie wurde nach dem Verschwinden der letzten Besitzer, die haben sich aus dem Staub gemacht, nachdem sie die Plantage vollständig heruntergewirtschaftet hatten, versteigert und ging an die beiden großen Nachbarn. Die Francia-Plantage wird noch von den Nachfahren des ersten französischen Besitzers bewohnt.«

»Gibt es dort nicht alte Karten und Aquarelle von Gun-Hill-Signalstation zu sehen?« Björn Lorenz beugte sich vor und goss sich noch etwas Wasser in seinen Cocktail.

»Gun Hill?«, fragte Alexandra.

»Eine militärische Station. Sechs solcher Signaltürme gab es mal auf der Insel. 1818 wurden sie erbaut, der auf dem Gun Hill ist der Letzte. Es gibt Kanonen und ein paar alte Stücke zur Militärgeschichte zu sehen.« Gordon fuhr mit der Hand durch die Luft. »Offiziell waren diese Türme dazu da, um auf feindliche Schiffe zu achten. Mit Fahnen und Laternen in verschiedenen Farben konnte man die Leute warnen. Aber wisst ihr«, er senkte die Stimme, »eigentlich wurden sie genutzt, um Sklavenaufstände weiterzumelden.« Er sah seine Besucher vielsagend an.

Alexandra begann zu ahnen, konnte sich aber noch kein klares Bild machen. »Du meinst, die Plantagenbesitzer haben zusammengearbeitet, um rebellierende Sklaven zu fassen? Aber das war doch normal, oder nicht? Und was hatten die Llangaeroggs damit zu tun?«

Gordon strich sich über das kantige Kinn. »Das Plantagenhaus der Llangaeroggs wurde bis auf die Grundmauern niedergebrannt. Das war 1840, wenn mich nicht alles täuscht. Die

Zuckerrohrfelder gingen an einen reichen Briten, doch es scheint, dass das Land nach dem Vorfall 1840 verflucht war, denn es wechselte noch einmal die Besitzer, und die verließen es dann fluchtartig, wie schon erwähnt. Und jetzt fehlt mir mein lieber Freund Thomas. Er hat bessere Verbindungen zu den Leuten auf der Insel und kennt Nachkommen der Sklaven, denn nur die können uns sagen, was wirklich vorgefallen ist.«

»Wann kommt Thomas wieder?« Vor Alexandras Augen entstanden düstere Szenarien von ausgebeuteten und misshandelten Sklaven, die das ihnen angetane Unrecht nicht länger erdulden wollten und sich gegen die Herrschenden erhoben. Ob der erste Earl so ausgesehen hatte wie Alistair?

Björn stieß sie sanft an. »Alex, Gordon denkt, dass Thomas übermorgen wieder hier sein könnte. Vielleicht bist du dann schon von Martinique zurück, und das letzte Puzzlestück des Rätsels um die verschwundene Französin und ihre Perlen lässt sich einfügen.«

»Tja, was anderes können wir jetzt wohl auch nicht unternehmen. Vielen Dank, Gordon!« Alexandra mochte den hünenhaften Mann, dessen Äußeres so sehr im Gegensatz zu seiner Geisteshaltung stand.

Gordon lächelte. »Du brauchst Sonne! Viel zu blass das Kind. Björn, schick sie mal für ein paar Tage an den Strand oder auf den Golfplatz.« Er schlug seinem Freund auf die Schulter und brachte die Besucher zur Tür.

»Würde ich gern machen, doch sie muss bald wieder weg. Morgen fliegt sie nach Martinique, um mit den Delbès von der Rumdestillerie Micheaux zu sprechen.«

»Viel Erfolg! Békés, hochnäsiges Volk. Vielleicht sind die Jungen anders, aber das sollte mich wundern. Wir sehen uns!« Er winkte ihnen nach, bis sie die Auffahrt verlassen hatten.

Auf dem Highway fuhren sie in südlicher Richtung zurück. Alexandra dachte an Gordons letzte Bemerkung.

»Kennt er die Delbès? Warum hält er sie für Békés?«

»Gelebt hat er dort nicht, Martinique ist schließlich immer noch Teil des französischen Staatsgebietes. Wie er zu dieser Ansicht kommt, weiß ich nicht. Vielleicht ist es auch einfach nur ein Vorurteil, weil es immer noch weiße Familien gibt, die Wert auf den Erhalt der Familientradition legen, was auch immer man davon halten mag. Du wirst es morgen herausfinden.«

»Ich würde mir diesen Gun Hill gerne einmal ansehen. Meinst du, dafür haben wir noch Zeit?«

Björn Lorenz sah auf die Uhr, sie hatten fast zwei Stunden bei Gordon verbracht. Es blieben ihnen noch gute zwei Stunden, bis die Sonne unterging.

»Von hier sind es zehn Kilometer. Schade, ich hätte dir gerne das Sam Lord's Castle gezeigt. Ein berühmt berüchtigter Zuckerbaron, der Piraterie der übelsten Sorte betrieben haben soll. Sein Haus ist heute Teil des Marriott Hotels, hat aber noch etwas von seinem kolonialen Charme bewahrt.«

Sam Lord, so erzählte ihr Vater, während sie durch die hügeliger werdende Landschaft fuhren, soll das Vermögen seiner Frau verprasst und in mondlosen Nächten Laternen an die Palmenwipfel am Strand oder an die Hörner seiner Kühe gehängt haben. Irregeleitete Schiffe, die den rettenden Hafen nahe glaubten, zerschellten dann auf dem Hatteras-Riff, und Lords Männer konnten die Ladung an Land schleppen. Zuckerrohrfelder lagen in der Nachmittagssonne, und Lastwagen, auf deren Ladeflächen Arbeiter saßen, fuhren zu den nahe gelegenen Häusern, die meist aus Holz und einem Sockel aus Korallenkalkstein bestanden. Die Geschichte der Insel war blutig, und die Konflikte von damals waren bis heute nicht gelöst.

»Es hat sich noch nicht viel geändert, oder?« Alexandra sprach laut aus, was sie dachte.

»Nun, der Tourismus hat den Inseln viel Geld gebracht.«

»Aber das meiste liegt mal wieder in den Händen von wenigen«, antwortete Alexandra prompt.

»Wie überall auf der Welt, wenn du mich fragst. Das ist das Ergebnis freier Marktwirtschaft. Alex, schau dort hinten zwischen den Bäumen, da liegt die Francia-Plantage. Die Straße dorthin ist sehr lang. Du wolltest lieber Gun Hill sehen, nicht wahr?«

Alexandra nickte, sie wollte sich jetzt nicht mit ihrem Vater über Sinn und Unsinn des Kapitalismus streiten. Ihre Position wäre ohnehin denkbar schlecht gewesen, denn ohne wohlhabende Sammler mit Liebe zur Kunst könnte sie nicht existieren.

»Die Besichtigungszeit ist sicher vorbei, oder?«

»Ja, dafür sind wir zu spät, aber die Aussicht ist trotzdem die Fahrt wert.«

Sie parkten den Jaguar unterhalb des Aussichtsturmes und gingen das letzte Stück zu Fuß. Am Hang der Station thronte ein riesiger, in Korallenstein gemeißelter Löwe als Symbol des britischen Empire. Eine Gruppe britischer Touristen kam ihnen mit freundlichem »Hello« entgegen. Alexandra war überwältigt von der Schönheit der Landschaft, deren Täler sich bis an die Südwestküste erstreckten. Die Sonne warf rötliches Licht auf die Hügel, die sich teils sanft, teils zerklüftet bis an die raue Küste zogen. Ihr Vater deutete auf eine Baumgruppe im Südosten, die eben noch auszumachen war.

»Dort drüben liegt die Sunbury-Plantage.«

»Und irgendwo hier zwischen stand das Haus der Llangaeroggs.« Nachdenklich glitt ihr Blick über die Zuckerrohrfelder. Wie viel Schweiß und Blut und Tränen hatte diese Erde gesehen? Wie viele Menschen hatten verzweifelt versucht, ihrem Schicksal zu entrinnen und waren von hier oben entdeckt und von Hunden und Soldaten gejagt worden? Und ein Llangaerogg hatte großen Anteil daran gehabt. John-Richard war es nicht gewesen, so viel stand fest, oder doch nicht? Nein, immerhin hatte er eine Frau aus der Karibik geheiratet. Aber sie gehörte zu den Békés. Andererseits war ihre Zofe eine Indianerin gewesen. Morgen würde sie endlich mehr wissen.

Kapitel 19

Ihr Flug von Bridgetown war für zehn vor acht Uhr angesetzt. Das war sehr früh, aber der nächste Flieger ging erst um zwölf, und dann wäre sie erst am späten Nachmittag auf Martinique. Frederike hatte ihr den ersten Termin ans Herz gelegt, damit sie genügend Zeit mit den Delbès verbringen könnte, denn am Abend wurde die alte Dame bestimmt nicht gern gestört, gesetzt den Fall, sie würde überhaupt mit Alexandra sprechen. Die kleine Maschine der Carribean Star Airline landete um zwanzig nach acht in Saint Lucia. Von dort ging es um zehn nach neun weiter nach Fort-de-France, wo sie zwanzig Minuten später landete. Der letzte Flug zurück ging um fünf vor sechs Uhr abends, doch Alexandra hoffte, dass sich eine Übernachtung auf der viel gepriesenen Blumeninsel lohnen würde.

Amelie hatte Frederike wissen lassen, dass Laura jemanden zum Flughafen schicken würde, der Alexandra zum Haus der Delbès brachte. Alexandra war froh darüber, denn mit ihrem kaum vorhandenen Französisch hätte ihr jeder Taxifahrer eine Inselrundfahrt verkaufen können. Mit der Reisetasche in der Hand, die Handtasche mit ihrem wertvollen Inhalt hielt sie dicht am Körper fest, trat sie durch die Zollabfertigung. Es war nicht so viel los wie auf Barbados, und natürlich beherrschte die französische Sprache Hinweisschilder und auch die Umgangssprache. Sie seufzte, die Sprachbarriere machte die Sache noch unangenehmer und schwieriger, die durch die Fremdheit gegebene Distanz zu überbrücken. Suchend schweifte ihr Blick über die Wartenden und blieb an einem mittelgroßen Mann hängen, der mit einem Schild mit ihrem Namen lässig an einen Pfeiler gelehnt stand. In der einen Hand hielt er einen großen Becher Coca-Cola, in der anderen das Schild und eine Zigarette.

Sie näherte sich ihm. Als er das bemerkte, wurde er aufmerksam und warf die Zigarette in einen nebenstehenden Aschenbecher. Sein Dreitagebart und auch seine Kleidung wirkten ungepflegt. Die helle Hose wies zahlreiche Flecken auf, und das bunte Hemd schien eine Wäsche dringend nötig zu haben. Er mochte etwa fünfundvierzig Jahre alt sein, die blonden Stoppeln, die eine Haarfrisur andeuten sollten, lichteten sich kräftig, was ihn nicht attraktiver machte.

»Bonjour«, sagte sie zaghaft und deutete auf das Schild.

»Oh, nur keine Umstände, sprechen wir doch Englisch.«

Er grinste und hielt ihr eine verschwitzte Hand entgegen. Mit dem Kopf deutete er in Richtung des Ausgangs. »Der Wagen steht draußen. Soll ich Ihnen etwas abnehmen?«

Er roch unangenehm, und sie bemühte sich, Abstand zu halten, ohne unhöflich zu wirken. »Nein, danke, geht schon. Arbeiten Sie schon lange für die Delbès?«

»Nicht lange, nein, bin hier gestrandet, ein Aussteiger so zu sagen. Ich hatte einen Fish-and-Chips-Laden in Blackpool. Ein Kumpel von mir hat hier ein Restaurant eröffnet und mich mitgenommen. Er ging Pleite, ich bin hier geblieben, weil ich diesen Job bei den Delbès gefunden habe, Zufall. Wie's so geht.«

»Dann sprechen Sie sicher gut Französisch?«

Die automatischen Schiebetüren öffneten sich, und feuchtwarme Luft schlug ihnen entgegen. Auf eine derart hohe Luftfeuchtigkeit war sie nicht vorbereitet gewesen, und der Schweiß begann auch ihr aus allen Poren zu laufen.

»Mein Französisch, na ja, muss noch 'ne Menge dafür tun. Bisher bin ich auch so klar gekommen. Da drüben steht der Wagen.«

Er deutete auf einen dunkelblauen Renault, der vor dem Flughafengebäude im Halteverbot gestanden hatte. Der Mann, erst jetzt bemerkte sie, dass er nicht seinen Namen genannt hatte, zog den Strafzettel hinter dem Scheibenwischer hervor, zerknüllte ihn und ließ ihn einfach auf den Boden fallen. Alexandra registrierte das, sagte aber nichts, denn vielleicht übernahm die Firma automatisch im Dienst angefallene Strafzettel. Sie setzte sich auf den Beifahrersitz und genoss die Sicht auf die üppige Bepflanzung der Grünanlagen. Martinique erschien ihr tropischer als Barbados. Laut Reiseführer war die höhere Niederschlagsmenge für den üppigen Pflanzenwuchs verantwortlich. Der Wagen hatte kein Schiebedach, und die Klimaanlage lief verzweifelnd ratternd auf höchster Stufe. Alexandra wischte sich den Schweiß von der Stirn. Der Mann neben ihr sagte kein Wort und schaute nur von Zeit zu Zeit in den Rückspiegel.

»Ich hatte Ihren Namen vorhin nicht verstanden?«, versuchte sie die Konversation in Gang zu bringen. Eigentlich hätte sie sich den Chauffeur einer derartig reichen und traditionsbewussten Familie anders vorgestellt, aber die wirtschaftliche Lage ließ wahrscheinlich auch hier keinen überschäumenden Luxus mehr zu.

»Mike, entschuldigen Sie, hatte ich ganz vergessen. Ich muss noch einen Auftrag erledigen, bevor wir zum Haus der Delbès fahren. Dauert nicht lang, ist gleich hier in der Nähe.«

Sie nickte, ihr blieb nichts anderes übrig, als in dem stickigen kleinen Wagen zu verharren. Der Flughafen war in Lamentin, das ungefähr neun Kilometer östlich von Fort-de-France entfernt lag. Wenn sie jetzt also weiter östlich fuhren, wie es den Anschein hatte, dann entfernten sie sich mehr und mehr von der Hauptstadt. Ihre Bluse klebte mittlerweile an ihrem Körper.

»Bitte, ich habe furchtbaren Durst. Können Sie nicht dort vorn an der Tankstelle halten? Auf die Minute kommt es jetzt auch nicht mehr an.«

Er murmelte etwas, folgte aber dem Vorschlag. Sie sprang aus dem Wagen und ging in den kleinen Verkaufsraum, in dem ein großer Ventilator frische Luft erzeugte. Die Verkäuferin, eine Mulattin, lachte und sagte etwas, von dem Alexandra nur »chaud«, heiß, verstand. Alexandra stöhnte und trank schon im Laden den ersten Schluck Wasser. Mike wartete draußen mit laufendem Motor, und sie beeilte sich, um ihn nicht zu lange aufzuhalten. Die Straße wurde schmaler und staubiger, an den Rändern standen vertrocknete Büsche, und Kakteen ragten in die Mittagshitze. Auf einem Stein sonnten sich Eidechsen. Wenigstens ihnen machte die Hitze nichts aus. Alexandra sah auf die Uhr, sie waren jetzt über eine Stunde unterwegs. Das letzte Dorf lag eine Viertelstunde hinter ihnen, und weit und breit sah sie keine Behausung. Langsam beschlich sie ein ungutes Gefühl.

»Was ist das denn für ein Auftrag, den Sie haben?«

»Nicht mehr weit, noch fünf Minuten«, gab er abweisend zurück. Er bog auf einen Sandweg ein, dessen Schlaglöcher dem wenig geländetauglichen Wagen sehr zu schaffen machten.

Alexandra schwitzte heftiger als vorher und gestand sich ein, dass sie Angst hatte. Das hier war mehr als ungewöhnlich, und sie war eine dumme Gans, dass sie sich nicht einmal den Ausweis des Mannes hatte zeigen lassen. Sie sah aus dem Fenster und schätzte ihre Fluchtmöglichkeit ab, sollte es zum Äußersten kommen. Die Gegend war flach, abgesehen von einigen Felsen, die zwischen den riesigen Kakteen lagen. Büsche und Sträucher boten wenig Schutz oder Versteckmöglichkeiten, aber das Auto würde ihr hierdurch nicht folgen können, und Mike sah nicht so aus, als ob er lange in der Hitze laufen könnte. Um seine Hüften spannte das Hemd, seine Oberarme waren muskulös, kräftemäßig hatte sie keine Chance, aber wenn es ums Laufen ging, war sie ihm sicher überlegen.

»Ich möchte kurz aussteigen und ein Foto machen. Die Landschaft ist so schön.« Sie musste sich zusammenreißen, um ihre Stimme sicher klingen zu lassen.

Er sah sie erstaunt von der Seite an. »Was, hier? Na, wenn Sie meinen. Ist wirklich nicht mehr weit, dort vorn ist das Haus, und von da gibt es eine Abkürzung zurück.«

Aber sie ließ sich nicht beirren, hängte sich die Handtasche um, in der die Perlen lagen, und holte den Fotoapparat heraus.

»Bis gleich!«

Sie lächelte freundlich, jedenfalls hoffte sie, dass es so aussah, und entfernte sich langsam vom Wagen. Ihr Instinkt sagte ihr, dass sie in Gefahr war, und bliebe sie im Wagen, hatte sie gegen den wesentlich größeren und schwereren Mann keine Aussicht, sich zu wehren. Falls sie sich täuschte, machte sie sich gerade lächerlich, doch das war ihr im Moment egal. Sie ging weiter rückwärts, die Kamera in der Hand und tat so, als fotografiere sie. Nach ungefähr fünfzig Metern, sie ging stetig weiter, stieg Mike aus dem Wagen und rief ihr zu: »Was soll das, kommen Sie zurück! Das dauert ja ewig!«

Seine breite Gestalt zeichnete sich gegen die Sonne ab, und sie sah noch, dass er begann, auf sie zuzugehen, bevor sie sich umdrehte und einen Sprint einlegte. Das schien ihn richtig wütend zu machen.

»Sie dummes Stück, bleiben Sie stehen. Was glauben Sie denn, was ich vorhabe? Verdammt, bleiben Sie endlich stehen, Sie wissen doch gar nicht, wo Sie sind!«

Alexandra rannte weiter, die Steine nicht beachtend, die sich durch ihre dünnen Schuhsohlen bohrten. Die Insel war im Schnitt etwa zwanzig Kilometer breit. Sie beglückwünschte sich jetzt, den Reiseführer so aufmerksam gelesen zu haben. Wenn sie davon ausging, dass sie ins Landesinnere gefahren waren, denn nach einer Stunde Fahrzeit hätten sie schon auf der anderen Seite der Insel sein müssen, dann befand sie sich höchstens zehn Kilometer von einer Küste entfernt. An die Orte erinnerte sie sich nicht, doch im Süden gab es viele Hotels und Touristen, da würde sie schnell auf Menschen treffen, auch abseits der Hauptstraßen. Sie verlangsamte ihren Lauf etwas. Wenn sie sich geirrt hatte, würde er sie mit dem Wagen einholen können. Er brauchte nur irgendwo auf sie zu warten.

Dichter als vor einigen Sekunden klang jetzt die Stimme ihres Verfolgers. »Ich will nur die Perlen und dass Sie endlich Ruhe geben mit der Fragerei. Hey, hören Sie mich? Ich tue Ihnen nichts. Das ist mir die Sache gar nicht wert.«

Sie lief weiter, wahrscheinlich zahlten sie ihm nicht genug.

»Nein!«, schrie sie. »Ich gebe nicht auf, niemals!«

Ihr Herz raste, die Tasche schlug schwer gegen ihren Körper, und der Schweiß rann ihr in Strömen herunter.

»Bleiben Sie stehen! Sofort!«

Etwas in seinem Ton ließ sie aufhorchen, dann hörte sie den ersten Schuss. Verzweiflung kam zur Angst, sie sah sich um. Sträucher, Steine, ein Kaktus befanden sich direkt vor ihr. Täuschte sie sich, oder hörte sie Straßenlärm? Noch ein Schuss, diesmal spürte sie ihn gefährlich nah an ihrem Kopf vorbeigehen. Sie warf sich auf den Boden. Hörte denn niemand die Schüsse? Vorsichtig hob sie den Kopf. Mit weit ausholenden Schritten kam Mike schnell näher. Sie konnte seine ausgetretenen Schuhe im staubigen Sand sehen. Die Straßengeräusche waren da, aber zu weit entfernt, als dass sie einen Sprint hätte riskieren können, und sie wusste noch nicht einmal genau, in welche Richtung sie laufen musste. Sie griff nach einem am Boden liegenden Stein. Er fühlte sich rau an und passte genau in ihre Hand. Die staubigen Schuhe machten vor ihr Halt.

»Sie hatten Ihren Spaß, Lady. Es ist verdammt heiß, und wir wollen doch beide nicht länger als nötig hier draußen sein. Wo sind die Perlen?«

Sie kauerte hinter einem Kaktus. Als sie seinen Schatten auf ihre Hände fallen sah, sprang sie auf und schlug ihm den Stein gegen die Stirn. Er schrie wütend auf, Blut floss aus einer Platzwunde und rann in seine Augen, sodass er für einige Sekunden orientierungslos war. Mit dem Stein schlug sie nun heftig auf die Hand mit der Waffe, die er tatsächlich fallen ließ. Alexandra bückte sich, schleuderte die Pistole so weit es ihr möglich war von sich und wollte weglaufen. Doch so schnell gab

Mike nicht auf. Blindlings griff er um sich und erwischte ihren Arm, den er mit aller Gewalt festhielt.

»Die Kette, ich will die verdammten Perlen!«

Seine blutverschmierten Hände, mit denen er sich das Gesicht abgewischt hatte, rissen an ihrer Handtasche. Der Riemen schnitt Alexandra in Schultern und Hals. Das Material hielt dem Gerangel nicht Stand und gab mit einem dumpfen Geräusch nach. Alexandra wurde nach hinten geschleudert. Ein kurzer Blick auf ihren Gegner, der mit seinem blutüberlaufenen Gesicht Furcht einflößend aussah, hielt sie davon ab, erneut nach der Tasche greifen zu wollen. Stattdessen drehte sie sich um und rannte in die Richtung, in der sie die belebte Straße vermutete. Während sie rannte, dachte sie verzweifelt, dass nicht nur die Perlen, sondern auch ihr Pass und das Flugticket verloren waren, und ihre Reisetasche befand sich in seinem Wagen. Sie stieß mit den Zehen gegen spitze Steine und fluchte. Die Sandalen waren nicht das geeignete Schuhwerk für den felsigen Untergrund. Sie keuchte. Schweiß lief ihr in die Augen, und die vor ihr liegende Strecke verschwamm. Ein weiterer Schuss war nicht gefallen, vielleicht hatte er aufgegeben und war mit dem Fund zufrieden. Sie hätte vor Wut heulen können. Alle ihre Beweise für die Existenz von Madelaine de Miolans und ihre Flucht aus Wales waren verloren!

Sie atmete schwer und musste eine Pause einlegen. Sie schaute zurück, doch Mike folgte ihr nicht. So weit sie über das flirrende Feld aus Kakteen und Sträuchern schauen konnte, sah sie nichts, was auf Mike und seinen Wagen hindeutete. Ihr Pulsschlag wurde ruhiger, und deutlicher nahm sie jetzt die Geräusche fahrender Autos wahr. Vor ihr lag eine Anhöhe mit einer Anhäufung von Akazienbüschen. Sie mobilisierte ihre letzten Kraftreserven und lief in leichtem Trab das ansteigende Gelände hinauf. Die Büsche zerkratzten ihre Arme, doch sie spürte nichts außer der Freude, endlich andere Menschen in greifbarer Nähe zu sehen. Sie rannte die Böschung hinunter und stellte sich an die breite Straße, auf der in regelmäßigen

Abständen Busse und Personenwagen vorbeifuhren. Die ersten vier Wagen ignorierten ihr Winken. Wahrscheinlich lag es an ihrem Aussehen, sie strich die Bluse glatt, die genauso schmutzig wie ihre einstmals weiße Leinenhose war. Den Staub aus den Haaren zu schütteln erwies sich als zwecklos, und während sie sich noch vergeblich um ein zivilisiertes Erscheinungsbild bemühte, hielt ein hellgrüner Kombi neben ihr.

In dem Wagen saß eine Familie, vorn die Eltern, hinten ein kleines Mädchen und ein Hund. Die junge Mutter drehte die Fensterscheibe herunter und fragte sie etwas auf Französisch.

»Ich hatte einen Unfall und man verfolgt mich!«, erklärte Alexandra auf Englisch.

»O nein, wie furchtbar.« Die junge Frau drehte sich zu ihrem Mann, der nickte. »Steigen Sie ein, wir können Sie nach Le François mitnehmen. Dort gibt es eine Polizeistation.«

Alexandra setzte sich nach hinten neben das kleine Mädchen, das sie mit großen Augen musterte. Während der Fahrt musste Alexandra erzählen, was ihr passiert war, wobei sie die Hintergründe ausließ. Marianne und Jean, ein französisches Ehepaar, das vor zwei Jahren eine neue Existenz auf der Insel gegründet hatte, waren entsetzt. Sie sprachen beide Englisch und erklärten Alexandra, dass sie sich auf der östlichen Seite von Martinique befand. Die Region um Le François wurde vom Zuckerrohr- und Ananasanbau dominiert. Jean hatte mit seiner Frau ein kleines Restaurant eröffnet, denn die schönen Buchten mit herrlichen weißen Sandstränden zogen viele Segler an. Alexandra hörte nur halb hin, ihre Gedanken gingen eigene Wege. Würden die Delbès und vor allem Claire jetzt überhaupt noch mit ihr sprechen wollen? Der Hund schnupperte an ihrer Hose, die wirklich unappetitlich aussah.

»Da vorn, sehen Sie, das ist das Polizeigebäude, nun ja, eine kleine Station. Ich werde Sie begleiten und übersetzen, falls man dort kein Englisch spricht.« Marianne riss sie aus ihren Gedanken.

Sie waren durch einen malerischen Ort an der Küste gefahren, dessen zumeist weiße Häuser sich in einer kleinen Bucht drängten. Die Polizeistation befand sich in einem gelben Haus, in dem auch ein kleiner Laden untergebracht war. Strohmatten und Sonnenschirme deuteten auf touristisches Publikum hin. Alexandra bedankte sich bei Jean und folgte Marianne in das Gebäude.

In einem engen Raum befanden sich zwei Schreibtische, von denen einer besetzt war. Ein gutmütig aussehender uniformierter Polizist tippte mit drei Fingern Berichte auf einer Schreibmaschine, eine Zigarette lag neben ihm in einem Aschenbecher.

»Bonjour, Monsieur.« Marianne erläuterte die Situation kurz auf Französisch, was sich als überflüssig erwies, denn der Mann sprach sogar Deutsch. Seine Mutter war Deutsche und nach ihrer Heirat auf Martinique geblieben. Nun, Alexandra konnte gut verstehen, dass jemand sein Herz an diese Tropeninsel verlor, auch wenn ihre erste Begegnung etwas rau verlaufen war. Der Beamte nahm alle Einzelheiten des Angriffs auf, den er für einen normalen Raub hielt und tätigte dann eine Reihe von Anrufen. Marianne verabschiedete sich, nachdem sie sich überzeugt hatte, dass Alexandra in guten Händen war, und ließ ihre Adresse zurück, falls weitere Hilfe benötigt würde.

Der Beamte legte den Hörer nieder und lehnte sich in seinem Sessel zurück. »Mademoiselle, ich habe mit Laura Delbè gesprochen.« Der Name klang fast ehrfürchtig aus seinem Mund, offensichtlich genoss die Familie großes Ansehen auf der Insel. »Madame Delbè war in größter Sorge um Sie und hatte schon Kontakt mit Ihrem Vater aufgenommen. Der Chauffeur der Delbès war ohne Sie zurückgekommen. Ich habe gesagt, dass ich Sie persönlich nach Fort-de-France bringen werde. Das spart Ihnen Zeit, denn die Delbès wollten Sie holen lassen. Kommen Sie, mein Dienstwagen steht draußen.«

Er stand auf, nahm ein Bund Schlüssel von der Wand und deutete auf den Ausgang.

»Aber meine Papiere und meine Sachen?«, fragte Alexandra hilflos.

Er schloss die Tür ab und führte sie zu seinem Wagen. »Wir gehen der Sache nach. Ich habe alles Nötige veranlasst. Da Sie EU-Bürgerin sind und wir uns hier quasi in Europa befinden, ist das vorerst kein Problem. Notfalls stellen wir Ihnen provisorische Papiere aus. Über die Computer kommen wir schnellstens an alle Informationen heran.«

Sie fuhren aus dem Ort hinaus und ließen die grünen Felder hinter sich, denn zurück ging es wieder durch die karge staubige Landschaft, mit der sie auf so unliebsame Weise Bekanntschaft gemacht hatte. Der Beamte wählte allerdings nicht die Nebenstraßen, auf denen Mike gefahren war, sondern die Route Nationale, auf der sie in weniger als einer Stunde nach Fort-de-France gelangten. Während der Fahrt befragte er sie gezielt über das Aussehen ihres Angreifers, das Auto und die Stelle, an der sie davongelaufen war. Als er sie nach dem Grund für ihren Besuch bei den Delbès fragte, wollte sie ihr Anliegen nicht vor ihm verbergen und klärte ihn über die Hintergründe auf. Wenn er erstaunt war, ließ er sich nichts anmerken, empfahl ihr lediglich, so einfühlsam wie nur irgend möglich mit den Delbès über dieses Thema zu sprechen.

»Warum, was ist los mit diesen Leuten? Es scheint ja geradezu, als ob es sich um königliche Hoheiten handelt. Nur sind solche Zeiten, in denen der gesellschaftliche Rang beeindruckte, doch wohl längst vorüber.« Alexandra fand das Getue um die Familie langsam störend und lächerlich.

Der Beamte lächelte, während er durch die geschäftige Rue de Liberté fuhr, in der in exklusiven Läden Pariser Chic angeboten wurde. Der Stadtpark befand sich neben der Straße, und er deutete auf eine Statue.

»Das ist Josephine, die Kaiserin. Sie wissen schon, die Frau von Napoleon.«

Alexandra nickte, was hatte das mit den Delbès zu tun?

»Nun, Josephine war eine geborene Tascher de la Pagerie, alter Adel aus dem Orléanais. Ihr Vater heiratete eine reiche Kreolin, die bereits seit 1644 in der Karibik lebte. Sie betrieben die Zucker-Pflanzung La Pagerie.«

Menschen aller Hautfarben und Rassen mischten sich auf den Straßen und gaben der Stadt ein multikulturelles Flair. Alexandra konnte sich nicht sattsehen an den leuchtenden Farben der Kleider und Blumen, die miteinander in ständigem Wettstreit um die schönste Nuance zu liegen schienen. Aber das war sicher nicht immer so gewesen.

»Josephines Familie, so heißt es«, bestätigte der Polizist ihre Gedanken, »war nicht gegen die Sklaverei, die den Unterhalt der riesigen Plantagen erst ermöglichte. Allerdings weiß man auch, dass Josephine selbst die Freilassung ihrer Amme, einer Mulattin namens Marion, bei Napoleon erwirkte. In Bezug auf das Problem der Sklaverei als solches und die Tatsache, dass die wenigen weißen Kolonialisten dadurch ihren Reichtum erlangten, spielt das keine Rolle, denn es ändert nichts daran, dass Békés wie die Delbès immer noch im Besitz der Gewinn bringenden Plantagen sind.«

»Aber ich habe gelesen, dass einige Rumfirmen schon von Inselbewohnern, also ich meine Nachfahren der Sklaven, betrieben werden«, gab Alexandra zu bedenken.

»Das stimmt auch, doch die Delbès sind nun einmal die reichste Familie auf der Insel, und egal was sie tun, und sie haben viel für das Schulsystem und das Gesundheitswesen getan, es gibt immer Neider. Außerdem sind sie sich ihrer Stellung durchaus bewusst, und wenn ich Ihnen zeige, wo sie wohnen, werden Sie verstehen, dass man von Arroganz dieser Weißen, die sich schon durch die Lage ihres Anwesens vom Rest der Einwohner absondern, sprechen kann.«

Sie hatten die Stadt wieder verlassen und fuhren durch bewaldete Hügel hinauf zu jener Gegend, in der sich die Villen der reichen Oberschicht befanden. Die schmale Straße schlängelte sich unter herabhängenden Blättern, bis sich plötzlich das dichte Grün lichtete und sie von der nun fast gerade verlaufenden Straße einen weiten Blick über die Stadt bis an das Meer hatten. Sie passierten zwei schlichte weiße Gebäude, deren Zufahrten durch hohe schmiedeeiserne Tore verschlossen waren. Nach weiteren hundert Metern, die sie an einer mannshohen Mauer entlanggefahren waren, zeigte ein auf einem Sockel thronender steinerner Löwe die Einfahrt zum Anwesen der Delbès an. Der Beamte bog in die Einfahrt, die ebenfalls durch ein massives Tor geschützt wurde, und drückte auf den Knopf der Sprechanlage, über der sich eine Überwachungskamera befand. Er hatte kaum ihre Namen genannt, als das Tor auch schon geräuschlos aufschwang.

Hohe alte Bäume säumten den Anfahrtsweg zum Haus. Rosafarbene und rote Blüten von Anthurium und Oleander leuchteten auf dem gepflegten Rasen. Weiße Blumenkübel, aus denen üppige Kaskaden blauer Blüten rankten, grenzten den Kiesplatz vor dem Haus ein, hinter dem sich die imposante Front mit zwei schlanken Säulen am Portal erhob. Alexandra fühlte sich in das Südstaatenepos *Vom Winde verweht* versetzt und wäre nicht überrascht gewesen, wenn im nächsten Moment Red Buttler in einem Einspänner vorgefahren wäre. Noch bevor sie klingeln konnten, wurde ihnen die Tür schon geöffnet.

Alexandra wünschte, sie hätte in der Stadt neue Kleidung gekauft, doch ihre Bedenken zerstreuten sich, als sie die junge Frau in der Tür sah.

Kapitel 20

Bonjour, herzlich willkommen! Sie sind Alexandra Lorenz, die berühmte Malerin, nicht wahr? Ach herrje, Sie Ärmste, was hat dieser Mistkerl Ihnen nur angetan. Kommen Sie nur, vielleicht passt Ihnen was von meinen Sachen, bis wir den Schuft dingfest gemacht haben. Das schaffen Sie doch, Inspektor?« Doch die quirlige junge Frau mit den strubbeligen blonden Haaren ließ dem Polizisten keine Zeit zum Antworten. »Ist ja eine Insel, also eigentlich müsste man den Kerl erwischen.«

Sie waren hinter ihr hergegangen, zuerst durch eine runde lichtdurchflutete Halle, in deren Fußboden ein Mosaik aus farbigen Steinen eingelassen war. Das Treppenhaus führte in die seitlichen Gebäudeteile, wo sich, wie Alexandra später erfuhr, die Wohnräume befanden. Jetzt wurden sie nach rechts in ein geräumiges Büro geführt, das, im Gegensatz zum klassischen Baustil, modern eingerichtet war. Schlichte weiße Regale füllten die Wände, nur unterbrochen von bunten avantgardistischen Gemälden. Hinter einer gläsernen Schreibtischplatte saß eine Frau, die unschwer als das ältere Abbild ihrer jungen Begleiterin zu erkennen war.

»Maman, darf ich dir Alexandra Lorenz – ach du liebe Zeit, ich habe Ihnen noch gar nicht gesagt, wer ich bin.« Die hübschen blauen Augen wurden erschrocken aufgerissen. »Julie, ich bin Julie Delbè, verzeihen Sie mir, ich bin immer so schrecklich überdreht, wie Maman sagt. Dabei habe ich nur viel Energie.«

Alexandra lachte. Der sympathischen jungen Frau mit dem offenen Gesicht und den vor Lebensfreude sprühenden Augen konnte man nicht böse sein. »Nein, nein, ich finde Sie völlig in

Ordnung und danke für das Kompliment, ich wusste nicht, dass ich eine berühmte Malerin bin.«

Laura Delbè erhob sich und kam hinter ihrem Schreibtisch hervor. Durch die dunkelblonden, zu einem Pferdeschwanz gebundenen Haare wirkte ihr rundes Gesicht streng, doch sie hatte dieselben strahlenden Augen wie ihre Tochter. Ein leichtes Lächeln umspielte ihre Lippen, als sie sich vorstellte und Alexandra mit festem Händedruck begrüßte.

»Meine Tochter kennen Sie ja bereits. Es tut mir sehr Leid, dass unser Chauffeur nicht pünktlich am Flughafen war, sonst wäre es wohl nicht zu diesem unglücklichen Zwischenfall gekommen. Inspektor«, sie wandte sich an den wartenden Beamten, »was müssen wir tun, um Miss Lorenz auf die bestmögliche Weise zu helfen? Mein Mann ist mit Léon Soulages, dem Chef der Polizei in Fort-de-France, befreundet.«

»Madame, es ist alles in die Wege geleitet worden. Wir prüfen die Passagierlisten der letzten Tage, befragen Flughafenpersonal und Mietwagenfirmen, und alle abfliegenden Passagiere werden auf die Perlen durchsucht. Nun ja, er kann sie auch verschicken, aber wir tun, was in unseren Kräften steht. Wenn Sie mich jetzt entschuldigen. Auf Wiedersehen, Frau Lorenz, alles Gute!«, sagte er auf Deutsch zu Alexandra und schien erleichtert, sich verabschieden zu können.

Ohne ihn fühlte sie sich ein wenig unsicher, doch Julie entspannte die Situation.

»Wollen Sie telefonieren? Man vermisst Sie bestimmt. Ihr Vater lebt auf Barbados, oder?« Sie schob ihr das Telefon hin.

Laura legte ihrer Tochter den Arm um die Schultern. »Wir lassen Sie allein, telefonieren Sie in aller Ruhe. Sie finden uns in der Küche, ganz hinten durch.« Sie zeigte durch die Halle auf die andere Seite und entfernte sich mit ihrer Tochter.

Da Alexandra sich nicht an die Telefonnummer ihres Vaters erinnerte, rief sie zuerst die Auskunft an. Endlich stand die Verbindung.

»Vater, ich bin's!«

»Liebes Kind, wie schön, dich zu hören, wir waren schon ganz verrückt vor Sorge, und dann hat dein Freund angerufen, ein sehr netter Mann übrigens, und hat uns über diesen Kerl aufgeklärt, der dich verfolgt hat. Alex, warum hast du nichts von deinem Unfall und von dem Anschlag auf Davy erzählt? Ich hätte dich niemals allein fliegen lassen!«

Alexandra konnte nicht glauben, dass Ewan bei ihrem Vater angerufen hatte, aber danach würde sie später fragen. »Genau deswegen! Du hättest dir viel zu große Sorgen gemacht, und ich wusste ja nicht sicher, ob das alles mir gegolten hatte oder vielleicht nicht doch ein Zufall war. Dann hätte ich mich hochgradig lächerlich gemacht.«

»Du hast wirklich zu viel von deiner Mutter! Das ist doch egal, Hauptsache, man sichert sich nach allen Seiten ab. Ich wollte schon rüberfliegen, wenn du möchtest, komme ich nach.«

»Nein, Vater, ich glaube, das geht schon, nur wenn meine Handtasche nicht auftaucht – da war alles drin.«

»Ich telegrafiere sofort Geld auf eine Bank. Geht es dir wirklich gut?«

»Ja, keine Sorge, ich war schneller. Er hat jetzt eine Platzwunde am Kopf, ich nur ein paar Kratzer.«

»Was, du musstest dich mit ihm schlagen?«

»Da war dieses weite Kaktusfeld, und irgendwann hätte er mich getroffen, also habe ich auf ihn gewartet und ihm die Waffe aus der Hand geschlagen.«

»Alex, ich bin stolz auf dich, du bist so tapfer! Mein Gott, ich darf gar nicht daran denken, was dir alles hätte passieren können.«

»Es ist ja nichts passiert. Aber was war das mit diesem Anruf von meinem Freund? Welcher Freund denn?«

»Ein schottischer Name, McCord, glaube ich.«

»Ewan!«

»Ja, genau, Ewan McCord. Er klang sehr besorgt und sprach von einem Missverständnis und dass du ihn unbedingt anrufen sollst, und natürlich hat er mir alles über deinen Unfall, den Einbruch und überhaupt die ganze Geschichte eben erzählt.« Fast glaubte sie, ihn am Telefon lächeln zu sehen. »Ihm scheint viel an dir zu liegen. Hmm, und ich hatte den Eindruck, dass er denkt, du weißt das nicht.«

Alexandras Herz machte einen Sprung. Ewan hatte angerufen! »Ähh, ich erklär dir das, wenn ich zurückkomme. Kannst du mir seine Nummer geben?«

Ewan hatte anscheinend damit gerechnet, dass Alexandra seine Telefonnummer nicht bei sich hatte und sie vorsorglich Björn Lorenz hinterlassen. Alexandra bedankte sich überschwänglich bei ihrem Vater und legte auf. Sie betrachtete die Bilder im Büro. Auf einem der Bilder waren blütenartige Formen ineinander verwoben und leuchtende Farben in Nuancen, von denen man nicht geglaubt hätte, dass sie nebeneinander bestehen könnten, so kombiniert, dass der Betrachter hineingesogen wurde in das Blütenmeer. Wer immer das gemalt hatte, fühlte in Farben und spürte deren Stimmungen auf. Ein anderes Bild zeigte einen Dschungel oder einen verwilderten Berg. Wie verglimmende Lichtschimmer aus Farbe blinkten hier und dort weiße Flächen hervor, bei denen man unweigerlich an Häuser dachte. Die Natur gewann dort einen ganz neuen Stellenwert, fand Alexandra.

»Mögen Sie es?«

Julies Stimme erklang hinter ihr.

Alexandra betrachtete das Bild weiter. »Ja, sehr sogar, es atmet Stille und zeigt dennoch den Kampf der Natur mit der Zivilisation. Ich mag die Idee, sie hat Kraft und berührt mich.« Julie lauschte aufmerksam, und Alexandra konnte sich des Eindrucks nicht erwehren, dass dieses Bild ihr persönlich am Herzen lag. »Es ist von Ihnen, oder?«

»Ja. Ich mag nicht alle meine Bilder, aber das hier, finde ich, hat Substanz. Wie sind Sie zum Malen gekommen?«

»Ich weiß nicht genau, es war irgendwie das Einzige, was ich immer tun wollte. Sonst gab es nichts. Es hört nie auf, dieser immer neue Kampf um die Leinwand. Ich liebe das, manchmal hasse ich es auch, aber wenn es gelungen ist, ja dann gibt es nichts, das dem gleich kommt.«

Die andere hatte etwas Unvermitteltes, dass es ihr unmöglich machte, in Floskeln herumzureden. Sie stand hier einem Menschen gegenüber, der wie sie selbst mit dem Herzen fühlte und dachte. Vielleicht war ihre Reise doch nicht umsonst gewesen.

»Maman hat gesagt, ich soll mal nach Ihnen sehen, Miss Lorenz.«

»Alex, bitte, sag ruhig Alex zu mir.«

»Gut. Ich bin Julie. Alex, möchtest du vor dem Essen baden und neue Kleider anziehen?« Sie grinste. »Die Fetzen sehen nicht mehr gut aus, damit würde ich mich nicht an den Tisch trauen.«

Alexandra war sich dessen auch ziemlich sicher und wollte gar nicht erst daran denken, wie sie riechen musste. Dankbar nahm sie das Angebot an und folgte Julie in den ersten Stock, wo sie in einem hübsch möblierten Gästezimmer ein Bad nahm. Julie brachte ihr einen frisch gepressten Orangensaft, denn sie meinte, dass man nach derartiger Anstrengung Vitamine brauchte. Alexandra saß in ihrem Badetuch auf dem Bett, als Julie erneut den Kopf zur Tür hereinsteckte.

»Wie findest du das?« Sie hielt ein gerade geschnittenes aprikotfarbenes Kleid in die Luft.

»Sieht gut aus, aber ich habe nur diese furchtbaren Sandalen, die die spitzen Steine kaum überlebt haben.« Zweifelnd sah Alexandra auf das elegante Kleid und ihre verstaubten, ausgetretenen Schuhe.

»Kein Problem!« Mit der anderen Hand hielt Julie zarte Slipper in die Höhe, die fast denselben Ton wie das Kleid hatten. »Wenn du in Schuhgröße 39 passt, dann könnte das hier was werden.«

Auf dem Spiegelschrank fand sie Körperpflege und eine Gesichtscreme, wofür sie sehr dankbar war. Was würde sie nun erwarten? Julie war zwar sehr nett, aber sie hatte mit keinem

Wort den Grund von Alexandras Besuch erwähnt. Hatte das eine Bedeutung? Julies Zimmer lag vier Türen weiter, und Alexandra tat, wie ihr geheißen und klopfte, als sie fertig war.

»Komm rein, Alex!«

Julies zierliche Figur steckte nun, anstatt in Shorts, in einer fließenden weißen Hose und einem raffinierten zweilagigen Top aus dünner Seide. Die Haare hatte sie sich hinter die Ohren gestrichen. Das Zimmer stand voller Leinwände. Es roch nach Farbe und Terpentin, und auf dem Marmorboden lagen alte Zeitungen, die den edlen Stein trotzdem nicht vor Farbflecken hatten schützen können.

»Sieh dich bloß nicht um. Maman trifft immer der Schlag, wenn sie hereinkommt, zum Glück tut sie das nicht mehr oft. Großmama hat mir erlaubt, hier zu malen, also mach ich das! Vielleicht erlauben sie mir endlich, nach Paris zu gehen. Ich will freie Kunst studieren, nicht Grafik oder Zeichnen oder irgend so was Brauchbares, wie sie mir einreden wollen. Mann, in diesem alten Kasten ist irre viel Platz! Ich könnte ein Atelier haben, aber das erlaubt Papa nicht. Er dreht durch, wenn ich nur vom Malen rede.« Sie grinste entschuldigend. »Und ich rede zu viel! Komm, die warten sicher schon. Es gibt zwei Sachen, die du dir merken solltest: Komme nie zu spät zum Essen, und störe Großmama niemals, ohne vorher Therèse zu fragen. Dann lebt es sich hier ganz gut. Na los, keine Angst, das wird lustig heute Abend!«

Alexandra war sich da nicht so sicher und zupfte nervös an ihrem geliehenen Kleid, das von einem der führenden französischen Modehäuser geschneidert worden war, wie sie mit einem ehrfürchtigen Blick auf das Label festgestellt hatte. Jetzt verstand sie den Polizisten besser. Sie wünschte sich Ewan an ihre Seite. Seine ruhige Art gab ihr Selbstvertrauen. Später wollte sie Julie fragen, ob sie noch einmal telefonieren konnte. Durch den langen Flur gingen sie die Treppen hinunter und dann über das Mosaik der Eingangshalle hinüber in den nächsten Flügel, in dem sich das Esszimmer befand. Zimmer war untertrieben, denn die opulent mit Blüten und Früchten dekorierte Tafel war mindestens sechs Meter lang. Alle anderen saßen schon auf ihren Plätzen, was Julie zu genießen schien.

Julie ging zuerst zu einem an der Stirnseite sitzenden eleganten Mann, den sie als ihren Vater Robert vorstellte. Robert Delbè erhob sich höflich und reichte Alexandra die Hand. Er musste einmal sehr gut ausgesehen haben und war auch jetzt, mit Mitte fünfzig, noch ein attraktiver Mann. Seine dunklen Augen musterten sie interessiert.

»Mademoiselle Lorenz«, sagte er auf Englisch mit einem weichen französischen Akzent, »wir sind sehr froh, dass Ihnen nicht noch Schlimmeres zugestoßen ist, und werden uns bemühen, Ihnen Ihren Aufenthalt bei uns so angenehm wie möglich zu machen. Bitte, nehmen Sie doch Platz.«

Sie folgte der freundlichen Aufforderung und nahm neben einem jungen Mann Platz, der Julie so ähnlich sah, dass es ihr Bruder sein musste. Julien und Julie waren Zwillinge, wobei der Junge die dunklen Augen des Vaters geerbt hatte. Julien wirkte älter, was an seiner betont ernsthaften Art lag, die ganz im Gegensatz zur Quirligkeit seiner Schwester stand. Gegenüber von Alexandra saß eine hagere ältere Frau mit grauen Haaren, die zu einem strengen Knoten auf dem Hinterkopf gesteckt waren. Sie lächelte nicht und beteiligte sich nicht an der Konversation. Ihr Name war Colette, Roberts Schwester, die seit dem frühen Tod ihres Mannes wieder hier lebte. Neben Colette saßen Julie und Laura. Auf Alexandras Seite saß ein weiterer Gast. Der mittelgroße Mann mit den scharfen abschätzenden Augen wurde als Pascal Brion, Anwalt der Familie und enger Freund Roberts, vorgestellt. Pascal hatte eine Halbglatze und einen kleinen Bauchansatz und sprach so schnell, dass Alexandra kein Wort verstand. Die Konversation wurde in Französisch geführt, und nur, wenn man das Wort an sie richtete, wurde ins Englische umgeschwenkt. Julie war das sichtlich unangenehm, und sie deutete an, später zu erklären.

Julien reichte ihr die Speisen und schenkte Wein und Wasser nach, sprach jedoch nicht mit ihr, was ihr Gefühl, ein Eindringling in dieser Familie zu sein, nur noch verstärkte. Niemand erwähnte Claire, und Alexandra wagte nicht, nach ihr zu fragen. Zweimal während des Mahles erschien eine behäbige Farbige, deren Turban derart kunstvoll in die Höhe ragte, dass Alexandra befürchtete, er könne jeden Moment zu Boden fallen. Therèse trug ihren Kopfschmuck jedoch mit großer Würde und richtete jeweils leise Worte an Laura Delbè. Nachdem diese zustimmend genickt hatte, verschwand Therèse wieder. Zwei farbige junge Frauen servierten das Essen, das köstlich schmeckte. Zu den Vorspeisen gehörten Anchovispaste auf frischem Brot, eine Portion Moules à la fécampoise, das waren Muscheln mit Kartoffeln und Sellerie, sowie eine Hühnersuppe mit Pilzen. Pikant gewürzte Langusten bildeten den Hauptgang, und Julie erläuterte, dass die Gewürze der kreolischen Küche entstammten. Das Dessert war eine französische Tarte Tatin. Von dem saftigen Apfelkuchen hätte Alexandra gern eine größere Portion gegessen, doch sie war schon so satt, dass sie nur aus Höflichkeit noch ein Stück kostete.

Niemand fragte nach dem Grund ihrer Anwesenheit, man behandelte sie mit höflicher Nichtbeachtung. Als der letzte Gang abgeräumt war und der Kaffee serviert wurde, holten Laura, Julie und Pascal ihre Zigaretten hervor. Gerne nahm Alexandra Julies Angebot an, eine Gauloise mit ihr zu rauchen. Der starke Tabak kratzte anfangs im Hals, hatte aber ein kräftiges wohlschmeckendes Aroma. Pascal klopfte die Asche seiner Zigarette ab und wandte sich an Alexandra.

»Sie sind keine Engländerin, oder?«

Der Anwalt saß mit am Tisch. Jetzt wurde sie auch noch einem Verhör unterzogen, aber hatte sie nicht selbst Schuld?

»Nein, ich bin Deutsche, meine Schwester lebt seit Jahren in Wales und ich seit einigen Monaten ebenfalls.« Sie versuchte, höflich zu lächeln.

»Wenn ich das richtig verstanden habe, sind Sie dort auf

eine Perlenkette gestoßen in Verbindung mit einer Notiz, die sie auf die Familie Delbè gebracht hat?«

Ausführlich legte Alexandra die Umstände ihrer Entdeckung dar.

Pascal Brion schien wenig beeindruckt. »Aber warum dieses große persönliche Interesse? Es ist nicht Ihre Familie. Sie wohnen lediglich in dem Haus, in dem Sie den Fund gemacht haben.« Er sah sie abwartend an.

Unterstellte er ihr unlautere Motive, etwa Forderungen nach Geld? Alexandra wurde langsam wütend und zwang sich, beherrscht zu antworten.

»Monsieur Brion, ich erwarte nicht, dass Sie das verstehen, aber ich tue dies, weil ich der festen Überzeugung bin, dass in dem Haus, in dem ich wohne, ein Unrecht geschehen ist. Der Zufall wollte es, dass ich die Llangaeroggs kennen lernte, die, wie Sie ja vielleicht wissen, einen erheblichen Anteil an den Geschehnissen des Jahres 1841 hatten. Durch meine Nachforschungen weiß ich, dass John-Richard Llangaerogg mit Madelaine de Miolans verheiratet war. Diese Eheschließung war gegen den Willen seines Vaters, des Earls Owain, sie wurde nirgends verzeichnet, den einzigen Beweis gibt es in einem Logbuch. Wegen dieses Buches ist fast ein netter alter Herr zu Tode gekommen, und auch ich hatte eine Reihe seltsamer Unfälle, und jetzt fand hier der Überfall auf mich statt. Ich habe die Perlen nicht mehr und auch nicht den Brief von Madelaine, aber ist all das nicht Beweis genug, dass jemand versucht, etwas zu vertuschen?«

»Und Sie haben sich selbst zum Anwalt erklärt? Vielleicht ist es ja besser, alles bleibt, wie es ist?« Seine scharfen Augen fixierten sie.

Alexandra ließ sich nicht einschüchtern und sah Laura Delbè an.

»Dann wäre ich ja wohl nicht hier, oder?«

Laura lächelte entschuldigend. »Nehmen Sie es Pascal nicht übel, er legt den Job nie ab, benimmt sich immer wie ein Advokat. Sie haben ganz Recht, wir haben Sie den weiten Weg nicht umsonst machen lassen. Ihre Vermutungen sind berechtigt. Allerdings liegt es nicht bei uns, Ihnen mehr dazu zu sagen. Therèse?«

Der massige Schatten der dunklen Frau löste sich aus dem Hintergrund des weitläufigen Raumes. »Oui, Madame?«

Es folgte ein kurzer Wortwechsel auf Französisch, von dem Alexandra nur den Namen Claire verstand. Therèse verschwand, und Laura sagte: »Meine Schwiegermutter ist die Einzige, die über die Einzelheiten der Familiengeschichte Bescheid weiß. Therèse wird ihr berichten, was sie heute Abend gehört hat, und zu gegebener Zeit wird Madame Delbè nach Ihnen schicken lassen.«

Das hörte sich an, als könne es Stunden oder auch Tage dauern, bis die alte Dame bereit wäre, mit ihr zu sprechen. Alexandra wollte gerade etwas erwidern, als sie Julies abwehrenden Blick auffing. Diese machte eine verneinende Bewegung. »Alex hat meine Bilder gesehen und fand sie gut. Na ja, jedenfalls das eine, den Urwald!« Herausfordernd sah Julie zu ihrem Vater hinüber, dessen Lippen schmal wurden.

»Sicher war Mademoiselle Lorenz nur höflich.«

Alexandra wollte sich für Julies Entgegenkommen revanchieren. »Ganz im Gegenteil, wenn es um Kunst geht, bin ich niemals höflich, dazu ist sie mir zu wichtig. Ich denke wirklich, dass Julies Bildern eine ungeheure Kraft innewohnt, sie hat das innere Brennen und das technische Können, das sie zwar noch vervollständigen müsste, aber die zusammen eine Künstlerin ausmachen.«

»Nun, Sie sind befangen. Sie sind selbst Malerin. Sagen Sie ehrlich, können Sie davon leben?« Er zog eine Augenbraue in die Höhe.

»Sehr gut sogar. Es hat lange gedauert, aber jetzt kann ich mir eine Reise in die Karibik leisten, ohne auf meinen Kontostand schauen zu müssen.«

»Das ist beachtlich. Aber Ihr Erfolg ist nicht die Regel, die wenigsten Künstler sind finanziell so gut abgesichert wie sie. Es geht im Leben nicht nur um Selbstverwirklichung, man kann nicht immer seinen Träumen folgen.«

»Wie traurig«, sagte Alexandra mit weicher Stimme. »Ich finde, jeder sollte zumindest versuchen, seinen Traum zu leben.«

Zum ersten Mal schaltete Colette sich ein. Mit leiser trauriger Stimme sagte sie in gebrochenem Englisch. »Oui, lebe die Träume, sonst endest du wie ich, eine vertrocknete alte Pflanze.«

Laura räusperte sich und sagte fröhlich: »Von unserer schönen Insel haben Sie bisher ja leider nur den Staub gesehen. Julie fährt morgen bestimmt gern mit Ihnen in den Norden, unseren berühmten Feuerspucker ansehen. Die Vegetation dort oben ist einfach wundervoll. Schwimmen Sie gern?«

»Sehr gern sogar. Das war einer der Gründe, warum ich unbedingt am Meer wohnen wollte, nur ist die Irische See eher frisch um diese Jahreszeit.« Sie ging auf den Themenwechsel ein, denn anscheinend hatte sie mit dem Thema einen Nerv bei Robert Delbè getroffen. Was war nur mit Julien los, warum sprang er seiner Schwester nicht bei? Ihr Tischnachbar unterhielt sich mit Pascal und war an den Gesprächen scheinbar nicht interessiert.

Laura stand auf. »Dann werde ich abräumen lassen. Julie, zeig Mademoiselle Lorenz doch den Pool, es ist eine so schöne Nacht heute.«

Alexandra fand die Aussicht auf ein nächtliches Schwimmen äußerst reizvoll, hätte sich aber dennoch gerne weiter mit Robert und Laura, die mehr wussten, als sie offenbaren wollten, unterhalten. Sie hatte keine Wahl, als sich zu fügen, andernfalls hätte sie ihre wenigen Sympathien verspielt. Julie lieh ihr einen Badeanzug, und gemeinsam machten sie sich auf den Weg zum Pool, dessen verlockendes Blau im nächtlichen Garten durch die Bäume schimmerte. Julie war eine ausgezeichnete Schwimmerin und kraulte gleichmäßig einige Bahnen.

Als sie am Beckenrand saßen und sich abtrockneten, wagte Alexandra, nach ihrem Verhältnis zu Julien zu fragen. Julie machte eine wegwerfende Handbewegung und erklärte ohne Groll, dass ihr Bruder den Vorstellungen der Eltern eben mehr entspräche, weil er sich schon früh dazu entschlossen hatte, den Betrieb weiterzuführen.

»Weißt du, mir macht das nichts aus. Wenn es ihn glücklich macht, soll er doch. Aber sieh ihn dir an, er benimmt sich jetzt schon wie ein alter Mann. Na ja, er ist so ernst und macht immer den Wichtigen, was ist denn das für ein Leben?« Julie lachte und schüttelte die nassen Haare. »Einer muss den Verein ja aufmischen, sonst schlafen die noch ein. Und überhaupt, wem gehört denn das Land eigentlich und die Plantage? Ohne die Sklaven wäre dieser verschwenderische Reichtum nicht möglich gewesen.« Sie breitete die Arme aus und deutete auf das Haus.

»Du lebst doch auch hier, Julie.« Alexandra sah sie fragend an.

Julie grinste. »Jaja, ich weiß, ich bin nicht konsequent genug. Die Bequemlichkeit, eine lahme Entschuldigung, überhaupt keine – ich geb's ja zu. Ich kann es dir nicht beschreiben, Alex.« Ihre blauen Augen fixierten einen unbestimmten Punkt in der Dunkelheit. »Diese Verbundenheit mit der Familie, mit Großmutter. Ihr bedeutet das alles so viel, ich könnte sie nie verletzen und so wie mit dir über die Vergangenheit sprechen. Es ist ihr Leben, und so, wie sie es gelebt hat, war es kein Unrecht. Ich meine, sie war immer gut zu den Leuten. Es waren keine Sklaven, sie hat den Arbeitern Pensionen bezahlt und den Kindern Ausbildung oder Studium ermöglicht.« Hilflos hob sie die Schultern. »Es ist nur, wenn ich daran denke, wie alles begonnen hat …«

Alexandra konnte sich gut vorstellen, wie es in Julie aussah. Zum einen war sie in dem unvergleichlichen Luxus einer Umgebung von verschwenderischer Schönheit aufgewachsen, zum anderen war sie sich des begangenen Unrechts mehr als bewusst, hing jedoch zu sehr an ihrer Familie, als dass sie mit allem brechen konnte. Julies Gefühle ihrer Großmutter gegenüber machten Alexandra nur noch neugieriger auf diese Frau, die die Hüterin des Familiengeheimnisses war und der alle einen derartigen Respekt zollten. Sie fragte Julie später, ob sie telefonieren dürfte, worauf diese lachte und sagte, dass es nicht weiter auffiele, da sie selbst oft stundenlang mit Freundinnen in Europa telefoniere.

Mit bebenden Fingern wählte Alexandra Ewans Nummer. Seine Stimme klang verschlafen.

»Ja.«

»Entschuldige, wahrscheinlich ist es noch zu früh, ich kann später …«

Plötzlich schien Ewan hellwach zu sein. »Du bist es! Nein, bleib dran. Was ist denn das für eine Geschichte, die ich von Karen gehört habe? Dir geht es aber gut?«

»Ich bin bei den Delbès. Die Perlenkette und der Brief sind weg, aber ich hoffe auf ein Gespräch mit Claire.«

»Aha. So, und was hast du deiner Schwester erzählt? Ich hätte mich mit einer anderen Frau getroffen?« Er klang verärgert.

»Ich war in der Stadt und habe dich vor einem Café mit einer Brünetten gesehen. Das war ziemlich eindeutig, fand ich«, gab sie scharf zurück.

»Oh, tatsächlich, danke für dein Vertrauen!«

»Vielleicht sagst du mir einfach, wer das war, anstatt mir Vorwürfe zu machen.«

»Vielleicht fragst du mich nächstes Mal einfach selbst, bevor du anderen Leuten erzählst, ich ginge fremd.«

»Das waren keine Leute, das war meine Schwester, und ich habe jetzt wirklich andere Sorgen. Schade, ich dachte, du wärst anders, aber da habe ich mich wohl getäuscht.« Alexandra war jetzt so wütend und verletzt, dass sie lauter sprach als beabsichtigt.

»Dann geht es dir wie mir! Hoffentlich findest du, was du

suchst, ich gehöre offensichtlich nicht dazu!« Unterdrückter Zorn klang aus seiner mühsam beherrschten Stimme.

»Nein!«, schrie sie außer sich vor Wut und knallte den Hörer auf das Telefon. Sie warf sich auf ihr Bett und schlug mit der flachen Hand auf das Kopfkissen. Dabei liefen ihr Tränen der Wut und der Verzweiflung über die Wangen. Deshalb hatte sie ihn nicht angerufen. Schon wieder hatte sie alles kaputtgemacht. Sie hatte ihm nicht die Spur einer Chance gegeben, sich zu verteidigen, aber genauso wenig hatte er erklärt, wen er an jenem Tag getroffen hatte. Egal, wie sie es drehte, am Ausgang dieses Gespräches war sie schuld, und sie fühlte sich elend.

Sie schlief unruhig in dieser Nacht und träumte von Madelaine, die nachts auf der Klippe vor ihrem Cottage stand. Ein Mann ging bedrohlich auf sie zu und drängte sie rückwärts auf den Abgrund zu. Es war zu dunkel, um sein Gesicht zu erkennen, doch die Gestalt kam Alexandra bekannt vor. Plötzlich brach der Mond aus den Wolken hervor und warf sein silbriges Licht auf die hohe Gestalt des Unbekannten. Alexandra erwachte mit rasendem Herzschlag. Sie hatte deutlich Alistair Llangaerogg gesehen! Aus dem Garten drangen Geräusche zu ihr herauf. Laute Rufe und Hundegebell, kurz darauf war es wieder still. Alexandra nahm einen Schluck Wasser, wusch sich das Gesicht und legte sich wieder hin.

Kapitel 21

Ihre verschmutzten Sachen hingen am nächsten Morgen gewaschen und gebügelt an der Tür, und man hatte ihr ein Paar einfache Strandschuhe mit dicker Sohle und Zehenstegen hingestellt. Sie klopfte an Julies Tür und fand sie inmitten ihrer Bilder vor. Etwa zehn Leinwände standen aufgereiht im Raum, und Julie ging nachdenklich von einem Bild zum nächsten. Ihre braun gebrannten schlanken Beine steckten wieder in Shorts, sie winkte Alexandra heran.

»Ich muss drei Bilder für die Prüfung aussuchen, aber ich weiß nicht, welche.«

»Für welche Prüfung?«

»Die Kunsthochschule in Paris. Ich werde gehen. Das habe ich heute Nacht beschlossen. Ich schaffe das auch ohne Unterstützung meiner Eltern, dann schlage ich mich eben allein durch. Also, welche sind gut?« Die blauen Augen waren entschlossen und schauten sie hoffnungsvoll an.

»Was ist mit dem unten im Büro, das ist sehr gut.« Alexandra sah sich die übrigen Bilder an und wählte drei aus, von denen sie glaubte, dass sie inhaltlich wie auch technisch und konzeptionell überzeugen würden. »Hast du denn schon einen Platz?«

Julie stellte die Bilder zusammen und pustete sich eine Strähne aus dem Gesicht. »Fast, das Auswahlverfahren läuft, ich muss nur noch einige Arbeiten einreichen. Hey, hast du schon gefrühstückt? Ich nicht, komm runter in die Küche, wir bitten Susette, frischen Saft zu pressen und Ananas zu schneiden. Die sind hier einfach köstlich. Du magst doch Ananas?«

»Ja, sehr sogar.« Sie ging mit der energischen Julie durch das geräumige Haus und war sich nicht sicher, ob das Mädchen, das einen derartigen Komfort gewohnt war, sich ohne weiteres von all dem trennen konnte. In der Theorie sahen die Dinge meist einfacher aus als in der Praxis.

Auf dem Weg nach unten begegneten sie Julien, der Alexandra mit einem knappen Kopfnicken begrüßte und zu seiner Schwester sagte: »Papa will dich nachher sprechen. Er ist jetzt drüben in der Destillerie.«

»Ja, schon gut. Ich weiß genau, was er will, ich soll Betriebswirtschaft studieren und in die Firma einsteigen. Reicht doch, dass du es machen willst. Ich opfere mein Leben nicht der bescheuerten Firma! Ich habe nämlich andere Träume!«

Julien lachte kurz auf. »Pinseln, na toll, du glaubst doch nicht im Ernst, dass du mit deinen Schmierereien Geld verdienen kannst, und dann kommst du eh wieder angekrochen, wie alle. Und wir, die wir die Firma leiten und das Geld machen, das du so verachtest, wir sind natürlich die Langweiler.«

Julie sah ihn mitleidig an. »Weißt du, Julien, so habe ich dich nie gesehen, als Langweiler, meine ich. Das hast du eben selbst gesagt. Ich dachte immer, es ist deine Lebensaufgabe, in dem Betrieb aufzugehen, klingt ja aber nicht so … Und wen meinst du mit ›alle‹? Doch nicht etwa die arme Tante Colette?«

Eine Tür klappte, und sie sahen Therèse mit einem Tablett in den Händen über den Flur gehen. Die Frau hatte etwas Undefinierbares an sich, und wenn sie Alexandra ansah, hatte diese das Gefühl, dass die durchdringenden Augen auf den Grund ihrer Seele schauten und ihre Gedanken lasen. Es war ihr unangenehm, Zeugin eines so intimen Gespräches der Geschwister zu werden. Auch wenn Julien ernst und arrogant wirkte, tat er ihr doch auch Leid, er war viel zu erwachsen für sein Alter und schien sich in eine Rolle gedrängt zu haben, die auszufüllen ihm mehr Anstrengung als Freude bereitete. Sie räusperte sich.

»Hmm, ich gehe schon mal runter. Bis gleich, Julie. Julien.«

Sie nickte kurz und wollte die Treppen hinuntergehen, doch Julie kam ihr sofort nach.

»Warte, ach, der olle Julien wird sich noch eines Tages wundern. Wir hatten eigentlich immer 'ne Menge Spaß zusammen, bis er sich berufen fühlte, der nächste Rumbaron zu werden.«

Eine Inderin in weißem Kleid mit gestärkter Schürze lief durch die Halle.

Julie lächelte sie freundlich an. »Anil, guten Morgen. Gibt's noch eine Ananas? Ich hatte noch kein Frühstück und Mademoiselle Lorenz auch nicht.«

Das junge Mädchen nickte. »Natürlich, Mademoiselle Julie, in der Küche, wie immer.« Sie ging voraus.

Mit der verlockend riechenden Frucht und einem Krug Saft gingen sie in den Garten und setzten sich am Pool an einen Tisch. Der Saft der frischen goldgelben Ananas lief Alexandra das Kinn hinunter, als sie in eines der Stücke biss. Sie sah sich den Garten an und fragte sich, wer in den Räumen wohnte, deren Türen hinter denen des Esszimmers lagen. Die Küche lag zum Hof hinaus, die Büros im anderen Trakt. Die Gardinen schienen zugezogen, doch der Stoff bewegte sich. Lebte Claire Delbè dort und beobachtete sie sie jetzt, oder tat Therèse das für sie?

»Ist etwas nicht in Ordnung? Du siehst so besorgt aus.« Julie wischte sich die Finger an einer Serviette ab.

»Nein, alles in Ordnung. Wer wohnt denn dort drüben?« Alexandra deutete mit dem Kopf zu den Fenstern, hinter denen sie ihre Beobachter vermutete.

»Meine Großmutter. Sie hasst die Hitze und kommt nur selten nach draußen. Außerdem will sie nicht braun werden. So was Verrücktes, ich finde es toll, wenn meine Haut sich bräunt. Du nicht auch?«

Alexandra murmelte Zustimmung mit vollem Mund.

»Hat was mit ihrer Vergangenheit zu tun, sie ist Kreolin, weißt du. Eigentlich sind das alle Zugewanderten, aber sie betont immer, dass Indianerblut in ihren Adern fließt. Im

Grunde ist sie stolz darauf, deshalb verstehe ich das mit dem Braunwerden nicht – phhh!« Sie warf die Hände in die Luft. »So ist sie eben, na ja, du wirst sie bald kennen lernen. Soll ich dir etwas von der Insel zeigen?«

»Sollte ich nicht lieber hier bleiben, falls deine Großmutter mich sprechen will?«

»Tagsüber will sie niemanden sehen, also können wir fahren, oder soll Julien dir die Destillerie zeigen?« Sie grinste.

Obwohl Alexandra noch nie eine Rumdestillerie gesehen hatte, entschied sie sich für den Ausflug mit Julie, deren unkompliziertes Wesen sie mehr und mehr ins Herz schloss.

»Die Inseltour, bitte.«

Sie gingen auf den Hof hinaus, wo ein kleiner verbeulter Ford Fiesta in der Sonne stand. Julie öffnete die Türen, der Schlüssel steckte innen.

»Brauche ich nicht abzuschließen.« Sie lachte und fügte dann stolz hinzu: »Den habe ich selbst bezahlt mit verschiedenen Jobs. Na los, steig ein, eine Klimaanlage hat er immerhin.«

»Von mir aus kannst du gern das Schiebedach und die Fenster aufmachen, der Fahrtwind ist mir lieber.«

Auf Alexandras Wunsch hin fuhren sie zuerst in die Stadt hinunter, um in der Bank, an die Björn Lorenz Geld überwiesen hatte, nachzufragen.

Man kannte Julie, und Lorenz schien die Bank instruiert zu haben, dass Alexandra keinen Ausweis dabei hatte, denn ohne Probleme händigte man ihr eine beträchtliche Summe aus. Alexandra war ihrem Vater für seine sofortige Hilfe und Anteilnahme sehr dankbar und begann, wenn sie das nicht schon auf Barbados getan hatte, ihr festgefahrenes Bild von ihm zu korrigieren. Anschließend kaufte sie neue Schuhe, ein Kleid, Shorts, zwei T-Shirts und Unterwäsche. Die Geschäfte boten ein exklusives Angebot, doch sie war nicht zum Einkaufen hergekommen und beschränkte sich auf das Notwendigste.

Julie entschied, dass sie zuerst auf der Küstenstraße nach Saint-Pierre fahren würden, eine Strecke, die knapp fünfzig

Minuten in Anspruch nahm. Sie fuhren durch mehrere kleine Orte, die eine Mischung aus modernen Vorortsiedlungen und Fischerdörfern waren. Das Gelände neben der Straße war zum größten Teil trocken und stachelig. Der Strand von Anse Turin lag vor Saint-Pierre, und Julie deutete auf ein Schild, das auf das Paul-Gauguin-Museum hinwies. Der berühmte Maler hatte 1887 fünf Monate an diesem Strand gemalt. Julie befand das Museum jedoch für wenig attraktiv und zeigte Alexandra stattdessen die Stadt, die 1902 vom Ausbruch des Mont Pelée so verheerend zerstört worden war. Ihren Reichtum begründete die einstige Hauptstadt ebenfalls auf dem Handel mit Zucker, den unzählige Schiffe schon im 17. Jahrhundert nach Europa verschifft hatten. Die beiden Frauen spazierten in den Hafenanlagen umher und nahmen ihr Lunch in einem der zahlreichen Fischrestaurants ein, in denen der Fisch noch fangfrisch war.

Nebenbei erfuhr Alexandra, dass gestern Nacht die Hunde im Garten des Hauses Alarm geschlagen hatten, man jedoch niemanden entdecken konnte. Alexandra war beunruhigt.

»Was, wenn das erneut dieser Mike war? Vielleicht folgt er uns sogar?« Alexandra warf einen Blick auf die Promenade, konnte unter den schlendernden Touristen aber keinen Verdächtigen erkennen.

Julie knabberte an ihren Garnelen. »Warum sollte er dir noch folgen? Er hat doch, was er wollte.«

»Wenn ich da nur sicher sein könnte. Ich hatte das Gefühl, dass er mich ganz davon abbringen sollte, Nachforschungen anzustellen. Ganz, verstehst du? Aber irgendwie konnte er das wohl nicht.«

Ein Garnelenschwanz fiel auf den Teller. »Was? Du denkst doch nicht etwa, er sollte dich umlegen und hatte Mitleid, oder wie?«

»Könnte doch sein.«

»Pfff, dann war das aber kein Profi, sonst wärest du nicht entkommen.«

Alexandra war deswegen nicht unbedingt beruhigter. »Vielleicht hatten seine Auftraggeber nicht mehr Geld und mussten deshalb mit diesem Anfänger vorlieb nehmen. Immerhin hatte er eine Waffe, die er entweder durch die Kontrollen geschmuggelt oder sich hier besorgt hat.« Aber sollten Cynthia oder Roger wirklich zu einem solchen Schritt fähig sein? Sie konnte sich das einfach nicht vorstellen. Gut, Cynthia war schnippisch und Rupert in Geldnöten, aber einen Killer zu engagieren? Und Roger hätte das sicher nicht zugelassen, vorausgesetzt, er wusste davon.

»Mann, das Essen war gut, ich war ewig nicht hier. Zuletzt mit Marc.« Julie grinste. »Netter Typ, nur ich war nicht die Einzige, die das fand, und er hatte nichts dagegen.«

Alexandra seufzte tief, doch Julie stellte keine Fragen. Sie zahlten, und Julie fuhr weiter, diesmal ins Innere der Insel, wo der Regenwald die Berge noch ganz für sich hatte. Alexandra gewöhnte sich langsam daran, dass Julie abrupt das Thema wechselte und bei Gelegenheit, wenn Alexandra es nicht erwartete, auf Besprochenes zurückgriff. Laura schien ähnlich zu verfahren, wenn es darum ging, einen Streit zu vermeiden. Robert Delbè schien seine Meinungen mit Nachdruck und gegen alle Widerstände zu vertreten, und Alexandra war froh, dass sie nicht mit ihm über die Familiengeschichte sprechen musste. Sie hegte die Hoffnung, dass Claire exzentrisch, aber nicht unzugänglich war. Sonst hätte man sie schließlich nicht aufgenommen, oder? Julie schien etwas gesagt zu haben.

»Entschuldigung, ich war ganz in Gedanken.«

»Sieh mal, dort kannst du unseren Feuerspucker sehen. Er ist wunderschön.«

Die Spitze des massigen Berges lag im Nebel, doch die Umrisse zeichneten sich deutlich gegen den mittlerweile diesig gewordenen Himmel ab. Sanft schwangen sich seine Formen über dem Urwald empor, und es war schwer vorstellbar, dass einmal todbringende Lavamassen von dort heruntergeflossen waren. Die kurvige Straße führte durch Bananenplantagen und an Baumschulen vorbei, und Alexandra fragte sich, ob es hier ähnliche Aussichtstürme wie auf Barbados gab. Sie wandte sich an ihre ortskundige Begleiterin.

Julie schüttelte den Kopf. »Nein, von solchen Türmen habe ich nie etwas gehört. Wir kommen jetzt übrigens nach Les Ombrages, eine ehemalige Rumfabrik. Heute ist das ein botanischer Garten, traumhaft. Möchtest du dir die Beine vertreten?«

Sie parkten unterhalb der Ruine einer alten Mühle und folgten einem schmalen Pfad durch Bambushaine, vorbei an riesigen Bäumen mit Stützwurzeln und Ingwerpflanzen. Südlich des Gartens floss der Falaise, und Alexandra war nicht überrascht zu hören, dass nur wenige Kilometer weiter, vor dem Küstenstädtchen Basse-Pointe, die ehemalige Leyritz-Plantage lag. Die ersten Kolonialherren hatten sich nicht nur die ertragreichsten Gegenden für ihre Plantagen ausgesucht, sondern auch die landschaftlich schönsten Flecken für ihre imposanten Häuser.

Der kleine Ford meisterte selbst steile Wegstrecken und scharfe Kurven. Alexandra hatte während der gesamten Fahrt immer wieder in den Seitenspiegel gesehen, jedoch kein verdächtiges Fahrzeug entdecken können. Sie lauschte weiter Julies Ausführungen. Der aus Bordeaux stammende Michel de Leyritz hatte um 1700 die Plantage angelegt, auf der man neben Zuckerrohr auch Gewürze, Tabak und Bananen anbaute. Das Herrenhaus wurde später in ein Luxushotel umgewandelt, wie Julie erzählte, doch das zweistöckige Gebäude schien heute mehr auf Bustouristen zu bauen. Natürlich fanden sich Souvenirläden, wobei die Ausstellung viktorianischer Puppen, die aus getrockneten Pflanzen hergestellt worden waren, durchaus eine Skurrilität darstellte. Alexandra versuchte, Julie über die Delbès auszufragen, erhielt jedoch nur ausweichende Antworten und gab es bald auf. In diesem einen Punkt schienen sich die sonst so unterschiedlichen Familienmitglieder einig – über die Familie wurde nicht gesprochen.

Alexandra war müde und auch ein wenig enttäuscht, dass sie noch nicht weiter gekommen war, aber sie versuchte, sich nichts anmerken zu lassen und zeigte sich begeistert von den Naturschönheiten des Regenwaldes und den Atlantikwellen am Strand von Basse-Pointe.

Gegen Abend trafen sie wieder bei den Delbès in Fort-de-France ein. Alexandra hatte von einem Café aus mit ihrem Vater telefoniert und sich für das Geld bedankt. Frederike ließ sich mit ihr verbinden und wollte wissen, ob die Delbès sie freundlich aufgenommen hatten, was Alexandra wahrheitsgemäß beantwortete, doch sie bat darum, nichts zu Amelie zu sagen, da ihre Mission noch nicht erfüllt war. Ihr Vater unterrichtete sie über Kontakte zu Botschaftsmitgliedern in Frankreich, die er mobilisiert hatte, um die Fahndung nach Mike zu beschleunigen. Er schien davon überzeugt, dass man ihn innerhalb kürzester Zeit fassen würde, was Alexandra inständig hoffte.

Bis zum Abendessen, dem Alexandra mit wenig Enthusiasmus entgegensah, war noch Zeit für eine Dusche, dann kam Julie und begleitete sie nach unten. Diesmal war der Anwalt nicht anwesend. Anil trug zusammen mit einer älteren Farbigen das Essen auf, das wie am Vorabend aus mehreren Gängen bestand. Laura unterhielt sich angeregt auf Französisch mit ihrem Mann. Anscheinend ging es um Geschäftliches, denn Alexandra verstand einzelne Wortfetzen, in denen es um Bilanzen und Umsätze ging. Colette saß in einem dunklen Kleid schweigend am Tisch und schoss nur manchmal neugierige Blicke in Alexandras Richtung. Sie hätte sich gern mit der einsam wirkenden Frau unterhalten, wusste jedoch nicht, wie sie beginnen sollte. Sie löffelte stattdessen ihre Hummersuppe aus und fragte Julie, welche Kunstschule in Paris sie bevorzugte. Kaum hatte sie das Wort Kunstschule ausgesprochen, als sie es am liebsten auch schon wieder verschluckt hätte, denn Robert horchte sofort auf, und sie fing einen ungehaltenen Blick auf. Wären sie im 18. Jahrhundert gewesen und Robert der Herr der Plantage, er hätte sie auf der Stelle vor die Tür gesetzt. Allerdings, überlegte Alexandra, hätte Julie dann womöglich nicht an eine Ausbildung in Europa zu denken gewagt, weil sie schon seit Jahren verheiratet und mit mindestens drei Kindern gesegnet gewesen wäre. Sie musste unbewusst gelächelt haben bei dieser Vorstellung, denn Robert sprach sie an: »Was erheitert Sie denn so, liebe Mademoiselle Lorenz. Vielleicht lassen Sie uns teilhaben an Ihren erfreulichen Gedanken?«

Robert Delbè strich sich die dunklen Haare aus dem Gesicht und fixierte sie, offensichtlich wollte er den Kampf aufnehmen. Bitte, das konnte er haben, darin war sie erprobt.

»Oh, ich habe nur gerade an meine eigene Zeit auf der Kunstschule gedacht. Eine gute Zeit!«, log sie, ohne mit der Wimper zu zucken. »Ich habe viel gelernt und viele Kontakte geknüpft, die mir später bei meiner Karriere als Malerin geholfen haben.« Das war nur zum Teil gelogen.

»Sie haben sicher einen hervorragenden Abschluss gemacht, nehme ich an?«

»Nein«, sagte sie und sah ihn direkt an. »Ich habe das Institut vor meinem Examen verlassen, weil mir die Lehren zu dogmatisch erschienen und mir auf meinem Weg nicht weitergeholfen haben. Ich war damals sehr rebellisch.«

»Das kann ich mir gut vorstellen. Hoffentlich hört unsere kleine Julie Ihnen nicht zu aufmerksam zu, sie ist sehr anfällig für derlei Theorien.«

Julie ließ ihr Besteck klirrend auf den Teller fallen. »Ich war schon lange vor Alexandras Besuch infiziert, und leider ist der Virus unheilbar, Papa! Ich gehe auf die Kunstschule, ob mit oder ohne eure Erlaubnis!« Ihre Stimme wurde scharf und laut, sodass sogar Colette sie erschrocken ansah.

Robert ließ sich seine Wut nicht anmerken, lediglich seine Haut wurde blass, und er sagte betont ruhig: »Dieses Thema diskutieren wir später. Wir werden es vor unserem Gast ja nicht zu einer Szene kommen lassen müssen.«

Er aß weiter. Laura atmete hörbar aus und bedeutete ihrer

Tochter mit einer kurzen Handbewegung, nun zu schweigen. In diesem Moment höchster Anspannung trat Therèse an den Tisch und sagte in weichem Englisch: »Mademoiselle Lorenz, Madame Delbè wünscht Sie nach dem Essen zu sprechen. Ich werde Sie dann zu ihr bringen.«

Therèse trug ein dunkelrotes Kleid und einen Kopfschmuck in derselben Farbe. Eine Antwort wartete sie nicht ab, sondern entfernte sich genauso unbemerkt, wie sie gekommen war. Laura, Robert und auch Julien musterten Alexandra mit neu erwachtem Interesse. Julie grinste vielsagend. Endlich! Am liebsten hätte Alexandra den Tisch sofort verlassen und wäre zu der Frau gegangen, deretwegen sie die weite Reise überhaupt unternommen hatte. Bevor sie die Möglichkeit hatte, mit dem einzigen Menschen zu sprechen, der ihr in ihrer Sache weiterhelfen konnte, musste sie dieses Dinner überstehen. Es folgten Aubergines farcies und Sardines gratinées. Nach dem Käse wurde eine feine Gâteau à l'Armagnac aufgetragen.

Sie trank gerade den letzten Schluck ihres starken Kaffees, da kam Therèse zurück und schaute sie erwartungsvoll an. Alexandra erhob sich, entschuldigte sich und folgte der rätselhaften Frau durch die langen Flure, bis sie vor der Tür zu Claire Delbès Räumen standen. Alexandras Nerven waren zum Zerreißen gespannt.

Kapitel 22

Therèse drückte die Klinke der massiven Holztür herunter, die lautlos nach innen aufschwang, und ließ Alexandra eintreten. Die Atmosphäre des Raumes unterschied sich grundlegend vom Rest des Hauses. Wo sonst praktische Nüchternheit und moderne Eleganz vorherrschten, fand sich hier das vollkommene Gegenteil in Form von romantischer Verspieltheit und einem Hauch glanzvoller Vergangenheit, dem eine gewisse Wehmut anhaftete. Die dunklen Möbel des Wohnraumes stammten alle aus dem 18. und 19. Jahrhundert. Frisch poliert schimmerten die edlen Hölzer im Halbdunkel des Raumes, dessen seidene Teppiche und schwere Vorhänge jeden Laut schluckten. Ein Kristalllüster gab wenig Licht ab und ließ Alexandra nicht bis in die Ecken sehen. Es schien jedoch niemand in den reich geschnitzten Armstühlen oder auf dem Chaiselongue zu sitzen. Alexandra strengte ihre Augen an und entdeckte einen Durchgang am Ende des Raumes, dessen Rundbogen mit Stuckarbeiten verziert war. Therèse ging durch den Rundbogen und bedeutete Alexandra, ihr zu folgen.

Ein zierliches Baldachinbett stand an der zum Flur gerichteten Seite des benachbarten Zimmers. Ein Toilettentisch, dessen Front mit Cherubimen und Blüten geschmückt war, sowie eine Sitzgruppe, bestehend aus zwei schmalen Armstühlen und einem runden Tischchen mit Marmorplatte, ließen Alexandra unweigerlich an die prächtige Eleganz des Louis-seize-Stiles denken. Standleuchten gaben auch in diesem Raum nur mäßiges Licht, doch Alexandras Augen hatten sich langsam an das Halbdunkel gewöhnt, und sofort entdeckte sie die schmale

Gestalt, die kerzengerade vor dem Toilettentisch saß und Alexandra im Spiegel betrachtete.

Die Haare der eleganten alten Dame waren zu einem kunstvollen Knoten locker aufgesteckt. Die heraushängenden Strähnen gaben ihr etwas Mädchenhaftes, und als sie sich umdrehte, blickte Alexandra in die klaren schönen Züge eines Gesichtes, das trotz unzähliger winziger Falten faszinierte. Dunkle, leicht schräggestellte Augen verliehen Claire Delbè eine exotische Fremdartigkeit, die in seltsamem Widerspruch zu den kastanienbraunen, rötlich schimmernden Haaren stand. Die Frau schien sich ihrer Wirkung bewusst und verharrte einen kurzen Moment, der Alexandra wie eine Ewigkeit erschien, bevor sie sich erhob und mit warmer Stimme auf Englisch zu ihr sprach.

»Mademoiselle Lorenz, Therèse hat mir von Ihrer Beharrlichkeit und Ihrem Talent im Umgang mit meiner ohne Zweifel schwierigen Familie berichtet.« Alexandra sah sie erstaunt an und wollte etwas erwidern, doch Claire Delbè ließ sie nicht zu Wort kommen. »Wären Sie eine andere, ich hätte Sie nicht empfangen. Bitte nehmen Sie doch Platz.«

Sie deutete leicht auf die Sessel, und Alexandra setzte sich, überwältigt von der starken Ausstrahlung dieser Frau, von der sie Gebrechlichkeit und Exzentrizität, wenn nicht sogar Schrulligkeit erwartet hatte, aber keinesfalls, dass sie in fließendem Englisch mit ihr sprach.

»Madame Delbè, es bedeutet mir unendlich viel, mit Ihnen sprechen zu dürfen, und es tut mir furchtbar Leid, dass ich mit leeren Händen kommen muss.«

Claire Delbè unterbrach sie. »Ich weiß, man hat Sie der Perlen beraubt, die meiner Vorfahrin gehört haben, der Mutter meines Urgroßvaters, um genau zu sein. Erzählen Sie mir alles, ich bin auch so von der Wahrheit Ihrer Entdeckung überzeugt.«

Sie wandte sich an Therèse, die noch wartend im Zimmer stand. »Therèse, bring uns bitte von dem alten Rum und Tee. Sie trinken doch Tee, Mademoiselle?«

Alexandra nickte, worauf Therèse sich mit einer angedeuteten Verbeugung verabschiedete.

»Therèse ist mehr als nur eine Dienerin, sie ist meine Vertraute und Freundin. Sie hat die Ohren und die Augen, die ich nicht mehr habe, und berichtet mir über alles, was hier im Haus und auf der Insel geschieht. Sie müssen das Halbdunkel entschuldigen, aber ich leide an einer Lichtallergie. Zwar habe ich diese Krankheit erst seit einigen Jahren und nicht sehr stark, aber in meinen Räumen geht es mir am besten, auch wenn meine Enkelin mir das nicht glauben will.« Die alte Dame lächelte. »Julie ist ein liebes Mädchen, sehr impulsiv und wild, aber sie hat ein gutes Herz, und sie ist grundehrlich. Manchmal zu ehrlich, befürchte ich, damit schafft man sich viele Schwierigkeiten und wenig Freunde. Es gibt solche Menschen, und ich denke, Sie wissen, wovon ich spreche.«

Ein wissender Blick legte sich auf Alexandra, die verlegen über die Tischkante strich.

»Nun ja, vielleicht.« Diese Frau war erstaunlich, genau wie ihre Vertraute, auf deren Urteil sie so großen Wert legte. »Julie hat mir heute die Insel gezeigt. Martinique ist zum Verlieben schön, mit all den Pflanzen und Blumen.«

»Oh, sie war einmal schön, vor vielen Jahren. Heute sehen Sie nur noch einen matten Abglanz ihrer einstigen Pracht. Der Tourismus macht alles kaputt, zu viele Menschen, viel zu viele. Ich bin schon zu lange hier, habe so viel gesehen. Was in den letzten zehn Jahren an Natur zerstört worden ist, übertrifft alles. Aber um über den Zustand unserer Insel zu lamentieren, sind Sie nicht gekommen.«

Madame Delbè lehnte sich zurück, und ihr Gesicht nahm einen träumerischen Ausdruck an. »Sie wollen über die Vergangenheit sprechen, die Geschichte der Miolans. Durch Madelaine wurde ein Teil der Familie mit England verknüpft, wo Sie den abgerissenen Faden wieder aufgenommen haben. Bitte erzählen Sie, was Ihnen bis heute widerfahren ist.«

Alexandra begann mit ihrem Fund, erwähnte Roger und

Cynthia und ihre Bekanntschaft mit Alistair, bei dessen Erwähnung Claires Augen aufblitzten, kam zum ersten Bibliotheksbesuch, dem hilfreichen Pfarrer und schließlich zu Argyll Davy. Als sie von dem Überfall auf ihn erzählte, verengten sich Claire Delbès Augen, und sie unterbrach Alexandra.

»Der arme Mann! Wo ist das Logbuch jetzt?«

»Ich denke, meine Schwester hat es aus meinem Briefkasten geholt, ich habe ganz vergessen, sie danach zu fragen.«

Therèse kam mit einem silbernen Tablett, auf dem eine Kristallkaraffe mit Rum und silbernes Teegeschirr standen. Sie stellte alles auf den runden Tisch und wollte gerade gehen, als im Garten direkt vor den verhangenen Fenstern Geschrei, Hundegebell und ein Schuss ertönten. Alexandra zuckte zusammen und sprang auf. Madame Delbè blieb ruhig.

»Das wird Ihr Entführer sein. Er ist sicher auch der Mann, der die merkwürdigen Unfälle und den Überfall in England begangen hat. Therèse, sieh doch mal nach, bitte!«

Die Schwarze schob den Vorhang beiseite und trat nach draußen. Sie hörten lautes Streiten, und englische und französische Wortfetzen drangen bis in das Schlafzimmer. Therèse kam etwas außer Atem zurück.

»Mademoiselle, wenn Sie einmal nachsehen würden.«

Alexandra trat durch die Terrassentür auf den nächtlichen Rasen. Vom Pool schimmerte bläuliches Licht herüber und erleuchtete die Szene auf gespenstische Weise. Zwei uniformierte Sicherheitsbeamte der Delbès und ein Dobermann hielten einen verschmutzten, stark schwitzenden Mann fest, der aus einer Wunde am Oberschenkel heftig blutete. Alexandra erkannte Mike sofort wieder.

»Sie! Verdammt, was wollten Sie denn noch? Sie haben doch bekommen, weswegen Sie mich gejagt haben.«

»Ja, haben Sie denn nicht begriffen? Die Perlen waren nur der symbolische Beweis für eine Verbindung, die nicht sein sollte. Es ging meinen Auftraggebern darum, Sie ganz von der Fährte abzubringen, die Sie so hartnäckig verfolgen.«

»Warum haben Sie mich denn nicht gleich zum Schweigen gebracht?«

»Ich bin kein Mörder! Das war nie meine Absicht, ich wollte Sie nur erschrecken! Glauben Sie mir das, bitte! Und sagen Sie den Typen hier, Sie sollen mich loslassen, ich verblute.«

Seine Stimme nahm einen weinerlichen Tonfall an, und Alexandra ekelte der selbstmitleidige Mann nur noch an. Inzwischen waren auch die übrigen Familienmitglieder alarmiert worden, und Julie kam, gefolgt von Robert, Laura und Julien, auf den Rasen. Robert ließ sich die Sachlage von seinen Wachmännern erklären, dann wandte er sich an Alexandra.

»Das ist der Mann?«

»Ja.«

»Wollen Sie ihn noch etwas fragen, bevor ich ihn der hiesigen Polizei übergebe?«

»Nur eins. Wo sind die Perlen und der Brief?«

Robert sah den zitternden Mann, der dem festen Griff der kräftigen Wachleute keinerlei Widerstand leistete, aber dennoch schwieg, kurz an.

»Los, reden Sie. Bis die Polizei hier ist, haben wir noch Zeit. Wir gehören zwar irgendwie zu Europa, aber das ist immer noch die Karibik, und so wie ich das sehe, verbluten Sie in den nächsten fünf Minuten, wenn Ihnen niemand einen Druckverband anlegt.«

Die Worte überzeugten Mike, und in schneller Folge stieß er die Worte hervor. »In meinem Auto, unten an der Straße, da ist die Handtasche, und jetzt helfen Sie mir in Gottes Namen!«

Robert lachte verächtlich. »Im Namen irgendeines Gottes haben Sie ja wohl kaum gehandelt. Aber wir existieren nicht auf Ihrer niedrigen Gesinnungsstufe und werden Sie im Namen der Menschlichkeit versorgen. Laura?«

Er drehte sich zu seiner Frau um, die sich von Anil gerade einen Erstehilfekoffer reichen ließ und Mike mit flinken geschulten Händen einen Druckverband anlegte. Alexandra sah ihr dabei bewundernd zu.

»Mama hat Medizin studiert, bevor sie mit Papa die Firma übernommen hat«, erklärte Julie.

Auch Laura war also eine Frau mit Facetten, die auf den ersten Blick nicht zu erkennen waren und auf größere Vielschichtigkeit hinwiesen, als ihre Tätigkeit im Management der Firma erahnen ließ. Einer der Wachmänner war, nachdem Mike den Standort des Wagens genannt hatte, sofort losgelaufen und kam jetzt schweratmend mit Alexandras Handtasche wieder zurück. Er reichte sie zuerst Robert, der sie ihr übergab.

»Hoffentlich ist noch alles da.«

Mike lag am Boden und wimmerte. Alexandra öffnete die Tasche und seufzte erleichtert.

»Ja, die Perlen, mein Pass, das Ticket, nur das Geld ...« Fragend sah sie zu Mike.

Die Wachmänner stießen ihn unsanft an und zwangen ihn auf die Füße. Er fluchte.

»Ist ja gut, ich bin verwundet, ihr Mistkerle habt mich angeschossen. Geld, Geld, wo soll es sein? Glauben Sie etwa, ich werde gut bezahlt? Seien Sie doch froh. Hätten die mehr rausrücken können, hätte ein Profi die Sache übernommen, und Sie könnten hier nicht mehr nach ein paar lächerlichen Kröten jammern.«

»Wer sind die? Die Llangaeroggs?«

Alexandra fürchtete sich vor der Bestätigung ihrer Vermutung. Der Mann schwieg wieder verstockt, doch Robert winkte ab.

»Glauben Sie mir, er wird reden. Spätestens nach einer Woche in einem hiesigen Gefängnis. Die Auslieferung lässt sich immer hinauszögern.«

Sie hörten eine Polizeisirene und das Knirschen von Reifen auf dem Hof. Robert befahl den Wachmännern, ihren Gefangenen wegzubringen, und den Angestellten, wieder ins Haus zu gehen. Er tätschelte dem aufmerksamen Hund den Kopf.

»Unser Sicherheitssystem hat sich einmal mehr bewährt,

obwohl mir ein Rätsel ist, wie der Kerl überhaupt so weit kommen konnte. Wir sehen uns morgen, gute Nacht!«

Laura entschuldigte sich ebenfalls, sie musste sich die blutverschmierten Hände waschen. Julien nickte und folgte seinen Eltern, nur Julie sah Alexandra erwartungsvoll an.

»Du hast mit Großmutter gesprochen, nicht wahr? Darf ich dabei sein, wenn du ihr die Perlen zeigst? Ich weiß, wie viel es ihr bedeutet.«

»Aber warum ...« hast du mir nichts gesagt, wollte sie fragen, unterließ es jedoch, denn was hatte das jetzt noch für einen Sinn. Claire Delbè wartete sicher schon auf Nachricht, und Alexandra wollte sie nicht unnötig lange in Anspannung halten. So nahm sie ihre Handtasche und ging, mit Therèse und Julie im Schlepptau, zurück in das Schlafzimmer, das so wenig in die heutige Zeit zu passen schien wie seine Bewohnerin. Claire Delbè saß noch immer in ihrem Sessel. Sie rührte in einer Tasse Tee, als sie eintraten.

»Großmutter! Wie geht es dir?«

Julie umarmte und küsste ihre Großmutter herzlich und ließ sich dann auf das weich gefederte Bett fallen, das gefährlich quietschte.

»Kleines, ein Wildfang wie immer! Jaja, bleib nur bei uns. War es der, den Sie erwarteten?«, wandte sie sich an Alexandra.

Diese nahm wieder ihr gegenüber Platz und zeigte wie zur Bestätigung die Handtasche.

»Ich habe alles zurückerhalten. Alles!«

Vorsichtig und mit zitternden Händen nahm sie das Samtpaket aus der ledernen Handtasche. Der dunkelblaue Stoff changierte in dem warmen Licht und sah alt und gebraucht aus. Alexandra legte Claire Delbè das Päckchen in die Hände. Wie damals, als sie selbst das Bündel gefunden hatte, öffnete sich der Samt und ließ die Perlen in seinem Nest erscheinen. Die dunklen Augen der alten Frau füllten sich mit Tränen.

»Das sind sie, das sind Madelaines Perlen!« Sie entrollte den Brief und murmelte die Worte, wobei ihr eine Träne die Wange herablief. »Amour éternel, Madelaine«, flüsterte sie ergriffen. Für eine Weile war es sehr still in dem Raum, selbst Julie rührte sich nicht.

Claire Delbè ließ die Perlen durch die Finger gleiten und besah den Verschluss. Sie nestelte an der goldenen Kette, die sie trug, legte sie auf den Tisch und schob sie Alexandra zu.

»Betrachten Sie die Ähnlichkeit in der Ausarbeitung der Ornamente. Meine Kette stammt aus dem Familienbesitz der Miolans und wurde vor der Geburt Madelaines von einem arabischen Goldschmied namens Khalil el Asad angefertigt. Asad wohnte mehrere Monate bei uns und hat im Auftrag von Jean-Claude de Miolans, Madelaines Vater, einige kostbare Stücke hergestellt. Ich wusste von der Perlenkette aus Korallen. Jean-Claude hat sie seiner Frau zur Geburt ihrer Tochter geschenkt, die sie später an ihre Tochter weitergab.«

Dann räusperte sich Madame Delbè und reichte Julie das Papier. »Lies nur, Kleines, das hat Madelaine geschrieben, bevor sie sich auf eine gefährliche Reise begab, um das Leben ihres noch ungeborenen Kindes zu retten.«

Gedankenverloren strich sie über die zartrosa Korallen, so als würden die Perlen Bilder in ihr zum Leben erwecken. Alexandra wartete geduldig, bis die alte Frau sich wieder gefasst hatte. Madelaine war schwanger gewesen! Und Claire Delbès Urgroßvater war ihr Sohn gewesen, was bedeutete, dass Madelaine es vielleicht zurück nach Martinique geschafft hatte. Der Sohn! Endlich begriff Alexandra. Der Sohn von Madelaine wäre der rechtmäßige Erbe und nächste Earl von Llangaerogg geworden. Mike war von Cynthia oder Roger – nein, das konnte nicht sein – beauftragt worden.

»Ich lese förmlich Ihre Gedanken. Sie wissen, wer dieses Geheimnis bewahren wollte? Die Geschichte wiederholt sich, die Gesichter ändern sich, doch die Beweggründe bleiben die gleichen – Habgier, Rachsucht, Neid oder Macht. Nehmen Sie einen Schluck unseres köstlichen alten Rums, es gibt nichts Besseres!«

Therèse schenkte den goldbraunen Rum aus der Kristallkaraffe in kleine Gläser, die sie aus dem Nebenzimmer geholt hatte.

»Vier Gläser, Therèse, wir brauchen vier!«, sagte Claire Delbè lächelnd.

Als alle ein Glas in der Hand hielten, erhob Claire das ihre und sagte: »Auf die Kraft der Liebe, die alles überdauert – Zeit und Raum! Santé!«

Das goldfarbene Getränk rann warm die Kehle hinunter und hatte ein rundes fruchtiges Aroma. Julie leckte sich die Lippen.

»Hmm, das war der Fünfzehnjährige, nicht, Großmama?«

»Gut erkannt, Julie. Ein Jammer, dass du nicht in die Firma einsteigen willst, du hast einen so feinen Gaumen. Sie müssen wissen, Mademoiselle Lorenz, unser Rum wird direkt aus dem Saft des Zuckerrohrs gewonnen, nicht aus der Melasse, dem Abfall. Wir stellen *rhum agricole* her und keinen *rhum industriel*, wie das auf den anderen Inseln der Fall ist.«

Madame Delbè sah auf einmal sehr blass aus und sank in ihrem Sessel zurück. Julie sah sie besorgt an, doch die alte Dame winkte ab.

»In meinem Alter verkraftet man Aufregungen nicht mehr so einfach. Es ist in Ordnung, ich bin nur müde. Therèse, bitte hol doch das Buch, du weißt schon, welches.«

Die treue Begleiterin kam aus dem Nebenraum mit einem in dunkelblauen Samt gewickelten Buch zurück. Alexandra schluckte, der Samt sah dem aus dem Cottage sehr ähnlich, auch die Kordel war aus demselben Material. Claire Delbè wickelte das lederne Büchlein liebevoll aus und hielt es zwischen ihren Händen, bevor sie es Alexandra gab.

»Außer mir haben das nur die Eltern von Madelaine und Jean, Madelaines Sohn, gelesen. Ich habe ihn noch persönlich kennen gelernt. Lass mich überlegen. Er starb 1926, und ich bin 1919 geboren. Ja, ich war sieben Jahre alt, als er starb, und das Buch hat er mir vermacht. Nicht seinen Kindern oder Enkeln, sondern der kleinen Claire.«

Ihre schönen dunklen Augen schienen zurückzublicken, und leise sagte sie: »Meine Haut war damals dunkler, olivfarben, und sie sagten, ich sähe meiner Ururgroßmutter Madeleine zum Verwechseln ähnlich. Morgen zeige ich Ihnen das Bild, jetzt bin ich zu erschöpft. Nehmen Sie das Buch, und lesen Sie es. Ich habe es so lange bewahrt, nun ist es Zeit, dass jemand den Schleier lüftet, und Sie wurden dafür bestimmt.«

Die Wangen der alten Dame schienen plötzlich eingefallener, ihr Körper schmaler, und Therèse sah Julie und Alexandra bittend an. Die beiden erhoben sich. Julie küsste ihre Großmutter auf beide Wangen, was Alexandra ebenfalls gern getan hätte, doch sie beließ es bei guten Wünschen für die Nacht und dem Versprechen, am nächsten Morgen wiederzukommen. Sie standen auf dem Flur, als Alexandra nicht länger warten konnte und das Buch, das alt, aber in gutem Zustand war, vorsichtig öffnete. Die dicken Seiten waren in der schönen, ihr aus dem Brief bekannten Handschrift eng beschrieben. Über den einzelnen Absätzen befanden sich Orts- und Datumsangaben.

»Ich brauche deine Hilfe, Julie. Hast du Lust, heute Nacht dieses Buch mit mir zu lesen?«

Julie schien nur darauf gewartet zu haben. »Gerne, natürlich! Großmutter muss dich wirklich sehr schätzen, das hat sie noch niemandem gezeigt. Sie hat immer nur Andeutungen gemacht und betont, dass die Vergangenheit vergangen ist und na ja, dass, wenn man darin herumstochert oder so ähnlich, dass das nur böses Blut gibt.«

»Deine Eltern wissen auch nichts davon?«

»Nein, genauso viel oder wenig wie wir alle. Wahnsinn, komm, gehen wir in mein Zimmer, und dann lassen wir Madelaine endlich aus der Vergessenheit auftauchen!«

Kapitel 23

In Julies Zimmer setzten sie sich nebeneinander auf ein Sofa, das sich mit seinem bunten Bezug der Unkonventionalität des übrigen Mobiliars anpasste. Julie nahm das Buch und las eine Weile stumm, um sich an die altmodische Handschrift zu gewöhnen. Dann begann sie laut vorzulesen:

»14. Januar 1840

Ich bin so glücklich wie nie zuvor in meinem Leben! Mein Geliebter ist gekommen, wie er es versprach, bevor er mich im Jahr zuvor verließ. Nur eines betrübt mich zutiefst. Maman und Papa sind gegen unsere Heirat. Vor zwei Wochen bin ich achtzehn Jahre alt geworden und damit schon zwei Jahre älter als Maman es bei der Heirat mit Papa war. Wie können sie mir verbieten, den Mann zu ehelichen, den ich aus tiefstem Herzen und mit all meiner Kraft liebe? Es kann für mich keinen anderen geben, niemals! Ich sei versprochen, seit Jahren schon, nun, ich habe mich niemandem versprochen als dem König meines Herzens, den ich mir selbst erwählte.

Papa besteht auf einer standesgemäßen Verbindung und findet, dass nur ein Mann von edlem französischen Blut für mich der richtige sein kann. Philippe de Chapoval, dieser aufgeblasene Pfau! Weil er in Paris gewesen ist, glaubt er die ganze Welt zu kennen, und eitel ist er obendrein. Sein Haar ist dünn und seine Gestalt die eines Weichlings. Wie anders ist da mein John! Groß, schlank und stark schreitet er über die Planken seines Schiffes und reitet wie der Teufel. Sein gewelltes blondes Haar schimmert rötlich in der Sonne, sein

Kinn zeugt von Mut und Tatkraft, und seine klugen Augen wissen mir so viel zu sagen, wenn wir wortlos beisammen sind. Ich habe keine Wahl, obwohl mir das Herz zerbricht, weiß ich, dass ich ihm folgen muss, denn in zwei Wochen schon kommt dieser Pfau und soll mich vor den Traualtar, auf die Schlachtbank, führen. Nana wird mit mir kommen, sie ist meine Beschützerin, nichts kann sie von meiner Seite reißen. Heute Nacht müssen wir uns davonschleichen wie Diebe. Aber ich weiß, wenn wir erst verheiratet sind, dann werden sie es verstehen, und dann kehren wir zurück als Ehepaar. Wie könnten sie unsere Liebe dann noch leugnen?

22. Januar 1840

Eine Woche sind wir nun schon auf dem Schiff. John und ich sind vom Kapitän getraut worden, und für die Mannschaft gab es Rum. Das Leben an Bord ist hart, ganz anders, als ich es mir vorgestellt hatte. Die romantischen Bücher, die ich gelesen habe, sind Märchen im Vergleich zum Leben der Seeleute. Dabei ist John Offizier, und wir haben eine der größten Kabinen. Wie muss es erst unten bei den einfachen Seeleuten aussehen? Es wurde mir untersagt, ohne John oder einen anderen Offizier an Deck zu gehen. Dennoch, ich bereue nichts, meine Liebe zu ihm wächst von Tag zu Tag. Er ist so aufmerksam, versucht, mir jeden Wunsch von den Augen abzulesen, und gibt mir von seinen Frischwasserrationen, damit Nana und ich genug haben, denn der Kapitän hatte nicht mit zwei blinden Passagieren gerechnet. John hat uns in der Nacht am Pier getroffen und an Bord geschmuggelt, der Kapitän hätte sonst Ärger mit der französischen Regierung erwarten müssen. Allerdings habe ich meinen Eltern einen Brief hinterlassen, in dem ich meine Beweggründe erklärt habe und auf ihr Verstehen zu hoffen wage.«

Julie hielt inne. »Das war richtige Liebe! Meine Güte, sie hat alles aufgegeben, um mit dem Mann, von dem sie nicht mal wusste, ob er sie wirklich heiraten würde, in ein fremdes Land zu fliehen.«

Alexandra strich über die aufgeschlagenen Seiten. »Ich beneide sie um diese Gewissheit. Alles war so klar für sie.«

Die folgenden Eintragungen beschäftigten sich mit dem Leben an Bord und den Wetterverhältnissen. Anscheinend litt Madelaine stark unter der Seekrankheit und musste von ihrer Zofe hingebungsvoll gepflegt werden.

Von Bristol aus reisten sie nach Paris, wo John-Richard mit seiner jungen Frau die Flitterwochen verbrachte. Aus jeder Seite des Buches sprach das Glück, das Madelaine in ihrer Ehe erfuhr. Ihr Mann zeigte ihr die Stadt, ging mit ihr in die Oper und ins Theater oder fuhr mit ihr aufs Land, wo sie Versailles und Barbizon besuchten. Nanacoada, ihre indianische Zofe, fühlte sich in der Großstadt nicht wohl. Madelaine schrieb, dass Nana nur ungern durch die überfüllten Straßen ging und die Pflanzen und den wilden Urwald ihrer Heimat vermisste. Sie beschwerte sich mit keinem Wort, doch Madelaine spürte, wie es um ihre Freundin stand. Im August beschloss John, dass es an der Zeit sei, nach Wales zu fahren, um seine Frau den Eltern vorzustellen.

»15. August 1840

Seit gestern sind wir in Wales, doch der Empfang im Haus von Johns Familie war denkbar kühl. Vielleicht liegt es an meinem Aussehen, denn wenn ich in Paris bewundernde Blicke für meine exotische Schönheit, wie John sagt, bekam, so treffe ich hier nur auf Ablehnung. John hatte gehofft, dass sich seine Eltern langsam an den Gedanken unserer Ehe gewöhnen würden, denn er telegrafierte ihnen aus Paris. Er ist sehr niedergeschlagen, und die Stimmung ist gespannt. Seine Eltern haben mich bei unserer ersten Begegnung, die im Empfangszimmer des Hauses stattfand, ignoriert, und ich fühlte mich erniedrigt, was ich John aber nicht gesagt habe. Wir sind nicht in das große Haus gezogen, sondern haben vorerst Quartier in einem kleinen Häuschen an der Küste genommen. Man nennt diese Häuser hier Cottages.

18. August 1840

Heute Nachmittag ist John aufgebracht von seinem Vater zurückgekehrt. Er hat mit ihm über die Plantage auf Barbados gesprochen. Schon als wir uns das erste Mal auf Martinique begegnet sind, hat John mir von den unhaltbaren Zuständen auf der Plantage seines Vaters in der Karibik erzählt. John ist ein so großherziger Mensch, dass ich auch nie Zweifel an der Aufrichtigkeit seiner Gefühle mir gegenüber hegte. Nun hat er seinem Vater Bericht davon gegeben, was auf den Feldern und in den Unterkünften geschieht. Er war sehr zornig, als er hörte, dass all das mit Billigung und Wissen des Earls vor sich geht. Seit einigen Jahren gibt es in England ein Gesetz, das die Sklaverei aufhebt und den Sklaven nach einer Lehrzeit von vier Jahren die Freiheit verspricht. John weiß, dass sein Vater sich nicht daran hält und denjenigen Sklaven, die auf ihrer Freiheit bestehen, weder Arbeit noch Geld noch Land gewährt, womit sie zum Verhungern oder zum Stehlen verdammt sind. Ich weiß, wie hart Sklaven bestraft werden, die auch nur ein Stück Brot oder etwas Mais für ihre Familie gestohlen haben. Ich darf über den Earl nicht urteilen, denn führen meine Eltern nicht selbst eine Plantage? Dennoch wage ich zu sagen, dass wir unsere Sklaven mit Respekt behandeln. Nana hat vielen Sklaven mit ihrer Medizin geholfen, denn sie weiß alles über die Heilkräfte der Natur. Sie versteht die Pflanzen und die Tiere, und es tut mir Leid, dass sie mit mir in dieses unfreundliche Land gekommen ist, wo man sie mit Schimpfwörtern belegt und die Kinder aus dem Dorf Steine nach ihr werfen und sie auslachen. Ich verstehe die englische Sprache mehr und mehr, doch pflegen John und ich uns weiter in Französisch zu unterhalten, denn er liebt meine Sprache, wie er mich liebt.«

Julie machte eine Pause und holte sich ein Glas Wasser.

»Arme Madelaine, warum sind sie denn nicht in Paris geblieben?«

»Es muss noch Schlimmeres passiert sein, etwas, das John letztendlich auf diesen Opiumklipper getrieben hat.«

Alexandra wurde immer ungeduldiger und drängte Julie, weiter zu übersetzen. Bis Mitte September schien nichts Dramatisches geschehen zu sein. Madelaine war im vierten Monat schwanger und glücklich, dass die Spätsommersonne ihr noch reichlich Wärme schenkte. Dann musste der Bruch zwischen Vater und Sohn passiert sein, den auch Pfarrer Samuel Hewett dokumentiert hatte.

»14. September 1840

Heute ist etwas Furchtbares geschehen! John hatte eine Auseinandersetzung mit seinem Vater, die ihm keinen anderen Ausweg lässt, als der Familie den Rücken zu kehren. Er wollte mir nicht genau sagen, um was es ging, doch ich nehme an, er wollte mich nur schonen. Weder seine Mutter noch sein Bruder Edmund oder seine Schwester Victoria haben mit mir in all den Wochen, die ich nun schon hier bin, gesprochen. John hat sich sehr aufgeregt und mehrmals versucht, ein Treffen einzurichten, doch immer gab es einen Grund, der seine Familie verhinderte. Nana macht seit einiger Zeit düstere Andeutungen. Sie versetzt sich mit ihren Kräutern in einen Zustand, der es ihr ermöglicht, in die Zukunft zu sehen. Doch was sie steht, macht ihr Angst. Die Bilder sind noch verschwommen, sagt sie, aber sie fühlt ein Unheil auf mich zukommen und beschwört John, mich von hier wegzubringen. Ich vertraue Nana und glaube an ihre Kräfte, aber vielleicht hat sie auch eine so große Sehnsucht nach unserer Heimat, dass sie alles versucht, damit wir zurückfah-

ren. Ich habe schon in Paris einen Brief nach Hause geschickt, doch bisher keine Antwort erhalten. Die Schiffe sind oft lange unterwegs. Ich gebe die Hoffnung nicht auf, dass meine Eltern mir verzeihen.

15. September 1840

John hat mir heute seinen Entschluss mitgeteilt, auf der Star of India *nach Ostindien zu segeln. Er sagt, dass nur eine Fahrt ausreicht, um uns eine sichere Existenz zu ermöglichen. Ich weiß von meinem Vater, dass es mehr braucht als eine Schiffsladung Zucker oder Tee, um reich zu werden, und schließlich hat John mir gesagt, um welche Fracht es geht – er soll Opium von Indien nach China schmuggeln und dort edlen Tee an Bord nehmen. Diese Fahrt ist mit vielerlei Gefahren verbunden, wie ich aus Berichten der Offiziere weiß, die bei uns in Martinique zu Gast waren. Viele Schiffe sind von Piraten gekapert oder von den Chinesen versenkt worden. Doch John will nicht auf mich hören. Er ist davon überzeugt, das Glück auf seiner Seite zu haben, denn mit mir sei das Glück in sein Leben eingekehrt. O lieber Gott, ich wünsche mir so sehr, dass mein Mann gesund zurückkehrt!*

Ich habe versucht, ihn zu überreden, zurück nach Martinique zu gehen, denn meine Familie würde uns wieder aufnehmen, davon bin ich überzeugt. Mein Vater mag ein Mann sein, der auf seinem Recht besteht, doch er liebt seine Kinder über alles. Ich verstehe die Haltung von Johns Familie nicht. Wie können sie alle so kalt und abweisend ihrem Sohn und Bruder gegenüber sein? Bei uns wird auch gestritten, doch sind wir uns nie lange gram gewesen. Bin ich denn ein so niedriges Geschöpf in ihren Augen? Nie hatte ich ein Hassgefühl gegenüber einem Menschen, doch bei Johns Familie fällt es mir schwer, Gleichgültigkeit zu heucheln. Sie verletzen nicht nur meine Gefühle, wie muss es erst um ihn stehen, dessen eigen Blut sich gegen ihn stellt?

Er muss von den Plänen der Star of India *gewusst haben,*

denn wie könnte er sich sonst so kurzerhand entscheiden? Schon morgen muss er sich auf den Weg nach Bristol begeben. Ich wollte mit ihm gehen und dort auf ihn warten, doch John ist überzeugt, dass ich hier sicherer bin und wohl versorgt. Denn egal, was vorgefallen, Unmenschen seien seine Verwandten nicht und würden mich ernähren, bis er wiederkäme.

16. September 1840

Heute Morgen schon hat mein geliebter Mann mich verlassen. Ich spüre noch seine Küsse auf meinem Mund, die sich mit dem Salz unserer Tränen vermischten. Für unser ungeborenes Kind will er die schwere Fahrt auf sich nehmen, und ich musste ihm versprechen, stark zu sein und für ihn zu beten. Alles, alles will ich tun, dass er zurückkommt und ich ihn wieder an mein Herz drücken darf, das schier zerbricht vor Kummer. Nana ist mir der Halt in diesem Meer aus Tränen und Sehnsucht. Meine Tränen benetzen das Papier – Geliebter, geh mit meiner Liebe, die dich beschützen soll vor allen Gefahren!«

Es vergingen einige Tage ohne Eintragung, dann folgten Berichte über die täglichen Arbeiten im Haus, das Madelaine kaum verließ. Die Schwangerschaft bereitete ihr Schwierigkeiten, und Nanacoada ging allein in das nahe gelegene Aberystwyth, um nach Kräutern zu fragen, die sie oben im Wald nicht fand.

»20. Oktober 1840

Die Tage werden kürzer, und es ist abends empfindlich kalt. Der Holzvorrat wird wohl bis in den November reichen, dann brauchen wir neues Holz für den Ofen und den Kamin. Ich weiß nicht, ob ich mich an die Kälte gewöhnen kann, sie scheint mir in die Knochen zu fahren, und ich friere ständig. Nana sagt, es ist das Kind, das schon jetzt sehr groß ist und mir das Gehen schwer macht. Oh, wie ich meinen

John vermisse, der jetzt irgendwo in der Ferne auf hoher See ist oder in einem fremden Hafen seinen Geschäften nachgeht. Was seid ihr Männer nur vom Glück bevorzugt, könnt ihr doch etwas tun! Wir dagegen müssen demütig sitzen und warten, was das Schicksal uns bestimmt. Ach, was jammere ich, das ist die Schwangerschaft, die mich an dieses Haus fesselt. Zweimal bin ich seit Johns Fortgehen zum Gut hinüber gegangen und habe um frische Eier und etwas Gemüse gefragt, denn man schien uns vergessen zu haben. Anfangs kam zweimal in der Woche eine Magd mit Brot, Fleisch und frischem Grünzeug, dann nur noch einmal und jetzt seit neun Tagen niemand mehr. Wie eine schäbige Bittstellerin stand ich an der Küchentür und musste mir die unverschämten Blicke und frechen Worte des Gesindes gefallen lassen. Hätte John den Stallburschen erwischt, der mir an den Rock griff, er hätte ihn auf der Stelle ausgepeitscht!

Sir Edmund begegnete mir, als ich durch den schlammigen Hof zurück zum Cottage ging. Dass er mich sah, habe ich wohl bemerkt, und auch, dass er ausspuckte, als er an mir vorüberging. Und dabei sieht er meinem John so ähnlich – die gleiche Statur, das helle Haar –, doch was nur, frage ich mich, was nur hat John mit diesen Leuten gemein? Er ist so anders, dass es mir scheint, als müsse sein Vater ein ganz anderer sein. Lady Elizabeth ist wohl die Einzige, von der ich sagen kann, dass sie mir nicht mit unverhohlenem Hass in die Augen sieht. Ist John der Mutter nahe? Warum nur spricht sie dann kein Wort mit mir? Und doch, ich weiß die Antwort schon, ihr Gemahl, Earl Owain, verbietet ihr jegliches freundliches Gebaren der ausländischen Hure gegenüber. Ja, dieses Wort hat man mir in der Küche zugetragen. Ich werde Nana nichts davon berichten, denn ihre Besorgnis ist unermesslich groß.

2. November 1840

Nächtens ist es bitterkalt. Der scharfe Wind fährt durch jede Spalte in diesem Haus, dass mich auch drei Decken kaum wärmen. Das Wasser in den Pfützen auf den Wegen gefriert. Noch nie zuvor habe ich gesehen, wie auf den Wegen Eis entsteht. Nana hat mir verboten, viel zu spazieren, zu groß ist die Gefahr, dass ich stürze und dann das Kind verliere. Noch immer keine Nachricht von Martinique! Sollte ich mich so getäuscht haben? Können sie mir denn nicht vergeben, wo ich sie doch immer lieben werde? Als schlechte Tochter habe ich mich gezeigt, als ich der Familie in der Nacht entfloh, doch kann es denn solch schreckliches Unrecht sein, dem Geliebten nachzufolgen? In vielen Romanen las ich Ähnliches, und sind wir nicht auf dieser Welt, um unser kurzes Leben mit Liebe auszufüllen? Auch wenn ich friere und der Husten mir die Brust zusammenschnürt, so ist mein Herz doch warm – von Liebe!

Wie oft ich jetzt schon an der Klippe gestanden, weiß ich nicht mehr. Der Wind zerrt an meinen Kleidern und die Wellen schlagen laut donnernd gegen die Felsen. Brächten sie doch sein Schiff zurück! Vor Januar darf ich ihn nicht erwarten, wenn alles gut geht noch im alten Jahr, doch versprechen wollte John nichts. Zu ungewiss seien die Zustände in den chinesischen Gewässern. Nana ruft mich schon wieder hinein. Sie hat ja Recht, mein Husten wird schlimmer und meine Haut blasser von Tag zu Tag. Das Kind raubt meine Lebenskraft und ich brauche doch alle Kraft, um zu leben, für meinen John zu leben!

10. November 1840

Nun kann ich auch nicht mehr zum Gut hinüber. Schnee ist gekommen, viel zu früh in diesem Winter, wie Albert, der Schafhirte, uns erzählte. Er ist ein netter Mann und hat manches Mal ein Stück Fleisch für uns dabei gehabt. Vergelten werde ich ihm seine Güte, wenn mein Ehemann zurück ist, denn meinen Schmuck und die wenigen Goldstücke, die ich aus Martinique mitnahm, will ich für die allergrößte Not bewahren. Nana hat mir strengste Bettruhe verordnet, doch es fällt mir schwer, den ganzen Tag in diesem dunklen Haus zu liegen. Mir fehlt die Sonne mit ihrer Wärme, die die Blumen blühen lässt in ihrer Schönheit. Wenn Nana fort ist, um nach Brot zu fragen, wofür sie mit ihrer Heilkunst bezahlt, gehe ich zum Meer. Unwiderstehlich zieht es mich zu den Klippen, an denen die Möwen schreien und mir mit ihrem klagenden Rufen von der Ferne erzählen. Jedes Mal trage ich ihnen auf, meine Küsse über die Meere zu schicken, zu meinem Liebsten.

15. November 1840

Seit einigen Tagen schleichen Männer um das Haus. Der eine ist der Jagdaufseher der Llangaeroggs, wie ich noch von John weiß, der mir gezeigt hat, wen ich meiden soll. Nun, dieser Mann und seine üblen Gesellen treiben sich oft bei uns herum, und kaum noch traut sich Nana, mich allein zu lassen. Ich habe Albert um Rat gebeten, und er hat mir einen seiner Hunde da gelassen: Ein braves Tier, es gibt sofort Laut, sobald sich jemand dem Cottage nähert.

25. November 1840

Der brave Hund ist tot! Nana fand ihn am Morgen vor der Haustür liegend, vergiftet, wie auch Albert uns bestätigt. Albert kann uns jetzt nicht mehr besuchen, der Earl hat ihm aufgetragen, die Herde auf eine entfernte Weide zu bringen, von der es Tage dauert, bis er wieder bei uns ist.«

Julie hörte auf zu lesen. »Die Einträge werden immer kürzer. Verdammt, was haben sie der Frau bloß angetan? Was für hartherzige Typen waren denn diese Llangaeroggs, eine schwangere Frau allein und ohne Essen zu lassen? Immerhin ist sie mit dem Erben der Familie verheiratet. Du hast ja den Alten und seine Brut von heute kennen gelernt, sind die auch so übel?«

»Arrogant auf jeden Fall, geldgierig und von Liebenswürdigkeit keine Spur. Allerdings muss ich Roger davon ausnehmen, er hat sich mir gegenüber immer sehr zuvorkommend und hilfsbereit verhalten. Aber Madelaine hat niemand beigestanden, nicht einmal Johns Mutter?«

Julie schüttelte den Kopf. »Wie's aussieht, nicht. Ich lese weiter.

6. Dezember 1840

Ich bin verzweifelt! Vor wenigen Tagen hat Bowden, der brutale Jagdaufseher, unsere Ziege erschossen. Er hat behauptet, sie hätte sich losgerissen und sei in den Wald gelaufen, wo er sie mit einem Wildschwein verwechselt hätte. Was kann ich tun! Nicht einmal das Fleisch hat er uns gelassen. Die Ziege hatte immer noch ein wenig Milch, jetzt haben wir nichts mehr. Die Hühner hat Nana letzte Woche geschlachtet. Der Schnee liegt hoch und die Wege nach unten ins Tal sind gefährlich glatt und kaum zu passieren. Wir haben noch ein Pferd, das John gehört, doch wir wollen es nicht schlachten. Die Pfarrersfrau von Llanbadarn schickt uns manchmal Mehl und gibt auch Fische, die fürchterlich stinken, aber gut sind. Nana hat ihrem kleinen Mädchen die Haut kuriert von einem Ausschlag, seitdem ist die gute Frau von Dankbarkeit durchdrungen und scheint mir das einzige Licht in dieser dunklen Zeit.

Mein Husten hört kaum noch auf und zerreißt mir die Lungen. Wir müssen sparsam mit dem Brennholz sein, denn der Earl hat befohlen, jeden zu erschießen, der in diesen kargen Zeiten wildert oder Holz im Wald schlägt. So bleibt Nana nur das nasse Treibholz, das sie unten am Strand aufliest. Doch sie ist nicht die Einzige, die danach sucht, denn die Zeiten sind hart und die Armut in dieser Gegend groß. Die Familie vom Earl sieht nicht aus, als ob sie Hunger leidet, mit rosigen Wangen sehe ich die Kleinen manchmal auf dem Feld spielen. Oh, wie ich mir wünsche, dass mein Kind bald geboren wird und ebenso gesund und fröhlich aufwachsen darf wie ich. Es tritt mich jetzt täglich, was ein gutes Zeichen ist, doch es hat so viel Kraft, wie ich sie längst nicht mehr besitze.

Ich habe die Hoffnung auf einen Brief von zu Hause aufgegeben. Es ist nun bald ein Jahr, dass ich fortgegangen – doch möglicherweise ist der Brief nicht angekommen? Vielleicht ist das Schiff mit der Post untergegangen? Die Winterstürme dieses Jahr sind furchtbar und haben schon viele das Leben gekostet. Auch vier Fischer aus dem Dorf hat die See verschlungen. Ich hasse den ewigen Wind, er scheint gar nicht mehr aufzuhören. Tag für Tag, Nacht für Nacht heult er ums Haus und treibt die Feuchtigkeit in jeden Winkel. Die Kleider sind ständig klamm, meine Hände rot und aufgesprungen. Mein Haar hat seinen Glanz verloren und es war doch so leuchtend braun und Johns Stolz. O mein Geliebter, wo bist du? Warum hast du mich nicht mitgenommen? Anderswo wäre ich genauso aufgehoben wie hier an diesem unfreundlichen Ort, an dem das Wort des Earls über allem steht. Ich fühle es, dass sie mich verachten, mich hassen, mir den Tod wünschen! O Gott, bitte lass mich nicht sterben, nicht jetzt, nicht, ohne meinen Geliebten noch einmal zu sehen.

Der Husten, er peinigt mich wieder. Zum ersten Mal war heute Morgen Blut in meinem Taschentuch. Ich habe versucht, es vor Nana zu verbergen, doch sie hat das Tuch gefunden und mich mit einem seltsamen Blick angesehen. Dann ist sie in ihre Kammer gegangen und hat Kräuter in das Feuer geworfen. Ich habe ihren Gesang gehört und bin von den Dämpfen, die zu mir herüberschwebten, ganz schläfrig geworden. In meinem Traum sah ich mich und John auf Martinique. Wir saßen mit meinen Eltern auf der Terrasse in der warmen Abendsonne. Der Garten stand in voller Blüte, und die schweren Düfte der Blumen schwängerten die Luft. In der Ferne hörte ich den Gesang der Sklaven, die auf dem Heimweg waren, und köstlich gewürzte Gerichte wurden aufgetragen. Nur ein Traum, vergangenes Glück.

7. Dezember 1840

Jemand ist heute Nacht ums Haus geschlichen. Ich liege die meiste Zeit wach, weil das Kind so schwer ist, dass es mir den Atem raubt. Es hat an der Tür gerüttelt. Nana hat es ebenfalls gehört, denn sie hat sich mit einem Messer in der Hand hinter die Holztür gestellt.

9. Dezember 1840

Selbst das Schreiben fällt mir schwer, weil meine Finger geschwollen sind, wie fast alles an meinem Leib. Meine Brüste schmerzen und mein Rücken ist vom Liegen wund. Nana ist heute aus Aberystwyth zurückgekommen und hat gesagt, dass wir bald gehen werden. Ich konnte ihr nicht entlocken, wohin.

14. Dezember 1840

Nana hat eine Schiffspassage für uns gebucht! Sie hat eine Überfahrt nach Martinique gebucht! O Gott, noch einmal fühle ich meine Kräfte wiederkehren, der Gedanke an die Heimat verleiht mir Flügel. Die Pfarrersfrau hat die Karten für uns gekauft. Nana hat ihr als Anzahlung ihren Goldschmuck gegeben. Ich weiß, wie viel ihr die Kette und der schwere Reif bedeutet haben, denn es war das letzte Andenken an ihren Stamm, der von unserer Insel vertrieben wurde, als sie noch ein Kind war.

Meine Nana, endlich sagte sie mir, was sie in den Nebeln gesehen hat – ein Unheil, das mein Leben und das meines Kindes bedroht. Sie konnte die Gesichter der Männer nicht sehen, die sich uns näherten, doch ohne Flucht sind wir ihnen hilflos ausgeliefert. Niemand darf erfahren, wann wir fliehen, und doch, wie soll ich John wissen lassen, wo er mich findet, wenn er zurückkommt? Das Versteck im Kamin! Als

Junge war er oft in diesem Haus, das damals einem Jagdpächter gehörte. Der Mann behandelte ihn wie einen eigenen Sohn und lehrte ihn, die Natur zu verstehen und in sich zu horchen, um das Leben begreifen zu lernen. Wenn Morton, so hieß der Mann, einmal lange auf der Jagd war, hinterließen sie sich an einem nur ihnen bekannten Platz Nachrichten. Dazu benutzten sie einen Stein im Kamin, den man herausziehen konnte und so wieder einfügen, dass niemand den Unterschied in den Fugen der Steine gesehen hätte. Niemand sonst sollte wissen, wohin wir geflohen waren. Also nahm ich die Kette vom Hals, die meine Mutter mir geschenkt hatte, und wickelte sie zusammen mit einer kurzen Botschaft an John in ein Stück blauen Samt. Ich schrieb meinem Geliebten, dass Nana über alles im Bilde sei, damit er sich nicht zu große Sorgen mache, und an den Perlen würde er erkennen, dass wir in die Heimat geflohen waren.

16. Dezember 1840

Es ist so weit, heute Nacht werden wir diesen düsteren Ort verlassen. Es hat wieder geschneit, und wir hoffen, dass der frische Schnee unsere Spuren überdecken wird. Nana wird sich in den Stall schleichen und Johns Pferd holen, denn zu Fuß käme ich kaum wenige Schritte weit. Wir bündeln einige warme Kleider und nehmen etwas Proviant mit. Vorsorglich packt Nana Tücher und eine warme Decke ein, sollte das Kind durch die Anstrengung zu früh herauswollen. Wir müssen durch den Wald, über den Berg und dann ist es nur ein Tagesritt bis zum nächsten Dorf, wo wir eine Kutsche mieten können. Die gute Pfarrersfrau hat uns alles genau erklärt und versprochen, uns nicht zu verraten.

In Gedanken bin ich bei dir, mein Geliebter, und Gott gib mir die Kraft, das alles zu überstehen!«

Julie sah Alexandra an, der ebenfalls Tränen in den Augen standen. »Wie soll sie das schaffen? Bei dem Wetter? Die nächste Eintragung ist in einer ganz anderen Handschrift! O nein!«

»Julie, was ist denn? Bitte, lies doch weiter!«

Julie wischte sich die Augen und sprach mit erstickter Stimme weiter.

»24. Dezember 1840

Es ist dies die heilige Nacht der Christen, ein Glauben, der nicht der meine ist, den ich aber dennoch respektiere, weil es der Gott ist, an den mein Liebling geglaubt hat. Ich bin Nanacoada, die Letzte meines Volkes und die Letzte, die Zeugnis geben kann von den grausamen Ereignissen der Nacht vom 17. Dezember, in der meine Sonne starb.

Ich schreibe dies für dich, Jean, den Sohn einer schönen und tapferen Frau, deren Herz voller Liebe war für dich und deinen Vater John-Richard Llangaerogg, einen ebenso großherzigen wie aufrechten Menschen.

Deine Mutter und ich machten uns heimlich auf den Weg in den Wald, der direkt hinter dem kleinen Haus, dem Ort unserer letzten Zuflucht, begann. Ich hatte das Pferd aus dem Stall geholt, wohl wissend, dass man mich beobachtete. Aber ich hatte keine Wahl, denn in meiner Vision war mir das Ende schon geweissagt worden. Ich konnte nur schweren Herzens tun, wozu ich auf dieser Welt war – versuchen, das Leben meines Lieblings zu schützen. Die bösen Mächte waren stärker als ich – gespürt habe ich das an dem Tag, an dem wir das Land des Earls betraten. Ich habe in die Seele dieses Mannes gesehen, und es war alles schwarz.

John-Richard war nicht der Sohn dieses Mannes, sondern der Sohn von Lady Elizabeth und Morton, der einmal in dem kleinen Haus auf den Klippen gelebt hat. Ich habe es gefühlt, als wir das Haus betraten. Ich sage dir das, damit du nicht zornig auf die Familie deines Vaters bist, denn sie ist nicht wirklich die deine.

Die Kälte in dieser Nacht war fast unerträglich, der Nordwind wehte böse Luft über das Land. Die Sterne spendeten wenig Licht, als wir durch den Wald gingen. Deine Mutter war schon sehr geschwächt und hustete schwer, dass ich fürchtete, sie würde die Nacht nicht überstehen. Doch ihr Wille besiegte ihren Körper, und sie hielt sich aufrecht im Sattel. Durch das Schütteln wurden die Wehen ausgelöst, und wir waren noch kaum vier Stunden unterwegs, da mussten wir unsere Flucht unterbrechen. Ich hörte die Reiter kommen, in meinem inneren Ohr. Doch ich bereitete alles für die Geburt vor. Es waren zwei Kinder! Selbst unter normalen Umständen hätte deine Mutter diese schwere Geburt kaum überleben können. Das erste Kind kam tot zur Welt, das zweite warst du! Deine Mutter hielt dich in den Armen, küsste deine roten Wangen und gab dir den Namen deines Vaters auf Französisch, die Sprache ihrer Liebe. Ich habe ihr versprochen, dich zu retten und mit dir nach Martinique zu fahren, denn sie wusste, dass ihre Eltern dich lieben würden wie ein eigenes Kind. Wenn dein Vater dann käme, würde er sich um dich kümmern.

Wir befanden uns auf einer kleinen Lichtung zwischen den dichten Tannen. Ich hörte die Reiter näher kommen, sie mussten unser Feuer gesehen haben oder vielleicht auch die Spuren, denn es hatte aufgehört zu schneien. Deine Mutter bäumte sich noch einmal auf, doch der Tod hatte sie schon fest in seinen kalten Fingern und ließ sie nicht mehr los. Sie starb in meinen Armen, dich fest an ihre Brust gedrückt. Meine Mission war noch nicht erfüllt, denn in meiner Vision kamen die Männer, um dich und deine Mutter zu töten. Also legte ich die Leiche des ersten Kindes auf die deiner Mutter und zündete die beiden Körper an. Ihre Seelen hatten den Ort ihrer Bestimmung längst erreicht, und was ich verbrannte, waren nur die leeren irdischen Hüllen. So würden die Häscher nicht die Möglichkeit haben, sie zu schänden, und doch in dem Glauben sein, dass ihre Arbeit getan war, da es keinen Erben mehr gab, der eines Tages einen Anspruch auf den Besitz erheben könne. Vielleicht wird dein Vater es nicht glauben wollen, doch ich habe das Gesicht des Auftraggebers für diesen Mord in meiner Vision gesehen – es war der Earl, und Edmund hat davon gewusst.

Kleiner Jean, Kind einer großen Liebe, trage sie im Herzen und vergiss nie, wem du dein Leben verdankst – einer Frau, die alles aufgab, um ihrer Liebe zu folgen, die die Ewigkeit überdauern wird. Mit dem Tod meiner Sonne ist mein Lebensfaden zerrissen. Ich werde dich dorthin bringen, wohin deine Mutter dich befohlen, doch vergib mir, wenn ich dich dann verlasse – mein Platz ist bei ihr.

Mein Geist wird über dich wachen
Nanacoada te kema«

Kapitel 24

Die Tagebuchseiten verschwammen vor Alexandras Augen.

»Sie hat das Gesicht des Earls gesehen, und ich habe Alistairs Gesicht gesehen …«, sagte sie matt.

»Wen hast du gesehen?« Julie schaute sie gespannt an.

Leise fuhr Alexandra fort. »Mir ist Alistair Llangaeroggs Gesicht im Traum erschienen. Er ist verantwortlich für meine Unfälle, den Angriff auf Davy, und er ist es auch, der Mike geschickt hat. Dieser verbitterte alte Mann!«

Es fröstelte sie, als sie an ihren Besuch bei dieser Familie dachte, die sie nur mit Lügen geblendet hatte. Plötzlich lachte sie trocken auf.

»Und weißt du, was das Beste ist? John-Richard war gar nicht der legitime Erbe, denn sein Vater war der Jagdpächter, Morton. Das heißt, dass Madelaines Sohn Jean ganz hinten in der Erbfolge gestanden hätte und überhaupt keine Bedrohung für den Alten und Edmund bedeutete.«

»Hmm, aber das wusste ja niemand außer Lady Elizabeth und Morton, und die werden sicher nichts gesagt haben.«

»Jean und seine Großeltern wussten ebenfalls davon. Oh, sieh doch, zwischen den letzten Seiten liegt ein Brief!«

Julie entfaltete ein vergilbtes Papier, das von einer männlichen Handschrift in großen Lettern beschrieben war.

»Es ist in Englisch.«

Gemeinsam lasen sie die Zeilen, aus denen Hochmut und Verachtung sprachen.

Llangaerogg, 17. März 1862

Dear Sir,

auf Ihre Nachfrage hin teile ich Ihnen mit, dass mein Bruder, John-Richard Llangaerogg, im Januar 1841 mit der Star of India *in chinesischen Gewässern vor den Tungscha Islands untergegangen ist.*

Von einer Heirat meines Bruders mit einer gewissen Madelaine de Miolans ist mir nichts bekannt. Es existiert kein Nachweis über eine derartige Verbindung. Im Namen meiner Familie untersage ich Ihnen hiermit, den Namen Llangaerogg zu führen. Sollten Sie weitere Bestrebungen anstrengen und Ansprüche irgendwelcher Art an unsere Familie stellen, werden wir geeignete Mittel finden, diese zu unterbinden.

Zudem ist es undenkbar, dass mein Bruder sich mit einer Frau derart niedriger Herkunft eingelassen hätte.

Hiermit sehe ich die Sache als abgeschlossen an und kann Ihnen nur raten, auf jegliche weitere Kontaktaufnahme mit Mitgliedern unserer Familie zu verzichten.

Edmund Earl of Llangaerogg

»Genau wie Nanacoada es beschrieben hat – der Bruder hat von dem geplanten Verbrechen gewusst!« Alexandra war von so viel Boshaftigkeit und menschlicher Grausamkeit angewidert, und gleichzeitig machte es sie traurig. Der Junge hatte als Antwort auf die Hoffnung, seinen Vater zu finden, nur diesen kaltschnäuzigen Brief erhalten.

Julie gähnte. »Tut mir Leid. Weißt du, wie spät es ist? Schon halb vier!«

»Lass uns schlafen gehen. Morgen früh sprechen wir mit deiner Großmutter.«

Alexandra umarmte Julie und wünschte ihr eine gute Nacht. Sie selbst ging in ihr Zimmer, war aber viel zu aufgewühlt, um sofort schlafen zu können. Die alte Indianerin hatte den Tod ihres Ziehkindes nicht überwunden und geschrieben, dass sie bei Madelaine bleiben wollte. Das konnte nur bedeuten, dass Nanacoada nach England zurückgekehrt war, um über dem Grab ihres Zöglings zu wachen. Ein Grab im eigentlichen Sinne konnte es nicht sein, denn das wäre aufgefallen und hätte den Llangaeroggs sicherlich missfallen. Seit den dramatischen Ereignissen im Wald der Llangaeroggs war über ein Jahrhundert vergangen. Ein Großteil des Waldes war abgeholzt worden, und der Platz, an dem die Indianerin Madelaine und ihr Kind verbrannt hatte, existierte vielleicht nicht mehr. Aber Alexandra konnte sich des Gefühls nicht erwehren, dass das nicht der Fall war, und sie wusste auch, wen sie in Wales danach fragen würde.

Am späten Vormittag des nächsten Tages erwachte Alexandra durch lautes Klopfen an ihrer Zimmertür. Verschlafen stieg sie aus dem Bett und strich sich die Locken aus den Augen.

»Ja? Was ist denn?«

»Ich bin's, Julie. Kann ich reinkommen?« Und noch bevor sie den Satz beendet hatte, stand Julie schon frisch und energiegeladen im Zimmer. Alexandra fühlte sich dagegen wie ein zerknautschter Pappkarton.

»Gib mir drei Minuten für eine Dusche, dann können wir reden.«

»Nein, nein, los, wir schwimmen eine Runde, dann Frühstück, dann zu Großmutter. Na komm, ab in den Bikini!«

Sie warf Alexandra das Badezeug zu, das auf einem Stuhl lag. Julies Vorschlag erwies sich als hervorragender Einstieg in den Tag. Nach der zweiten Bahn streckte Alexandra alle Glieder genüsslich in dem warmen Wasser. Anil brachte frische Mangos und Orangensaft an den Pool. Anschließend gingen sie zu Julies Großmutter.

Therèse öffnete ihnen die Tür zum Wohnraum mit einem breiten Lächeln und bat sie höflich, einzutreten. Die Vorhänge waren noch immer zugezogen, doch das Tageslicht schimmerte schwach durch den dichten Stoff. Alexandras Blick fiel direkt auf die gegenüberliegende Wand, die am Abend im Dunkeln gelegen hatte. Heute schien das diffuse Tageslicht auf ein Ölgemälde, das in einem schweren goldenen Rahmen über einer gläsernen Vitrine hing. Die gleichen geheimnisvollen, schräg gestellten Augen, die sie gestern Abend zum ersten Mal sah, blickten Alexandra hier aus dem ebenmäßig schönen Antlitz eines jungen Mädchens entgegen. Leuchtendes kastanienbraunes Haar wellte sich in dichten Locken um das zarte ovale Gesicht, dessen natürliche Anmut den Betrachter bannte.

»Sie haben sie also entdeckt.«

Claire Delbè stand unter dem Rundbogen und schaute Alexandra an. In dem weichen Licht, das so spärlich durch die Vorhangsspalten drang, sah die alte Frau in ihrem hellblauen Kleid mit den weißen Bändern und ihrem vollen, aufgesteckten Haar dem Porträt so ähnlich, dass Alexandra zweimal hinsehen musste, um sich zu vergewissern, wer dort vor ihr stand.

»Madelaine und Sie – es ist ...«, stotterte Alexandra.

Claire Delbè lächelte. »Nicht wahr, sie ist wunderschön? Ich danke Ihnen für das Kompliment. Genauso muss Jean mich damals auch gesehen haben, als er sich entschied, mir das Tagebuch zu vermachen.«

Julie begrüßte ihre Großmutter. »Du bist viel zu bescheiden. Alex, sie war so schön, dass alle Männer auf der Insel sich vor ihr verneigten, wenn sie durch die Stadt ging.«

»Ach, hör doch auf, Julie. Das ist so lange her. Aber ich hatte nur Augen für einen, meinen Armand. Jaja, die Zeit vergeht, das Leben verrinnt wie die Körner einer Sanduhr. Bitte, setzen wir uns doch.«

Sie deutete auf die Sessel und die Chaiselongue. Therèse trug eisgekühlten Tee auf, der, wie Alexandra überrascht nach dem ersten Schluck feststellte, mit einem Schuss Rum versetzt war.

Claire Delbè nickte. »Das erfrischt. So ein winziger Schuss

Rum bringt meinen Kreislauf in Schwung. Sie haben das Tagebuch gelesen, nehme ich an?«

Alexandra nahm das Buch und reichte es der Frau, die es all die Jahre bewahrt hatte.

»Ich danke Ihnen von ganzem Herzen für Ihr Vertrauen!«

Die alte Dame nahm das Buch entgegen. »Eine schwere Bürde, aber nun teilt sie jemand mit mir. Ich habe Ihnen zu danken, Alexandra. Sie haben den Kreis geschlossen. Die Perlen haben Sie hierher geführt, nach Martinique, wohin sie einst den Geliebten führen sollten.«

»Der Brief von Edmund Llangaerogg – was hat Jean getan, als er diese Antwort erhielt?«

Claire Delbè spielte mit einem der weißen Seidenbänder an ihrem Kleid. »Nichts. Er war noch sehr jung, als er diese harsche Antwort bekam, kaum zweiundzwanzig Jahre alt, und er beschloss, nun, da er vom Tod seines Vaters wusste, dass er mit dieser Familie nichts gemein haben wollte. Seine Großeltern hatten ihn liebevoll aufgezogen, wie Madelaine es vorausgesagt hatte. Sie hatten ihm ihren Namen gegeben, und er fand das nur allzu richtig. Er führte die Rumdestillerie weiter, denn das Schicksal wollte es, dass die Kinder seiner Tante verstarben. Sein Leben lang bewahrte er das Andenken an seine Mutter und auch an seinen Vater, dessen helles Haar er geerbt hatte. Das Porträt, das Sie hier sehen, hatte Madelaines Vater zu ihrem siebzehnten Geburtstag in Auftrag gegeben. Sie muss wirklich eine außergewöhnliche Schönheit gewesen sein.«

Alexandra fragte sich, ob ein impulsiver junger Mann nicht demjenigen, der ihm derartige Schmähungen und versteckte Drohungen an den Kopf geworfen hatte, persönliche Rache abverlangen wollte.

Claire fuhr fort: »Jean war sehr stolz auf seine karibische Herkunft, und er setzte in seinem ganzen Leben niemals auch nur einen Fuß nach Großbritannien. Er reiste nach Amerika, Kanada, Frankreich und Australien und knüpfte

Kontakte zu Weinhändlern, die seinen Rum auf fast allen Kontinenten vertrieben. Man soll nie ein schlechtes Wort aus seinem Munde über die Familie seines Vaters gehört haben, doch auch nie ein gutes. Jean schaffte die Sklaverei auf seiner Plantage als einer der ersten auf Martinique ab und behandelte seine Arbeiter so fair, dass über die Hälfte von ihnen weiterhin bei ihm blieb. Wenn Sie sich umsehen, wie es auf anderen Plantagen zuging, werden Sie verstehen, was das bedeutete. Leider war ich erst sieben Jahre alt, als er starb, doch ich erinnere den großen, breitschultrigen Mann mit dem hellen schütteren Haar und den leuchtenden gütigen Augen immer noch genau. Er strich mir sanft über die Haare und murmelte manchmal den Namen seiner Mutter, die er nie hatte kennen dürfen. Als er starb, haben die Arbeiter Fackeln angezündet und den Sarg den ganzen langen Weg hinunter bis zur Gruft begleitet. Ihr Gesang klingt mir noch in den Ohren.«

Nach dieser langen Rede nahm Claire einen Schluck des kalten Teepunsches. Therèse stand neben ihr und nickte gedankenverloren. Claire legte ihre rechte Hand auf den Tisch, an der mehrere wertvolle Ringe schimmerten. Neben einem Rubin saßen hochkarätige Diamanten und ein goldener Siegelring. Sie sah Alexandra an und zog den goldenen Ring von ihrem Mittelfinger.

»Er ist mir ohnehin zu groß.« Sie reichte ihn Alexandra. »Ich möchte, dass Sie diesen Ring behalten. Es ist John-Richards Siegelring. Er hat ihn seiner Frau zur Vermählung gegeben. Tragen Sie diesen Ring im Gedenken an zwei Menschen, die für ihre Liebe alles gaben. Liebe, Alexandra, bedeutet alles, Hass nichts! Einander zu grollen heißt, wertvolle Lebenszeit zu verschwenden. Und glauben Sie mir, wenn Sie in meinem Alter sind, dann denken Sie nicht an die Momente, in denen Sie hassten, sondern nur an die, in denen Sie liebten und wahrhaft glücklich waren! Ich sehe Zweifel und Verwirrung in Ihren Augen. Ist es nicht ein Wunder, dass heute, Generationen später, die Liebe dieser beiden Menschen den Schmerz überwiegt und ihre Kraft beweist? Sie hat Sie zu mir geführt! Oder wären Sie ohne den Brief, dessen Worte Sehnsucht und Hoffnung ausdrücken, hierher gekommen? Er hat Sie hergebracht, weil er Ihr Herz berührte. Nehmen Sie den Ring und setzen Sie fort, was zwei junge Menschen vor langer Zeit begannen!«

Claire steckte Alexandra den Ring auf und drückte ihre Hand sanft zusammen. Dann nahm sie die Perlenkette und den Brief, die auf dem Tisch gelegen hatten, wickelte sie wieder in den Samt und schob sie Alexandra zu. Alexandra standen die Tränen in den Augen. In all den Jahren hatte sie nicht erkannt, um was es wirklich ging. Sie umarmte und küsste die alte Dame und atmete einen Hauch von Jasmin und Maiglöckchen, einen Geruch, an den sie sich immer erinnern würde.

»Ich werde mir gut überlegen, wem ich dieses Buch hinterlasse, aber ich glaube, ich habe da schon eine Idee.«

Claire zwinkerte ihrer Enkelin zu. »Julie, hol doch bitte deine Eltern herein. Ich habe etwas mit ihnen zu besprechen. Heute scheint mir der rechte Tag für wichtige Entscheidungen zu sein.«

Julie sprang auf und lief aus dem Zimmer. Alexandra erhob sich, denn sie spürte, dass die alte Dame ihre Aufmerksamkeit jetzt anderen Dingen zuwenden wollte.

»Madame Delbè, ich weiß nicht, wie ich mich für alles bei Ihnen bedanken kann. Ich denke, ich werde Sie nun verlassen müssen …«

Alexandra fiel es schwer, die Gedanken und Gefühle, die sich in ihr überschlugen, in Worte zu fassen.

»Meine liebe Alexandra, Sie wissen nicht, was Ihr Besuch mir bedeutet hat. Nicht nur mir, auch Julie. Sie waren ein Geschenk für uns. Was einen Teil Ihres Herzens so bitter gemacht hat, weiß ich nicht, aber Sie haben die Chance bekommen, sich von der Vergangenheit zu lösen. Lassen Sie es zu! Ich weiß, dass Sie es können! Und nun gehen Sie mit meinem Segen und werden Sie glücklich! Am Ende zählt nur das, glauben Sie einer alten Frau.«

Einen Moment lang erhellte ein verträumtes Lächeln Claires Gesicht, das Vergangenheit und Zukunft vereinte.

Kapitel 25

Alexandras Entschluss stand fest, hier hielt sie nichts mehr. Sie rief den Flughafen an und buchte die Abendmaschine nach Bridgetown. Dann rief sie ihren Vater an, der wieder einmal auf dem Golfplatz war. Frederike jedoch schien ehrlich begeistert von Alexandras Rückkehr und versprach, alles vorzubereiten. Alexandra fühlte sich scheußlich, dass sie ihre Schwester so lange ohne Anruf im Ungewissen gelassen hatte, und wählte als Nächstes ihre Nummer. Karen war tatsächlich zu Hause und überglücklich, dass sich die Dinge auf so wunderbare Weise für ihre Schwester entwickelt hatten. Das Logbuch war am Tag nach Alexandras Abreise angekommen und von Karen abgeholt worden. Argyll Davy hatte sich gemeldet, denn er konnte endlich wieder sprechen und schien das Schlimmste überstanden zu haben. Alexandra sprach nicht aus, dass sie Alistair für den Hauptschuldigen hielt, doch Karen schien es zu ahnen. Sobald Mike gestanden hatte und nach England ausgeliefert worden war, würde man ein Verfahren gegen ihn anstreben, in dem sie sicher aussagen musste. Alexandra erzählte Karen nichts von ihrem unglücklichen Telefonat und Zerwürfnis mit Ewan. Ihre Schwester merkte lediglich an, dass Ewan zu Charles gesagt hatte, er werde nach der letzten Klausur nach Edinburgh zu seinem Bruder fahren.

Alexandra seufzte. Sie vermisste Ewans warme Stimme und sein Lächeln. Die Trennung hatte sie mehr verletzt, als sie sich eingestehen wollte. Sie packte ihre Sachen in eine Tasche, die Julie ihr gegeben hatte. Mike hatte ihr Gepäck anscheinend verkauft oder sonst wie entsorgt, denn von der Polizei war nichts für sie abgegeben worden. Nach einem kurzen Blick in das Zimmer, das sie vor zwei Nächten mit gemischten Gefühlen betreten hatte, schloss sie die Tür hinter sich und ging nach unten. In der Empfangshalle traf sie auf Anil, die sie nach den Delbès fragte.

»Alle sind am Pool draußen, Mademoiselle. Soll ich Sie hinbringen?«

»Nein, lass nur, Anil, den Weg kenne ich inzwischen. Sollten wir uns nicht mehr sehen, ich wünsche dir alles Gute!«

Die runden Augen des jungen Mädchens weiteten sich, und sie erwiderte bedrückt: »Oh, wie schade, dass Sie uns schon verlassen! Mademoiselle Julie mag Sie sehr gern. Kommen Sie zurück?«

»Ich weiß es nicht, Anil. Mach's gut.«

Alexandra eilte in den Garten, wo sie Julie mit ihren Eltern fand. Sie schienen in ein ernsthaftes Gespräch vertieft, doch da Alexandra zum Flughafen musste, konnte sie nicht höflich warten, bis man sie ansprach.

»Entschuldigen Sie, aber ich wollte mich verabschieden und Ihnen noch einmal ganz herzlich für Ihre Gastfreundschaft danken. Sie haben wirklich besonders viel Geduld und Großzügigkeit bewiesen, mich unter diesen besonderen Umständen bei sich aufzunehmen. Immerhin war ich eine Fremde und verstehe durchaus …, nun, ich danke Ihnen! Mein Flug geht um fünf.«

Julie war aufgesprungen und umarmte Alexandra stürmisch.

»Du willst schon gehen? Jetzt, wo alles gerade erst anfängt? Nein, bitte, Maman, Papa, bittet sie doch zu bleiben!«

Über Lauras ernstes Gesicht glitt tatsächlich ein kurzes Lächeln.

»Julie hat Recht, es besteht keine Veranlassung, dass Sie uns sofort wieder verlassen, und ich sage das mit ehrlicher Überzeugung – Sie sind immer herzlich willkommen! Sollten Sie einmal nach Martinique kommen und nicht bei uns vorbeischauen, wären wir sehr enttäuscht.«

Robert nickte. »Wir haben vielleicht nicht immer dieselbe Meinung«, er grinste, »aber das heißt nicht, dass wir Sie nicht schätzen. Außerdem hat meine Mutter nur Lobenswertes über Sie gesagt, und das bedeutet sehr viel!«

Julie legte ihrem Vater eine Hand auf die Schulter und sagte zu Alexandra: »Ich gehe nach Paris auf die Kunsthochschule! Großmutter hat gesagt, es reicht doch, wenn einer den Betrieb weiterführt, und das tut mein lieber Bruder. Sie findet, dass man zuallererst versuchen muss, seinem Herzen zu folgen, wenn das nicht funktioniert, kann man sich immer noch für etwas anderes entscheiden. Aber man hat es versucht und wird sich nicht ein Leben lang vorwerfen, dass man eine grundlegende Erfahrung versäumt hat.«

»Das ist fantastisch, Julie! Von Wales ist es nur ein Katzensprung nach Paris. Wenn du Hilfe brauchst oder Kontakte, ein paar habe ich auch, dann ruf mich an. Meine Anschrift hast du?«

Julie schüttelte den Kopf. Alexandra suchte in ihrer Handtasche nach einem Stück Papier.

»Nein, Alex, das können wir später machen. Ich bring dich jetzt zum Flughafen!«

Obwohl Laura und Robert, Julien ließ sich nicht mehr blicken, sich freundlich gaben, konnte Alexandra sich nicht des Eindrucks erwehren, dass sie erleichtert über ihre Abreise waren. Vielleicht war es für Robert nicht immer einfach gewesen, im Schatten einer derart beeindruckenden Frau, wie Claire Delbè es war, zu stehen. Alexandra konnte sich gut vorstellen, dass die agile selbstbewusste Frau die Geschäfte noch lange selbst geführt hatte. Warum Laura sich gegen die Medizin entschieden hatte, wusste nur sie selbst, doch sollte sie, was ihr selbst verwehrt blieb, nicht auch ihrer Tochter verwehren. Julie würde es schaffen, davon war Alexandra überzeugt. Sie hatte die nötige Energie und Kreativität, die es ihr möglich machen würden, auf dem hart umkämpften Kunstmarkt Fuß zu fassen. Und dann war da noch ihr berühmter Familienname, der in gewissen Kreisen Interesse für ein junges Talent wecken würde.

Julie hatte ihr zum Abschied eine dicke Pappröhre geschenkt, und Alexandra ahnte, um was es sich handelte. Vom Flugzeug aus sah Alexandra die Umrisse von Martinique langsam zwischen den Wolken verschwinden und dachte an Claire Delbè, die ihre Tage im Halbdunkel verbrachte, und deren reiches, erfülltes Leben, zu dem auch ihre Enkelin gehörte, ihr dennoch ein hohes Maß an Freuden gewährte. Als Alexandra diesmal in Bridgetown aus der Zollabfertigung suchend durch die Türen trat, erkannte sie die hohe Gestalt ihres Vaters sofort und ließ ihre Tasche fallen, um seine Umarmung zu erwidern.

Die Fahrt zum Haus ihres Vaters verging viel zu schnell, als dass sie alles erzählen konnte. Frederike begrüßte sie an der Tür und lud sie zum Essen an den gedeckten Tisch. Nachdem sie sich erfrischt hatte, setzte sich Alexandra zu ihrem Vater und seiner Frau und genoss die heiße Clamchoudersuppe, bevor sie den Fragen nachgab und von den wohl bedeutsamsten Tagen ihres Lebens erzählte. Ihr Vater bemerkte, dass Alistair und seine Familie vor Gericht einen schlechten Stand haben würden.

Frederike war so gerührt von Nanacoadas Worten, dass sie die Tränen nicht zurückhalten konnte.

»Wie unfassbar traurig! Da musste diese arme Frau quasi ihr Kind, denn Madelaine war ja wohl wie ihre Tochter für sie, verbrennen und die Überreste auch noch einem ungewissen Schicksal überlassen. Was die Schlächter des alten Earls wohl damit gemacht haben?«

Alexandra trank einen Schluck Chardonnay.

»Wahrscheinlich haben sie die verkohlten Körper einfach liegen lassen oder verscharrt, die Tiere des Waldes werden den Rest übernommen haben.« Sie schwieg nachdenklich. »Aber auf irgendeine Weise hat die Indianerin es geschafft, wieder nach Wales zu gelangen und dort über Madelaines Grab zu wachen.«

Mary brachte zwei Platten herein, auf denen gegrillte Langusten und frittierte Muscheln lagen. Dazu reichte sie verschiedene scharf gewürzte Saucen, grünen Salat und warmes Brot. Alexandra war nach dem Flug und den nervenaufreibenden letzten Tagen wie ausgehungert und lud sich von allem auf ihren Teller.

Björn Lorenz wischte sich die Hände ab. »Alex, ganz wichtig, Gordon hat angerufen. Wegen Thomas, dem Chronisten, der ist wieder auf Barbados und hat anscheinend interessante Neuigkeiten über die Plantage deiner walisischen Adligen für dich. Das wäre dann wohl das letzte noch fehlende Puzzlestück?«

»Hmm, ja, und ich weiß gar nicht, ob ich das noch hören will, aber es hilft nichts. Jetzt kann ich nicht einfach Augen und Ohren vor dem Rest verschließen. Wann können wir mit ihm sprechen?«

»Morgen, wenn du willst.«

Frederike reichte das Brot herum.

»Alex, hast du dir schon überlegt, wo du Weihnachten verbringen willst? Weißt du, es sind ja nur noch zwei Tage, na ja, und wir würden uns einfach sehr freuen, wenn du noch bei uns bleiben würdest. Könntest du dir das vorstellen?«

Die Feiertage hatte sie über den Ereignissen völlig vergessen. Zu Karen und Charles wollte sie nicht, denn Melia und George kamen. Ewan hätte auch unter anderen Umständen die Festtage bei seiner Familie in Schottland verbracht. Sie seufzte schwer, denn es lag nur bei ihr, endlich genügend Selbstvertrauen zu finden und über ihren eigenen Schatten zu springen. Irgendwie schuldete sie ihrem Vater und Frederike etwas Entgegenkommen, und außerdem wollte sie ja noch mit Thomas sprechen.

»Ja, danke für die Einladung. Ich bleibe gern bei euch.«

Frederike nickte. »Das ist schön. Keine Sorge, Alex, von meiner Seite der Familie kommt niemand, wir bleiben ganz unter uns.«

Alexandra sah zu ihrem Vater, der sie schweigend betrachtete und dann den Kopf senkte, um sich über seine Muscheln herzumachen.

Thomas Lucas war ein schwergewichtiger Mann Mitte dreißig, dessen kurzgeschorenes Haar den runden Kopf bedeckte. Hinter einer runden Nickelbrille blitzten intelligente Augen. Lucas war einer der wenigen Farbigen auf Barbados, der mit einem Stipendium in Oxford studiert hatte. Man hatte ihm dort eine Professur angeboten, über deren Antritt er noch nachdachte, da er damit seiner Insel endgültig den Rücken kehren müsste.

»Gordon hat mir von Ihrem Interesse an den Llangaeroggs berichtet – ein Kolonialherr, der dem Ansehen der Briten in der Karibik viel Schaden zugefügt hat, obwohl man im Vertuschen natürlich meisterhaft ist und war.«

Sie saßen in Lucas' Büro. »Lassen Sie mich kurz die Unterlagen holen.« Mit einer Leichtfüßigkeit, die man ihm nicht zugetraut hätte, schwang er sich hinter seinem Schreibtisch hervor und verließ für kurze Zeit den Raum.

»Ich bin gespannt, was er über den alten Earl zu sagen hat. Nach dem, was er Madelaine angetan hat, traue ich ihm alles zu«, meinte Alexandra mit verhaltener Stimme zu ihrem Vater.

Lucas kam mit einer Reihe Akten zurück, die er vor sich auf den Tisch fallen ließ.

»Sie werden persönliche Gründe haben, um ausgerechnet nach dieser Plantage zu fragen. Als Wissenschaftler bin ich von Natur aus neugierig, und ich werde Sie an meinen Erkenntnissen, die leider noch immer lückenhaft sind, teilhaben lassen. Unvollständig sind meine Erkenntnisse vor allem deshalb, weil die wenigsten Sklaven schreiben oder lesen konnten. Hatten sie sich derartige Kenntnisse angeeignet, mussten sie mit drakonischen Strafen rechnen. Das jedoch gilt für die Sklavenhalter im Allgemeinen. Zudem ist es bei uns Tradition, Geschichten in Form von Legenden mündlich zu überliefern.

Verstarben die Geschichtenerzähler, ohne ihr Wissen in ausreichender Weise weitergegeben zu haben, starben auch die Geschichten mit ihnen. Als ich etwa vierzehn Jahre alt war, hat mir ein Onkel meines Vaters die Geschichte der Plantage der Llangaeroggs erzählt. Meine Eltern sind Menschen, die sich in der Gegenwart orientieren. Sie wollen von der Vergangenheit ihrer versklavten Vorfahren nichts wissen. Mich hat die Tatsache, dass meine Vorfahren auf einem Sklavenschiff nach Barbados verkauft worden waren, mehr fasziniert als erschreckt.«

Er goss sich aus einem Krug mit Eiswasser ein Glas ein.

»Möchten Sie auch?«

Während Björn Lorenz Wasser für sich und seine Tochter eingoss, fuhr Thomas Lucas fort.

»Leider machte ich mir als Vierzehnjähriger noch keine Aufzeichnungen, und der Onkel verstarb bald, denn er war damals schon über achtzig Jahre alt. Meine Erinnerungen und Fragmente von Briefen eines ehemaligen Plantagensklaven ergeben dennoch ein recht deutliches Bild vom Vorgehen dieser Familie in ihren Überseebesitzungen, wie man damals zu sagen pflegte.«

Er zog einige maschinenschriftlich bedruckte Blätter hervor.

»Ich fasse das für Sie Wichtige zusammen. Samuel Lucas, besagter Onkel, hatte einen Urgroßvater, der Sklave unter Owain Llangaerogg war. Der Earl war nicht der Begründer der Plantage, sondern sein Vater, Hen, der ein ebenso grausamer Herr wie sein Sohn war. Owain übernahm die Aufsicht über die Plantage nach dem Tod seines Vaters. Was kann man von einem Mann erwarten, für den das Leben eines Hundes über dem eines Sklaven stand? Eine Begebenheit muss auf die Sklaven besonders Furcht erregend gewirkt haben. Einmal ging Owain mit seinem Leibsklaven und zwei englischen Jagdhunden auf die Jagd. Einer der Hunde wollte das erlegte Tier nicht hergeben, und der Sklave, ein Junge von vielleicht fünfzehn Jahren, sollte die Beute holen. Er brachte das angerissene Tier seinem Herrn, der ihm dafür die Schuld gab und ihn auspeitschen ließ. Der Hass des Jungen muss grenzenlos gewesen sein, jedenfalls fand man an einem der folgenden Tage den Lieblingshund des Earls mit umgedrehtem Hals im Stall. Für Owain stand der Schuldige fest. Er ließ den Jungen auf dem Hofplatz mit auf den Rücken gefesselten Händen vor die versammelten Sklaven bringen und brach ihm dann mit einem Griff eigenhändig das Genick.«

Alexandra verschluckte sich an ihrem Wasser.

»Nein, wie grausam!«

Lucas blieb gelassen. »Wahrscheinlich hat er das nicht zum ersten und sicher auch nicht zum letzten Mal getan. Er war ein Sadist, und seine Position erlaubte es ihm, jeder seiner gewalttätigen Neigungen nachzugehen. Die Allmacht der Plantagenbesitzer war normal, glücklich konnten sich diejenigen Sklaven schätzen, die humane Herren hatten. Owain war auch unter den Engländern auf Barbados nicht beliebt und verbrachte viel Zeit auf den Besitzungen seiner Familie in Wales, bevor er sich nach dem großen Aufstand endgültig dorthin zurückzog. Der Urgroßvater von Samuel überlebte, weil er gut mit Pferden umgehen konnte. Er heilte und pflegte die edlen Rösser seines Herrn und schuf sich so eine besondere Stellung, die ihn zu wertvoll machte, als das selbst Owain ihn einfach einer seiner Launen geopfert hätte. Neben den schwarzen gab es auch weiße Sklaven. Ich weiß nicht, ob Sie davon gehört haben?«

Vater und Tochter verneinten.

»Nun, Barbados lief Jamaika schnell den Rang in der Zuckerproduktion ab. Boden, Klima und die flache Struktur der Insel waren für die Plantagenwirtschaft besonders günstig. Die Insel war bald überbevölkert, und dennoch gab es nicht genügend Feldarbeiter, sodass sich die Pflanzer nach neuen billigen Arbeitskräften umsahen. Teilweise verpflichtete man englische Arbeiter für fünf Jahre, die die wenigsten überlebten, und außerdem exportierte man Jugendliche in die Karibik –

offiziell als Arbeiter. Diese halben Kinder wurden mit Zucker bezahlt und regelrecht zu diesem Zweck gestohlen – man nannte das ›to barbado‹.«

Alexandra war fassungslos. »Die haben also auch englische Kinder entführt und in die Karibik verschleppt?«

Lucas lächelte bitter. »Darüber wird nicht gesprochen, und in den wenigsten Geschichtsbüchern überhaupt nur erwähnt. Unser Owain bezahlte gedungene Verbrecher für das Auftreiben von solchen Kinderarbeitern. Haben Sie eigentlich eine Vorstellung vom Tagesablauf eines Feldsklaven? Haussklaven hatten es besser, mussten jedoch mit den Launen der Herrin oder des Herrn fertigwerden, was im Falle von Owain keine Kleinigkeit war. Die Arbeit dauerte von Sonnenaufgang bis -untergang – ein Zwölf-Stunden-Tag. Männer und Frauen, die zur Feldarbeit eingeteilt waren, zogen mit Hauen und Schaufeln in die Pflanzungen. Es gab Unterteilungen nach der körperlichen Konstitution der Arbeiter. Selbst Kinder ab vier Jahren mussten auf die Felder und dort Gras sammeln. Etwa acht Monate des Jahres wurde gepflanzt und vier Monate lang geerntet. Während des Pflanzens beispielsweise traten die Sklaven in Reihen an und gruben im Takt Pflanzlöcher und das zehn Stunden am Tag! Sklavinnen schleppten dann Körbe mit den Setzlingen herbei. Nach der Ernte mussten die Stängel ausgepresst werden. Es gab gewaltige Kochhäuser, in denen nur die kräftigsten Sklaven arbeiten konnten, weil die Hitze dort drinnen unerträglich war. In einem Vier-Stunden-Turnus mussten die Sklaven den Saft des Zuckerrohrs von einem Kessel in den anderen füllen.«

Lucas hielt inne und schlug einen der Aktenordner auf.

»Dazu hat Marcus, ein ehemaliger Sklave, der nach dem Aufstand Arbeit als Lehrer in einer Baptistenkirche gefunden hat, geschrieben, wie Owain seine unbeschreibliche Grausamkeit einmal mehr bewies. In einem Brief von 1858 heißt es:

Der Herr Owain, dessen Tod mir mitgeteilt wurde und für den ich nichts als Hass empfinde, Gott vergib mir diese Sünde, war einmal im Kochhaus zugegen, als ein Unglück geschah.

Andreas, ein junger Sklave mit besonders hübschem Gesicht, der sich bald mit Maria, die im Haus arbeitete, verheiraten wollte, stieß beim Umrühren zu stark gegen einen der Kessel. Der Saft rann in größerer Menge über den Rand und tropfte auf den Boden. Der Herr sah dieses und – ich hoffe, er wird dafür in der Hölle braten – befahl Andreas, den Kessel abzuwischen und auch den Boden zu säubern, mit seinen eigenen Kleidern! Wir besaßen nur ein Hemd und eine Hose, also zog Andreas sein Hemd aus und begann, den Kessel zu reiben, der natürlich nicht von der klebrigen Masse zu säubern war. Da stieß ihn der Herr von hinten mit einem Stock an, dass er kopfüber in die heiße Brühe fiel. Ich werde diesen Anblick nie vergessen! Wir sprangen dazu, um Andreas zu helfen, doch der Bedauernswerte schrie und schlug um sich wie ein Irrer – sein Gesicht war gänzlich bis zur Unkenntlichkeit verbrannt, die Augäpfel quollen aus den Höhlen, und die Haut begann in Fetzen von seinem Oberkörper zu pellen. Er starb nach zwei qualvollen Stunden. Seine Schreie höre ich noch heute, und genauso wenig kann ich diese Teufelsfratze von einem Mann vergessen, den Gott zum Herrn über Leben und Tod gemacht hat. Nachdem er Andreas in den Tod gestoßen hatte, war seine Bestialität noch nicht befriedigt. Er ging ins Haus, überbrachte Maria die entsetzliche Nachricht und schwängerte sie noch in derselben Nacht. Maria erhängte sich, als sie sicher war, einen Bastard vom Mörder ihres Verlobten in sich zu tragen.«

Der Historiker sah in die entsetzten Gesichter seiner Zuhörer und zuckte mit den Schultern.

»Es ist immer wieder erstaunlich, zu welchen gewalttätigen, sadistischen Auswüchsen der menschliche Geist fähig ist. Die

Geschichte wiederholt sich ständig, leider. Ich will damit nur sagen – sehen Sie diese Taten eines Mannes nicht als Einzelfall an. Verurteilen Sie sie, und tun Sie das laut, nicht nur hinter vorgehaltener Hand.«

Alexandra wollte zu einer Erklärung ihrer Motive ansetzen, doch Lucas wehrte ab.

»Warten Sie noch, ich will Ihnen noch vom Ende der Plantage berichten. Allgemein dürfte bekannt sein, dass es keine Überreste gibt, die in irgendeiner Weise auf die ehemalige Existenz des Anwesens der Llangaeroggs auf Barbados hindeuten. Der eine oder andere mag vielleicht von einem Brand gehört haben, der 1841 alles zerstörte. Unser Freund Marcus musste sich die Erlebnisse wohl von der Seele schreiben, und daher haben wir hier einige Fakten zum Untergang der Llangaeroggs auf Barbados. Gegen Endes des Jahres 1858, im November, schrieb er wieder an seinen Freund:

Einmal mehr jährt sich der Tag, an dem wir den Mut fanden, uns von der Tyrannei zu befreien! Du hast mich schon oft gefragt, wie es dazu gekommen ist, und heute kann ich mit genügend Ruhe über die Ereignisse jener Nacht zum 11. November 1841 sprechen. Es soll ein Blitz mich niederstrecken, wenn dieses nicht die ganze Wahrheit ist. Der Earl war seit dem Freitod von Maria in England, und wir sahen ihn nicht mehr. Wer geglaubt hatte, dass die Zeiten unter dem Verwalter nun besser würden, sah sich bitter getäuscht. Der Verwalter wurde immer ungerechter und verlangte Unmögliches von seinen Arbeitern.

Als nun ein entlaufener Arbeiter hörte, dass man auf anderen Plantagen die Sklaven schon freigelassen hatte und von England ein Gesetz erlassen war, nach dem wir ein Recht auf Freiheit, Arbeit und Bezahlung bekommen hatten, gab es kein Halten mehr. Wir alle wussten, dass eine Bittstellung an den Earl keinen Erfolg gehabt hätte. Er hätte den Sprecher höchstens foltern und töten lassen.

Also planten wir den Aufstand bis ins Kleinste durch. Die schwarzen Aufseher waren auf unserer Seite. Sie schlossen uns in besagter Nacht die Hütten auf, in denen unsere Werkzeuge standen. Alles ging mit unvorstellbarer Schnelligkeit und fast ohne einen Laut vor sich. Am Abend zuvor hatte es eine Feier gegeben, und die Weißen lagen vom Alkohol berauscht. Das machte uns unsere Aufgabe leichter. Wir haben alles verbrannt, und am nächsten Tag hat sich jeder mitgenommen, was er zum Leben brauchen konnte. Es blieb kein Stein auf dem anderen, auch nicht die Hütten, unsere Unterkünfte, alles wurde vernichtet. Von einigen weiß ich, dass sie Arbeit auf den benachbarten Plantagen gefunden haben. Viele haben versucht, sich so durchzuschlagen.

Mein lieber Freund, ich kann dir nicht sagen, was aus all den armen Seelen geworden ist. Ich selbst hatte großes Glück, denn der Pfarrer der hiesigen Baptistengemeinde hat sich meiner angenommen und mir Lesen und Schreiben beigebracht. Jetzt darf ich die Kinder armer Familien, meist ehemalige Sklaven, unterrichten, und es bereitet mir große Freude. Manchmal habe ich mich gefragt, warum von den weißen Herren keiner gekommen ist in der Nacht, als alles brannte. Die Flammen müssen weit über die Felder hinaus zu sehen gewesen sein.

Gott der Herr nimmt, und Gott der Herr gibt. Friede den Seelen der Toten.

Besuche mich doch recht bald einmal.

Soweit Marcus. Ich denke, die Katastrophe wäre damit hinreichend erklärt.«

Der behäbige Mann lehnte sich in seinem Stuhl zurück und legte die Papiere auf den Schreibtisch. Seine Augen lagen erwartungsvoll auf Alexandra, die nun ihrerseits die dramatischen Vorkommnisse in Wales und auf Martinique darstellte. Gegen Ende ihrer Erzählung reichte sie Lucas den Siegelring, den er ehrfurchtsvoll zwischen den Fingern drehte.

»Owain Llangaeroggs Ring! Für uns Historiker klebt an jedem Artefakt lebendige Geschichte und in diesem Fall eine, die selbst uns realitätsbezogene Menschen auf besondere Weise berührt. Alexandra, Sie haben wirklich bemerkenswert gut recherchiert. Auch wenn Sie nicht aus wissenschaftlicher Neugier gehandelt haben. Sie haben der Wahrheit ans Licht verholfen. Ein Ruhmesblatt ist dieser Teil der Llangaeroggschen Geschichte sicher nicht, aber Ihnen deshalb gleich einen Killer auf den Hals zu hetzen … tsts, kein Rückgrat, diese verarmten Aristokraten.«

Er gab ihr den Ring zurück. »Ende Januar bin ich wieder in Oxford, sollten Sie einen Sachverständigen während der Gerichtsverhandlung brauchen, zu der es mit Sicherheit kommen wird, rufen Sie mich an.«

Sie nahm seine Karte entgegen, bedankte sich und ging mit ihrem Vater zum Wagen.

»Ein cleverer Bursche, dieser Lucas. Er sollte nicht auf Barbados versauern. Alex, das ist wirklich mal eine Geschichte! Du hast ein besonderes Talent für komplizierte Beziehungen, aber auch deine eigene Art, damit fertig zu werden.«

Sie fuhren eine Weile schweigend über die von Kokospalmen gesäumte Straße.

»Ich wollte dir schon lange sagen, wie es sich mit deiner Mutter und mir verhielt.«

»Vater, nein, lass doch …«

»Wenn du dir so viel Mühe mit der Geschichte einer Fremden gibst, solltest du auch zwei Minuten für die deiner eigenen Mutter haben.«

Alexandra verschränkte die Arme vor dem Körper, hier im Wagen blieb ihr keine Wahl als zuzuhören.

»Ich habe Irene geliebt, über alle Maßen geliebt! Aber das war ihr nicht genug. Sie wollte alles, Kinder, einen Mann, Luxus und Freiheit. Ich habe ihr alles gegeben, was ich konnte, aber offensichtlich nicht das, was sie brauchte.«

»Sie brauchte dich, du warst nie da!«, schoss es aus Alexandras Mund.

»Ihr hättet mich gebraucht, das stimmt, und es war mein größter Fehler, das nicht zu erkennen. Ich hätte meine Arbeit anders einteilen müssen und euch nicht in ein Internat geben sollen. Irene hätte sich deshalb nicht geändert. Sie war wunderschön, genau wie du. Sie zog die Männer an wie Motten das Licht. Ich konnte es ihnen noch nicht einmal verübeln; wäre ich ein Junggeselle gewesen, ich hätte mich auch in sie verliebt, mit ihrem Charme und ihrem Witz. Sie wickelte jeden um den Finger, wenn sie wollte. Und sie wollte nur zu oft.«

Er schluckte. »Dann kamen die Drogen, erst waren es Haschzigaretten, dann LSD und andere Tabletten. Ich habe es mit Entziehungskliniken versucht, sie wurde meist am dritten Tag nach Haus geschickt, denn ohne die Mitarbeit des Patienten ist eine Kur sinnlos. Das Ende kennst du. Ob sie bewusst eine Überdosis genommen hat oder nicht, werden wir nie erfahren. Ich für meinen Teil bezweifle es, denn sie liebte das Leben. Einfach nur leben, sagte sie immer, warum können wir nicht einfach nur leben. Vielleicht gab ich ihr zu viel Geld, zu viel Freiraum – Alex, ich bin nicht ohne Schuld. Aber ich habe meine Fehler eingesehen. Geld bedeutet gar nichts, wenn man es nicht mit jemandem teilen kann. Und es muss jemand sein, den man liebt. Du und Karen, ihr seid alles für mich, immer gewesen, auch wenn ich es manchmal nicht auf die richtige Weise gezeigt habe.«

Björn Lorenz bremste kurz, um einen Radfahrer über die Straße zu lassen. Alexandra sah die Schweißränder, als er die Hände für einen Augenblick vom Lenkrad nahm. Es musste ihn große Überwindung gekostet haben, darüber zu sprechen. Sie legte ihm eine Hand auf den Arm. Sie hatten beide einen Schritt aufeinander zu getan. Das war ein Anfang.

Kapitel 26

Alexandra schaute durch das kleine Flugzeugfenster hinunter auf die Umrisse von Barbados, das langsam zwischen den Wolken verschwand. In den wenigen Tagen, die sie mit ihrem Vater verbracht hatte, war sie ihm näher gekommen als in den Jahren zuvor. Sie hatten beide voneinander gelernt. Noch immer bestand eine gewisse Distanz zwischen ihnen, aber Alexandra hatte begonnen, ihren Vater mit anderen Augen zu sehen. Sie hatte nicht gewusst, dass ihre Mutter tablettensüchtig gewesen war. Weder Karen noch ihr Vater hatten jemals an dem Bild, das Alexandra von Irene in sich trug, gerüttelt. Alexandra erinnerte sich an eine Begebenheit, die ihr nun in einem ganz anderen Licht erschien.

Eines Abends war sie allein im Haus mit ihrer Mutter gewesen. Ihr Vater war auf Geschäftsreise, und Karen war für einige Tage zu den Großeltern gefahren. Alexandra hatte in ihrem Zimmer gesessen und gemalt, während sich das Hausmädchen um das Essen kümmerte. Alexandra nahm ihr Bild, um es der Mutter zu zeigen. Sie suchte sie im Garten und im Wohnzimmer. Doch erst als sie zum Schlafzimmer kam, hörte sie die Stimme ihrer Mutter. Sie sprach mit einem Mann. Ihre Stimme klang wütend.

»Sie haben gesagt, Sie besorgen es mir. Verdammt, wozu bezahle ich Sie überhaupt. Sie nichtsnutziger ...« Irenes Stimme erstarb, als Alexandra zur Tür hereinschaute.

»Mama? Wer ist der Mann?«

Die Augen ihrer Mutter waren geweitet und von dunklen Schatten umgeben. »Schätzchen, jetzt geht es wirklich nicht. Geh spielen. Mami hat etwas zu besprechen.«

Alexandra nahm einen Schluck Champagner und lehnte sich zurück. Diese Szene hatte sich kurz vor Irenes Tod ereignet. Alexandra knetete ihre Hände. Niemals würde sie erfahren, ob ihre Mutter bewusst oder unbewusst die Überdosis genommen hatte. Alexandra leerte ihr Glas mit einem Schluck. Wie sie es drehte und wendete, sie würde mit der Ungewissheit leben müssen. Über jemand anderes jedoch konnte sie sich Gewissheit verschaffen. Sie würde kämpfen, denn sie hatte erfahren, was wahre Gefühle bedeuteten.

Auf dem Flughafen in Heathrow hatte sie sich einen dicken Pullover und eine warme Hose gekauft, den Julies Sachen waren für England und Schottland viel zu sommerlich. Nervös trat sie schließlich in Edinburgh durch die automatischen Türen, die sie in die Ankunftshalle entließen. Wartende drängten sich, um Freunde und Familienmitglieder abzuholen. Überall hörte sie den schottischen Dialekt und freudige Rufe des Willkommens. Sie schob sich mit ihrer Tasche und Julies Bilderrolle durch die Menschen. Niemand wartete auf sie. Sie wusste noch nicht einmal, ob sie willkommen war.

Der Taxifahrer brachte sie zur Adresse von Ewans Bruder, die sie aus dem örtlichen Telefonbuch herausgesucht hatte. Von der Stadt sah sie nicht viel, denn bei ihrer Ankunft war es schon dunkel. Die Luft war schneidend kalt. Colin McCord wohnte in der Altstadt, in einem schmalen Haus aus grauen Steinen. Eine dicke Schneedecke bedeckte Straßen und Bürgersteige, und ihre Schritte knirschten, als sie auf den Gehweg trat. Als das Taxi davongefahren war, stand sie allein und vor Kälte zitternd auf der stillen nächtlichen Straße. Es war der 30. Dezember, und anscheinend befanden sich die meisten Leute jetzt bei ihren Familien oder Freunden zum Essen vereint am Tisch. Zwischen den Häusern sah sie über die Lichter der Stadt hinunter auf das Meer, dessen Rauschen bis zu ihr heraufdrang. Das Geräusch hatte etwas Vertrautes an sich. Sie vermisste ihr kleines Cottage, aber noch mehr vermisste sie diesen Mann. Sie hatte über den Atlantik fliegen müssen, um herauszufinden, dass sie ihn liebte. Ihr Atem gefror in der eiskalten Luft, ihre Hände waren rot und taub. Sie hielt sich an der kleinen Steinmauer fest und starrte weiter in die Dunkelheit hinaus. Vielleicht sollte sie umkehren, denn was nutzte es ihr noch, dass sie inzwischen wusste, was sie für ihn fühlte. Sie hatte ihre Chance gehabt, und sie hatte sie durch ihre Finger gleiten lassen. Alexandra warf einen letzten Blick auf die Tür zu Colin McCords Haus, nahm ihre Tasche auf und ging die Straße hinunter.

»Wo willst du hin? Ich habe dir gesagt, dass Edinburgh überfüllt ist um diese Zeit.«

Sie erstarrte und drehte sich langsam um. Ewan musste um eine Hausecke gekommen sein, ohne dass sie seine Schritte gehört hatte. Er trug die gefütterte Lederjacke und stand vor ihr, die Hände in den Taschen vergraben. Sein Gesicht verriet keine Regung. Auf was hatte sie gehofft? Das Weihnachtswunder? Tränen schossen ihr in die Augen. Verzweifelt begann sie, die abschüssige Straße hinunterzulaufen. Allerdings kam sie nicht weit, denn unsanft riss jemand an ihrem Arm. Ewan war ihr gefolgt und zwang sie, ihn anzusehen, indem er sie an den Schultern festhielt.

»Verdammt, lauf doch nicht schon wieder weg! Du findest kein Zimmer in Edinburgh, und einen Flug wirst du wohl auch nicht mehr bekommen.«

»Dann nehme ich eben den Zug!«, erwiderte sie trotzig, doch ihre Kräfte verließen sie, sodass sie strauchelte.

Ewan hielt sie fest. »Nein, das wirst du nicht. Du kommst jetzt mit zu mir.«

»Ich brauche dein Mitleid nicht!« Sie versuchte vergeblich, sich aus seinem Griff zu befreien.

»Ich bemitleide dich nicht, ich liebe dich!«, sagte er sanfter, und seine Augen offenbarten ihr, was sie nicht mehr zu hoffen gewagt hatte.

Alexandra wachte auf, weil ihr kalt war. Sie griff nach Ewan, doch er lag nicht mehr im Bett. Draußen war es dunkel, und Schneeflocken schwebten vor dem Fenster zur Erde. Die Lichter der Stadt schimmerten unter ihr und zogen sich bis zu den Felsen ans Meer. Sie schlüpfte in Hose und Pullover und machte sich auf die Suche nach Ewan. An das Innere des Hauses erinnerte sie sich nicht, doch ihr Magen knurrte, und die Küche, dachte sie, befindet sich bestimmt auch hier im Erdgeschoss. Barfuß stieg sie die Treppe hinunter und sah sich suchend im dunklen Flur um. Eine tiefe Stimme hätte sie fast zu Tode erschreckt.

»Ein Badezimmer ist links von dir, eins oben, die Küche geradeaus und Ewan dort vorn im Wohnzimmer. Hallo, ich bin Colin.«

Sie drehte sich um und stand einem breitschultrigen, sie mindestens um zwei Köpfe überragenden Mann mit kurzem schwarzen Haar gegenüber. Dass dies Ewans Bruder war, sagten ihr seine Augen, die sie interessiert musterten. Sie schüttelte die dargebotene Hand.

Colin grinste. »Ich bin froh, dass du gekommen bist, es war wirklich nicht auszuhalten mit ihm.«

Dann ging er an ihr vorbei die Treppe hinauf. Alexandra folgte der Wegbeschreibung zum Wohnzimmer und fand Ewan mit der Gitarre vor dem Kamin sitzend. Sie kniete sich hinter ihn und schlang die Arme um seinen Körper, worauf er das Instrument beiseite legte und sie an sich zog.

»Du hast so tief geschlafen.« Er küsste sie zärtlich.

»Ich liebe dich, Ewan McCord.« Sie erwiderte den Kuss und schmiegte sich an ihn.

»Ich wusste nicht mehr weiter und habe auf Madelaine gehofft.« Er betrachtete den Ring an ihrer Hand. »Zwei außergewöhnliche Menschen. Wir dürfen sie nicht enttäuschen …«

»Das werden wir nicht«, murmelte Alexandra, bevor sie Ewan küsste. »Wer war eigentlich diese Frau in Aberystwyth?«, fragte sie nach einer Weile.

»Du musst das wirklich wissen, oder? Meine Exfrau. Sie ist von ihrem zweiten Mann betrogen worden. Tja, da ging es ihr wie mir damals. Sie hat sich bei mir entschuldigt. Das war's.«

Am 3. Januar flogen Alexandra und Ewan nach London und fuhren von dort mit einem Mietwagen nach Wales. Irgendwie ergab es sich, dass Ewan vorerst bei Alexandra blieb. Sie fühlte sich nicht länger einsam in ihrem Cottage, das sie zum ersten Mal als Zuhause betrachtete. Ewan ging wieder zur Universität, und Alexandra malte mit neugefundener Energie an ihren Bildern, von denen sie wusste, dass sie auch Sylvias kritischen Blicken standhalten würden. Alexandra hatte ihre Schwester besucht, die sie lange und fest an sich drückte. Sie verbrachte Stunden damit, alles zu erzählen. Charles interessierte sich besonders für die rechtliche Seite und prophezeite einen nahen Gerichtstermin, denn Mike würde aufgrund der klaren Sachlage sicher bald ausgeliefert werden. Er berichtete, dass Rupert seine Stellung bei der Bank verloren hatte, weil man ihm Veruntreuung von Firmengeldern nachgewiesen hatte. Roger hatte er einige Male in der Stadt getroffen, doch das Gefühl gehabt, dass dieser einem Gespräch bewusst ausgewichen war. Alexandra seufzte, diese Begegnung stand ihr noch bevor, doch sie wollte die ganze Wahrheit wissen, und eine direkte Konfrontation mit den Llangaeroggs würde sich nicht vermeiden lassen.

An einem Abend, sie hatten gerade gegessen, bat Ewan sie, mit ihm ein Stück zu fahren. Seit Tagen tat er geheimnisvoll und versprach ihr ein verspätetes Weihnachtsgeschenk. Ohne ihr zu sagen, wohin sie fuhren, lenkte er den Volvo aus der Stadt hinaus in die Hügel. Vor einem Farmhaus hielt er an. Der Farmer musste den Wagen gehört haben, denn die Tür des Wohnhauses ging auf, und ein junger Mann mit roten Wangen kam heraus.

»Hallo, Ewan! Die Kleine wartet schon sehnsüchtig, alle anderen sind seit Tagen fort, und die Alte hat bald genug von ihr.«

Ewan nahm Alexandras Hand und führte sie hinter Bob, dem Farmer, in den Stall. Die Pferde schnaubten zur Begrüßung, und Bob nannte jedes beim Namen. In einer Box lag eine Colliehündin zusammengerollt und schlief, an ihrer Seite ein Welpe, der aufsprang und mit dem Schwanz wedelte, als sie in die Box traten.

Bob streichelte die Hündin, die ebenfalls aufgestanden war.

»Na, was sagt ihr? Ein Prachtmädchen, oder? Alle Namen des Wurfes mussten mit J beginnen, die Kleine hier ist unter Josi eingetragen, aber ihr könnt ihr natürlich einen anderen Rufnamen geben.« Er sah gespannt zu Alexandra und Ewan.

Alexandra hatte noch nie ein Haustier besessen, weil sie immer wieder umgezogen war und nie genügend Zeit und Ruhe für ein Tier hatte. Hier in Wales hatte sie zum ersten Mal den Wunsch nach einem Hund, einem Freund und Beschützer gespürt, und jetzt wollte ihr Ewan diesen Wunsch erfüllen. Sie war sprachlos.

»Ich, Ewan, sie ist so schön, aber ich weiß doch nicht, ob ich genug Zeit habe und …«, ob ich bleibe, wollte sie sagen.

Ewan nahm ihr Gesicht zwischen die Hände und küsste sie sanft.

»Ich bin ja auch noch da, wir wollen sie doch nicht als Halbwaise groß werden lassen, oder?«

»Nein«, flüsterte sie und streichelte dem Hund über das weiche Fell.

Etwa zwei Monate waren vergangen. Mike hatte ausgesagt und war nach England überführt worden. Alexandra hatte von einer Anklage wegen versuchten Mordes abgesehen, wodurch Mikes Vergehen sich auf versuchte Entführung, bewaffneten Angriff und Raub in mehreren Fällen beliefen – genug, um bei seinem Vorstrafenregister für einige Jahre ins Gefängnis zu gehen. Er hatte Cynthia Llangaerogg als seine Auftraggeberin angegeben, doch Alexandra wusste, dass hinter allem ihr Vater steckte. Bevor der Prozess in Cardiff stattfinden sollte, wollte sie selbst mit Alistair Llangaerogg sprechen.

Alexandra klopfte an die massive Tür, vor der sie vor gar nicht langer Zeit schon einmal gestanden hatte. Damals hatte Roger geöffnet und sie war als Gast begrüßt worden. Roger hatte sich rar gemacht in Aberystwyth, und Alexandra hatte ihn nicht angerufen, denn wenn er ihr etwas zu sagen hätte, dann wäre das seine Aufgabe gewesen.

Es war sechs Uhr, und Alexandra hoffte, die Familie beim Abendessen anzutreffen. Die Tür schwang auf. Cynthia starrte sie an, und blanker Hass spiegelte sich in ihren Augen.

»Sie, Sie wagen es?! Verschwinden Sie, auf der Stelle!«, zischte die wütende Frau und wollte Alexandra die Tür vor der Nase zuschlagen, doch Alexandra war schneller und sprang durch den offenen Spalt ins Haus.

»Ich kenne den Weg, danke.«

Sie eilte durch die Halle in das Esszimmer, wo sie Alistair, Rupert und Roger vereint am Tisch vorfand. Roger ließ sein Besteck fallen und sah sie erschrocken an. In seinen Augen standen Scham und Schuldbewusstsein, doch er sagte nichts, zuckte entschuldigend die Schultern und lehnte sich abwartend zurück. Rupert saß wie versteinert auf seinem Stuhl, als Cynthia hinter ihr in das Zimmer schoss.

»Sie ist einfach hereingekommen. Das nennt man Hausfriedensbruch, dafür werden wir Sie belangen!«, geiferte sie.

Alistair, der Alexandra mit kühlem Blick gemustert hatte, erhob die Stimme.

»Halt den Mund und setz dich hin, du hast genug Ärger angerichtet.« An Alexandra gerichtet fuhr er fort, »Sie werden nicht ohne Grund hierher gekommen sein?«

Die beiden Hunde lagen neben dem Earl auf dem Fußboden und rührten sich nicht.

»Sie wissen, warum. Ich möchte von Ihnen hören, dass Sie

der Auftraggeber sind und nicht Ihre Tochter, die Ihnen sowieso nach dem Mund redet und alles für Sie tun würde, selbst wenn sie damit ihr eigenes Lebensglück zerstört.«

Der sehnige Körper spannte sich, und Alistair Llangaerogg reckte das Kinn nach vorn. »Ja, es war meine Idee, und ich wollte Sie umbringen lassen, aber es ist schief gegangen. Ich habe Sie unterschätzt, das war mein Fehler. Man sollte seinen Gegner nie unterschätzen, auch wenn er jung und noch dazu eine Frau ist.«

»Die Zeiten haben sich geändert. Haben Sie denn gedacht, niemand sonst würde herausfinden, dass es noch einen Erben gibt, der Anspruch auf Llangaerogg hat?«

Seine Augen funkelten böse.

»Außer Ihnen hat sich niemals jemand für unsere Geschichte interessiert. Wären Sie nicht gekommen, hätte sich nichts geändert!«

Alexandra sagte kühl: »Es hätte sich ohnehin nichts geändert, wissen Sie. John-Richard, dessen Heirat mit der adligen Madelaine man vertuschte und die man töten lassen wollte, dieser John-Richard war der Sohn von Morton, einem Jagdpächter, und Lady Elizabeth!« Ihre Stimme wurde lauter. »Es gab also keinen Anspruch auf Ihren Titel. Was es gab, waren Llangaeroggs, die an Schlechtigkeit und Grausamkeit einander überboten. Dass Sie diesem herrlichen Geschlecht entstammen, wäre damit nun zweifelsfrei bewiesen! Ihr geliebtes Gut wurde mit dem Blut unschuldiger Sklaven erbaut, und als diese die Plantage dem Erdboden gleichgemacht hatten, weil man ihnen die ihnen rechtmäßig zustehende Freiheit verweigerte, floss kein Geld mehr nach England. Ohne die Plantage hätten Sie dieses Anwesen nie bauen können, so viel warfen Ihre Schafe nicht ab. Mit dem Gut ging es langsam bergab, weil keiner von Ihnen wirtschaften konnte. Auch heute nicht! Sehen Sie sich Ihren lächerlichen Schwiegersohn doch an. Mit Betrügereien wollte er Geld gewinnen. Ihre Tochter hat nichts, außer ihrem Hochmut auf einen ererbten Titel, der nichts bedeutet, weil weder Sie noch einer Ihrer Vorfahren diesem Namen Ehre gemacht haben. Der Einzige, der für Mut, Ehre und Großmut stand, war John-Richard, dessen Vater ein einfacher Jagdpächter war! Sehen Sie das hier?«

Sie hielt ihnen den Siegelring hin.

»Das ist Johns Siegelring, den er Madelaine als Unterpfand seiner Liebe und Treue gab. Eine Liebe, die über den Tod hinaus Bestand hatte und die in seiner Familie weiterlebte. Ich habe diese Menschen kennen gelernt und wurde als Fremde aufgenommen, ohne Fragen. Man hat mir das Haus geöffnet, und ich fand Wärme und Größe und all das in der Person einer alten Frau, der Sie, Alistair, nicht die Schuhe putzen dürften! Niemand wollte Ihr verfluchtes Gut, das Sie wahrscheinlich ohnehin verlieren werden. Madelaines Familie war schon damals so wohlhabend, dass die Llangaeroggs dagegen wie Tagelöhner gewirkt hätten.«

Sie hielt inne, es war ganz still.

Cynthia schnarrte: »Sie haben überhaupt keine Ahnung, was es bedeutet, einen Titel zu tragen, deshalb verstehen Sie uns nicht. Das sind alte Traditionen, die man nur durch Geburt ...«

»Ach, hören Sie doch auf. Sie wiederholen Phrasen, die bei Ihnen keine Bedeutung haben. Ich trage diesen Ring und auch die Perlenkette mit Stolz, denn sie stehen für einen Mann und eine Frau, die gelebt haben, wovon Sie nur reden. Und das ist etwas, was Sie alle nie verstehen werden!«

Sie drehte sich um und ging mit raschen Schritten hinaus. Hinter ihr begann Cynthia zu schreien, Rupert zeterte, und Alistair versuchte mit einem Machtwort, das Gezänk zu beenden. Sie war schon halb zur Haustür hinaus, als Roger ihr eine Hand auf die Schulter legte.

»Alex, bitte, verzeih mir. Ich habe von all dem erst später erfahren. Es tut mir so Leid!«

»Ach ja? Wann hast du es denn erfahren? Als man mich von der Straße gedrängt hatte, oder als Davy fast zu Tode geprügelt worden ist? Du hattest die Wahl, Roger!«

»Nein, ich hatte keine Wahl. Es ist meine Familie!«

»Manchmal muss man sich eben entscheiden, und es gibt nur schwarz oder weiß!«

Sie ließ ihn stehen und ging die Stufen hinunter, ohne einen Blick zurückzuwerfen.

Epilog

Die Sonne schien warm auf die zartgrünen Triebe, die aus den Birkenzweigen sprossen. Alexandra spazierte durch den Wald, der alle Anzeichen des nahenden Frühsommers zeigte. Josi sprang ausgelassen zwischen den Bäumen umher. Inzwischen war sie so gut erzogen, dass Alexandra sie ohne Leine laufen ließ, denn der Collie hörte auf Zuruf. In diesen Teil des Waldes war sie bisher noch nie gegangen. Seit sie Josi hatte, wagte sie sich öfter in entlegene Gebiete, zu denen auch dieses Waldstück gehörte. Einen Weg oder Trampelpfad hatte sie seit etwa einer halben Stunde nicht mehr gesehen, und langsam befürchtete sie, sich verlaufen zu haben. In Gedanken war sie bei ihren Bildern gewesen.

Vor einer Woche war Sylvia Pachevka extra aus Berlin angereist, um sich die neuen Werke anzusehen. Sie hatte gleich ein Dutzend ausgesucht und zum Versand nach Deutschland bestimmt. Alexandra war überglücklich, dass sie wieder arbeiten konnte. Zum einen verdankte sie das Ewan, der sie in ihren Ideen bestärkte und ihr genügend Raum für sich selbst und ihre Arbeit ließ. Zum anderen wäre alles nicht möglich geworden ohne ihre Suche nach Madelaines Geheimnis. Alexandra hatte die Perlenkette neu aufziehen lassen und trug sie täglich. Manchmal ließ sie die Korallenperlen durch ihre Finger gleiten und dachte an das Bildnis von Madelaine, welches sie bei Claire Delbè gesehen hatte. Weder hatte sie seit ihrer Rückkehr aus der Karibik von Madelaine geträumt, noch hatte sie die alte Frau wieder gesehen. Sie hatte in der Stadt nach der Alten gefragt, wo sie zwar einigen Anwohnern aufgefallen war, doch niemand kannte ihren Namen oder wusste, wo sie herkam.

Josi gab Laut und schnüffelte aufgeregt zwischen zwei Tannen herum. Die Colliehündin wedelte mit dem Schwanz und wartete darauf, dass Alexandra ihr folgen würde. Nachdem Alexandra sich zwischen den Tannen hindurchgezwängt hatte, stand sie auf einer Lichtung, die mit dichtem Farn überwuchert war. Auf einem kleinen Hügel lag ein Kreis aus Feldsteinen. Plötzlich hörte Alexandra jemanden singen. Leise drang die fremdartige Melodie, die sie schon einmal in der Nacht am Strand gehört hatte, durch den dichten Nadelwald, der sich hinter der Lichtung erhob. Josi ging in Lauerstellung, und Alexandra verharrte bewegungslos vor dem Steinkreis. Es knackte im Unterholz, und dann betrat die Sängerin die Lichtung.

»Sie sind es!«, sagte Alexandra leise. Es erschien ihr nicht angebracht, an diesem Ort die Stimme zu erheben.

Die alte Frau schien nicht überrascht, Alexandra hier zu treffen. Josi ging auf sie zu und leckte ihr die Hand. Die Alte tätschelte den Hund und legte einen Strauß blauer Waldblumen in die Mitte des Steinkreises.

»Ich hatte Sie früher erwartet.« Die kleinen schwarzen Augen musterten Alexandra. »Vielleicht schaffe ich den langen Weg hier herauf bald nicht mehr. Aber jetzt sind Sie da, das ist gut.«

Alexandra öffnete den Mund, um zu fragen, was sie seit so langer Zeit erfahren wollte, doch die Alte schüttelte den Kopf. Ihre langen grauen Haare waren zu einem Zopf gebunden. An ihren Ohren sah Alexandra goldene Kreolen, und um den Hals trug die Alte ein indianisch anmutendes Amulett.

»Sie wissen es schon längst. Vertrauen Sie immer Ihrem Herzen, so, wie sie es getan hat.« Ein trauriger Blick streifte das Grab, und die kleine gebeugte Gestalt ging langsam in den Wald zurück.

Josi stupste Alexandras Hand an, die automatisch das weiche Fell des Hundes zu streicheln begann. Dann hat sich der Kreis endlich geschlossen, dachte Alexandra. Und Madelaine hatte eine neue Wächterin gefunden.

Ullstein Verlag
Der Ullstein Verlag ist ein Unternehmen der
Ullstein Heyne List GmbH & Co. KG

ISBN 3-550-08411-0

Printed in Germany
Satz: MPM, Wasserburg
Gesetzt aus der Minion
Druck und Bindung: GGP Media, Pößneck